E. T. A. Hoffmanns Märchenschaffen

UNC | COLLEGE OF ARTS AND SCIENCES
Germanic and Slavic Languages and Literatures

From 1949 to 2004, UNC Press and the UNC Department of Germanic & Slavic Languages and Literatures published the UNC Studies in the Germanic Languages and Literatures series. Monographs, anthologies, and critical editions in the series covered an array of topics including medieval and modern literature, theater, linguistics, philology, onomastics, and the history of ideas. Through the generous support of the National Endowment for the Humanities and the Andrew W. Mellon Foundation, books in the series have been reissued in new paperback and open access digital editions. For a complete list of books visit www.uncpress.org.

E. T. A. Hoffmanns Märchenschaffen

Kaleidoskop Der Verfremdung in Seinen Sieben Märchen

GISELA VITT-MAUCHER

UNC Studies in the Germanic Languages and Literatures

Number 108

Suggested citation: Vitt-Maucher, Gisela. *E. T. A. Hoffmanns Märchenschaffen: Kaleidoskop Der Verfremdung in Seinen Sieben Märchen.* Chapel Hill: University of North Carolina Press, 1989. DOI: https:// doi.org/10.5149/9781469658575_Vitt-Maucher

Library of Congress Cataloging-in-Publication Data
Names: Vitt-Maucher, Gisela.
Title: E. T. A. Hoffmanns Märchenschaffen : Kaleidoskop der
   Verfremdung in seinen sieben Märchen / by Gisela Vitt-Maucher.
Other titles: University of North Carolina Studies in the Germanic
   Languages and Literatures ; no. 108.
Description: Chapel Hill : University of North Carolina Press, [1989]
   Series: University of North Carolina Studies in the Germanic
   Languages and Literatures. | Includes bibliographical references and
   index.
Identifiers: LCCN 88022710 | ISBN 978-1-4696-5856-8 (pbk: alk. paper)
   | ISBN 978-1-4696-5857-5 (ebook)
Subjects: Hoffmann, E. T. A. (Ernst Theodor Amadeus), 1776-1822 —
   Criticism and interpretation. | Fairy tales — Germany — History
   and criticism. | Alienation (Social psychology) in literature.
Classification: LCC PT2361.Z5 V5 1989 | DCC 833/ .6

Inhalt

Dankeswort

Zeit, Muße, Anregung und Ermutigung sind nur einige der von außen beigesteuerten Kräfte, die die Genese dieses Buches hilfreich begleitet haben. Besonders aufrichtigen Dank schulde ich Dekan G. Micheal Riley und dem College of Humanities, The Ohio State University, für die tatkräftige und finanzielle Unterstützung, mit der sie die Herstellung und Veröffentlichung meines Hoffmann-Manuskriptes entscheidend förderten (Research Grant, Publication Grant, word processing assistance).

Für sein langjähriges Interesse an der Entfaltung meines Hoffmann-Projektes möchte ich Herrn Professor Helmut Koopmann meinen Dank aussprechen. Auch Herr Professor Wulf Segebrecht hat mit vielerlei gutem Rat und nützlichen Hinweisen der Arbeit weitergeholfen. Birgitta Oberle bin ich stets dankbar für ihre Bereitwilligkeit, wenn nötig von Bamberg aus mit praktischem Beistand einzuspringen. Ebenfalls sei Andy Spencer, Graduate Research Associate, herzlich gedankt für seine kompetente Hilfe beim Erarbeiten der Literatur- und Quellennachweise.

Mit freundlicher Erlaubnis der Herausgeber konnten meine Einzelstudien zu *Meister Floh* und zu *Klein Zaches genannt Zinnober*—erschienen in *Aurora. Jahrbuch der Eichendorff Gesellschaft*, 42:188–215 (1982) und 44:196–212 (1984)—leicht verändert Teil dieses Buches werden. Auch der Leitung der *Mitteilungen* der E. T. A. *Hoffmann-Gesellschaft* möchte ich für die Genehmigung danken, den 1984 dort enthaltenen Aufsatz zur *Königsbraut* (30:42–58) hier aufnehmen zu dürfen.

Der Staatsbibliothek Bamberg bin ich zu besonderem Dank verpflichtet für die Erlaubnis, die acht Kupfer nach Callotschen Originalblättern reproduzieren zu dürfen. Frau Traute Lehmann, Foto und Verlag, Bamberg, hat mir freundlicherweise die Genehmigung erteilt, das Foto Apfelweib aus dem *Goldnen Topf*, Bamberg, Eisgrube 14, in meiner Studie zu verwenden.

Schwer abzuschätzen ist das Ausmaß an geduldiger Ermunterung, das mir von meinem Mann Lawrence und meinem Sohn Mark zuteil geworden ist. Ihnen bin ich dafür stets und beständig dankbar!

Columbus, Ohio, 1987

E. T. A. Hoffmanns
Märchenschaffen

Türklopfer. Das Apfelweib aus dem Goldnen Topf. *Bamberg, Eisgrube 14.*
(Foto und Verlag, Bamberg)

1. E. T. A. Hoffmanns Märchen
in unserer Zeit

Märchen haben wieder Hochkonjunktur in der deutschsprachigen Literaturproduktion und Literaturkritik der jüngsten Jahrzehnte. So verschiedenartige Schriftsteller/innen wie Wolfgang Hildesheimer, Svende Merian, Irmtraud Morgner, Franz Fühmann, Peter Bichsel, Wolf Wondratschek, Michael Ende und viele andere schreiben oder schrieben Märchen. Gleichzeitig haben Literaturkritiker wie Jens Tismar, Paul-Wolfgang Wührl, Friedmar Apel, Hans Schumacher, Gonthier-Louis Fink, Volker Klotz[1] und andere in den letzten Jahrzehnten vielartige Studien zum Kunstmärchen herausgebracht. Es scheint, wenn Märchen entstehen, besinnt man sich auch wieder auf das Wesen von Märchen, nicht nur der eigenen Zeit, sondern auch der Vorzeiten, in denen Kunstmärchen als literarische Form ihre erste und nie übertroffene Blütezeit erlebten: das war aber wohl für Deutschland vor etwa 150 Jahren, in der Literatur der deutschen Romantik.

Wiederbesinnung auf die frühen Kunstmärchen geschieht nicht nur im Lichte der modernen Märchenproduktion; sie geschieht hauptsächlich—und das gilt auch für die vorliegende Studie—im Gefolge neuer literaturtheoretischer Diskussionen und Entwicklungen. Theorien zur fantastischen Literatur, Aspekte des Strukturalismus, der Rezeptionsästhetik, der Textlinguistik, Stilistik und Semiotik stellen Fragen zu Produktion, Rezeption, Sprachstruktur und Wirklichkeitsdarstellung von literarischen Texten, die bislang weniger erforschte Dimensionen der Werke ansprechen. Man sollte annehmen, daß sich eine Anzahl dieser neueren methodischen Kategorien und Ansätze auch in der jüngsten Märchendiskussion als fruchtbar erweisen. Die meisten der neuen Studien bleiben jedoch prinzipiell einem literaturhistorischen Verfahren verpflichtet[2]; sie versuchen—chronologisch und für die deutsche Literatur meist mit Wieland beginnend—, Herkunft, Geschichte, Entwicklung und Veränderung der Gattung "Kunstmärchen" zu verfolgen. Auch meine Untersuchungen von Hoffmanns Kunstmärchen sind chronologisch angeordnet, indem Einzelanalysen der sieben Märchenwerke dem Verlauf ihrer Entstehung nach aufeinander folgen, aber jeweils in sich abgeschlossen den eigenständigen Charakter des Werkes betonen und herausheben wollen. Innerhalb der einzelnen Märchenbesprechungen geht es mir nicht primär um Darstellung und Entwicklung thematischer oder ideeller Sachverhalte und Bezüge. Vielmehr stellt meine Studie—und meine Arbeitsweise—das Bemühen um konkreten Einblick in Hoffmanns sprachschöpferische Produktionsverfahren und -techniken ins Zentrum ihres Interesses: hier liegen der eigentliche Reichtum und die zunehmende Originalität von Hoffmanns Märchenschaffen, die meines Wissens in der Forschung noch nicht genügend beachtet sind.

Entstehung und Zielsetzung dieser Studie

Es mag verwundern, ist aber durchaus erklärlich, daß sich meine eigene Arbeit und Faszination mit Hoffmanns Märchen als phantastisch dichterischen Produkten rückläufig entwickelt hat. Am *Meister Floh*, dem letzten Märchen, entfachte sich mein Interesse zuerst, weil dort höchste Originalität der sprachlichen Gestaltung in 150 Jahren der Rezeption am weitgehendsten auf Indifferenz oder Mißverständnis gestoßen war. Über ein Jahrhundert der Meinungsbildung hin hatte sich das Urteil eingebürgert und verfestigt, daß Hoffmann in einigen seiner späten Märchen das erlaubte Maß an Unverständlichkeit überschritten habe, ein Opfer geworden sei der beruflichen Überanstrengung, der inneren und äußeren persönlichen Zerrissenheit und des seelischen wie körperlichen Abstiegs. Nur noch der juristische "Fall" und der historische "Skandal", der sich um die Entstehung und den Dichter des *Meister Floh* entfaltete, war in den Annalen der Literaturgeschichte am Leben geblieben. So entstand eine wachsende Rezeptionslücke, in die das Werk als dichterisches Kunstwerk hineinfiel und verschwand. Meine *Meister Floh*-Analyse möchte den Anfang machen, diese Lücke aufzufüllen. Es war nämlich meines Erachtens übersehen worden, daß Hoffmann gerade in diesem späten Märchen sprachliche und kompositorische Mittel erprobte, die sich zwar aus seinem eigenen früheren Schaffen organisch herausentwickelten, aber weit über die dichterischen Praktiken seiner Zeitgenossen hinausweisen.

Diese Einsichten erwiesen sich im Laufe der weiteren Arbeit als anregend für den methodischen Ansatz in den anderen Märchenstudien: führten sie doch zu der grundsätzlichen Frage, ob auch in der Rezeption dieser Märchen ausgesparte oder überholte Stellen entstanden waren, die durch eine Neubetrachtung aufgearbeitet werden könnten. Meine Aufmerksamkeit wandte sich zunächst den selten oder nie analysierten Märchentexten zu. Da ergab sich *Die Königs-*

braut, Hoffmanns zweitletztes Märchen, als augenfälligstes Beispiel für ein Kunstmärchen, das erst 1978—mehr als 150 Jahre nach seiner Entstehung—zum ersten Mal als Dichtung diskutiert und gewertet wurde. Alfred Behrmann[3] konnte zeigen, daß auch in der *Königsbraut* Hoffmanns Experimentiertalent höchst originell mit Sprache, Bildern, Komposition und Transformation von Vorlagen verfährt. Dieses "nach der Natur entworfene" Gemüsemärchen bildet den Höhepunkt von Hoffmanns Verfremdungskunst und hat vielleicht deshalb so hartnäckig seiner interpretativen Erschließung widerstanden, weil hier die Fallhöhe zwischen kreativem Märchenprodukt und zugrundeliegender Ausgangsidee schwer ermeßbar ist.

Auch bei den weiteren Märchenanalysen konzentriert sich mein Interesse grundsätzlich auf werkspezifisch neu- und eigenartige Verwendungen struktureller Kompositionsweisen und sprachlicher Verfremdungstechniken. Durch intensive Textanalyse und extensive Kontexterforschung werden für jedes Märchen Kriterien und Einflüsse untersucht, die zu den besonderen Merkmalen seines Wesens führen; von daher ergeben sich jeweils die spezifischen methodischen Kategorien, die die Eigenart des Werkes erkennbar werden lassen. Die Besprechung jedes Märchens beginnt mit einem knappen Forschungsüberblick, der nur die Richtung aufzeigen will, in der das Werk bislang gedeutet wurde. Für die einzelnen Werkanalysen ergaben sich im Großen gesehen zwei Gruppen von Fragen: einmal die grundsätzlichen, die, auf eine Mehrzahl der Märchen angewandt, gleichermaßen wichtige Ergebnisse zu zeitigen versprachen; zum anderen die spezifischen Fragen, die sich für das Sonderwesen jedes einzelnen Märchens als einsichtsreich ergaben.

Als grundsätzlich zu erwägen galten für die meisten Märchen die folgenden acht Aspekte: Verfremdungstechniken in den Märchen; Verhältnis zu Märchenvorlagen (literarische oder Volksmärchen); der Leser als Koproduzent und Erlebender; Zeitlichkeit und Zeitlosigkeit im Gerüst der Märchenhandlung; Doppelung, Spaltung und Transformation in Märchenpersonen, -sprache und -struktur; Erzählerkommentare und das ethische Werkgerüst; Komik und Humor als Medium und Aussage; Verhältnis von Märchenstruktur und -aussage.

Dieser letzte Aspekt der grundsätzlichen Fragen vermag zu verdeutlichen, daß manchmal grundsätzliche und spezifische Fragen überlappen: das Verhältnis von Struktur und Aussage wird in jeder Analyse untersucht, aber es erweist sich dabei, daß dieses Verhältnis in jedem Werk andersartig und einzig ist (im Fall des *Fremden Kindes* sogar überhaupt unoriginell und daher ohne rechte Bedeutung). Die

Untersuchung der Werkstruktur nimmt in fast jedem Werk einen beträchtlichen Raum ein, geht aber in jedem Fall von werkspezifisch gewählten Prämissen aus.

Die spezifischen Fragestellungen konzentrieren sich auf Phänomene sprachlichen und stilistischen Gestaltens. Hier herrscht in Hoffmanns Märchen eine eigenwillige Vielfalt und Originalität, so daß vergleichende Rubriken und Kategorien versagen. Durchgehende methodische Kohärenz zwischen diesen Teilen der sieben Analysen ist deshalb nicht zu erwarten. Darum sei an dieser Stelle ein knapper vorausschauender Überblick gegeben über Fragen und Problemkreise, die sich mit sprachlichen Gestaltungsweisen in den sieben Märchen befassen.

In der sprachlichen Dialogführung des *Goldnen Topfes* fällt Doppelung besonders auf: die Menschen versuchen in wechselnden rhetorischen Registern miteinander zu kommunizieren. Biederes Alltagsidiom einerseits und rätselhafte, aber "wunderbar" klingende Zaubersprüche andrerseits bilden die polaren Randzonen der Sprecharten. "Reine" und "gemischte" Register treten bald getrennt, bald in seltsamen Mischungen auf. In den Mittelzonen schwankt der oft sprachlose oder in mißverständlichen Mischformen verworren sich äußernde Held Anselmus hin und her. Doppeltheit und manchmal kongruente, manchmal kontrastive Doppelung werden auch in der intrikaten Motivstruktur, besonders in den Motivfeldern Kristall/Glas und Schlange/Drache sichtbar. Auch hier, im dynamischen Verhältnis der Doppelmotive zueinander herrschen Spannung und Verwirrung. Welche Wirkungen strebt der Dichter an mit diesem subtilen kompositorischen Spiel, gemischt aus Verwandtschaft/Gleichheit und Gegensatz/Fremdheit? Es scheint, als schüfen all diese Parallel- und Kreuzformen ein unauflösliches ironisches Gewebe von irdischen und phantastischen, bürgerlich-materiellen und mythisch-geistigen Aktionsfeldern, in denen der desorientierte Leser sich zunächst einmal verloren vorkommen soll.

In *Nußknacker und Mausekönig*, diesem Pseudokindermärchen, geht es mir in erster Linie darum, den nächtlichen psychologischen "Subtext" unter der Oberflächenhandlung herauszuarbeiten. Da spielen aber die Motive von "Häßlichkeit" einerseits und "Zähne/Beißen" andrerseits eine zentrale aussagehaltige Rolle, denn sie durchziehen in seltsamen assoziativen Motivkoppelungen den Oberflächentext in auffälliger Häufigkeit. Die inhärent verwandten negativen Züge von Mangelserscheinung (Häßlichkeit) und aggressiver Bedrohung (Zähne) schaffen eine Verbindung zwischen den anscheinend disparaten Elementen von kindlicher Spielzeugwelt (Nußknacker) und beängstigender Tierwelt (Mäuse). Wie gelingt es Hoffmann, unter der "unschuldigen" Oberfläche des Kindermärchens eine dunkle verdrängte Welt männlicher Ängste und Bedürfnisse (Droßelmeier) darzustellen?

Die auffälligsten sprachlichen Gestaltungsprinzipien in *Das fremde Kind* zielen auf Negativierung und Karikierung hin. Ohne starken künstlerischen Anstoß, scheinbar eher als Antimärchen konzipiert, nutzt Hoffmann hier Mittel der Verkehrung traditioneller Märchenerwartung. Darüber hinaus werden die Züge falscher "städtischer" Erziehung satirisch durch "automatisiertes" Sprechen dargestellt. Schon andeutungsweise "surrealistisch" verfremdet wirkt die Insektenhaftigkeit in der sprachlichen Gestaltung des negativen Prinzips Magister Tinte. Im Ganzen bleibt die sprachliche Handhabung, die Hoffmann in diesem Märchentext zur Anwendung bringt, in einer deutlichen allegorisch-didaktischen Intentionalität befangen.

Im *Klein Zaches genannt Zinnober* beutet Hoffmann besonders die im Zentrum stehende Gestalt des perversen, zwischen Mensch und Tier angesiedelten Zwitters sprachschöpferisch aus. Klein Zaches wirkt als humanoides Tier einerseits radikaler als der vorangegangene Magister Tinte andrerseits weniger radikal als der spätere Meister Floh. Hoffmanns zunehmende Arbeit mit Wortdoppelbedeutungen wurzelt hier in der doppelten Ausschöpfung von "Humor" als Säfteprinzip in der Temperamentenlehre einerseits und als ästhetisches Prinzip in der Auffassung von Komik und Humor andrerseits. Hoffmann findet sprachliche Mittel und Wege, im *Klein Zaches* das echt märchenhaft Wunderbare in der gebrochenen und pervertierten Version des bizarr Wunderlichen darzustellen. Aber wird hier nicht vorwiegend spielerisch mit den schöpferischen Potenzen der Sprache experimentiert?

Produktiver und aussagehaltiger erscheint Hoffmanns sprachschöpferisches Verhalten in der *Prinzessin Brambilla*. Der Dichter scheint sich mit der Frage auseinanderzusetzen, in welchem Verhältnis Bildproduktion und Sprachproduktion zueinander stehen. Wie gelingt es ihm, von einer nach narrativen Prinzipien angeordneten Reihe von acht Callot-Stichen ausgehend, die Geschehnisse aus dem bildlichen ins narrative Medium zu transformieren? Daß die dynamischen, grotesken Skizzen Callots auslösend auf Phantasie und Kreativität des Dichters wirken, deutet sich in dem verwirrenden Reichtum der sich komplex entfaltenden Erzählwelt an. Hoffmanns sprachorientierte Imagination explodiert hier gleichsam. Fast surrealistisch wirkt die doppeldeutige Sprachführung an manchen Stellen, wenn zum Beispiel—wie ich in der Analyse zu zeigen versuche—in der Form *sprachlicher Verwirrung* die thematische *Ich-Verwirrung* Giglios zur Darstellung gebracht wird. Spiel mit Worten ist hier keine Spielerei mehr, sondern funktionales Mittel zu zentraler Aussage.

Man könnte fast sagen, daß Hoffmann in der *Königsbraut* die umgekehrte Art von Transformationstechnik wie in *Prinzessin Brambilla* anwendet. Sprachlich abstrakte und vorwiegend theoretisch begriffliche Prozesse, dem Dichter bekannt aus "wissenschaftlichen" Abhandlungen (Schubert, Schelling), dienen als thematische Vorlage und werden übertragen in eine phantastische, bildhaft-sprachliche Märchenwelt, in der konkrete Gegenstände, Vorgänge und Bewegungen vorherrschen. Hier ist der Verfremdungsprozeß radikal, wenn zum Beispiel die Vorstellung kosmischer Wechselwirkungen "demonstriert" wird anhand erotischer Liebesspiele und Begattungsgelüste zwischen gnomischen (oder sylphiden) und menschlichen Partnern. Hoffmanns sprachliche und bildliche Erfindungsfreude grenzt hier tatsächlich ans Maßlose. In dieser Märchenanalyse muß die Untersuchung sprachtransformatorischer Phänomene mehr Raum einnehmen als die Besprechung gehaltlich-thematischer Aspekte, denn Sprachmanipulation scheint wesensbestimmend für das künstlerische Produktionsverfahren in der *Königsbraut*.

Noch deutlicher drückt der Untertitel zum *Meister Floh*-Kapitel, "Überwindung des Inhalts durch die Sprache", aus, daß hier nun vollends das Interesse an sprachlich-poetischen Produktionsweisen überwiegt; denn in diesem letzten und gründlich avantgardistischen Märchen übernehmen—wie bereits früher angedeutet—die in der Sprache wahrgenommenen Spannungen und Energien die Funktion, Handlung zu schaffen und zu fördern. Als Beispiel für Baudelaires *le comique absolu* wird im *Meister Floh* die sprachlich konkrete Darstellung der Märchenthemen vom "rechten Lieben" und vom "rechten Wissen" untersucht. Auf welche Weise werden Märchenfiguren als "surrealistische" Konkretisierungen gewisser Liebes- und Wissensvarianten geschaffen, ohne dabei zu Allegorien zu erstarren? Wie werden Vorgänge durch Manipulation der Sprache, bzw. der durch Sprache "benannten" Welt erzeugt? Zeit, Raum und Identität erscheinen märchenhaft fluide, aber nicht aufgrund konventioneller zaubergläubiger Prämissen, sondern aufgrund von phantasielogischen und sprachbedingten Assoziationen, die aus dem wörtlich ernstgenommenen Kontext hervorgehen. An ausgewählten Textstellen wird im Einzelnen erarbeitet, mit welchen Mitteln Hoffmann phantastische Szenen sprachlich erzeugt. In manchen Fällen wird zu zeigen sein, wo faktisch-objektive Logik als antreibendes Element übergeht in eine aus dem sprachlichen oder bildlichen Kontext hervorgegangene phantastisch-kreative Logik.

Dabei bleibt Hoffmanns Sprachmagie noch, stellenweise erkennbar, an märchentypische "Zaubermittel" geknüpft—bei den Surrealisten ein gutes Jahrhundert später geschehen sprachmagische Er-
zählvorgänge übergangs- und erklärungslos.

Stand der Hoffmann-Märchen Rezeption

Fragen wir uns, wie meine chronologisch gegliederte, methodisch
die dichterischen Gestaltungsmittel betonende Arbeit sich von der
bisherigen literaturkritischen Betrachtungsweise Hoffmannscher Märchen absetzt, so muß vor allem auffallen, daß es bislang keine Mär-
chengesamtstudie gibt, die sich vorwiegend strukturalistisch mit den
sieben großen Märchen in ihrem Wesen als phantastische narrative
Prosawerke befaßt. In der Hoffmann-Forschung der letzten 30 Jahre
konzentrieren sich vier Arbeiten entweder nur auf *einige* der Märchen
oder auf bestimmte Aspekte in Hoffmanns Märchenschaffen.[4]
Weitbekannt und vielzitiert ist der 1955 erschienene und damals
bahnbrechende umfangreiche Aufsatz von Fritz Martini "Die Märchendichtungen E. T. A. Hoffmanns"[5], der sich zum ersten Mal mit
der literarisch-poetischen Herkunft und den gattungsmäßigen Zu-
sammenhängen von Hoffmanns Märchendichtung befaßt. Martini
konzentriert sich zwar auf vier Märchen (*Der goldne Topf, Klein Zaches,
Prinzessin Brambilla, Meister Floh*), weil sie wohl "sein dichterisch
Reifstes enthalten"[6], und etabliert damit einen klassischen Kanon
von den vier großen Märchen, der lange vorherrschen sollte und
selbst heute schwer zu durchbrechen ist. Martinis Deutungen der
Werke selbst bleiben geistesgeschichtlich allgemein und von den individuellen Texten entfernt; sie betonen deshalb eher die Gemeinsamkeiten und die große Linie der vier Märchen als die jeweils werkspezifische Eigenständigkeit. Neu und wegweisend sind Martinis
Gedanken zur Tradition und dem geistig-sozialen Klima, aus denen
heraus Hoffmanns Märchen entstanden. Wieland und Jean Paul eher
als Goethe und Novalis, die französische Feendichtung und die Poetologie des Humors stärker als Deutschland und die romantische
Ironie, bilden in erster Linie Wurzel und Boden von Hoffmanns Märchen. Auch den starken Einfluß seiner Märchen auf spätere sprachschöpferische und wirklichkeits-transformierende poetische Genera-
tionen, wie die französischen Symbolisten, die Surrealisten und die
Expressionisten, deutet Martinis Aufsatz bereits an.[7] Damit ist der
Weg geebnet für Untersuchungen von Hoffmanns sprachtechnischen, stilistisch-rhetorischen und strukturellen Neuerungen in der
Produktion von Märchentexten, wie sie inzwischen mehrfach mit

aufschlußreichen Resultaten in Artikeln unternommen wurden[8] und auch meine Gesamtdarstellung der Märchen kennzeichnen.

Der amerikanische Germanist Kenneth Negus konzentriert sich in seiner Studie von 1965 *E. T. A. Hoffmann's Other World*[9] auf das mythische Element und die mythologische Erzählwelt, die in vielen Märchen charakteristisch ist für die narrative, weltanschauliche und poetologische Besonderheit des Werkes. Er betont damit das Element der Doppelung, der Schichtung von Hoffmanns Welt in oben und unten, in zeitlos und zeitbedingt, wertemäßig auch in gut und böse—oder wenigstens in heilsam und heillos. Ausgehend von den großen Märchenmythen, eingelegt hauptsächlich in den *Goldnen Topf* und *Prinzessin Brambilla*, verfolgt Negus Form und Bedeutung dieser Hoffmannesken "neuen Mythologie" durch das Gesamtwerk hindurch. Ansatzweise bringen besonders die Beobachtungen zur grotesken parodistischen Transformation des Mythos in der *Königsbraut* gute und neue Gedanken zur poetischen Produktionsweise Hoffmanns ins Blickfeld.[10]

Obgleich die alle sieben Märchen umfassende Studie von Armand De Loecker mit dem gelungenen Titel *Zwischen Atlantis und Frankfurt*[11] eine Konzentration auf die Idee des goldenen Zeitalters bei Hoffmann verspricht, bringt sie in erster Linie sehr ausführliche, ganz symmetrisch gegliederte Strukturbeschreibungen der sieben Märchen. Die Symmetrie und ihre wiederholten Grundkategorien sind offenbar Eberhard Lämmerts *Bauformen des Erzählens*[12] verpflichtet; sie fördern zwar viele narrative Details zutage, aber in ihrer Gleichschaltung aller Texte wirken sie eher einebnend als profilierend. Ein Einstieg in die Eigenständigkeit und "Andersheit" jedes dieser einmaligen Textgebilde wird dadurch erschwert. De Loecker geht von der Voraussetzung aus, daß in jedem Märchen eine Untersuchung des Zeitgerüsts, der Raumgestaltung oder der Personengestaltung gleichermaßen relevant und zentral seien. Poetologisch ist aber gerade an Hoffmanns Kunstmärchen—vielleicht an der Gattung "Kunstmärchen" überhaupt—interessant und wesentlich, daß die Liberalität dieser Gattung jedem Einzelwerk seine eigene inhärente Poetologie zugesteht. Einige von De Loeckers Schlußfolgerungen sind durchaus gut und wichtig: Hoffmanns Märchendichtung entwickle sich "in die Richtung eines freieren Fabulierens"[13], zunehmend sei die Aufmerksamkeit des Dichters weniger "auf den Sinn des Dargestellten, desto mehr auf die Erzählmanier"[14] gerichtet. Die verblüffend eigene "Tonart" jedes der sieben Werke muß auch er letzten Endes zugeben, wenn er—etwas unklar—formuliert: "Einem mit spürbar innerer Anteilnahme gestalteten thematischen Bereich begegnet der Leser möglicherweise schon in der nächsten Erzählung in der Form einer burlesken Parodie"[15]. All diese Einsichten führen den Autor ziemlich geradenwegs zu dem abschließenden Urteil, daß "aus der anfänglich betont ethischen Zielsetzung ein zweckfreieres Schaffen vorwiegend ästhetischen Charakters geworden"[16] sei.

Neue und vielversprechende Wege in der Kunstmärchenforschung beschreitet Paul-Wolfgang Wührl, der zum ersten Mal poetologische —anstatt historische—Überlegungen zum Gliederungsprinzip und Ausgangspunkt seiner reichhaltigen Märchenbetrachtungen wählt:

Das Wunderbare wird hier [bei Wührl] als die zentral wirkende Macht verstanden, die den einzelnen Märchentext konstituiert und mit Hilfe eines im Textzusammenhang sinnvoll-funktionellen Zeichensystems die Märchenthematik auf signifikante Weise entwickelt. Zugleich macht es den typologischen Zusammenhang mit der Gattungsvariante sichtbar: Es wirkt z.B. als Belustigung der Einbildungskraft oder als symbolisches Traumbild (I und II). Es konstituiert die Allegorie als philosophische Botschaft (III) und wirkt als Antriebsfaktor im Wirklichkeitsmärchen (IV). Es schockt als feindliches Prinzip im Nachtstück (V) und vernichtet das Wunderbare als seine eigene Travestie (VI).[17]

Das "Wunderbare" wird also hier nicht so sehr als gehaltliches Merkmal sondern in erster Linie als narratives Grundprinzip betrachtet, und von seinen unterschiedlichen Funktionen her versucht Wührl, "durch den imponierenden Textkorpus des deutschen Kunstmärchens sechs Längsschnitte in Form poetologisch definierter Textreihen zu legen, deren Einzeltexte sich aufgrund der epischen Behandlung des Wunderbaren auffallend ähneln"[18]. Erkenntnisse und Kategorien des Strukturalismus, der Semiotik und der neusten Erzählforschung klingen an, die in Wührls eigenständige Methode integriert sind, sie aber nicht dominieren. Hoffmanns Märchen nehmen in dieser Studie nicht so sehr räumlich, aber durchaus konzeptuell eine zentrale Position ein. Wührl bespricht Hoffmanns fünf große Märchen (die Kindermärchen fallen weg) unter dem Aspekt "Verfremdeter Alltag. Das Wunderbare als Antriebsfaktor im Wirklichkeitsmärchen"[19] und verfolgt dabei besonders die Erzählstrategien, die Hoffmann verwendet, um seine Lieblingsidee von der ästhetischen Existenz der Märchenhelden und der ästhetischen Einbeziehung des Lesers in die Märchenproduktion zu gestalten.

Hier kann nun recht konsequent meine eigene Arbeit ansetzen. *Verfremdungsverfahren* werden allerdings in meinen Analysen mehr von sprachtechnischen Aspekten aus und systematischer auf ihre jeweils dominanten Verwandlungsfunktionen und -wirkungen hin befragt. Dabei versuche ich, mich in jedem Werk auf die stilistischen und strukturellen Abweichungen von anderen Hoffmann-Mustern oder tradierten Grundmustern zu konzentrieren.

Hoffmanns "Märchenmusik"

Thematisch und gehaltlich bewegen sich die Märchen Hoffmanns im Grunde auf ähnlichen Bahnen wie seine anderen literarischen Werke. Meist auf der Basis eines schmerzlichen aber lebensnotwendigen Dualismus konzipiert, kreisen seine Themen um Konflikte zwischen bürgerlicher und künstlerischer Daseinsweise (*Der goldne Topf, Die Königsbraut*), vorbewußten und bewußten Vorstellungsgehalten (*Prinzessin Brambilla, Meister Floh*), kindlichen und erwachsenen Welterlebnissen (*Nußknacker und Mausekönig, Das fremde Kind*), oder zwischen falschem rationalem Wissen und echtem intuitivem Erkennen (*Prinzessin Brambilla, Meister Floh*, auch *Klein Zaches*).

Liest man die Märchen jedoch einmal gegen den Strich und bedenkt, daß vielleicht nicht nur die behandelten sondern auch die augenfällig ausgesparten Themen signifikant sind, dann fällt auf, daß ein zentrales Hoffmann-Thema in den Märchen fehlt: das Thema Musik. In seinen Novellen, Romanen und Essays sind Musikergestalten und Musikprobleme von zentraler Präsenz. Warum also nicht auch in seinen Märchen, die das gesamte literarische Schaffen Hoffmanns nicht nur begleiten, sondern es durch ihre poetologische und artistische Originalität akzentuieren?

Angeregt durch eine neue Studie zu Hoffmanns Musikvorstellung, sei hier erwogen, ob es angeht, in Hoffmanns Märchenschaffen eine Art literarischen Äquivalents zu seiner Vorstellung von musikalischem Schaffen zu sehen. Thematisch-gehaltlich wird Musik in Hoffmanns Märchen nicht angesprochen, aber formal kreativ—glaube ich—verwirklicht und praktiziert der Dichter/Komponist in seinen Märchen ästhetische Konzeptionen, die ihm aus seinen musiktheoretischen Überlegungen bekannt und problematisch sind.

Klaus-Dieter Dobat[20] vermag auffallende und weitreichende Parallelen aufzuzeigen zwischen Hoffmanns Vorstellung von der Romantisierung der Wirklichkeit in der musikalischen Komposition einerseits und der sprachlich-poetischen Produktion andrerseits:

> Das "serapiontische Prinzip" ist . . . wie die Formel von "Callots Manier"—nur mit anderer Akzentuierung—die poetische Ausformung des ästhetischen Kernproblems, auf das Hoffmann in

der Musik gestoßen ist. Hoffmanns Vorstellung von "Callots Manier" war noch stark geprägt von der Resignation, daß das Absolute nicht zu erkennen ist und auch die Musik nur artifizielle Phantasiewelten eröffnet, so daß aus der Perspektive der inneren Phantasiewelt die Wirklichkeit in sehr verzerrter Form erscheint. In "Serapions-Brüder" dagegen hat sich Hoffmann mit dieser Situation bereits abgefunden. Nun geht es ihm vornehmlich darum, ein Phantasiebild von der Wirklichkeit zu entwerfen, das sich nicht den starren Gesetzen der prosaischen Alltagswirklichkeit unterwirft, sondern ausdrücklich als eigene poetische Wirklichkeit existiert, die ihre Daseinsberechtigung nur aus der fiktiven Umformung und aus der bewußten Konfrontation mit der realen Wirklichkeit ableitet.[21]

Beide, der Komponist und der Dichter, sehen sich einem inhärenten Widerspruch in der Kunstproduktion gegenübergestellt: der Forderung nach kunstvoll besonnener Formvollendung *und* dem Anspruch des wahren Kunstwerks auf Wiedergabe des Unendlichen, Unsagbaren. Höchste Künstlichkeit und künstlerisches Konstrukt[22] stoßen im Werk mit romantischer Aussage und der dem Genie entquellenden Inspiration zusammen. Wie ich es sehe, besteht dann die Gefahr, daß der bewußte Charakter des Formkalküls die Wirkungskomponente des unnennbar Offenen, "Romantischen" stört oder erstickt. Somit wäre das Werk gekünstelt und unecht. Auch das Gegenteil kann geschehen: dominiert das "romantisch" intuitive Element und überwuchert den Formwillen des Künstlers, so zerfließt das Werk aus Mangel an besonnener Form. Hoffmann beklagt diese beiden Extremfälle unechter Kunst im *Ritter Gluck* und vielen anderen Schriften.

Was der Musikrezensent Hoffmann an Beethovens genialer Instrumentalmusik bewundert, ist die Realisierung eines scheinbaren Paradoxes, nämlich die Kombination klarster künstlerischer Formvollendung und geisterhaft unbestimmter Aussage-Unendlichkeit im idealen Werk—oder wenigstens im idealen Moment seiner idealen Rezeption. Der Skeptiker Hoffmann weiß schon, daß solche Produktions- und Rezeptionsbedingungen nur in ganz seltenen Momenten und nur in einem "ungeteilten" Kunsterlebnis zusammenfallen; und seine Musikergestalten wie Kreisler oder Krespel leiden oder scheitern an diesem Zwiespalt zwischen Ideal und Wirklichkeit, Intention und Darstellung. Dobat entwickelt in diesem Zusammenhang, wie Hoffmann das entsprechende Kunstdilemma, dem der Erzähler im *Goldnen Topf* begegnet, in der 12. Vigilie gewissermaßen "musikalisch" löst: Hoffmann bediene sich dabei eines Kunstgriffes, "der als literarische Entsprechung seines Verständnisses der 'romantischen' Kompositionsweise Beethovens gewertet werden kann"[23]. Indem der Erzähler sich selbst in die Fiktion begebe, verwandele er sich "völlig in ein romantisches Medium, so daß Intuition und künstlerische Darstellung identisch werden"[24]. Beachtenswert ist, daß ein artifizieller Trick nötig ist, um der Erzählinstanz den erwünschten Einblick in—oder Darstellung von—Atlantis zu ermöglichen. Es verweise darauf, meint Dobat, "daß die inhaltliche Lösung nur noch—wie in der Musik—in einem formal arrangierten künstlichen Paradies suggeriert werden kann"[25]. Das Beispiel aus dem *Goldnen Topf* ist das einzige, das Dobat gibt für das Vorkommen "musikalischen" Kompositionsverfahrens in Hoffmanns Märchenproduktion.

Ich möchte einen Schritt weitergehen. Von allen Textsorten und Dichtungsarten sind doch wohl fantastische Texte und Märchen von Grund auf besonders darauf angelegt, künstliche, von der Fantasie erfundene Wirklichkeitskonstellationen und -begebenheiten darzustellen. Es mag deshalb fast so scheinen, als habe nach 1813–14 die literarische Komposition von Märchen bei Hoffmann die Stelle von musikalischen Kompositionen eingenommen: Märchen als literarische Varianten und Stellvertreter für musikalische Werke. Unter allen künstlerischen Sprachprodukten sind *sie* in ihrer formalen und gehaltlichen Liberalität der unendlichen Freiheit musikalischer Tonprodukte noch am verwandtesten. Meine Märchenanalysen betonen zwar nicht ausdrücklich den "musikalischen" Charakter von Hoffmanns Märchenstrukturen. Aber an vielen Stellen werde ich zu zeigen versuchen, daß Progressionsprinzipien in der Handlungsförderung stark verwandt sind mit kompositorischen Elementen der "kontrapunktischen Verschlingung"[26]: Variation, Imitation, Abwandlung oder Umkehr eines narrativen Grundthemas, rhythmisches Alternieren zweier entgegengesetzter Themen—Strukturprinzipien dieser Art bestimmen große Teile der Komposition im *Goldnen Topf*[27], im *Meister Floh*[28], oder in *Prinzessin Brambilla*[29]. *Die Königsbraut* schließlich kann als vielsträngiges Kompositionsgewebe um das Thema "Produktion" (oder Fruchtbarkeit) mit den Variationen "Produktivität" und "Überproduktion" gedeutet werden.

Schon Goethe, Tieck und Novalis brachten in ihren poetologischen Betrachtungen die Stimmung und Wirkung von Märchen in Verbindung mit Musik. War bei ihnen der Vergleich jedoch eher symbolisch gemeint, so nimmt Hoffmann die strukturelle Verwandtschaft von Ton- und Sprachkunstwerken "wörtlich" ernst, indem er—besonders mit dem Märchen, wo sprachliche Bezeichnungen nicht allzu rigide auf die Elemente der Wirklichkeit "aufgeklebt" sind—experimentell verfährt, um die Flexibilität der Formen und Zeichen und die sich daraus ergebenden neuen Wirkungen zu erproben. Das mag sich nach sinnloser Sprach- und Wortspielerei anhören—und Hoffmann liebte im geselligen Verkehr mit Freunden kreative Spiele mit Worten—[30], aber der Dichter wußte genau, daß Sprache und Wirklichkeit, selbst wenn sie in ihre Teile und Schichten zerlegt und nach bestimmten sinnvollen Ordnungskriterien in anderen Konstellationen neu arrangiert wurden, zwar verfremdet aber immer noch "Sprache" und "Wirklichkeit" darstellten. Vom Dichter, der so architektonisch und musikalisch mit dem Medium Sprache umgeht, fordert Hoffmann Überzeugungskraft und Besonnenheit; und vom Leser eines solchen Werkes erwartet er die Bereitschaft aktiven schöpferischen Mit- und Nachvollzuges. Garant für das Gelingen des Werkes ist also gegenseitige Kommunikation: das Einverständnis zwischen Produzent und Rezipient in ihrem Verständnis des Werkes.[31]

Verwandlung und Verfremdung

Kommunikation mit dem Leser will jedoch keineswegs sagen, daß dieses Mitteilen ein einfaches und direktes ist, produziert durch unmißverständliche didaktische Zeichen und Kommentare seitens des Autors. Dafür ist Hoffmann viel zu sehr Zyniker und Kritiker didaktischen Aufklärertums. "Mitteilung" impliziert eine andere Art der "Lesererziehung": sie müssen lernen, die Verfremdungs- und Transformationsvorgänge zu erkennen, die im Werk stattfinden, so daß aus bekannten Alltagssituationen phantastisch verfremdete Märchensituationen werden. Der Leser wird also dazu erzogen, imaginativ und intellektuell den spezifischen Verwandlungsmodus von Wirklichkeit zu poetischer Märchenwirklichkeit in jedem Einzelwerk mitzuerleben.

Märchenhandlungen zeichnen sich musterhaft dadurch aus, daß an Kernstellen und in problematischen Momenten Verwandlungen stattfinden. Märchenmeister, Magier oder Feen legen typischerweise Proben ihres *métier* ab, indem sie Personen oder Dinge herbeizaubern, wegzaubern oder verzaubern, d.h. verwandeln. Verwandlungen sind Erkennungszeichen ihrer Zunft, ihres Könnens, ihres Wesens und ihrer Macht. Es sind jedoch weder die in jedem Hoffmann-Märchen vorkommenden Meistergestalten, noch die von ihnen durchgeführten phantastischen Verwandlungen, auf die wir in unseren Analysen Hoffmannscher Märchen unser Augenmerk lenken. Dem Märchenmeister und seinen Verwandlungskünsten *innerhalb* des Märchens entspricht aber der primäre Märchenschöpfer und seine poetischen Verfremdungskünste von *außerhalb*—und über—der Märchenfiktion. Hoffmann als Erzeuger seiner Märchen verwandelt Wirklichkeit, indem er sie sprachlich und gestalterisch verfremdet und dadurch neuartige "Wirklichkeiten" produziert. Daß Hoffmann sich solchermaßen in einigen von seinen Meistergestalten spiegelt, läßt sich am deutlichsten wieder in der Parallele Lindhorst/Hoffmann aufzeigen. In der berühmten 12. Vigilie des *Goldnen Topfes* gehen zwar dem menschlichen Märchenproduzenten Hoffmann die Mittel aus, eine besonders überwirkliche Szene—Anselmus in Atlantis—gestalterisch zu evozieren. Aber die "höhere Instanz", der fiktive Märchenmeister Lindhorst, verleiht dem Erzähler die Macht, mit Hilfe des "Zaubermittels" Alkohol die Wirklichkeit—nämlich das Palmenzimmer—vorübergehend in das poetisch-überwirkliche Atlantis zu verfremden. Diese fiktionsironische Notlösung ist jedoch ein Ausnahmefall, denn normalerweise gelingen die erwünschten Verfremdungsprozeduren durchaus dem Märchenschöpfer Hoffmann selbst.

Durch sprachliche Gestaltung geschaffene Verfremdungen des Alltags: so scheint mir das Wesen der Zauberprodukte des dichtenden Märchenmeisters Hoffmann passend benannt. Zwar sind poetische Verfremdungsverfahren keineswegs auf Märchentexte beschränkt, und nicht jede Verfremdung produziert märchenhafte Züge oder Wirkungen. Aber sicher ist, daß die Gattung Märchen *per definitionem* dem Dichter einen speziellen Freiraum gewährt, um mit besonderer Intensität und Radikalität vielartige Verfremdungsverfahren anzuwenden.

Hoffmann selbst spricht einmal—im Kontext einer Diskussion über Märchen—von der "kaleidoskopischen Natur" solcher wunderlich tollen Werke, "nach welcher die heterogensten Stoffe willkürlich durcheinandergeschüttelt, doch zuletzt artige Figuren bilden"[32]. Die Metapher vom damals gerade erfundenen Kaleidoskop ist hier neu—vielleicht erstmalig[33]—und äußerst zutreffend verwendet, denn dieses optische Spielwerk ist ein "Bildner- oder Zauberrohr, ein 1817 von Brewster in Edinburg erfundenes Sehrohr, welches einfach hineingelegte Gegenstände dem Auge *in vielfacher Zahl und regelmäßiger Gestalt* [meine Hervorhebung] bei der geringsten Bewegung wechselnd darstellt"[34]. Wandelbarkeit bei erkennbarer Gesetzmäßigkeit sind die Kennzeichen kaleidoskopischer Bilder und Figuren; es sind ebenfalls die Kennzeichen der Verfremdungstechniken, die Hoffmann, von Märchen zu Märchen wechselnd, anwendet. Meine Lesart der Märchen konzentriert sich auf die Untersuchung jeweils dominanter Gestaltungsmittel und Strukturen, die gemeinsam dazu beitrag, die Darstellung der Welt—oder des gewählten Weltausschnitts—in einer bestimmten Weise zu verfremden. Dabei wird zu zeigen sein, daß Hoffmanns sprachliche, strukturelle und stilistische Verfremdungsmodi im Verlaufe der Märchenproduktion vom ersten bis zum siebten Werk zunehmend gewagter, neuartiger und radikaler werden.

In losegefaßtem Sinne durch die Begriffsverwendung der russischen Formalisten[35] angeregt, meine ich mit Verfremdung ein Neusehen oder "Seltsammachen"[36] von Dingen und Umständen durch bewußte Verschiebung der Seh- und Darstellungsweise. Der Grund und Zweck für solch verfremdendes Anderssehen von Bekanntem oder Konventionellem lagen bei den Formalisten primär in dem Bedürfnis, "eine vom Automatismus befreite Wahrnehmung"[37] zu schaffen; bei Hoffmann hingegen sind sie in jedem Märchen unterschiedlich—manchmal eher von ästhetischen, dann wieder von sozial- oder kulturkritischen Intentionen ausgehend—und müssen individuell für die Einzelwerke untersucht werden. Bei der Besprechung der Verfremdungsverfahren, die vielgestaltig und reichhaltig sind, lasse ich mich jeweils von einer genauen Beobachtung Hoffmannscher Praxis leiten und beschreibe sie in strukturalistischen, stilistischen und rhetorischen Kategorien. Was die Verfremdungswirkung anbetrifft, ist zweierlei zu unterscheiden: einmal die durch spezifische Verschiebung erreichte abgewandelte, "uneigentliche" Sehweise (etwa ironisch oder parodistisch anstatt "direkt"); zum anderen aber schaffen Hoffmanns Verfremdungsweisen durch die *Art* der Kontrastierung und Distanzierung in vielen Fällen auch eine *komische* Wirkung, wie sie in der deutschen Märchenliteratur vor ihm nur gelegentlich Wieland gelungen ist.

Es wird zu zeigen sein, daß die Verfremdungen—hier nur ganz allgemein umrissen—Folgendes bewirken: Verfremdung ins Ironische schafft im *Goldnen Topf*—negativ gesprochen—die absolute Verunsicherung des Lesers durch Neutralisierung bzw. Aufhebung eindeutiger Wertmaßstäbe, sowohl quantitativer als auch qualitativer Eigenschaften. Positiv gesehen, versetzt der Dichter dadurch den Leser in einen Schwebezustand, der ihm Gelöstheit und Befreiung —aber auch die Verantwortung—für einen eigenen Standpunkt ermöglicht.

In *Nußknacker und Mausekönig* liegt der Grund für die Verfremdung eines delikaten psychologischen Tatbestandes[38] ins kindlich Märchenhafte meines Erachtens in der Notwendigeit, die wirkliche Basissituation verdecken zu wollen. Kodifizierung in die narrative Form und Sprache eines Kindermärchens überlagert die psychologische

Grundsituation und besorgt Verschleierung, Vieldeutigkeit, Verharmlosung von Themen, die zu Hoffmanns Zeiten noch literarische Tabus waren.

Allegorisierung als Form der literarischen Verfremdung ist eine seit Jahrhunderten praktizierte Konvention; auch im Kunstmärchen, wie hier im *Fremden Kind*, resultiert sie in einer bestimmten Verallgemeinerung und dogmatischen Fixierung des zugrundeliegenden narrativen Einzelfalls. Das Besondere ist nicht um seiner selbst willen erzählt, sondern es bedeutet etwas Allgemeines. Der Titel des Märchens *Das fremde Kind* etwa bringt zum Ausdruck, daß hier die allgemein menschliche Entfremdung vom Reich der Phantasie (= dem Kind) thematisiert wird.

Verfremdung der Tatbestände ins Satirische, wie Hoffmann sie in *Klein Zaches* praktiziert, führt zu Vergröberung und übertreibender Verzerrung der Basisaussage. Der dichtende Produzent bringt bei einem satirisch verfremdeten Text häufig ein starkes Maß von subjektivem Engagement dem Grundthema gegenüber mit, sei es Ablehnung, weltanschauliche Kritik oder persönlicher Ärger. Der mit der Basisebene vertraute Rezipient vermag der dramatisch explosiven Wirkung der satirischen Verfremdungsart nicht auszuweichen und fühlt sich—entweder positiv oder negativ—provoziert zu Reaktion und Stellungnahme.

Verfremdung ins Transzendentalpoetische ist verwandt mit dem Allegorisierungsverfahren, indem durch diesen Prozess eine gewisse Verallgemeinerung der Aussage geschieht. Durch Hoffmanns Verfremdungstaktik in *Prinzessin Brambilla* wird die Basisaussage metapoetisch überhöht: der narrative Einzelfall wird gleichzeitig auf einer "höheren" Ebene als poetologisches Paradigma reflektiert. Da hier nicht einfach eine tradierte rhetorische Konvention weitergeführt wird—sollte man es Hoffmann nicht als ganz besonders originelle Leistung anrechnen, seine eigenste, aber romantischer Ästhetik durchaus entsprechende Verfremdungspraxis geschaffen zu haben?

Wesen und Zweck der parodistischen Verfremdung haben gewisse Züge mit der satirischen Verfremdungsart gemeinsam. Verzerrung bekannter Normen und tradierter Formen in *Die Königsbraut* hat die bewußte Entstellung von Bekanntem zur Folge. Gründe für parodistisches Verfremden sind entweder—negativ gesehen—die Aufdeckung von ausgehöhlter Leere oder die Kritik an sinnloser Automatik. Aber auch Neubewertung von sinnentleerter Routine oder die Schaffung von neuen Formen aus Fragmenten des Alten können konstruktiver Zweck parodistischer Verfremdung sein—damit sind wir wieder in der Nähe der formalistischen Forderung nach "Neuem Sehen" angelangt.

Hoffmanns Verfremdung der Wirklichkeit ins "Surrealistische" muß als besonders progressiv angesehen werden, denn sie greift in manchen Zügen auf eine literarische Gestaltungstechnik voraus, die erst im 20. Jahrhundert die Bezeichnung "Surrealismus" erwarb. Surrealistische Verfremdung im *Meister Floh* überhöht, erweitert und verwandelt das Reale. Neuartige visionäre und deskriptive Verfahrensweisen vermögen außergewöhnliche Sinn- und Wirklichkeitskonstellationen zu produzieren. Dadurch wird das menschliche und künstlerische Wahrnehmungsvermögen aufgebessert, nicht nur für den Produzenten sondern auch für die Rezipienten.

Wie im Kaleidoskop Heterogenes zu "artigen Figuren" zusammengeschüttelt wird, so verbinden sich in Hoffmanns märchenhaft verfremdeten Wirklichkeitsbildern intuitives Assoziieren mit logischem Komponieren, Rausch mit Besonnenheit. Diese erstrebenswerte Kombination von Intuition und Gesetzmäßigkeit—so würde Hoffmann es wünschen—haben seine Märchenprodukte also mit idealen Beethoven Kompositionen gemeinsam. Es ist angebracht, daß auch in der vorliegenden Studie ein Prinzip wahrnehmbar werden soll, das kaleidoskopisch zu nennen ist: die vielfältige Eigenständigkeit in Struktur und sprachlichem Verfahren jedes einzelnen Märchens soll in den sieben Binnenkapiteln zur Darstellung kommen; wogegen die Rahmenkapitel (1 und 9) versuchen, Evolution und Homogenität in Hoffmanns Märchenschaffen kenntlich zu machen.

2. Ironisches Märchen:
Der goldne Topf
Ambivalente Erlösung:
Progression oder Regression?

Mit seinem ersten Märchen *Der goldne Topf* (1813–14) schafft Hoffmann in der Geschichte der deutschen Literatur ein durchaus neuartiges Werk. Poetische Märchenschöpfungen[1] gibt es schon seit Tiecks *Der blonde Eckbert* (1796), und die Darstellung einer dämonisierten Natur in Aktion hat bereits Goethes *Märchen* (1795) geleistet; auch in Novalis' poetischer Welt sollte das Leben des Heinrich von Ofterdingen (1802) letzten Endes in einer ideal märchenhaften Existenz auslaufen. Brentanos *Rheinmärchen* (1811) liefern Beispiele verspielt komischer Naturmythologie. Aber nirgendwo wird die moderne menschliche Existenz mit solch poetisch szientifischer Notwendigkeit aus märchenhaft dargestellten Frühphasen der Naturgeschichte herausentwickelt und noch in der gegenwärtigen Durchdringung und Interaktion mit märchenhaft-wunderbaren Mächten dargestellt wie im *Goldnen Topf*. Einmalig und ungewöhnlich mutet es auch an, daß Hoffmanns erstes von sieben Märchen ihn in vielerlei Hinsicht auf dem Höhepunkt seines Märchenschaffens zeigt. Die durchgehaltene Konzentration und Spannung in diesem langen Werk (75 Seiten in zwölf Vigilien) rührt nicht zuletzt daher, daß Hoffmanns Phantasie wie ein angestauter Damm aus dem Vollen schöpft, daß Grundgedanken, Grundstrukturen, grundsätzliche Figurentypen und -konstellationen, die skizzenhaft schon in Hoffmanns früheren literarischen Werken anklingen, hier zum ersten Mal in *einer* komplexen neuen Gattungsform vereint zu voller Entfaltung gelangen: die Vorstellung von den simultan gültigen zwei Wirklichkeiten, die eine datierbar, die andere nur individuell und punktuell erfahrbar (wie in *Ritter Gluck*); daraus folgend, Techniken der Doppelstruktur, die solches Erleben im Werk dem Leser vermitteln (wie in *Don Juan*); Doppelfiguren, die in einer Person—je nach momentanem Zustand oder eingenommener Perspektive—unterschiedliche aber zusammenhängende Existenzen erfahren (*Der Magnetiseur*). Vor allem aber bedarf es in der Darstellung einer derart von Polarität und Gegensätzen

gekennzeichneten poetischen Welt einer entsprechenden dichterischen Haltung, die Hoffmann im "Ton und Takt"[2] der Ironie praktiziert (angedeutet schon in den *Kreisleriana*). *Der goldne Topf* ist Hoffmanns ausgewogenstes, schwebendstes, durchweg ironischstes Märchen. Die Mächte des Lichtes und Dunkels, die Stimmen von Gut
und Böse, die Wirkungen von Heil und Unheil halten sich so die
Waage, daß sie nicht nur oft undifferenzierbar nebeneinander stehen, sondern manchmal sogar austauschbar, verkehrbar erscheinen.
So ergibt sich das sonderbare Phänomen, daß die paradoxen Wirkungen des *Goldnen Topfes* einerseits als spannende, elektrifizierende Heterogenität andrerseits als einander ausgleichende nivellierende Aufhebung von Gegensätzen empfunden werden.

In der reichhaltigen Forschung zum *Goldnen Topf* kann man diese
Situation reflektiert finden. *Der goldne Topf* ist das meist besprochene
und vielartigst gedeutete Märchen des Dichters.[3] Die Vielgestaltigkeit
der Deutungen ist im Grunde vom Dichter selbst im kunstvollen
Perspektivismus der Erzählstruktur angelegt: je nach eingenommener Haltung charakterisieren die Interpreten Anselmus als Apotheo-
se des romantischen Künstlers (Martini)[4], als märchenhaften Tol-
patsch, der märchentypisch zum Glückskind wird, als Träumer oder
Somnambulen, als depressiv Geistesgestörten, der Selbstmord be-
geht (Maria Tatar)[5], als vom Alkohol Beeinflußten (Lee Jennings)[6], als
sprachschöpferischen Abschreiber (L. C. Nygaard)[7], oder als sexuellen Feigling, der vor der Ehe kapituliert (James McGlathery)[8]. Keine
dieser Sehweisen ist ganz abzulehnen, aber jede ist bestenfalls nur
Teilaspekt des ironisch vielschichtigen Ganzen. Auch der Ausgang
des Märchens hat extrem entgegengesetzte Beurteilungen erfahren.
Harmoniker sehen Anselmus in Atlantis als das erlöste Glückskind,
den seligen Poeten. Interpreten der psychoanalytischen Schule, die
meist den zentralen Märchenaspekt des Werkes ausklammern, deuten das Ende als Scheitern, Untergang, Resignation. Am differenzier-
testen verfahren die Kritiker, die narrative und formale Kategorien
ins Zentrum ihrer Analyse stellen. Im subtil orchestrierten Wechsel
der Blickführung (Klaus Günter Just)[9], in der kunstvollen Verflechtung symbolisch-tektonisch verwendeter Motive (Robert Mühlher)[10],
im Motiv der Schwellenüberschreitung als Metapher für verändertes
Sehen (Norbert Miller)[11], im ironischen Perspektivismus, der sich
vielartiger Mittel bedient (John Reddick)[12] liegt das zutiefst Neuartige
von Hoffmanns Leistung im *Goldnen Topf*, dessen Erzählstrukturen
verschiedentlich als modellhaft für sein weiteres Schaffen angesehen
wurden (Wolfgang Nehring[13], Martini). Diese Erzählmittel erlauben
ihm, komplexe Zusammenhänge in sprachlich schillernder Relativität

glaubhaft zu machen, ohne die Fülle seiner mikrokosmischen poetischen Welt simplistisch auf *eine* Lösung zu reduzieren. Besonders ertragreich und erhellend ist Knud Willenbergs Studie[14], die zeigt, daß in erster Linie die gattungssprengenden Elemente in Hoffmanns roman-verwandtem Märchen—historisch bedingt und erforderlich— die nötige Zwitterform zuwege bringen konnte, die den Helden (oder *die* Helden) realistisch notwendig in der Mitte zwischen Hoffnung (Märchen) und Resignation (Roman) ansiedelt[15]. Versöhnen kann nur das Märchen; da *Der goldne Topf* aber "ein Märchen aus der neuen Zeit" ist—also nicht einfach "Märchen" sondern auch Reflexion des Märchens—kann eindeutige Versöhnung weder sein Wesen noch sein Ziel sein.

Der auffälligste neue Zug im *Goldnen Topf* ist das Neben- und Ineinanderfügen mythisch zeitloser und realistisch gegenwärtiger Geschehnisse und Personen; darum befassen sich eine Reihe von Studien mit der Untersuchung des Mythos[16], Hoffmanns möglichen Quellen und der Funktion des Mythos für das Märchen-Ganze. Trotz sorgfältigster Arbeit kann eigentlich immer wieder nur geschlossen werden, daß Hoffmanns Version des Schöpfungsmythos und seine Variante von der Spaltung des Urreiches und der Verbannung gefallener Wesen aus dem Reich des Einklangs sich aus einer Unzahl von Quellen speisen, zu denen mystische, alchemistische und nekromantische Werke, Studien zu den Geheimwissenschaften, der schwarzen Magie, aber besonders Werke G. H. Schuberts und Schellings gehören. Hoffmann war Vielleser und Eklektiker; für unsere Betrachtung hier wird es sinnvoller erscheinen, wichtige Motive—wie etwa das der Schlange, des Feuers und des Kristalls—in ihrer vielschichtigen Integration in die Gesamtaussage und in das Motivnetz der Märchenbilder zu verfolgen. Dazu hat Aniela Jaffé in ihrer auf C. G. Jungs Methode basierten Studie[17] wertvolle Vorarbeit geleistet, die allerdings in ihrer Absolutsetzung des Grundkontrastes unbewußt/ bewußt das romantische Märchen zu einspurig in die tiefenpsychologische Zwangsjacke sperrt. Wir werden sehen, daß Anselmus als Träumer, dem in träumerischen Zuständen Gehalte und Zusammenhänge des Un- oder Vorbewußten aufgehen, nur eine der vielen *personae* ausmacht, die alle zusammen Anselmus tatsächlich zum allgemeingültigen, sowohl zeitlosen wie auch modern zeitbedingten, "kollektiven" Märchenhelden machen.

Entstehung der Anselmus-Figur

Das Jahr 1813—Entstehung von *Der goldne Topf*—war in Hoffmanns Leben alles andere als friedlich, heiter, angetan zu gemütlichem Märchenfabulieren. Dresden war Kriegsschauplatz, wo zwischen August und November französische, russische, österreichische und preußische Heere abwechselnd das Leben der Zivilbevölkerung verunsicherten. Am 19. August hat Hoffmann nicht nur den *Magnetiseur* abgeschlossen, sondern auch in einem Brief an Kunz die beginnende Arbeit an einem "Mährchen" angkündigt:

> In keiner als in dieser düstern verhängnißvollen Zeit, wo man seine Existenz von Tage zu Tage fristet und ihrer froh wird, hat mich das Schreiben so angesprochen—es ist, als schlösse ich mir ein wunderbares Reich auf, das aus meinem Innern hervorgehend und sich gestaltend mich dem Drange des Äußern entrückte—Mich beschäftigt vorzüglich ein *Mährchen* das beinahe einen Band einnehmen wird—. . .—Feenhaft und wunderbar aber keck ins gewöhnliche alltägliche Leben tretend *und seine Gestalten ergreifend* soll das Ganze werden [meine Hervorhebung][18]

Die Aussage darf als Kernstelle gesehen werden zur Erhellung der oft gestellten Frage, warum Hoffmann in einer sozial und politisch explosiven Zeit und mit seinem Scharfblick für Mißverhältnisse, anscheinend keine politisch engagierten Werke verfaßt hat. Hoffmann war kein politischer Denker im konventionellen Sinn, er war kein Weltverbesserer; er glaubte nicht an die große Geste persönlichen Heldentums. Er steckte als Leidender selber zu tief in den Verhältnissen mitten drin, um über sie verfügen zu können. Kunst war ihm Lebensrettung, Ausgleich, Bewahrerin eines fragilen Gleichgewichts. Er sah die Schwächen der Menschen und Institutionen; der Alltag "und seine Gestalten" sind in seinen Werken aufgegriffen, oft in poetisch verfremdetem, skurril komischem Licht. Was seine Dichtungen bezwecken wollen, richtet sich nicht an "die Gesellschaft" sondern an seine Leser, in denen er einen neuen Sinn des Sehens öffnen will, der ihre Lebensansicht über die krause Oberfläche hinaus erweitern und vertiefen soll.

Im August 1813 verschlimmern sich die Kriegswirren; seit dem 23. hört man Kanonendonner in der Stadt. Der 26. August bringt den eigentlichen Anfang einer entscheidenden Schlacht, bei der Napoleon den Sieg davontragen soll. Hoffmann wird Zeuge von blutigen Zusammenstößen. Granatensplitter töten Soldaten sowie Bürger auf den Straßen der Stadt, und schließlich rettet sich Hoffmann mit Wein und Rum in den Keller seines Hauses, wo er den verängstigten Bewohnern die schrecklichen Stunden versüßen hilft: "Das Kelchglas ging fleißig herum und unter dem Donner der Kanonen, unter dem Prasseln der Granaten ging uns allen ein fröhlicher guter Humor auf, der immer der Nachklang einer durch Gefahr exaltierten Stimmung ist"[19]. Die nächsten zwei Monate bringen tägliche Kämpfe, Truppenein- und ausmärsche, am 16. Oktober schließlich die Völkerschlacht bei Leipzig. Während all dieser erregenden und chaotischen Ereignisse schrieb Hoffmann wann immer er konnte an seinem Märchen.

Besonders eine seltsame Begebenheit der Nacht vom 5. zum 6. November muß Hoffmann sehr gefesselt haben. Eine französische Einheit plante heimlich, aus Dresden auszubrechen; offenbar hatten russische Infiltranten Wind von dem Plan bekommen, ihn an ein russisches Regiment außerhalb Dresdens verraten, und der Ausfall scheiterte kläglich. Über diesen Vorfall schrieb Hoffmann eine ungewöhnliche Prosaskizze, die später unter dem Titel *Erscheinungen* im vierten Band der *Serapions-Brüder* veröffentlicht wurde[20]. Der junge Mann, der hier Begebenheiten um geheime kriegerische Manöver, um Zerstörung, Verrat aus Treue, persönlichen Wagemut und Opferbereitschaft nicht nur visionär miterlebt, sondern sogar auf geheimnisvolle Weise aktiv eingreift, heißt schon "Anselmus"—eine Gestalt aus dem Alltag—und steht in seltsam schillerndem Kontrastverhältnis zum Anselmus des Märchens. Wie eine realistischere, modernere Vorstudie zum Märchenhelden wirkt der junge etwas weltfremde Künstler/Wissenschaftler (S. 864), dem im blutig kriegerischen Treiben des Dresden von 1813 plötzlich "die Brust zerspringen will": "Es war mir, als müsse ich durch irgendeine entsetzliche Tat, mir und allen, die mir gleich an die Stange gekettet, Luft und Freiheit verschaffen" (S. 864). Schon dort eckt der "wilde Heroismus des friedfertigen Anselmus" überall an die Grenzen der vom Krieg noch schlimmer eingeengten Bürgerwelt an, in die er sich wie in einen "verfluchten Hamsterbau" (S. 864) eingesperrt fühlt. Er fällt einerseits auf durch seinen "zuzeiten vielleicht gar zu wild herumfahrenden Humor" (S. 863); andrerseits kennen ihn seine Freunde als einen, über dem ein "eigner Stern" waltet, ". . . der mir (so sagt Anselmus) in wichtigen Momenten fabelhaftes Zeug dazwischen schiebt, woran niemand glaubt, und das mir selbst oft wie aus meinem eignen inneren Wesen hervorgegangen erscheint, unerachtet es sich dann auch wieder außer mir als mystisches Symbol des Wunderbaren, das uns im Leben überall entgegentritt, gestaltet" (S. 865).

Im Zentrum von Anselmus' Erlebnissen steht eine nächtliche visionäre Begebenheit auf der Elbbrücke, in der ihm—ähnlich wie es später im Märchen geschehen soll—die magisch-realistische Doppelerscheinung zweier Menschen innerlich bewußt wird. Der Greis auf der Brücke und das junge Mädchen, das aus dem Fluß auftaucht—sind sie russische Spione, die mit Zeichen und Signalen dem russischen Regiment außerhalb der Stadt Kunde geben vom bevorstehenden Ausbruch des Feindes? Oder sind sie mythische Gestalten, Inkarnationen von Rache- oder Freiheitsgenien, die "in grauenvoller Majestät . . . den stürmenden Wellen gebieten" (S. 867) oder als Wassernymphe Agafia ihre russischen Landsleute vor blutiger Vernichtung retten? In typisch fantastischer Vieldeutigkeit sind hier bereits Mächte am Werk, die dann im Märchen als Kräfte des Lichtes und des Dunkels zusammenprallen. Mit dem "geharnischten Ungetüm" und dem tiefe Wunden einschneidenden "Dämon", von dem Anselmus spricht, ist nicht nur Napoleon sondern der Geist des Krieges überhaupt gemeint. Beinahe fällt Anselmus auf der Elbbrücke den widerstreitenden Mächten zum Opfer. Mit einem Messer von Agafia/Dorothee und einem "hochgeschwungenen Stab" (S. 869) des "hohen Greises mit silberweißem Haupthaar und langem Bart" (S. 866) wird sein Leben bedroht, weil er den beiden russischen Franzosengegnern als gefährlicher Augenzeuge erscheinen muß. Ob die beiden sonderbaren Wesen zum Schluß hingerichtet oder mysteriös—vielleicht von Anselmus selbst—gerettet werden, bleibt offen (S. 869–70).

Zur Struktur des Märchens

Dresden und die Geisterwelt, schon der Schauplatz dieser kurzen Kriegsvision, wird nun voll ausgestaltet zum "Zeitraum" des Märchens. "Ambivalentes Dresden"[21] nennt P.-W. Wührl diesen Geschehnisraum, das entfremdete Mittelreich der "neuen Zeit", das—zeitlich nach rückwärts verfolgt—an die Vorzeit des verlorenen Atlantis anstößt und—zeitlich vorwärts weitergeführt—übergeht in die utopische Märchenzukunft des "wiedergefundenen Atlantis". Aus der Perspektive der verschiedenen miteinander in Berührung tretenden Kraftfelder könnte der Schauplatz auch in der Form zweier einander überschneidender Kreise skizziert werden (siehe Skizze).

Der eine Kreis bezeichnet die "Unterwelt" der Erdgeister, der andere die "Überwelt" der Elementargeister; ursprünglich sind die beiden als einander vollkommen überlagernd und ungetrennt vorzustellen. Indem die Kreise der Unterwelt des Sinnlichen, Unbewußt-

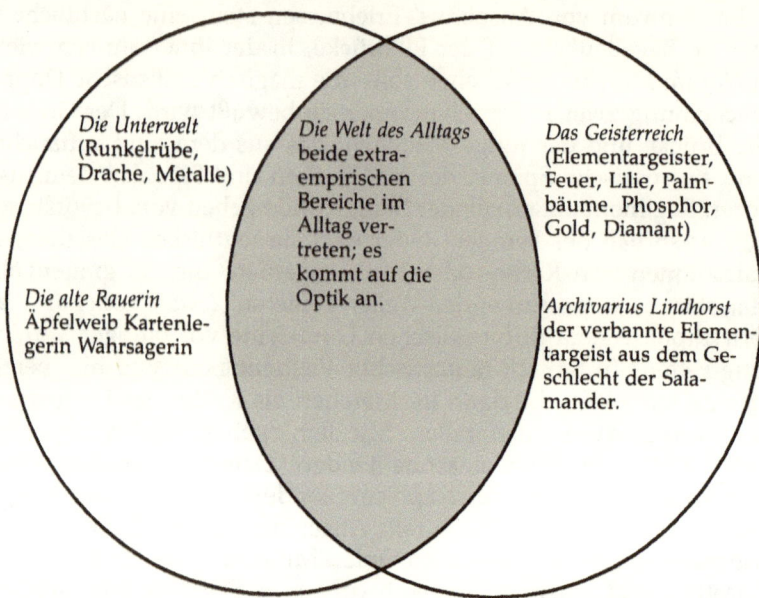

Die Unterwelt
(Runkelrübe,
Drache, Metalle)

Die Welt des Alltags
beide extra-
empirischen
Bereiche im
Alltag ver-
treten; es
kommt auf die
Optik an.

Das Geisterreich
(Elementargeister,
Feuer, Lilie, Palm-
bäume. Phosphor,
Gold, Diamant)

Die alte Rauerin
Äpfelweib Kartenle-
gerin Wahrsagerin

Archivarius Lindhorst
der verbannte Elemen-
targeist aus dem Ge-
schlecht der Sala-
mander.

"*Skizzierung der Kraftfelder im* Goldnen Topf"

Nächtlichen und Vegetativen einerseits und der Überwelt des Bewußt-
Geistigen sich trennen und auseinanderschieben, entsteht ein ambi-
valenter Mittelteil, in dem sich Segmente beider Kreise überschneiden; aber auch die jetzt auseinandergetretenen Teile der beiden
Kreise erfahren eine Veränderung: ursprünglich eins, stehen sie in
wachsendem Kontrast und entwickeln ein dynamisch spannungsreiches Verhältnis zueinander. Der doppelschichtige, schwarz-weiß
schraffierte Mittelteil ist der neue "jetzige" Märchenschauplatz. Hier
ist jedes Phänomen nicht nur Teilhaber an einer sondern an zwei
Daseinsweisen, deren Wahrnehmung oder Bewußtwerdung allerdings von der jeweiligen Perspektive (oder Optik) des Doppelwesens
oder eines Beobachters abhängt. Dieser Grundumstand darf unbedingt nicht übersehen werden, denn hieraus resultiert die Notwendigkeit—und Richtigkeit—eines ständigen Oszillierens vieler Figuren
und Gegenstände zwischen Gegensätzen wie irdisch/überirdisch, be-
wußt/unbewußt, "anscheinend" gut/böse, geldsüchtig/geistsüchtig,
zeitlich/zeitlos. Entscheidend bleibt dabei, daß die Menschenwelt—
und auch die Geisterwelt—nicht in eindeutig zugehörige moralische
"Lager" aufgespalten ist. Die naive Volksmärchenwelt von Gut und
Böse ist vielmehr durch einen psychologisierenden Märchenorganis-
mus von Cerebralsystem und Gangliensystem (G. H. Schubert[22]) er-

setzt, der—wie bereits die hier verwendete Terminologie andeutet—
nicht nur zeitlos typische Märchenfiguren affiziert, sondern auch
außermärchenhafte Individuen, wie etwa den Produzenten des Märchens, und in besonderem Maße seine Leser.

Wie gliedert und präsentiert der Dichter nun ambivalente Orte,
Begebenheiten, Personen in ihrer Vielschichtigkeit, ohne daß das
Ganze in einem chaotischen Wirrwarr verschwimmt? Von den insge-
samt 12 Vigilien dienen die ersten vier, wie mir scheint, einer komplexen Serie von "Einführungen", die sich steigernd alle möglichen
Aspekte und Kombinationen der Ambivalenz erst einmal exemplarisch "vorführen"; in den weiteren acht Vigilien "praktiziert" der
Dichter dann, für den nun initiierten Leser besser nachvollziehbar,
den regelmäßigen Doppeltakt des Perspektivenwechsels, so daß abwechselnd von einer Vigilie zur nächsten eine der beiden Welten—
oder Sehweisen—die Oberhand hat. Dieses Alternieren darf nicht als
ein Tauziehen um Sieg oder Niederlage gesehen werden, sondern
eher, dem natürlichen Prozeß des Ein- und Ausatmens vergleichbar,
als das Durchlaufen einer natürlichen Entwicklung, die allerdings zu
einem—von mehreren möglichen—Endstadium führt.

Die erste Vigilie führt, *in medias res*, den tolpatschigen Pechvogel
Anselmus ein, wie er seiner Veranlagung getreu, in eine Unglückssi-
tuation hineintaumelt, welche die Beteiligten nicht nur in ihrer alltäglichen Oberflächenbedeutung sichtbar macht, sondern schon dahinter eine rätselhafte Tiefendimension spürbar werden läßt: der pro-
phetische "Zauberspruch" der ärgerlichen Alten "ins Kristall bald
dein Fall—ins Kristall!" (S. 179)[23] wirft nicht nur auf sie sondern auch
auf das "Satanskind" Anselmus ein fremdes Licht. Daß es mit diesem Bürgerkind seine besondere Bewandtnis hat, wird am Ende der
Szene deutlich, die aus einer *lamentatio* des sich nach Bürgerwonnen
sehnenden Anselmus unversehens übergeht in das visionäre Erleben
eines Glücklichen, der umworben wird von einem erotisch verführe-
rischen Naturwesen im Holunderbusch.

In der zweiten Vigilie scheint sich das Gleichgewicht wieder ein-
zustellen, denn die anscheinende Vision wird als "Spuk", "Traum",
"Wahnsinnn", "Krankheit" in ihren Platz als Abnormalität verwiesen; aber nur, um am Ende den Anselmus mit vermehrter Vehemenz
und umgekehrtem Vorzeichen, als Vision des Terrors, wieder zu
überwältigen. Die beiden Extreme außerrationaler Zustände oder
Mächte, beglückend und verderbend, sind somit erfahren worden,
aber bislang nur als Erlebnis eines offenbar dafür anfälligen Subjekts.

Die dritte Vigilie spricht in einem neuen Register, in der episch
objektiven Sprache des vorgeschichtlichen Mythos. Zuerst erscheint

der Mythos, von einer unidentifizierten Stimme vorgetragen, als sei er raum- und zeitlos. Aber indem sich der Sprecher als respektierter Bürger Dresdens, Archivarius Lindhorst identifiziert, der etwas Wahrhaftiges aus seinem "höchst merkwürdigen Leben" (S. 193) erzählt habe, knüpfen sich bereits die fabelhaft mythischen Ereignisse an die bekannte Alltagswelt. Die Reaktion der Zuhörer ist gespalten—wie sie von nun an fast immer in solchen Fällen sein wird. Die handfesten Bürger antworten mit "schallendem Gelächter" (S. 194), während dem zum Taumeln ohnehin neigenden Anselmus "ganz unheimlich zumute" (S. 194–95) wird. Der früher nur punktuell geschehene Einbruch einer Geheimniswelt wird hier in der Form des Mythos von Phosphorus und Feuerlilie in einen größeren Zusammenhang eingeordnet, anstatt als Zufallserlebnis eines Wahnsinnskandidaten stehen zu bleiben.

Die vierte Vigilie leistet den abschließenden und wesentlichsten Teil der verschiedenen Einstimmungen, denn nun wird des Lesers Phantasie[24] selbst in den Anselmus-Zustand überführt:

> Ist dir, günstiger Leser, jemals so zu Mute gewesen, so kennst du selbst aus eigner Erfahrung den Zustand, in dem sich der Student Anselmus befand . . . Versuche es, geneigter Leser, in dem feenhaften Reiche voll herrlicher Wunder, die die höchste Wonne sowie das tiefste Entsetzen in gewaltigen Schlägen hervorrufen, . . . versuche es, die bekannten Gestalten, wie sie täglich, wie man zu sagen pflegt im gemeinen Leben, um dich herwandeln, wiederzuerkennen. Du wirst dann glauben, daß dir jenes herrliche Reich viel näher liege, als du sonst wohl meintest, welches ich nun eben recht herzlich wünsche und dir in der seltsamen Geschichte des Studenten Anselmus anzudeuten strebe.

(S. 197–98)

Märchenproduzent, Märchenheld und Märchenleser stehen jetzt auf dem gleichen Plateau und befinden sich in der gleichen Bereitschaft, die weiteren Abenteuer—die eben im Grunde auch *ihre* Abenteuer sind—gemeinsam zu durchleben. Als wolle der Erzähler diese Leserbereitschaft auch gleich auf die Probe stellen, geschehen dann im weiteren Verlauf dieser Vigilie höchst wunderbare Dinge, die Aufschluß geben über das Doppelwesen von Lindhorst und der alten Liese und über das Verhältnis der goldgrünen Schlangen zu Lindhorst und Anselmus, der inzwischen vorübergehend begriffen hat, "daß alle die fremden Gestalten aus einer fernen wundervollen Welt" jetzt in sein "waches reges Leben geschritten sind" (S. 203).

Ein Wort zur Manipulation der Sprache in diesen einführenden Vigilien scheint hier geboten. Hoffmanns Märchenschaffen ist außerordentlich rezeptionsorientiert. Die Einbeziehung des Lesers in den Produktionsprozeß geschieht in den ersten vier Vigilien sprachlich dadurch, daß der Leser mit verschiedenen stilistischen Registern bekannt gemacht wird, die zum Teil "rein" und zum Teil "gemischt" sind. In der ersten Vigilie zeichnet sich das sprachliche Register durch seine inhärenten Referenzwechsel aus: einerseits genaue alltägliche, konkrete Bezeichnungen (Dresden, schimpfen, Geldbeutel, Spaziergänger . . .), andrerseits verweisende emotional unbestimmte antizipierende Aussagen (etwas Entsetzliches, unwillkürliches Grausen, auf ganz sonderbare Weise . . .). Dem Leser wird keine eindeutige Bezugnahme ermöglicht. Die zweite Vigilie beginnt gleich mit einem bezugsklaren Register, das als alltägliche, idiomatische Umgangssprache erkennbar ist. "Der Herr ist wohl nicht recht bei Troste!" Diese Aussage darf als charakteristisches Beispiel für die Sprechweise der Bürgerwelt gelten. Dem Leser scheint ein fester Bezugspunkt gegeben. Die dritte Vigilie setzt aber mit einem kontrastiven "poetischen" Register ein, dessen Bezugswelt der Bereich der magisch belebten Natur ist (". . . und als der reine Strahl wieder den schwarzen Hügel berührte . . ." [S. 192]). Dieses neue "reine" Register entfernt sich am stärksten von dem sozialen Idiom der Bürgerwelt. Es darf nicht verwundern, daß in diesem Register die Formelhaftigkeit von Hoffmanns Sprache besonders auffällt. Es ist das am stärksten von einer lebendigen Sprachnorm abweichende Register; seine Bezugswelt ist undeterminiert und "vorgestellt", darum muß der Versuch gemacht werden, durch die Determiniertheit und Repetition sprachlicher Einheiten den Phänomenen, die sie bezeichnen sollen, ihre Formen und Positionen zu geben. Man könnte eine Parallele hierzu in Fachsprachen aller Art sehen, in denen ebenfalls durch konstante Terminologie Struktur und Überblick geschaffen werden muß. In der vierten Vigilie benutzt der Erzähler eine neue sprachliche Mischform, deren Referenzen noch vielartiger sind als in der ersten Vigilie. Hier wird die Leserwelt als weiteres Bezugsmoment in das bereits bestehende Bezugsnetz mit einbezogen: ". . . ob du in deinem Leben nicht Stunden, ja Tage und Wochen hattest, in denen dir all dein gewöhnliches Tun und Treiben ein recht quälendes Unbehagen erregte . . ." Im Gegensatz zur "Fachsprache" des mythischen Berichts, haben die Formulierungen in diesem Register eine unterhaltende, gesprochene Qualität, die ihm eine "mündliche" Note verleihen. Am Ende der vierten Vigilie sollte die Leserschaft nun die Zugehörigkeit der jeweiligen Register zu einer bestimmten "sozialen

Gruppe" oder "Welt" im Märchen erkannt haben. Ist es dem Leser
darüber hinaus gelungen, wahrzunehmen, daß manche Register
"doppelbödig" sind und unversehens in eines der anderen umschlagen können, dann hat er die vom Erzähler intendierte, d.h. eine sehr
"flexible" Einstellung zu dem ihm bevorstehenden Leseerlebnis gewonnen.

Die weiteren acht Vigilien, zwei Drittel des Märchen-Ganzen, prä-
sentieren in alternierendem Rhythmus die beiden verschiedenen
Wege, die Anselmus (Vigilie 6, 8, 10, 12) und Veronika (Vigilie 5, 7, 9,
11) in ihrer Suche nach dem Glück gehen. Bei einem Vergleich der
beiden Wege halten sich Kontrast und Parallelismus ungefähr die
Waage. Die Ziele ihrer Suche entsprechen demselben Grundmodell:
beide streben nach Liebesglück und Lebenserfüllung; die gehaltliche
Füllung des Modells weist jedoch extreme Gegensätze auf: Veronika
will den bürgerlich erfolgreichen Hofrat—wie immer er auch heißen
möge[25]—und ein finanziell gesichertes Leben in der "besseren Gesellschaft". Anselmus ist der weitaus Schwankendere, der aber letzten Endes das Liebesglück mit dem Elementargeist des Feuers und
der Poesie, Serpentina, und ein Leben im Phantasiereich Atlantis
erreicht. So klar geschieden, wie diese knappe Skizze es erscheinen
läßt, sind die Wege und Welten natürlich nicht, wie später zu zeigen
ist.

Besonders Vigilie neun und zwölf bedürfen hier noch eines Kom-
mentars. Der Bewegungsrhythmus von einer zur nächsten Vigilie ist
mit "alternierend" nur teilweise gekennzeichnet. Die beiden Welten
und Sehweisen alternieren nicht nur, sondern sie approximieren einander auch derart, daß sie in der neunten Vigilie fast einander überlagern, fast sogar ihre Stellenwerte im Märchenkosmos vertauschen.
Hier erreicht Hoffmanns Erzählkunst eine Meisterschaft, die ihm am
ehesten gelingt, wenn es gilt, Kontraste in der außergewöhnlichsten
Intensität aufeinander prallen zu lassen. Die Geisterwelt nimmt hier
nahezu irdische Dimension an, wenn Veronika den Anselmus in *ihren* Zauberbann verstrickt, und die Bürgerwelt schwingt sich in die
visionäre Sphäre der Salamanderwelt hinauf—wenngleich nur unter
dem entgrenzenden Einfluß von Alkohol (S. 235–37). Selbst der Leser, der bislang glaubte, daß Bürger und Phantast krasse menschliche
Gegenstücke seien, muß sich nun eines Besseren besinnen. Zugang
zur Wunderwelt steht auch dem vernünftigen Bürger offen, besonders wenn er wie Registrator Heerbrand ohnehin schon eine gewisse
"Schwäche" für Poeten, Träume und Rauschzustände hat (S. 188)
und somit ganz gerne ab und zu aus dem Gleichgewicht und in einen
Zustand des Taumelns gerät. Heerbrand ist überhaupt in diesem

ausgewogensten von Hoffmanns Märchen eine überaus schillernde
Bürgergestalt, und sein Sinn fürs Wunderbare und Geheimnisvolle
plaziert ihn in der Figurenkonstellation durchaus in die Nachbarschaft von Anselmus, dessen außerbürgerliche Dimension er zu ahnen scheint: "Lassen Sie dem Anselmus nur Raum und Zeit, . . . das
ist ein kurioses Subjekt, aber es steckt viel in ihm . . ." (S. 203). Schon
sein seltsamer Doppelname macht stutzen, dessen erster Teil "Heer-"
seinen Träger zwar auf der "breiten Heerstraße des Alltags"[26] ansiedelt, wogegen der zweite Teil "-brand" ihn in die Nähe der Elemen-
tarwelt von Feuer und Salamander rückt. Auch Lindhorst ist dem
Registrator zugetan (S. 216) und scheint auf dessen Urteil etwas zu
geben, denn auf seine Empfehlung hin übergibt der Archivarius dem
Anselmus das Abschreiben der geheimen Manuskripte. Besonders
im Rauschzustand—es ist übrigens Heerbrand, der die Ingredienzien
für den berauschenden Punsch zu den Paulmanns mitgebracht hat
(S. 235)—entfalten sich Heerbrands Ahnungen von einer extensi-
veren als nur der bürgerlichen Welt, denn er weiß plötzlich um die
seltsamen Machenschaften zwischen dem "Salamander" und der
"Alten" (S. 236–37). Dies sind Kenntnisse, die Heerbrand auch am
Ende des Märchens, als Hofrat und Bräutigam Veronikas mit Verständnis und Einsicht vorweist: "Nun ist auch nicht zu leugnen, daß
es wirklich wohl geheime Künste gibt, die auf den Menschen nur gar
zu sehr ihren feindlichen Einfluß äußern . . ." (S. 249), wenngleich
Heerbrands semirationalistische Ansicht von den wunderbaren Ereignissen dabei stehenbleibt, sie als "poetische Allegorie" (S. 249) zu
deuten.

Zeichnet sich die die neunte Vigilie also durch eine besonders
starke Fusion und Überlagerung der beiden konträren Bereiche und
Sehweisen aus, so geschieht in der zwölften Vigilie, möchte man
sagen, das Gegenteil. Die Wunderwelt dominiert und die beiden Sehweisen treten am extremsten auseinander; und wieder begegnet
Hoffmann einer besonders schwierigen erzähltechnischen Aufgabe,
die zu lösen allerdings seinem Künstlertalent weniger überzeugend
gelingt. Es gilt, mit den Mitteln der reinsten Phantasie das Glück in
Atlantis zu zeichnen; hierzu ist nach Hoffmanns Ansicht menschlich
irdische Sprache eigentlich nicht befähigt—bestenfalls gelänge es
dem Medium der Töne, eine musikalische Darstellung dieses außer-
irdischen Bereiches zu gestalten.[27] Der Märchenerzähler muß also
eine besonders raffinierte erzähltechnische "Notlösung" schaffen, für
die er zunächst einmal selber ein Teil der Fiktion und Märchenfigur
wird; außerdem läßt er sich durch seinen fiktiven Mentor und Märchenmeister Lindhorst das "Lieblingsgetränk seines Freundes, des

Kapellmeisters Johannes Kreisler" (S. 252) als ironisch "deklassifizierte" Variante dichterischer Inspiration servieren. Durch den Einbruch der Fiktion in den normalen dichterischen Produktionsvorgang will Hoffmann den Übergang der Sprache in den Bereich des Unsagbaren versinnbildlichen.

Erlösung und kein Ende

Es ist keine neue Einsicht, daß von allen Hoffmann-Märchen im *Goldnen Topf* die Idee der Erlösung wohl am stärksten und vielfältigsten zur Darstellung kommt. Dennoch sei, mit den Beiträgen im Sinn, die zu diesem Thema bereits geleistet wurden, dieser Zugang zum Gehalt des Märchens noch einmal versucht: denn er öffnet nicht nur den Blick für die Vielschichtigkeit von Hoffmanns produktivem Verfahren, sondern gibt auch Einblick in wesentliche naturphilosophische Inhalte, die Hoffmann—wie bereits gesagt—zum Teil aus Ideen seiner Zeitgenossen schöpft, über die er aber auch—besonders in abweichender Bewertung—hinausführt.

Erlösung geschieht in Form einer Entwicklung, eines Prozesses, und letzten Endes als eine Tat. In der Märchenterminologie bedeutet Erlösung Befreiung von einem Zauber, einem Bann; übertragen auf die seelische Ebene von Traum oder Hypnose entspricht diesem Zauber eine Willenslähmung, und Erlösung wäre der Wiedergewinn bewußter Kontrolle. In religiöser Sicht bedeutet Erlösung Heilung von Vergehen und Schuldhaftigkeit, mit stark bewertender Konnotation. Psychologisch heißt Erlösung Lösung aus einem Zustand der Erhärtung, Verkrampfung, Stagnation; und im chemischen Bereich bezeichnet die etymologisch und semantisch verwandte "Lösung" eine neue Kombination vorher nicht vereinigter Elemente. Alle Fazetten dieser vielartigen Erlösungsprozesse werden in Hoffmanns Märchen irgendwie aktiviert. Ausgehend von dem bekannten triadischen Denkmuster ursprüngliche Einheit/Gespaltenheit/Wiedergewinn der Einheit (= Erlösung), das Hoffmann insbesondere aus den Schriften Schellings und Schuberts kannte, wird dieser dreiphasige Prozeß in vier verschiedenen Varianten in der Märchenhandlung durchgeführt. Da die fiktive Märchenchronologie der historischen Zeitabfolge nicht parallel läuft, ist dieses Handlungsmuster keineswegs so naiv einsichtig, wie es hier klingen mag. Eher könnte die interne Verwobenheit der vier Erlösungsvarianten mit musikalischen Strukturen verglichen werden.

Das Märchengeschehen beginnt gattungstypisch mit einem Mangelzustand, der den Helden der "neuen Zeit" als Taumelnden, in sich Gespaltenen "Unerlösten" zeigt: ein Zustand, der umso schmerzlicher ist, als der Erlebende weder Ursache, Sinn noch Heilungsmöglichkeit des "Mangels" kennt. Anselmus trägt die Kennzeichen des Erlösungsbedürftigen; aber weder er noch der Leser weiß am Anfang des Märchens, daß er auch fähig und berufen ist zu erlösen. Der Erlösungsweg des Anselmus, den wir später genauer betrachten wollen, wird im Großformat beschrieben, d.h. er reicht von Anfang bis Ende des Märchens. Zeitlich historisch ist der Stellenwert seiner Erlösung schwer zu fixieren, denn einerseits findet sie in der zeitlosen Märchenwirklichkeit statt, andrerseits jedoch in "der neuen Zeit".

Eingeschlossen in die dritte Vigilie, und abgeschlossen in einer vorhistorischen Zeitkapsel, wird das Urmodell von Einheit/Gespaltenheit/Erlösung "erzählt" in dem Mythos von Phosphorus und Feuerlilie. Sie ist Anfang und Urform des Themas; hier liegt der Ansatz zum Verständnis des "Übels", welches, je nach der eingenommenen Deutungsperspektive, naturphilosophisch, religiös-christlich oder tiefenpsychologisch erklärt werden kann. Aniela Jaffé berücksichtigt zu Recht alle drei Blickwinkel, obgleich für Hoffmann die christliche Variante der Heilsgeschichte (Paradies/Sündenfall/Erlösung) nur ganz blaß als übernommenes Kulturgut zur Geltung kommt. Der an den Wortlaut der Genesis anklingende erste Satz ist wohl das einzige direkte Zeichen christlicher Tradition: "Der Geist schaute auf das Wasser, da bewegte es sich und brauste in schäumenden Wogen . . ."[28]. Hoffmanns Absicht war in erster Linie, eine poetisch narrative Übertragung der zeitgenössischen naturphilosophischen Auffassung zu schaffen: daß in der Geschichte des Kosmos ein gradueller Prozeß der Höherentwicklung geistiger Lebensformen stattfindet. Was sich hier positiv anhört, hat jedoch auch negative Folgen: die ursprüngliche Einheit aller Lebensformen (in vorbewußter reiner Anschauung) tritt nämlich auseinander in Formen von verschiedener Naturhaftigkeit oder Bewußtheit, Körperlichkeit oder Geistigkeit. Es ist interessant und wichtig, daß der Schöpfungsprozeß—oder der Begattungsprozeß, was bei Hoffmann identisch ist— immer gleichzeitig Schöpfung *und* Vernichtung bringt. Im Bild des Mythos streben Phosphorus (Gedanke) und Feuerlilie (Anschauung) zueinander, weil das "Andere" sie anzieht; durch ihre Vereinigung nehmen sie einen Teil des "Anderen" in sich auf und sind nun in sich selbst nicht mehr eins, sondern ein neues Selbst aus Gegensätzen. Damit ist der Kampf der Gegensätze geboren, der in diesem frühen Mythosmodell noch einmal siegreich zwischen Phosphorus (Geistigkeit/Licht) und dem Drachen (Sinnlichkeit/Dunkel) ausgetragen wird. Es muß jedoch bedenklich stimmen[29], daß der Drache anscheinend unschädlich gemacht und in die Erde eingesperrt wird (S. 193), denn damit isf ja ein notwendig geschehener Prozeß durch Unterdrückung rückgängig gemacht. Die Wiedervereinigung von Phosphorus und Feuerlilie ist also regressiv und kann bestenfalls als instabile Erlösung "auf Zeit" gewertet werden. Schon hier fällt auf Erlösungen überhaupt ein zweifelhaftes Licht!

Der nächste Fall des triadischen Prozesses Vermählung/Spaltung/ Erlösung (d.h. Wiedervereinigung) geschieht somit auch in der folgenden Generation—eine unbestimmte Zeit später und wird in der achten Vigilie erzählt. Die Koppelung der Gegensätze "Feuer" und "Drache" ist hier in beiden Partnern des "Liebespaares" noch deutlicher ausgeprägt als vorher: der männliche Partner ist der Feuersalamander (Liebling des Geisterfürsten Phosphorus) und der weibliche ist die grüne Schlange (Tochter der Feuerlilie). Chronologisch ist diese Erlösungsvariante bereits der "neuen Zeit" viel näher gerückt, denn der Feuersalamander ist in seiner menschlichen Daseinsform der noch unerlöste Archivarius Lindhorst; und der Dresdener Student Anselmus, jenes erforderliche "kindliche poetische Gemüt" (S. 230), soll die Erlösungstat—teilweise wenigstens—vollbringen.

Damit ist die dritte und "gegenwärtigste" Stufe der Erlösungen erreicht. Anselmus, indem er dem verbannten Elementargeist zu seiner Erlösung verhilft, erlöst durch seine liebende Verbindung mit Serpentina auch sich selbst. Von Stufe zu Stufe sind die "Agenten" dieser Erlösungsprozesse "irdischer", empirischer und individualistischer geworden, ein Vorgang, der die Analogie dieser "Märchengeschehnisse" zum menschlich psychologischen Individuationsprozeß verdeutlicht. Der graduellen Individualisierung und Verkörperlichung läuft aber gleichzeitig eine umgekehrte Bewegung entgegen, die gerade hier auf der dritten Stufe deutlich wird. Anselmus' Erlösung führt letzten Endes dazu, ihn zu entrealisieren, denn seine Seligkeit in Atlantis, im Reich des "Einklangs aller Wesen", ist doch Regression, "Rückkehr" in einen geistigen Naturzustand vorzeitlicher Prägung, den das wachsende Bewußtsein des Menschen bereits überwunden hatte.

Dieses Dilemma empfindet offenbar auch der Erzähler des Märchens, und es stürzt ihn in eine Krise[30], die nur durch eine vierte (letzte?) Variante des Erlösungsprozesses gemeistert werden kann. Der erlösungsbedürftige Dichter/Erzähler bildet die höchste und unmittelbarste Stufe des erlösungsbedürftigen Bewußtseins. Der Parallelismus zu früheren Varianten des Modells ist ebenso auffällig wie es die Abweichungen sind. Der bislang die Fiktion kontrollierende auktoriale Erzähler kapituliert am Beginn der zwölften Vigilie vor der Aufgabe, das Glück in Atlantis sprachlich zu gestalten—wir erwähnten es bereits als ein erzähltechnisches Problem—und gerät damit in die genaue Parallelsituation zu dem von seiner eigenen Phantasie geschaffenen Anselmus: ". . . ich schlich umher wie ein Träumender, kurz, ich geriet in jenen Zustand des Studenten Anselmus, den ich dir, günstiger Leser! in der vierten Vigilie beschrieben" (S. 250). Einmal im Sog seiner eigenen Fiktion, setzt sich das Überhandnehmen der Fiktion fort, indem Archivarius Lindhorst dem erlösungsbedürftigen Erzähler das Erlösungsmittel zur Verfügung stellt: nicht ein berauschendes Mädchen—wie dem Anselmus—sondern ein berauschendes geistiges Getränk[31], unter dessen Einfluß dem Erzähler/Anselmus so zumute wird, wie damals dem Studenten/Anselmus in der achten Vigilie, als er den Mythos vernahm. Auch hier findet der aus dem visionären Rausch Erwachte die Vision sprachlich ausgestaltet vor sich liegen (S. 253–54). Damit ist er erlöst, denn ihm ist—vorübergehend—in der Darstellung von Atlantis "die Erkenntnis des Einklangs aller Wesen" (S. 254) geglückt.

Trotz dieses anscheinenden Abschlusses bleibt die Spirale der Erlösungen offen und unvollendet. Auf zwei Ebenen ist sie weiterzudenken: in der Fiktion des Märchens bleibt Lindhorst halberlöst, bis der Vermählungsprozeß noch weitere zweimal geschieht. Es ist denkbar—und sicherlich in Hoffmanns Sinne—daß das durch den *Goldnen Topf* angeregte Leserbewußtsein in den "Anselmus-Zustand" gerät—in der vierten Vigilie bereits war der Leser dazu aufgefordert worden—welcher ihn dazu befähigt, den schöpferischen Erlösungsprozeß fortzusetzen. Aus den psychologischen Einsichten in den Bewußtwerdungsvorgang allgemein kann Erlösung als ein fortwährend stattfindender Prozeß gedacht werden. Im sich bewußt werdenden Menschen werden die unbewußten Inhalte aus ihrer Unbewußtheit erlöst; und diese üben, wenn sie bewußt gemacht sind, erlösende Wirkung auf den Menschen aus[32].

Da uns Hoffmanns dichterisches Verfahren und die modifizierte Wiederkehr von Motiven und Themen besonders interessiert, muß für die chemikalische Variante des Erlösungsprozesses der Vollständigkeit halber noch gezeigt werden, wie der Dichter—Lindhorst deutet es in der zwölften Vigilie an—zu diesem Motiv gekommen ist. Einige der "Höchst zerstreuten Gedanken" Johannes Kreislers (in *Kreisleriana*, zuerst veröffentlicht im Januar 1814) befassen sich mit der Auswirkung des Genusses starker Getränke auf den Geist des

Künstlers: sie befördern, so meint er, "den regeren Umschwung der Ideen"[33]und beschreibt dann die Bereitung des Getränks und die Interaktion von Alkohol, Feuer und Zucker derart, daß man eine Vorstudie zur Darstellung eines Kampfes zwischen den Mächten des Sinnlichen und den Mächten des Geistigen vor sich zu haben glaubt:

> Wenn so die blaue Flamme emporzuckt, sehe ich wie die Salamander glühend und sprühend herausfahren und mit den Erdgeistern kämpfen, die im Zucker wohnen. Diese halten sich tapfer; sie knistern in gelben Lichtern durch die Feinde, aber die Macht ist zu groß, sie sinken prasselnd und zischend unter - die Wassergeister entfliehen, sich im Dampfe emporwirbelnd, indem die Erdgeister die erschöpften Salamander herabziehen und im eigenen Reich verzehren; aber auch sie gehen unter und kecke neugeborne Geisterchen strahlen in glühendem Rot herauf, und was Salamander und Erdgeist im Kampfe untergehend geboren, hat des Salamanders Glut und des Erdgeistes gehaltige Kraft.[34]

Die Grundstruktur der Gegensätze im Naturbereich, die primitive Attraktion zwischen Elementar- und Erdgeistern, ist hier dargestellt am Beispiel eines alltäglichen chemikalischen Prozesses, und im *Goldnen Topf* am Beispiel mythologisch geisterhafter Mächte. In beiden Fällen geht aus der Vereinigung (Vermählung oder Untergang?) entgegengesetzter Kräfte neue Energie hervor: der endlose Lebens- und Erlösungsprozeß der Natur. Das ist keine Allegorie, sondern die Konkretisierung abstrakter Vorstellungsgehalte, wie sie sich in der Phantasie eines aufs Sinnliche fixierten Dichters gestalten.

Doppelmotive Kristall/Glas und Schlange/Drache

Durch die kunstvolle Verflechtung "symbolisch-tektonischer Leitmotive" ist *Der goldne Topf* "vielleicht das kühnste Sprachgebäude, das die Romantik geschaffen hat"[35]. Bereits 1940 hat Mühlher die motivische Tektonik in Hoffmanns Märchen gründlich untersucht und erkannt. Seither haben wenigstens zwei weitere Forscher mit sehr unterschiedlichem methodischem Ansatz an Mühlhers Ergebnisse angeknüpft. Aniela Jaffé (1950)[36] verfolgt die Bedeutungszusammenhänge von Hoffmanns Bildern zurück auf ihre gemeinsamen Quellen, wie sie es sieht, in den Mythen vieler Völker und in der gnostischen, alchemistischen und mystischen Tradition europäischer Denker. Lothar Pikulik (1969)[37] verfährt textnah und untersucht den

Motivkomplex Kristall/Glas unter dem Doppelaspekt von Kontrast einerseits und Verwandtschaft andrerseits. Da dieses anscheinend paradoxe Verhältnis nicht nur in konkreten Motiven sondern auch in Aspekten der Erzählhaltung vorherrscht, führt dieser Aufsatz auch zu Aussagen über relativierendes und ironisches Erzählen: "bei der Erzählung des Archivarius Lindhorst färbt (etwa) das Alltägliche des Stils und der Lebensform auf das Wunderbare des Gehalts ab, während umgekehrt das Wunderbare, indem es sich das Gesicht des Alltags aufsetzt, dieses zu einer zweideutigen Physiognomie verfremdet"[38].

Ich möchte anhand der beiden wesentlichsten Motivpaare Kristall/Glas und Schlange/Drache die grundsätzlichen Positionen und Konstellationen der handelnden Figuren und ihrer Stellungen im Märchenkosmos aufzeigen. Dabei wird nur das Vorkommen der Motive selbst, nicht aber die Frage nach ihrem Wirklichkeits- oder Visionscharakter berücksichtigt.

Ausgehend von den beiden Grundbereichen, dem Elementar- und dem Erdbereich, die gemeinsam das Natur-Ganze ausmachen, können die beiden Motivpaare sowohl in der Horizontalen wie in der Vertikalen als einander zugeordnete Paare gesehen werden (siehe Skizze): Kristall und Schlange dem Elementarbereich, Glas und Drache dem Erdbereich zugehörig. Vertikal gehören Kristall und Glas demselben Grundstoff mit verwandten Eigenschaften an, sowie Schlange und Drache derselben Spezies im Tierreich. In vielen Szenen des Märchens ist es klar, daß dem Repräsentanten des Geisterreiches Lindhorst die Kristall- und Schlangenmotive entsprechen, wie etwa die Salamanderexistenz "Lind"-horsts und sein feuersprühender Kristallring erhärten. Dem gegenüber ist die alte Rauerin anzusiedeln, die ihre Existenz einer Drachenfeder verdankt und mit gläsernen Metallspiegeln ihr Wesen treibt. Poetisch produktiv werden die Szenen aber besonders dann, wenn sich die Positionen nicht, wie hier, so klar voneinander scheiden lassen, sondern wenn sich die Konstellationen zu mischen und zu überkreuzen scheinen. Hierzu seien nur drei zentrale Beispiele betrachtet: "Riesenschlange", "Kristallflasche" und der "goldne Topf".

Schlangen kommen sowohl im Mythos vor (besonders achte Vigilie), wo der Salamander "der Lilie Tochter, die grüne Schlange" (S. 228) im Kelch der Lilie erblickt und zu ihr in Liebe "entbrennt"; als auch in der Dresdener Welt, wo Anselmus sich in eine der drei grünen Schlängelein, Serpentina, verliebt. Hier ist das Motiv eindeutig mit dem Bereich des Elementaren verknüpft. Aber in zwei besonders ambivalenten Szenen wandelt das Schlangenmotiv seine Ge-

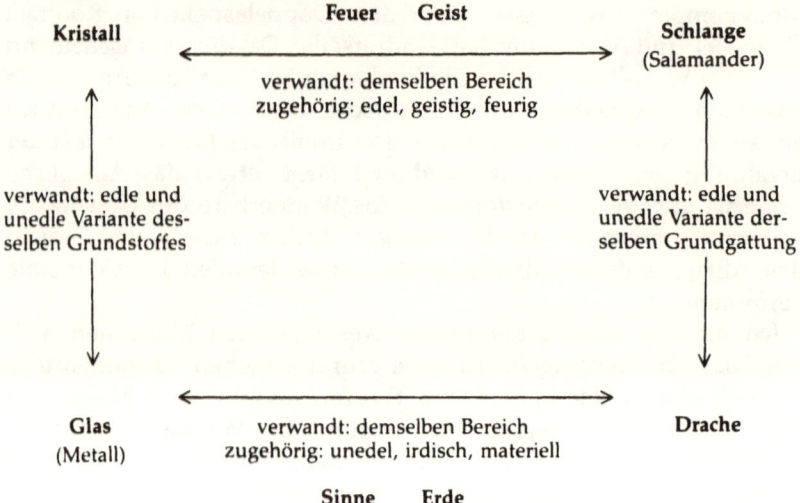

Kristall **Feuer** **Geist** **Schlange**
(Salamander)

verwandt: demselben Bereich
zugehörig: edel, geistig, feurig

verwandt: edle und
unedle Variante des-
selben Grundstoffes

verwandt: edle und
unedle Variante der-
selben Grundgattung

Glas verwandt: demselben Bereich **Drache**
(Metall) zugehörig: unedel, irdisch, materiell

Sinne **Erde**

"Die grundsätzlichen Positionen und Konstellationen der Hauptmotive und ihrer Stellungen im Märchenkosmos"

stalt und wird zum Bild der "Riesenschlange", die Anselmus' Leben massiv bedroht. Zuerst in der zweiten Vigilie erscheint dem Studenten das Angstbild an der Tür zu Lindhorsts Haus und scheint eine Ausgeburt des magischen Erdgeistes/Äpfelweib zu sein:

> Die Klingelschnur senkte sich hinab und wurde zur weißen durchsichtigen Riesenschlange, die umwand und drückte ihn, fester und fester ihr Gewinde schnürend, zusammen, daß die mürben zermalmten Glieder knackend zerbröckelten und sein Blut aus den Adern spritzte, eindringend in den durchsichtigen Leib der Schlange und ihn rot färbend . . . Die Schlange erhob ihr Haupt und legte die lange spitze Zunge von glühendem Erz auf die Brust des Anselmus, da zerriß ein schneidender Schmerz jählich die Pulsader des Lebens und es vergingen ihm die Gedanken.

(S. 191)

Dies ist die gewalttätigste und "nächtlichste" Szene des Märchens— sehen wir vom nächtlichen magischen Spuk der alten Liese mit Veronika ab—, in der das Verführungselement der Schlange ins negativ-destruktive Extrem gesteigert erscheint. Grotesk verkehrt und verfremdet kommt auch hier das Umwinden und Durchdringen von Schlangenleib und Menschenleib zum Ausdruck, wie es ganz positiv in der erotischen Begegnung zwischen Anselmus und Serpentina an anderer Stelle dargestellt ist: "Dem Anselmus war es, als sei er von der holden lieblichen Gestalt so ganz und gar umschlungen und umwunden, daß er sich nur mit ihr regen und bewegen könne, und als sei es nur der Schlag ihres Pulses der durch seine Fibern und Nerven zittere" (S. 227). "Umwinden" oder "Erwürgen" sind nur zwei qualitativ unterschiedliche Varianten desselben Motives, das einmal sexuelle Vereinigung, das andere Mal Tod verheißt.

Das zweite Vorkommen des Motivs der Riesenschlange geschieht ebenfalls in einem Schreckensmoment größter Bedrohung als Reaktion auf den in das wertvolle Manuskript gespritzten Tintenklecks; aber hier ist das Angstbild eindeutig mit der Wunderwelt Lindhorsts assoziiert.

> Die goldnen Stämme der Palmbäume wurden zu Riesenschlangen, die ihre gräßlichen Häupter in schneidendem Metallklange zusammenstießen und mit den geschuppten Leibern den Anselmus umwanden . . . nun sprühten ihre aufgesperrten Rachen Feuer-Katarakte auf den Anselmus, und es war, als verdichteten sich die Feuerströme um seinen Körper und würden zur festen eiskalten Masse. Aber indem des Anselmus Glieder enger und enger sich zusammenziehend erstarrten, vergingen ihm die Gedanken.
>
> (S. 239)

Die Riesenschlangen sind jetzt feuerspeiende Varianten aus dem Elementarbereich, aber das Metall- und Schuppenelement in der Beschreibung gemahnt wiederum eher an den unterirdischen Bereich der Erdgeister. Hier wie dort führt der furchterregende Vorgang jedenfalls zu Verfestigung, Kontraktion und schließlich zu Ohnmacht—"es vergingen ihm die Gedanken"—genau wie im vorigen Bild. Eines scheint diesen Schlangenszenen—seien sie erotisch-gefällig oder tödlich-erschreckend—gemeinsam: immer bezeichnen sie Emanationen von außen kommender Mächte, denen der Erlebende sich hilflos und ohne Kontrolle ausgeliefert fühlt. Weder mit einer bestimmten moralischen Bewertung—als heilsam oder heillos—hat die Verwendung des Schlangenmotivs an sich etwas zu tun, noch kann es eindeutig dem Einflußbereich der Elementar- *oder* Erdgeister zugeordnet werden.

Seinem Stellenwert in der Skizze nach gehört das Kristallmotiv in den Elementarbereich: ein feiner und klarer Edelstein (verwandt mit Diamant und Wasser), rein und blitzend in seiner visuellen Qualität. Aber auch die auditive Dimension ist wesentlich ("kristallen", "Kri-

stallglocke", "Kristallklänge") und siedelt dieses Motiv im synästheti-
schen Bereich an. Synästhesie ist potenzierte Empfindung und bei
Hoffmann charakteristisch für das Wesen oder die Rezeption von
Kunstprodukten, weswegen etwa in der durch künstliche Stimulie-
rung entstandenen poetischen Atlantis-Vision (12. Vigilie) synästhetische Beschreibungen und das Kristallmotiv dominieren. Aber von
Anfang an ist dem Kristallmotiv auch eine Komponente beigegeben,
die es mit dem dunklen sinnlichen Bereich in Verbindung bringt. Die
rätselhafte Prophezeiung des alten Äpfelweibes "ins Kristall bald
dein Fall" weist auf einen Zustand voraus, in dem die geistigen und
die irdisch-materiellen Aspekte des Kristallmotives aufs engste verknüpft sind und miteinander in entscheidenden Konflikt geraten:
Anselmus' Eingesperrt-Sein in der "wohlverstopften Kristallflasche"
(S. 239). In der zehnten Vigilie wird dieses Gefängnis des Anselmus
sechsmal mit der Bezeichnung "Kristall" benannt und achtmal als
"gläserne Flasche" gekennzeichnet. Glas ist aber die gemeinere Variante von Kristall; ihm ist in seiner Komposition Metall beigegeben,
d.h. es ist kein reiner Stoff sondern ein Amalgam. Seine visuelle
Qualität ist weniger licht und strahlend (der magische Spiegel der
alten Liese ist eine Abart dieses Glasmotivs), und der einzige Ton,
der dem Glas im *Goldnen Topf* zugeordnet ist, ist ein "mißtönender
Klang" (S. 240), Widerhall von Anselmus' verzweifelten Gedanken,
die an das Glas schlagen. Hoffmanns Erzähltechnik der "doppelten
Optik" ist wohl kaum in einer anderen Vigilie so konsequent und
wirkungsvoll angewandt wie hier. Einerseits erlaubt der interne Dualismus des Kristallmotivs dem Dichter, die ganz der Glasoptik verfal-
lenen Praktikanten in ihrer Bürgerlichkeit und Diesseitsbefangenheit
zu charakterisieren; für sie ist die Glasexistenz des materialistischen
Wohlstandes mit "Doppelbier" und "Speziestalern" die beste aller
Welten. Andrerseits zeigt aber auch das Oszillieren zwischen Glas-
und Kristalloptik den Kampf in Anselmus' Innerem zwischen Veronikas und Serpentinas Welt. Und wenn am Schluß das *Glas* zerspringt·
(S. 245), so hat die Kristalloptik mit ihrem "herrlichen Dreiklang der
Kristallglocken" (S. 245) die Oberhand gewonnen.

Im Zentralmotiv des Märchens, im goldenen Topf selbst, exemplifi-
ziert Hoffmann die dualistische Struktur der Überschneidung gegen-
sätzlicher Motive und etabliert sie gewissermaßen, in der oxymoronischen (ironischen) Formulierung des Märchentitels[39] als programmatisch für die hier dargestellte Welt. Zwar ist der goldene Topf nur
entlegen mit dem Kristall/Glasmotiv verwandt, aber als umfassendes
Sinnbild für die Duplizität alles irdischen Seins und als zentrales
Märchenrequisit gehört er doch an dieser Stelle in unsere Betrach-

tung. Gold, das edelste der Metalle, dem reinen Feuer vergleichbar, ist gekoppelt an das Gefäß, die Form, in der es sich gestaltet; der "Topf" ist gemeiner irdischer Herkunft und ein Geschenk des Erdgeistes:

> Jede [der drei Töchter] erhält von mir einen Topf vom schönsten Metall, das ich besitze, den poliere ich mit Strahlen, die ich dem Diamant entnommen; in seinem Glanze soll sich unser wundervolles Reich, wie es jetzt im Einklang mit der ganzen Natur besteht, in blendendem herrlichen Widerschein abspiegeln, aus seinem Innern aber in dem Augenblick der Vermählung eine Feuerlilie entsprießen, deren ewige Blüte den bewährt befundenen Jüngling süß duftend umfängt. Bald wird er dann ihre Sprache, die Wunder unsres Reichs verstehen und selbst mit der Geliebten in Atlantis wohnen.
>
> (S. 230)

Waren die beiden vorigen Doppelmotive, Kristallflasche und Riesenschlange, jeweils Indikatoren und Symptome für die inneren Zweifel oder den äußeren Aufeinanderprall der Bereiche des Sinnlichen und des Geistigen, so hat der goldene Topf eher die Funktion, den Abschluß der Entwicklung, den glücklichen Ausgang des märchenhaften Streits von dunklen und hellen Mächten anzukündigen und zu versinnbildlichen. Glücklicher Ausgang heißt aber nicht Aufhebung des Doppelcharakters. Die Lilie, die aus dem goldenen Topf entspringt, ist nicht dieselbe Feuerlilie, von der der Mythos (dritte Vigilie) sprach. Jene war, in vorbewußter Zeit, Ausdruck reiner und unmittelbarer Anschauung, direktes Zeichen des "heiligen Einklangs aller Wesen"—wie der Dichter die ursprüngliche Naturharmonie wiederholt formelhaft bezeichnet. Diese neue Lilie jedoch ist sekundärer Natur, sie ist das sentimentalische Produkt, in das die erste Lilie sich über den Weg der Verfremdung mit sich selbst entwickelt hat. Anselmus in Atlantis hat die rechte poetische Sehweise gefunden, wenn er diese neue Lilie "die *Erkenntnis* [meine Hervorhebung] des heiligen Einklangs aller Wesen" (S. 254) nennt. Sie bedeutet nicht Rückkehr zum Ursprung sondern, nach spiralenförmiger Entwicklung, Reflexion, "blendend herrlicher Widerschein (S. 230)" des Ursprungs, hervorgegangen aus dem strahlend polierten Spiegel des goldenen Topfes.

Der Seligkeit des entrückten Anselmus muß nun aber, um das Prinzip der Ironie durchzuhalten, eine "Seligkeit" des ans Irdische gebundenen Dichters in der Doppelwelt des Märchens entsprechen. Wie Roland Heine[40] ausführt ist dies der Punkt, wo die inhaltliche

Dimension der Dichtung umschlägt in eine formal erzähltheoreti-
sche—oder anders formuliert: es ist die Schwelle zwischen Poesie
und Transzendentalpoesie, zwischen Fiktion und Fiktionsüberschrei-
tung. Was hier geschieht, läßt sich auch aus der Warte des sich mehrfach brechenden Goldenen-Topf-Motivs und von der Perspektive der
Doppelgattung Märchen/Roman dieses Kunstgebildes (Knud Willenberg[41]) her betrachten, ohne damit Heines Resultat wesentlich zu
verschieben. Es darf nach allem Gesagten nicht mehr verwundern,
daß *Der goldne Topf* nicht nur einen Schluß sondern zwei Schlüsse hat,
ebenso wie das Werk nicht nur einen Helden hat sondern zwei. Anselmus und der Dichter des *Goldnen Topfes* sind gegenseitige Spiege-
lungen voneinander; was das Märchenrequisit der goldene Topf in-
haltlich für Anselmus bedeutet, bedeutet das Märchenprodukt *Der
goldne Topf* erzähltheoretisch für den Dichter. Aus diesem Vergleich
ergibt sich aber auch der wesentliche Unterschied zwischen den beiden, der schon bei der Betrachtung des Erlösungsmodells angedeutet
wurde. Das erste Märchenende bringt absolute Seligkeit für seinen
Helden; aber absolute Seligkeit ist gleichbedeutend mit Stillstand
oder Regression in einen früheren vorbewußten Zustand. Nur in
einem Märchen kann ein solches Ende als "happy end" gelten. Das
zweite Märchenende ist Reflexion auf das erste und der wirkliche
Schluß der Märchenproduktion: aus dem Blickpunkt des Produzenten gesehen, erweisen sich die Einsichten dieses Schlusses als progressiv und neuartig. Die "Seligkeit" des zweiten Helden, des Dichters, ist zwar nicht absolut, sondern relativ und gebrochen; aber sie
ist die potentielle Seligkeit der "Märchenexistenz" in einer neuen
Zeit, die nicht mehr eine Frage des Glaubens (Inhalt) ist, sondern
eine Frage des gestalterischen Könnens (Form).

Auf poetologischer Ebene ist dies die wesentliche und abschließende Einsicht, die das Märchen vom *Goldnen Topf* vermittelt. Aber es
wäre zu einfach, das Märchen nur als romantisches Produkt von
"Poesie der Poesie" oder nur als Dichtung über Dichtung anzusehen.
Das Märchen erzählt tatsächlich die Geschichte des Anselmus, eines
jeden Anselmus in der neuen Zeit, und somit die Geschichte aller
Menschen, denn "jedes neue Leben fängt eine neue für sich bestehende Zeit an, die unmittelbar an die Ewigkeit geknüpft ist (Schelling)."[42]

3. Psychologisches Märchen:
Nußknacker und Mausekönig
Wunschträume eines alten Mannes

Im Spätsommer 1816 schrieb Hoffmann sein zweites Märchen, das er ausdrücklich ein Kindermärchen nennt. Angeregt durch seinen damals häufigen Kontakt mit den Kindern seines Freundes Hitzig, wurde das Märchen zunächst auch im Rahmen ähnlich intendierter Werke von Contessa und Fouqué unter dem Buchtitel *Kinder-Mährchen*"[1] veröffentlicht. Auf den ersten Blick erscheinen Hauptfiguren und Hauptgeschehen—lebendige Puppen und Spielsoldaten, sprechende Mäuse und Marzipanschlösser—recht dazu angetan, den Sinn von Kindern zu fesseln und mit ihrer phantastischen Buntheit zu unterhalten. Das Märchen wurde zu seiner Zeit zwar von der Presse nicht recht verstanden und gewürdigt, erwies sich aber dann doch so beliebt beim Lesepublikum, daß an neugesetzten deutschen Drucken im 19. Jahrhundert allein sechzehn Ausgaben zu verzeichnen sind.[2] Und seit Tschaikowski sein berühmtes Nußknacker Ballett[3] geschaffen hat, vergeht wohl bis heute kein Weihnachtsfest, zu dem dieses beliebte Unterhaltungsstück nicht Kinderherzen überall mit seiner magischen Spielzeug- und Süßigkeitenwelt entzückt. Aber all dieses kindlich spielerische Zaubertreiben belebt ja nur die allerdünnste Oberfläche von Hoffmanns Märchen; gleich darunter kündigen sich schwerwiegende Problemkreise und komplexe Fragen an, die zwar von einigen Kritikern der Hoffmann-Zeit zum Teil vage empfunden und geäußert aber nie gründlich untersucht wurden. Der Zweitdruck des Werkes, der 1819 als letzte Erzählung im ersten Band der *Serapions-Brüder* erschien, erlaubte es dann dem Dichter im Rahmengespräch der erzählenden und lauschenden Freunde, gewisse Bedenken bezüglich Verständlichkeit und Kindlichkeit des Märchens zum Ausdruck kommen zu lassen. Hoffmann nimmt diese Gelegenheit geschickt dazu wahr, durch den Mund der Freunde zu bereits in der Presse geäußerten Bedenken Stellung zu nehmen[4], aber auch— wie er es gerne tut—den Leser indirekt auf bestimmte wichtige Phänomene, die etwa besondere Aufmerksamkeit verlangen, hinzuweisen. In diesem Rahmengespräch werden also Fragen laut wie: werden Kinder denn die "feinen Fäden", die die "scheinbar völlig hete-

rogenen Teile" des Ganzen zusammenhalten, erkennen? Auch die
Wirksamkeit des eingeschalteten Märchens von der harten Nuß wird
angezweifelt. Hier äußert sich die Doppelbödigkeit des Werkes besonders deutlich, denn einerseits wird das eingelegte Binnenmärchen als "Bindungsmittel des Ganzen" (S. 253)[5] bezeichnet, andrerseits aber für "fehlerhaft" gehalten, "weil die Sache wenigstens
scheinbar sich dadurch verwirrt und die Fäden sich auch zu sehr
dehnen und ausbreiten" (S.253). Den Vorwürfen der Freunde, nur
ein vom Fieber befallener Mensch könne "solch Unding" schaffen,
entgegnet Lothar, der Schöpfer des Märchens, daß dem Werk, trotz
seiner traumhaften Phantastik, ein fester Kern nicht fehle. Das einzige, allerdings wichtige Zugeständnis, das er den kritischen Zuhörern macht, ist dieses: " . . . daß ein gewisser unverzeihlicher Übermut darin herrscht und [er] zu sehr an die erwachsenen Leute und
ihre Taten gedacht" (S. 255).

In der neueren Forschung wird *Nußknacker und Mausekönig* meist
als gelungenes und heiter unkompliziertes Werk gesehen. Ellinger
findet den Aufbau der Erzählung mit ihrer Rahmentechnik "rüh-
menswert", rügt aber den Schluß als "unvermittelt", und nicht der
Gesamtanlage entsprechend[6]. Auch Hans von Müller tadelt den
Schluß als ungenügend, denn hier sei es Hoffmann nicht gelungen,
das phantastische Zwielicht, in dem er den Großteil des Märchens
gelassen habe, weiter zu bewahren. Als besonders geglückt hebt
er den außerordentlichen Reichtum an satirischen Zügen hervor, obgleich diese sich "durchaus nur an die Erwachsenen wenden"[7]. Hans
von Müller gesellt sich zu vielen anderen Forschern, wenn auch er
behauptet, in Droßelmeier habe Hoffmann sich selber porträtiert,
und er fährt fort: "Am liebenswürdigsten wirkt Hoffmanns wiederholte Verspottung seiner eigenen Häßlichkeit "[8]. Wie sich aus meiner
Lesart des Märchens ergeben wird, ist eine solch pauschale Identifizierung Droßelmeiers mit Hoffmann sehr bedenklich! Es wird allgemein anerkannt, daß Droßelmeier in seinen komplexen Funktionen
ein besonders wichtiger Bestandteil des Werkes sei, ohne daß jedoch
die weitreichende und vielschichtige Bedeutung dieser rätselhaften
Gestalt voll ausgemessen wird. Wir werden sehen, daß Droßelmeier
in seiner Omnipräsenz, die aber gleichzeitig wegen ihrer Vieldeutigkeit schwer zu fassen ist, den Schlüssel zu vielen verborgenen Sinn-
bereichen enthält. Kenneth Negus bedauert die Widersprüchlichkei-
ten in dieser Gestalt, die er gerne analog zu Archivar Lindhorst im
Goldnen Topf sehen möchte.[9] Pate Droßelmeier trägt zwar Züge dieser
echt Hoffmannschen Meistergestalt; wenn er aber an dessen Größe
und Zauberkraft nicht heranreicht, sondern eher in rätselhaften Un-

zulänglichkeiten steckenbleibt, so liegt das nicht an Hoffmanns mangelnder Darstellungskraft. Es rührt vielmehr schon an den Kern des wesenhaften und gewollten Unterschieds zwischen diesen beiden Märchenmeistern. Günter Heintz, der Droßelmeier in einer gespannten Zwitterposition zwischen "Mechanik" und "Phantasie" angesiedelt sieht, kommt zu der interessanten Einsicht: "die Spiralbewegung des poetisierenden Prozesses ist der eigentliche Gegenstand des vorliegenden Texts; er zielt nicht nur auf die Poetisierung der unter dem Schlagwort der Mechanik stehenden prosaischen Welt, sondern darüber hinaus auf die nochmalige Verzauberung der poetischen"[10].

Als vielschichtig mythische Gestalt deutet Ronald Elardo den Paten Droßelmeier, dessen Funktion der Kraft des Unbewußten verwandt sei, und er kommt zu dem Schluß: "Through his multiple role, Droßelmeier appears both as teacher and tormentor"[11]. Daß Ambiguität das Wesen Droßelmeiers sei, erkennt auch Hans Schumacher und schließt aus dieser Tatsache, daß deshalb eben manche Frage in diesem Märchennetz der rätselhaften Bezüge offen bleiben müsse: "Droßelmeier ist also die Zweideutigkeit in Person, und er pflegt diese Ambiguität, indem er den zupackenden Fragen Maries mürrisch ausweicht"[12]. Neuerdings hat James McGlatherys These von der "Panik des sexuellen Feiglings", die er der Psychologie fast jedes Hoffmannschen Helden zugrunde liegen sieht, etwas zu rigoros alle Rätsel gelöst, indem er das Märchen deutet als "the marriage-dreams of a seven-year old girl . . . ; and these dreams reflect the half-admitted love that she and her godfather Droßelmeier bashfully feel for one another"[13]. Droßelmeiers Märchen von der harten Nuß sei "a self-ironic sublimation of his guilty bachelor love for the goddaughter"[14]. Mag diese Deutung auch etwas zu schmalspurig ausgefallen sein, so ist in ihr doch manches gesehen, was latent in dem komplexstrukturierten und an vielen Stellen rätselhaft obskuren "Kindermärchen" angelegt und konsequent durchgeführt ist.

Unsere Untersuchung soll, von einer Strukturanalyse des komplizierten Rahmenbaus ausgehend, versuchen, "die feinen Fäden" aller wichtigen durchgehenden Motive und Themen in ihrer Zusammengehörigkeit zu erläutern; so etwa das Motiv der Häßlichkeit, das der Zähne und Nüsse, des Beißens und Knackens, der Schlacht und des Schwertes; oder die Themen von Mechanik, Künstlertum und Hypnose. Die Mehrschichtigkeit und Interaktion der Hauptcharaktere Droßelmeier-Nußknacker und Marie-Pirlipat wird in diesem Märchen in erster Linie von einer fiktiven Figur selber geschaffen, nämlich von der "Meistergestalt" Droßelmeier, dessen Handlungsmotivierung es zu verstehen gilt. Er ist es auch, der den eingefügten

"Mythos" von der harten Nuß mit all seinen satirischen Einlagen erfindet; auch die Funktion dieses Binnenmärchens für das Gesamtwerk muß geklärt werden. Es genügt nicht, dieses seltsame Produkt einer männlich-erwachsenen Phantasie als unkindliches Kindermärchen abzutun; die "unkindlichen" und die obskuren Elemente sind meines Erachtens weder Mangels- noch Zufallserscheinungen sondern Teil einer Aussage, die nicht einfach an der Textoberfläche ablesbar ist sondern sich massiv und dem analytischen Auge unübersehbar unter der Oberfläche versteckt.

Struktur des Märchens

Einer Nuß vergleichbar besteht die Struktur des Märchens *Nußknacker und Mausekönig* aus Schale—genauer gesagt, Schalenschichten—und Kern. Vierzehn individuell betitelte kurze Erzählteile gliedern sich in sechs + drei + fünf etwa gleichlange Kapitel, von denen die ersten sechs den einführenden Rahmenteil, die mittleren drei das Binnenmärchen von der harten Nuß, und die letzten fünf den abschließenden Rahmenteil bilden. Dieses Aufbauprinzip vom äußeren Märchen mit einem eingefügten "Märchen im Märchen" ist vom *Goldnen Topf* her bereits bekannt; nur hebt sich hier das eingefügte Märchen äußerlich deutlicher vom Rest der Erzählung ab. Dennoch ist auch das Binnenmärchen von der harten Nuß mit dem Gehalt des Rahmenmärchens verknüpft. Ähnlich wie der Mythos von Phosphorus und der Feuerlilie die Vorgeschichte des Anselmus-Märchens bilden, so enthält auch "die harte Nuß" Vorbedingungen für die Ereignisse des Rahmenmärchens vom *Nußknacker und Mausekönig*. Dieses Verhältnis von Vorgeschichte und Hauptgeschichte wiederholt sich im Binnenmärchen nochmals im Kleinen, denn das erste Kapitel des "Märchens von der harten Nuß" bildet die Vorgeschichte zum folgenden Pirlipat-Märchen. Die zentrale Position des "Märchens von der harten Nuß" hat auch auf den abschließenden Rahmenteil seine Auswirkung die vom Erzähler/Erfinder des Nußmärchens, Pate Droßelmeier, strategisch sorgfältig geplant war. Maries Verhältnis zum Nußknacker soll nämlich durch diese Erzählung eine bedeutende Veränderung erfahren, wie wir später sehen werden. Die erstaunliche Symmetrie im Aufbau dieses Märchens geht noch weiter, denn auch im "Schalen"-Teil des Werkes sind Parallelen zwischen entsprechenden Eingangs- und Ausgangsteilen festzustellen.[15] Nur ein paar Beispiele: direkt den "Kern", d.h. das Binnenmärchen, berühren zwei Erzählteile (6 und 10), die jeweils an Maries Krankenlager stattfinden. In beiden Fällen ist Marie angegriffen von den "Traum"-Geschehnissen, die ihr begegnet sind; in beiden Fällen ist sie ärgerlich auf ihren Patenonkel und will wissen, warum er dem lieben Nußknacker nicht zur Hilfe gekommen sei (S. 217, 233). Droßelmeier gibt in beiden Fällen eine ausweichende Antwort, denn Maries Fragen berühren allerinnerste Beweggründe, deren sich vielleicht auch Droßelmeier lieber nicht bewußt würde.[16] In der nächsten "Schalen"-Schicht (5 und 11) herrscht wieder Parallelismus (Schlacht bzw. Sieg), denn in beiden Teilen wird ein Kampf zwischen Nußknacker und Mausekönig ausgetragen. Entfernen wir uns um eine weitere "Schalen"-Schicht vom Kern, so betreten wir in beiden Fällen (Wunderdinge bzw. Puppenreich) Maries reine Traum- und Phantasiebereiche. So geht der parallelistische Bau weiter, bis man zum Schluß die äußerste Schale erreicht (1 und 14), die als Exposition bzw. Epilog wieder einander entsprechende Funktionen erfüllen. Ob und in welcher Weise Marie allerdings am Ende eine andere geworden ist, bleibt später noch zu sagen.

Rahmenmärchen, I

Durchlaufen wir nun die Ereignisse der Chronologie des Märchens nach, indem wir gleichzeitig zum tieferen Verständnis nötige Vor- und Rückwärtsbezüge vermerken! Die Stimmung des Weihnachtsabends birgt für Hoffmann offenbar ein besonderes Faszinosum: es bildet die spannungs- und geheimnisvolle Eingangsszene, so wie es in Hoffmanns letztem Märchen *Meister Floh* wieder geschehen soll. Dieser nur drei Seiten lange Text handelt jedoch zur Hälfte von einer Person, die weder anwesend ist, noch direkt mit der Weihnachtstradition in Verbindung steht. Der Pate Droßelmeier ist in vielerlei Weise selbst ein geheimnis- und spannungsreiches Faszinosum und intensiviert somit die herrschende Stimmung. Als "gar kein hübscher Mann" (S. 199) wird er gleich eingeführt, der eher durch seine Seltsamkeit auffällt: viele Runzeln, ein schwarz bepflastertes Auge, "gar keine Haare", aber eine sehr künstliche weiße Perücke aus Glas. Dieser alte kleine Mann weiß sich bei den Kindern beliebt zu machen durch künstlich hergestellte Spielsachen, besonders bei Marie, für die auch er sich mehr zu interessieren scheint: sei es, weil sie mit einer ebenso reichen Einbildungskraft begabt ist wie er; sei es, weil das anschmiegsame, begeisterungsfähige Mädchen seine Männerphantasie[17] stärker bewegt, oder vielleicht einfach weil sie gehorsamer und empfänglicher ist als ihr Bruder Fritz. Von Kunz, Hoffmanns Freund und Verleger, wissen wir, daß Hoffmann in Bamberg "durchaus für einen Kinderfeind galt"[18]. Und Kunz fährt fort: "Er war es, und war es nicht, je nachdem die Kinder waren; mit wohlgezogenen, anspruchslosen konnte er sich stundenlang und sehr gemüthlich unterhalten, wenn sie ihn reden ließen und zuhörten; so wie sie aber—wie er sich ausdrückte—obligat wurden, kehrte er ihnen den Rücken. Beweis dafür ist sein treffliches Kindermährchen: Nußknacker und Mäusekönig.—Über ein schreiendes Kind wurde er mit Ingrimm erfüllt, weil dies *störend* auf ihn einwirkte"[19].

Für Marie hat er dann wohl das kostbare mechanische "Schloß mit vielen Spiegelfenstern und goldenen Türen" (S. 202) hergestellt—anstatt der Festung mit auf- und abmarschierenden Soldaten, von der Fritz träumte. Aber des alten Droßelmeiers kostbare Gaben treffen nicht wirklich die kindlichen Wünsche. Ihre Mechanik ist den freiheitsbedürftigen Kindern zu determiniert; außerdem gehören seine "Kunstwerke" mit ihrem kostbaren Bau in die Welt der Erwachsenen, die das Geschenk gleich mit ihrem kontrollierenden Beschlag belegen: "Eigentlich haben wir wenig von seinen Spielsachen", meint Fritz, "es wird uns ja alles gleich wieder weggenommen" (S. 199). Die Aufmerksamkeit Maries, die Droßelmeier hatte erregen wollen, fällt aber auf ein anderes Objekt[20]: "ein sehr vortrefflicher kleiner Mann, . . . der still und bescheiden dastand, als erwarte er ruhig, wenn die Reihe an ihn kommen werde" (S. 203). Obgleich der aus Holz gedrechselte hübsch bemalte Nußknacker auch durch häßliche körperliche Disproportionen auffällt, zieht Marie ihn doch dem Paten Droßelmeier vor, mit dem sie ihn sofort vergleicht, wegen der "Freundschaft" und des "Wohlwollens", die aus Nußknackers "hellgrünen, etwas zu großen hervorstehenden Augen" (S. 204) sprechen. Der "allerliebste kleine Mann" wird zu Maries Schützling und Pflegling, umso mehr, als er beim heftigen Nüsseknacken drei Zähne verliert und sein Unterkinn verletzt. Hier etabliert sich bereits eine Rivalität zwischen Nußknacker und dem alten Droßelmeier, die dieser auch zu spüren scheint, denn, recht bös geworden, wundert er sich, "wie sie (Marie) denn mit solch einem grundhäßlichen Kerl so schöntun könne" (S. 206).

Vom nächsten Kapitel an, konzentrieren sich die Ereignisse mehr und mehr auf Marie, der, auf ihren Wunsch mit den Gaben alleingelassen, eine eigene Welt von "Wunderdingen" aufgeht. Aus ihrer Perspektive dargestellt, erfährt der Leser, daß Marie ihre ganze Liebe und Pflege dem verwundeten "Nußknackerchen" zuwendet. Droßelmeier ist in Maries Gedanken auf den Posten des geschickten Mechanikers verdrängt, der bestenfalls bei Nußnackers "Reparatur" helfen kann; dieser lautgewordene Gedanke ruft jedoch auch die erste "menschliche" Regung bei Nußknacker hervor, denn es heißt: ". . . indem sie den Name Droßelmeier nannte, machte Nußknacker ein ganz verdammt schiefes Maul, und aus seinen Augen fuhr es heraus wie grünfunkelnde Stacheln" (S. 208). Nicht nur haben wir es hier mit einem gesichterschneidenden Spielzeug zu tun, sondern der Nußknacker scheint sogar eine ganz bestimmte Gemütsäußerung von sich zu geben, nämlich Eifersucht auf den alten Droßelmeier, in dem Nußknacker möglicherweise einen Rivalen vermutet.

Nußknackers seltsames Verhalten war nur der Anfang der jetzt einsetzenden Anthropomorphisierung der Spielsachen und der auftauchenden Mäuse; damit beginnt nun der eigentlich phantastische Märchencharakter dieser Erzählung. Das erregende Moment zu diesen Ereignissen, oder "Wunderdingen", ist, objektiv gesehen, das mitternächtliche Schlagen der Uhr, subjektiv gesehen aber wieder das Treiben des "Drahtziehers" Droßelmeier, den Marie auf der Wanduhr sitzend zu sehen glaubt: ". . . entsetzt wär sie beinahe davongelaufen, als sie Pate Droßelmeier erblickte, der statt der Eule auf der Wanduhr saß und seine gelben Rockschöße von beiden Seiten wie Flügel herabgehängt hatte" (S. 209). Hoffmanns Erzählkunst läßt das eigentliche Wesen der Ereignisse vieldeutig ambivalent: nicht nur traumähnlich wirkt das Geschehen, sondern Maries Verhalten ähnelt auch dem einer Somnambulen, die sich unter dem hypnotisierenden Einfluß der sonderbar vieldeutigen Droßelmeier-Gestalt befindet. Was Marie in ihrem "phantastischen" Zustand erlebt, ist durch einen unübersehbaren Wesensbruch gekennzeichnet: nicht von heilen, sicheren und schönen Dingen "träumt" dieses weibliche "fromme vernünftige Kind" (S. 207), sondern sie erlebt Bedrohung, Gewalttätigkeiten ("gezogenes Schwert" erscheint dreimal auf zwei Seiten), Kampf, Gefahr, Scherben und stechenden Schmerz (S. 209–12). Die eher "männliche" Szene von Kampf und Schlacht, deren grauenvollen Höhepunkt das Erscheinen des siebenköpfigen Mausekönigs— "recht gräßlich zischend und pfeifend"—darstellt, scheint durch eine von außen auf Marie einwirkende Kraft induziert. Zwar ist die Schlachtszene (212–20) ein überragendes Glanzstück narrativer dramatischer und onomatopoetischer Kunst (der satirische Charakter sei später betrachtet), aber sie übertönt nicht die grundsätzliche Frage: warum eigentlich Nußknacker und die Mäuse mit solch gewalttätiger Feindschaft aufeinander prallen. Die Antwort zu dieser Frage erschließt sich erst im Binnenmärchen, der Vorgeschichte des Gesamtmärchens. Durch diese chronologische Umstellung intensiviert

Hoffmann die ohnehin schon in der Schlachtszene herrschende Spannung bis zum Extrem; der Höhepunkt wird im Bewußtseinsverlust Maries erreicht.

Nicht nur Nußknacker wird hier besiegt und die Mäuse triumphieren, sondern auch Marie ist erschöpft, verletzt und geschlagen. Sie hat ihren Schützling nicht beschützen können; und auch die Welt der Mutter mit Vorwurf und Strafpredigt (S. 216) verleiht keinen Trost. Die spannungserregenden und vorwärtsweisenden Momente in dem nächsten Erzählteil (Krankheit) sind dreifach: 1. "wie im Traum" hört die kranke Marie Nußknackers Stimme: ". . . teuerste Dame, Ihnen verdanke ich viel, doch noch mehr können Sie für mich tun!" (S. 217). 2. Als Marie dem "häßlichen Paten Droßelmeier" (S. 217) alle Schuld an den Geschehnissen der Nacht zuschiebt und ihn fragt, warum er nicht zur Hilfe gekommen sei, da erwidert der, statt einer Antwort, mit folgender seltsamen Szene:

> Pate Droßelmeier schnitt seltsame Gesichter und sprach mit schnarrender, eintöniger Stimme: 'Perpendikel mußte schnurren—picken—wollte sich nicht schicken—Uhren—Uhren Uhrenperpendikel mußte schnurren—leise schnurren—schlagen Glocken laut kling klang—Hink und Honk, und Honk und Hank—Puppenmädel sei nicht bang!—schlagen Glöcklein, ist geschlagen, Mausekönig fortzujagen, kommt die Eul' im schnellen Flug—Pak und Pik, und Pik und Puk—Glöcklein bim bim—Uhren—schnurr schnurr—Perpendikel müssen schnurren—picken wollte sich nicht schicken—Schnarr und schnurr, und pirr und purr!'—Marie sah den Paten Droßelmeier starr mit großen Augen an, weil er ganz anders und noch viel häßlicher aussah als sonst und mit dem rechten Arm hin und her schlug, als würd' er gleich einer Drahtpuppe gezogen.
>
> (S. 217–18)

Der Pate nennt dies sein "Uhrmacherliedchen", und Teile davon hatte er schon während der "phantastischen Nacht" von der Wanduhr heruntergeschnurrt (S. 209). Er war also nicht nur Zeuge jener Ereignisse gewesen, entweder als "Märchenmeister"[21] oder als Magnetiseur, sondern hat wohl das ganze Treiben kontrolliert, ein Umstand, der das männlich Kämpferische der Vorgänge erklären würde. Ungeklärt und sonderbar bleibt aber dabei, daß auch Droßelmeier wie eine "Drahtpuppe" agiert und, offenbar selber unfrei, unter dem Willen einer höheren Macht—vielleicht der des primären Erzählers Hoffmann?—zu stehen scheint. 3. Letztlich will Droßelmeier—um die Gunst der verärgerten Marie wiederzugewinnen—die Geschichte

erzählen, die aufklären soll, warum der Nußknacker so häßlich sei
(S. 218): eine Beobachtung, die immer noch Droßelmeiers ganzes
Denken zu erfüllen scheint.

Das Binnenmärchen

Das Märchen von der harten Nuß hat eine viel beschränktere Funktion und weniger allgemein allegorische Bedeutung als der Mythos
im *Goldnen Topf.* Es dient in erster Linie dazu, Nußknackers Vorgeschichte zu erzählen, was allerdings dazu führt, daß das Wesen des
bisher nur als Spielzeug (wenn auch manchmal magisch belebt) bekannten Nußknackers beträchtlich vertieft, d.h. als verwunschener
Märchenprinz erkannt wird. Eigentlich gewinnt auch der erste Teil
der Rahmenerzählung erst aus dieser Sicht Märchencharakter.

Droßelmeier, der bislang als geschickter Mechaniker und sonder-
barer Kauz bekannt war, enthüllt nun sein Wesen als Erzähler,
Dichter, Phantast. Sein Märchen ist eine Art fiktiver Autobiographie,
in der Droßelmeier sich als Ich-Erzähler gibt, der aber auch als erle-
bendes Ich eine Rolle in der Fiktion spielt. Überhaupt legt dieser
Bericht Zeugnis davon ab, wie narzißtisch Droßelmeier mit sich
und den "Droßelmeiers" präokkupiert ist: alle drei männlichen Helden im Märchen sind Droßelmeiers—der Pate, sein Bruder und der
Neffe. Es wird deutlich, daß die ganze Geschichte eigentlich eine
höchst komplizierte Digression darstellt, um letztlich die Verwandtschaft zwischen dem von Marie vernachlässigten Paten Droßelmeier
und seinem von Marie geliebten Neffen, dem jungen Droßelmeier,
alias Nußknacker, zu "erfinden", bzw. Marie bewußt zu machen.
Durch diese Verwandtschaft mit dem Liebesobjekt verschafft sich der
alte Droßelmeier wenigstens eine Ersatznähe, ein Phantasieverhältnis
zu dem Mädchen Marie. Warum aber das komplizierte Pirlipat-Ge-
schehen, die Geschichte vom wurstgierigen König und der harten
Nuß Krakatuk? Nun, einmal bedeutet dieses bunte Fabulieren tatsächlich einen erwünschten Zeitvertreib für das kranke Kind. Daß in
diesem phantastischen Gespinst jedoch auch die damals populäre
Gattung der französischen *contes de fée* parodiert wird, errät wohl nur
der Leser, der die "vorzügliche Geschichte vom Prinzen Fakardin" (S.
217) kennt, welche—seltsamerweise—die Mutter gerade vorher der
kranken Marie vorgelesen hatte. Seltsam muß die Wahl dieses Textes
tatsächlich erscheinen, denn Antoine de Hamiltons damals recht bekanntes Märchen *Les quatre facardins*[22] gehört zur Gattung der erotisch höchst anzüglichen *contes licencieux* und war keineswegs für
Kinder gedacht! Was Hoffmann mit der Wahl dieser Lektüre für

Marie beabsichtigte, muß wohl Spekulation bleiben. Auch weniger literarisch versierten Lesern mag es jedoch aufgehen, daß das ereignis- und detailreiche Geschehen des Binnenmärchens die nötige narrative Mystifizierung produziert, welche die Liebesphantasien des alten Mannes für das junge Mädchen—wegen ihres leicht anzüglichen und gesellschaftlich unerlaubten Charakters—unter ihrer Oberfläche versteckt. Entscheidend bleibt letzten Endes, daß erst dieser Märchenkontext das wahre Verhältnis zwischen Nußknacker und Marie etabliert—nämlich das des verwunschenen Märchenprinzen, der auf seine Erlöserin wartet.

Bei genauerem Hinsehen werden im Märchen von der harten Nuß—trotz der grotesk-komischen Verzerrungen—Volksmärchenzüge deutlich erkennbar. Ein wurstsüchtiger König und seine würstemachende Königin verfeinden sich mit der Königin der Mausewelt, Frau Mauserinks, da sie zur Strafe hunderte von speckstehlenden Mäusen mit Hilfe von Droßelmeiers Mausefallen haben "hinrichten" lassen; selbst die sieben Söhne der Königin fallen ihnen zum Opfer. Aus Rache droht Mauserinks, den Kopf der schönen Prinzessin Pirlipat abzubeißen. In einem unbewachten Moment wird Pirlipats hübsches Gesicht von der Mausekönigin in einen unförmig häßlichen Kopf verwandelt, wodurch sie beginnt, wie ein häßlicher weiblicher Nußknacker auszusehen. Die Mittel zur Erlösung muß der Ich-Erzähler, Hofuhrmacher Droßelmeier, finden, "widrigenfalls er dem schmachvollen Tode unter dem Beil des Henkers verfallen sein solle" (S. 224). Auch im Königreich des Binnenmärchens herrschen Grausamkeit und Gewalttat! Die magische harte Nuß[23] Krakatuk "und der junge Mann zum Aufbeißen derselben" (S. 226) sind wiederum erkennbare Märchenrequisiten; beide werden beim Bruder Droßelmeiers gefunden (S. 227). Und so sind nun drei Droßelmeiers an der Erlösung Pirlipats beteiligt! Bei dem Erlösungsritual geht etwas schief, so daß zwar Pirlipat von ihrer Häßlichkeit erlöst und die Mauserinks getötet wird, der junge Droßelmeier jedoch sich in einen häßlichen Nußknacker verwandelt sieht. Abweichend vom Volksmärchen endet dieses Märchen also mit einer neuen Verzauberung und Verfluchung, und der so Verwunschene bedarf wieder des Schutzes und der Erlösung. Genau dieser Umstand liefert Übergang und Motivierung für den abschließenden Teil des Rahmenmärchens, das sich gehaltlich hier mit dem Binnenmärchen verzahnt.

Rahmenmärchen, II

Das Binnenmärchen hat bekannt gemacht, warum Feindschaft und Krieg herrschen zwischen Nußknacker und Mausekönig. Für Marie aber tritt das Märchen in ihre Wirklichkeit verwandelnd ein, so wie es der manipulierende Erzähler, der hypnotisch ihren Willen beeinflussende Pate Droßelmeier, vorgesehen hatte.[24] Sie nennt nun ihren Nußknacker nur noch "Herr Droßelmeier", und seit das neue Bewußtsein sie "aufgeweckt" hat, begegnet sie ihm nur noch mit der Scheu des wissenden verliebten Mädchens: "Sie trug ihn nicht mehr auf dem Arm und herzte und küßte ihn nicht mehr, ja sie mochte ihn aus einer gewissen Scheu gar nicht einmal viel anrühren" (S. 238). Wissen bringt auch Verantwortung und Aufgaben, und so weiß Marie nun, daß ihr die Erlösung des jungen Droßelmeier zufällt, da sie die Dame ist, die Nußknacker "trotz seiner Mißgestalt" liebgewonnen hat (S. 232).

Besonders im Kapitel "Sieg" wird Maries Opferbereitschaft geprüft, wenn sie die dreimaligen nächtlichen Forderungen des Mausekönigs erfüllt, um ihren geliebten Nußknacker vor dem Zerbissen-Werden zu retten. Wieder sind die Szenen von sich steigernder Abscheulichkeit; der grausige Höhepunkt lautet so:

> Eiskalt tupfte es auf ihrem Arm hin und her, und rauh und ekelhaft legte es sich an ihre Wange und piepte und quiekte ihr ins Ohr.—Der abscheuliche Mausekönig saß auf ihrer Schulter, und blutrot geiferte er aus den sieben geöffneten Rachen, und mit den Zähnen knatternd und knirschend, zischte er der von Grauen und Schreck erstarrten Marie ins Ohr; "Zisch aus—zisch aus, geh nicht zum Schmaus—werd nicht gefangen—zisch aus— gib heraus, gib heraus, deine Bilderbücher all, deine Kleidchen dazu, sonst hast keine Ruh magst's nur wissen, Nußknacker-lein wirst sonst missen, der wird zerbissen—hi hi—pi pi—quiek quiek!"
>
> (S. 237)

In den nächsten beiden Szenen (Puppenreich und Hauptstadt) herrschen Kinderphantasie und Traumcharakter am relativ reinsten; hier scheint auch der Einfluß Droßelmeiers gering, denn Marie selbst schafft diese Visionen: "So etwas kann denn doch wohl der Onkel [Droßelmeier] niemals zustande bringen; Sie selbst viel eher, liebe Demoiselle Stahlbaum" (S. 243). Auf dieser Traumreise ist Nuß-knacker, der den Mausekönig endgültig überwunden hat, Maries Führer und Begleiter. Synaesthetisch und sinnlich anschaulich wird ein Reich wohlschmeckender und bunter Kinderfreuden dargestellt: Kandiswiese, Weihnachtswald, Pfefferkuchenheim, Bonbonhausen, Konfektburg, usw. Auch in seinen Proportionen entspricht diese Welt kindlichen Vorstellungen: einerseits gibt es da alles in Hülle und

Fülle (vgl. Schlaraffenland); andrerseits existieren alle Wesen und Dinge in der Diminutivform. Das Adjektiv "klein", oft noch gekoppelt mit Substantiven in der Diminutivform, kommt fast in jedem Satz vor: " . . . die allerliebsten kleinen Stühle . . . eine Menge kleiner Töpfchen und Schüsselchen . . . [und] fingen an, auf das zierlichste mit den kleinen schneeweißen Händchen . . . zu wirtschaften" (S. 247–48). Nußknacker, der verwunschene Prinz, zeigt Marie hier sein Königreich, in dem sie—echt märchenhaft—Königin werden soll. Daß auch hier der Einfluß männlich erwachsener Phantasie am Werk ist, zeigt sich an den komisch-satirischen Zügen, mit denen die Gesellschaftsform und gewisse sozialpolitische Elemente dieses Zuckerreiches dargestellt sind. Die über dem Reich herrschende höhere Macht ("unbekannt" aber "sehr graulich") wird als "Konditor" identifiziert, der nach dem Motto zu regieren scheint: "Was ist der Mensch, und was kann aus ihm werden?" (S. 246). Auch kriegerische Gewalttaten sind dem Land nicht unbekannt, denn "der Riese Leckermaul kam des Weges gegangen, biß schnell das Dach jenes Turmes herunter und nagte schon an der großen Kuppel . . ." (S. 246–47), ein Vorgang, mit dem Hoffmann die napoleonischen Verwüstungen seines eigenen Landes gemeint haben könnte. Türken, Armenier, Brahmanen und Großmogule (S. 245–46) beschwören hingegen eine arabische Welt herauf, wie sie Hoffmann und seinem Publikum aus den schon früher zitierten französischen *contes de fée* bekannt waren.

Mit dem letzten Abschnitt kehrt die Erzählung in die Welt der Familie Stahlbaum zurück, wo Maries Erlebnisse als kindischer Traum verlacht werden.[25] Aber Hoffmann sorgt dafür—wie auch in anderen Märchenschlüssen—, daß keine eindeutige Entscheidung für Maries phantastisches Erleben oder für die objektive Philisterwelt der Anderen möglich oder nötig wird. Das Märchenrequisit der sieben goldenen Krönchen, die Marie als Zeichen des Sieges über den Mausekönig erhielt, stellen für die philiströsen Eltern ein unannehmbar wunderbares Element dar. Die Krönchen könnten aber auch das—inzwischen vergessene—Geschenk des Paten Droßelmeier sein so sagt dieser—vielleicht aber nur, um seinem lieben Patenkind eine den Eltern akzeptable Erklärung zu liefern (S. 249–50). Aber wie steht es mit der noch ausstehenden Erlösung des verzauberten Nußknackers? Hier schafft wieder der Märchenmeister/Magnetiseur Droßelmeier die Lösung, die der Erzähler Hoffmann in narrativer Engführung so knapp darstellt, daß auch sie ambivalent und letzten Endes unklärbar bleiben muß. In dem Moment, als die träumerische Marie in einer Art von somnambulem Selbstgespräch die Erlösungsworte spricht "ich würd's nicht so machen wie Prinzessin Pirlipat und Sie verschmähen, weil Sie um meinetwillen aufgehört haben, ein hübscher junger Mann zu sein" (S. 251), da scheint Droßelmeier wieder seine rätselhafte Kraft auf sie auszuüben. Die zauberformelhaft ausgestoßenen Worte "hei hei—toller Schnack", die an frühere ähnlich beschwörende Augenblicke erinnern (S. 209, 217, 250), rufen einen solchen "Knall und Ruck" hervor, daß Marie ohnmächtig vom Stuhl fällt; als sie aufwacht, ist der tatsächliche junge Neffe Droßelmeiers aus Nürnberg bei ihr zu Besuch. Sowohl auf der Wirklichkeits- als auch Traumebene kommt nun das Geschehen zu einem abgerundeten Schluß. Durch die "Traum"-Erlebnisse gereift, gewinnt die "glutrot" sich färbende Marie einen Freund und Spielgefährten; in ihren Märchenphantasien aber wird sie die Märchenprinzessin und Braut ihres Prinzen Droßelmeier. Diese märchenhafte Variante der Umstände ist gleichzeitig wichtiges Zugeständnis an die "Männerphantasie" des alten Droßelmeier und bringt seine unausgesprochenen Träume zur Erfüllung, denn die Worte, die Marie am Ende spricht, könnten ja fast *ihm selber* gelten: "Lieber Herr Droßelmeier! Sie sind ein sanftmütiger guter Mensch, und da Sie dazu noch ein anmutiges Land mit sehr hübschen lustigen Leuten regieren, so nehme ich Sie zum Bräutigam an!" (S. 252).

Satire im Kindermärchen?

Kritiker haben festgestellt, daß *Nußknacker und Mausekönig* hauptsächlich wegen des Reichtums an satirischen Zügen seinen kindlichen Charakter einbüße.[26] Abgesehen von den erotischen Männerphantasien, die dieses Märchen durchziehen—wenngleich weniger leicht auf der Oberfläche ersichtlich—ist diese Feststellung wohl richtig.

Die komisch-satirischen Digressionen in der "Schlacht"-Szene (S. 212–15) bieten ein gutes Beispiel für das Funktionieren von Hoffmanns Erzählpsyche, die, wie wir von zeitgenössischen Freunden wissen, selten lange bei *einer* ernsthaften Szene verweilen konnte, ohne "das Feuerwerk von Witz und Glut der Phantasie, das er dann unaufhaltsam, oft fünf oder sechs Stunden hintereinander, vor der entzückten Umgebung aufsteigen ließ", in Anwendung zu bringen. Besonders seit 1815 wurde der prominente und hochberühmte Schauspieler Devrient—ebenso witzig und geistreich wie Hoffmann selbst—sein häufig nächtelanger Zech- und Gesprächspartner: "Die beiden warfen sich die Bälle ihrer Einfälle zu, mischten Ernst und Spiel, ironisierten und imitierten die Leute und sich selbst, machten sich Geständnisse, gaben Trost, führten ihre Nachtgespenster vor. In den Nächten mit Devrient hatten Hoffmanns Erzählungen Premiere.[27]

Die Militärsatire in *Nußknacker und Mausekönig* verfolgt keinen sozialkritischen Eigenzweck, wie etwa die gesellschaftssatirischen Einlagen in *Klein Zaches genannt Zinnober* oder, besonders, die juristische Knarrpanti-Satire in *Meister Floh*. Sie entspringt einfach der Fabulierfreude Hoffmanns, der die Gelegenheit der Miniatur-Kampfszene zwischen Spielzeugsoldaten und aggressiven Mäusen dazu nutzt, um den ganzen lächerlichen Unsinn kriegerischen Spektakels und militärischer Manöver zu parodieren:

> Pantalon ließ sie links abschwenken und in der Begeisterung des Kommandierens machte er [Nußknacker] es ebenso und seine Kürassiere und Dragoner auch, das heißt, sie schwenkten alle links ab und gingen nach Hause. Dadurch geriet die auf der Fußbank postierte Batterie in Gefahr, und es dauerte auch gar nicht lange, so kam ein dicker Haufe sehr häßlicher Mäuse und rannte so stark an, daß die ganze Fußbank mitsamt den Kanonieren und Kanonen umfiel. Nußknacker schien sehr bestürzt und befahl, daß der rechte Flügel eine rückgängige Bewegung machen solle. Du weißt, o mein kriegserfahrner Zuhörer Fritz! daß eine solche Bewegung machen beinahe so viel heißt als davonlaufen . . . Langsam, wie es die Schwierigkeit des Terrains nur erlaubte, da die Leiste des Schranks zu passieren, war das Devisen-Korps unter der Anführung zweier chinesischer Kaiser vorgerückt und hatte sich en quarré plain formiert. Diese wackern, sehr bunten und herrlichen Truppen, die aus vielen Gärtnern, Tirolern, Tungusen, Friseurs, Harlequins, Kupidos, Löwen, Tigern, Meerkatzen und Affen bestanden, fochten mit Fassung, Mut und Ausdauer.

(S. 214)

Dies ist die einzige Szene im ganzen Kindermärchen, wo Hoffmann in Fremdwörtern und Fachjargon schwelgt, so daß es von hauptsächlich französischen Ausdrücken wie "Mäusekavalleriemassen", "herausdebouchieren", "Formation en quarré plain", "Chausseurs", "Tirailleurs", "Bataillon", nur so wimmelt. Die Assoziation mit napoleonischen Kriegsbräuchen ist deutlich und hat sogar General Gneisenau entzückt, der Hoffmann versicherte, in ihm stecke ein "Feldherrntalent", da er "die gewaltige Schlacht so gut geordnet und Nußknackers Verlieren vorzüglich von der Eroberung der auf Mamas Fußbank schlecht postirten Batterie abhängig gemacht"[28] habe. Solche Szenen zweckfreier Komik werden besonders in Hoffmanns späten Märchen häufiger, wo die komische Wirkung sich oft aus dem narrativen Spiel mit Wort- und Bildassoziationen heraus entwickelt.

Droßelmeier ist nicht Hoffmann

Der Pate Droßelmeier ist eine weitaus komplexere Gestalt als die "reinen" Märchenmeister Archivarius Lindhorst oder Prosper Alpanus, die—im Einklang mit Hoffmanns romantischer Märchenauffassung—in der poetisch potenzierten Welt von Alltag *und* Mythos, von definiter *und* infiniter Wirklichkeit an der doppelten Daseinsweise dieser Welt mit doppelten alltäglich-mythischen Identitäten teilnehmen. Droßelmeiers schillernde Polyvalenz ist dagegen Reflexion seiner individuellen disharmonischen Psyche. Er ist der sonderbare, kauzige Pate der Kinder, dessen Geschicklichkeit als Uhrmacher ihn als "Schöpfer" mechanischer Wesen erscheinen läßt, wie sie zum Beispiel sein mechanisiertes Spielzeugschloß bevölkern. Seinen Erfindergeist bewundern die Kinder, aber in Maries Phantasiewelt nimmt Droßelmeier auch die Existenz eines eulenartigen Märchenspuks an, der—als sei er mit besonderen Kräften ausgestattet—von der Uhr herunter Marie und die Ereignisse um sie her *lenkt*. Seine Betätigung als Mechaniker/Schöpfer und astrologischer weiser Mann kennzeichnet auch den "Hofuhrmacher" Droßelmeier im Binnenmärchen, der das verwünschte Prinzeßchen Pirlipat auseinandernimmt, um aus der "inneren Struktur" (S. 224) ihr weiteres Schicksal abzulesen. Droßelmeier hat gewisse Züge gemeinsam mit anderen sonderbaren Künstler- und Schöpfergestalten bei Hoffmann, wie etwa Krespel in *Rat Krespel* oder Coppelius im *Sandmann*. Sie alle beeinflussen das Denken und Wollen ihres jüngeren Schützlings, ähnlich wie der Magnetiseur Alban (*Der Magnetiseur* war nicht lange vor *Nußknacker und Mausekönig*, 1813 entstanden). Durch sein künstlerisch phantastisches Erzählen und manchmal durch schnurrige Verslein, die wie Zauberformeln klingen, stimuliert und lenkt Droßelmeier Maries Phantasie: seine Erzählung von der harten Nuß ist—wie bereits gesagt—verantwortlich für den weiteren Verlauf des Nußknackergeschehens und besonders für Maries Identifizierung des Nußknackers mit dem Neffen Droßelmeiers.

Die ausgesprochenen Hoffmannschen Märchengestalten sind tatsächlich als Doppelexistenzen konzipiert, während Droßelmeier—ohne eindeutig irrationale Züge—eher in einer problematisch *gespaltenen* Existenzweise dargestellt ist. Gekoppelt mit seinen außerordentlichen künstlerisch-geistigen Begabungen sind menschliche Unzulänglichkeiten, die wohl in seinem sonderbaren Aussehen ihren Ursprung haben. Mit seinem unansehnlichen Äußeren—klein, verrunzelt, drahtig-mager und einäugig[29] hängt es zusammen, daß Droßelmeiers Phantasie einerseits in überragend lieblichen und gefälligen Bildern schwelgt, andrerseits aber fast manisch auf das Phänomen "Häßlichkeit" fixiert ist. Vom ersten Auftreten an ist Droßelmeier selbst als eindeutig häßlich, für Kinder fast furchterregend, dargestellt. Sein unschönes Aussehen—aber nur das—hat er mit Nußknacker, Maries erkorenem Liebling, gemeinsam. Die männlich attraktiven Attribute Nußknackers—Offiziersuniform, Schwert, starke Zähne—fehlen ihm. Also erfindet die Phantasie Droßelmeiers einen Märchen-Nußknacker, der des alten Mannes Wunschtraum von einem eigenen jüngeren und liebenswerten Selbst repräsentiert. In Nußknacker, dessen Häßlichkeit ja erlösbar ist, denn sie ist nur Zeichen märchenhafter Verzauberung, überwindet auch Droßelmeier stellvertretend seine eigene Häßlichkeit und vermag sich auf diese Weise an die Stelle des Märchenprinzen zu versetzen, der Hand und Neigung der Prinzessin/Marie gewinnt. Für seine eigene Verdrießlichkeit läßt er den überragend höflichen und gütigen jungen "Ritter" Nußknacker kompensieren, dessen Sprache sich ja manchmal bis in die Formeln des Minnedienstes hineinsteigert.

Das Erzählen von Märchen ist also für den alten, nach Schönheit sich sehnenden Droßelmeier Sublimation des eigenen ästhetischen Mangels und der emotionalen Bedürftigkeit. Sicherlich kannte Hoffmann selbst Regungen und Zustände dieser Art sehr wohl, denn auch bei ihm klaffen innerer Reichtum und äußerer Mangel auseinander; das macht aber Droßelmeier noch lange nicht zum Porträt Hoffmanns. Oder man könnte sagen, daß in diesem Sinne fast jede männliche Hauptfigur in Hoffmanns Werken poetische Spiegelung des Dichters sei.

Die Gegensätze Schönheit/Häßlichkeit spielen auch bei Marie und ihrem Märchendoppel Pirlipat eine Rolle. Beide zeichnen sich durch mädchenhafte Schönheit aus, die vom Märchenerzähler Droßelmeier anläßlich der Geburt des Königskindes hyperbolisch gepriesen wird: "Zu leugnen war es aber auch in der Tat gar nicht, daß wohl, solange die Welt steht, kein schöneres Kind geboren wurde, als eben Prinzessin Pirlipat. Ihr Gesichtchen war wie von zarten lilienweißen und rosenroten Seidenflocken gewebt, die Äugelein lebendige funkelnde Azure, und es stand hübsch, daß die Löckchen sich in lauter glänzenden Goldfäden kräuselten" (S. 219).

Daß Häßlichkeit ein Fluch ist, äußert sich im Märchen von der harten Nuß zweimal, indem sowohl Pirlipat als auch später der sie erlösende Neffe Droßelmeier von der Mausekönigin in häßliche Wesen verwandelt werden. Wie sehr Pate Droßelmeiers Denken um das Phänomen Häßlichkeit kreist, zeigt sich auch darin, daß es eine von ihm erfundene Erlösungsbedingung ist, den Verzauberten "trotz seiner Mißgestalt" (S. 232) zu lieben. Pirlipat versagt in dieser Prüfung; umso glänzender strahlt Maries äußere und innere Schönheit, wenn sie die Bedingung erfüllt und durch ihre Liebe dem häßlichen Nußknacker zu seiner schönen Gestalt zurück verhilft.

Es wurde bereits untersucht, inwiefern Rahmen- und Binnenmärchen strukturell miteinander verknüpft sind. Darüber hinaus schaffen vielsträngige motivische Assoziationen ein feines Gewebe von Verbindungen zwischen den verschiedenen Erzählteilen. Häßlichkeit ist in dieser Hinsicht ein besonders auffälliges Thema, zu dem sich aber noch die verwandten Motive der Zähne und des Beißens hinzugesellen. Seltsam erscheint doch der Umstand auf den ersten Blick, daß Pirlipat "zwei Reihen kleiner Perlzähnchen auf die Welt gebracht, womit sie zwei Stunden nach der Geburt dem Reichskanzler in den Finger biß" (S. 219). Vollends wird sie aber zur Karikatur eines weiblichen Nußknackers, wenn sie nach ihrer Verwandlung zu unförmiger Häßlichkeit nicht nur "ungewöhnlichen Appetit nach Nüssen" (S. 225) an den Tag legt, die sie mit ihren scharfen Zähnchen heiter aufknackt; sondern später wird die Häßlichkeit ihres Gesichtes "noch durch einen weißen baumwollenen Bart vermehrt, der sich um Mund und Kinn gelegt hatte" (S. 230)—genau wie es beim männlichen Nußknacker unter dem Weihnachtsbaum der Fall war (S. 204). Nicht nur diese Nußknackergestalten kennzeichnet jedoch das Zahn- und Beißmotiv, sondern ebenso wesentlich gehört es zu jenen Wesen, die eigentlich die Gegenwelt der Nußknacker ausmacht: die Mäusewelt.

Solche Fälle von assoziativer Motivkoppelung sind keineswegs einmalig für Hoffmanns Dichten—besonders in den Märchen: sie ist ein Mittel, um auf bildlicher Ebene (ohne abstrakten Kommentar) auf Verbindungen hinzuweisen, die in der Textur der Werkaussage wichtig sind. Hier etwa folgende: "Nußknackertum" ist ein verwunschener Zustand, der von bösen Mächten einer Unterwelt verhängt wurde und der die so verzauberten Wesen der Gewalt dieser Unterwelt ausliefert. Die dunkle Macht ist in diesem "Kindermärchen" weniger allegorisch deutlich charakterisiert als im *Goldnen Topf*, zum Beispiel. Jedenfalls verkörpert sie sich in der Welt der Mäuse, dieser aggressiven, Furcht und Abscheu erregenden Nagetiere, deren natürliche Waffe das Beißen ist. Um nur ein Beispiel für die Häufigkeit dieses Wortes zu geben, sei auf das Kapitel "Sieg" verwiesen, wo im dreimaligen Traum der Mausekönig—mit seinen sieben Köpfen—Marie droht, ihren Liebling Nußknacker zu zerbeißen: " '. . . sonst hast keine Ruh—magst's nur wissen, Nußknackerlein wirst sonst missen, der wird zerbissen—hi hi—pi pi—quiek quiek!' " (S. 237). Die Welt der dunklen Gewalttätigkeiten und Grausamkeiten ist, wie wir sahen, in diesem Märchen reichlich vertreten. Sie ist nicht, wie im *Goldnen Topf*, mythisch weit entfernt, bevölkert mit phantastischen Drachen, schwarzen Felsen oder personifizierten Runkelrüben, sondern sie ist schrecklicher, denn sie ist so nah wie Alltagsmäuse—eine davon allerdings magisch verschlimmert durch die sieben Köpfe—unter dem Küchenschrank.

Auch die "Oberwelt" ist entsprechend nah und erscheint in der Form kindlicher Vorstellungen: der Glasschrank im Wohnzimmer ist eines ihrer Reiche, und die Spielzeugfiguren sind ihre Bewohner; der andere glänzende magische Ort ist erreichbar durch den Ärmel von Vaters Pelzmantel, und er birgt alle erdenklichen Kindergenüsse. In dieser magischen Welt von "oben" und "unten", Licht und Schatten, Tag und Nacht, ist Droßelmeier Kinderfreund und Kinderschreck; er vermag es, unter der Oberfläche allbekannter Kinderrequisiten die ewig menschliche Welt—auch der Erwachsenen—von Liebe und Eifersucht, emotionaler Attraktion und Repulsion, Vertrauen und Furcht, lebendig werden zu lassen. In den Techniken der Verfremdung, Vielschichtigkeit und Mystifizierung kündigt sich bereits der Erzähler der späten Märchen an, besonders der *Königsbraut* und des *Meister Floh*. Schon dieses frühe Kindermärchen—wie später in stärkerem Maße jene beiden Märchen—wird dem Dichter unter der Hand zum willkommenen und anscheinend unschuldigen Mittel, von den "Nachtseiten"[30] nicht nur der Natur im allgemeinen, sondern von den Nachtseiten der eigenen Seele zu erzählen.

4. Allegorisches Märchen:
Das fremde Kind
Antimärchen oder schwarze Magie?

Seinen Vorsatz, "weniger in phantastischem Übermut zu luxurieren, frömmer, kindlicher zu sein als in *Nußknacker und Mausekönig*"[1], hat Hoffmann in seinem zweiten Kindermärchen *Das fremde Kind*—teilweise wenigstens—eingehalten. Das Märchen entstand 1817 und erschien noch im gleichen Jahr als zweites Bändchen der *Kinder-Mährchen*[2], in dem auch wieder je ein Märchen von Contessa und Fouqué mitabgedruckt war. "Frömmer" und "kindlicher" zu schreiben entsprach offenbar—wie das fertige Produkt zeigt—nicht Hoffmanns poetischem Temperament, denn *Das fremde Kind* erscheint bei der Analyse am wenigsten "eigen" und originell unter Hoffmanns sieben Märchen. Besonders bei einem Vergleich mit den *Elfen*[3] von Ludwig Tieck, diesem Meister in der Darstellung des Zwielichts und der feinsinnigen Naturstimmungen, zeigt sich, daß Hoffmann beim Schaffen reiner Naturszenen und ungebrochen positiver Werte—sei es im Menschen oder in der Natur—zu stereotypen Konstruktionen und blassen unanschaulichen Beschreibungen greift. Überall da jedoch, wo Hoffmann von Tiecks *Elfen*, die ihm zweifellos in der Grundkonzeption als Vorbild dienten, abweicht, da gestaltet der Dichter überzeugende, für sein Künstlertemperament charakteristische Szenen, Personen, Bilder. Die Hoffmann verhaßte, pompöse und steife Welt der *vornehmen* von Brakels und die Verkörperung des rigiden, dürren Wissenssystems, Magister Tinte, nutzt der Dichter als Gegenstände für seine kreativ karikierende und spannungsreich anschauliche Darstellungsweise. Als die Serapionsbrüder dem Erzähler am Ende des *Fremden Kindes* nur lauwarmes Lob spenden und auch hier wieder "einige verdammte Schnörkel, deren tieferen Sinn das Kind nicht zu ahnen vermag" (S. 510) beanstanden, da klingt es, als gehe Hoffmann selbst die Geduld mit seinen Kritikern aus, wenn er Lothar schwören läßt, er wolle sich "im nächsten Märchen" wieder "rücksichtslos aller phantastischen Tollheit überlassen" (S. 510). Dieses Versprechen hat Hoffmann in den weiteren vier Märchen auch treu gehalten.

Die Rezeption des *Fremden Kindes* war im Ganzen höflich positiv; Heinrich Voß meinte zwar (Oktober 1819), der "schneidende Gegensatz zwischen erlerntem Wissen und der Naturunschuld" vermöge den Kindern "vielmehr den Blick zu trüben und die Vernunft zu verwirren"; aber er bewundert die Darstellung, insbesondere "die Identification zwischen Brummfliege und Magisterlein"[4]. Vierzig Jahre später, 1859, nennt Wolfgang Menzel das Märchen "eine der besten, wo nicht die beste Erzählung Hoffmanns"[5], und legt unwillentlich mit diesem heute schwer nachvollziehbaren Urteil Zeugnis dafür ab, warum der "echte" Hoffmann—der Dichter des *Kater Murr* oder der *Prinzessin Brambilla*—von Aesthetik und Kunstverständigen der zweiten Hälfte des 19. Jahrhunderts mißverstanden oder ignoriert wurde. Georg Ellinger und Hans von Müller erkennen die schwachen Stellen des Werkes, wenn sie es freundlich "zuweilen etwas sentimental angehaucht"[6] nennen, das Ganze als "etwas humorlos geraten"[7] und die Kinder Felix und Christlieb als etwas "konstruiert" bezeichnen. Eine positive Stimme meldet sich in der amerikanischen Germanistik, wenn Kenneth Negus, der besonders die seltsame Kombination von "remoteness and nearness" in Hoffmanns Darstellung der "anderen Welt" bewundert, zu dem Urteil kommt: "The child's ingenuous point of view, and a cosmic image of the sources of life and form—such elusive opposites of nearness and inaccessibility—make *Das fremde Kind* a high point in Hoffmann's literary production"[8]. Negus' Deutung des fremden Kindes selbst überrascht allerdings—"the Child-Stranger as the Christ-Child"[9]—, an deren Stelle man doch wenigstens einen Verweis auf Tiecks Gestalt des "Phantasus" erwartet hätte. Urs von Planta[10] widmete diesem kürzesten Hoffmann-Märchen, was sonst nur zwei anderen Märchen[11] zuteil wurde: ein ganzes Buch. Im Grunde dient dem Autor *Das fremde Kind* als exemplarischer Ausgangspunkt zur Behandlung einer Grundproblematik, dem Gegensatz Aufklärung/Romantik, Vernunft/Phantasie in Hoffmanns Märchenschaffen allgemein. Das geht aber nicht, denn bei dieser Arbeitsmethode werden die Gewichte und Nuancen in textlich unbelegbarer Weise verschoben, Problemkreise zu pauschal positiv oder negativ gezeichnet. Hoffmann beurteilt das Bürgertum, die Dekadenz der Aufklärung und das Denken allgemein (!)[12] keineswegs so total negativ, wie von Planta es aus der Karikatur des Magister Tinte global verallgemeinernd schließt. Von Planta merkt jedoch zu Recht an, daß der "schlimme Ausgang des fremden Kindes . . . bei einem Märchen etwas ganz Neuartiges"[13] ist, obgleich diese Feststellung sich auf Hoffmann beschränken müßte, denn der Ausgang von Tiecks *Elfen* ist ja doch wesentlich trostloser—von anderen Tieck-Märchen, die Hoffmann ebenfalls kannte, ganz zu schweigen. Der Kritik von Plantas kann man durchaus zustimmen, daß die Naturdarstellung bei Hoffmann etwas "blutleer"[14] ausgefallen sei und daß die Schilderungen des fremden Kindes sich "stets an der Grenze des Kitsches"[15] bewegen. Marianne Thalmann empfindet zurecht, daß nichts Hoffmann ferner liege, "als das Geheimnis des Kindseins," und urteilt in lakonischer Kürze: "die Landkinder bleiben eine dick aufgetragene Unschuld und die Stadtkinder eine bissige Karikatur"[16]. Christa-Maria Beardsley liefert einen interessanten Deutungsansatz, indem sie Magister Tinte als "gänzlich negativen Meistertypus"[17] bespricht; ja, er ist der einzige total negative Märchenmeister in Hoffmanns Werk. Bedenkt man seinen enorm destruktiven Einfluß auf die Kinder und ihre Familie, so könnte man ihn, wie ich meine, als Antimeister und das Märchen als Antimärchen lesen. Von allen Hoffmann-Märchen ist diese am ausgeprägtesten eine Studie in drastischem Schwarz/Weiß, wobei der Anteil des Schwarzen nicht nur an Macht überlegen sondern auch dichterisch eindrucksvoller gestaltet ist.

Armand De Loeckers feine Analyse der Hoffmann-Märchen hebt auch das antimärchenhafte Ende des *Fremden Kindes*—trotz des Erreichens einer "inneren Glückseligkeit"[18]—hervor. Daß dieses Märchen "schematischer", "weniger einfallsreich als *Nußknacker und Mausekönig*" wirke, schreibt er der Tatsache zu, *Das fremde Kind* sei "in stärkerem Maße die Ausarbeitung eines Grundgedankens"[19], alles sei entweder zu ausschließlich häßlich und böse, oder zu eindeutig schattenlos und gut geraten.

Der Handlungsverlauf

Aufbau und Gliederung des *Fremden Kindes* sind geradlinig, direkt und ohne jenen schöpferischen Funken, der etwa in den komplexeren Strukturen von Märchen wie *Der goldne Topf* oder *Nußknacker und Mausekönig* dafür sorgt, daß schon in der bewußt geschaffenen Einmaligkeit des Aufbaus eine interpretative Aussage zu dem bestimmten Wesen des jeweiligen Werkes gemacht wird. Im geradlinigen Aufbau der Handlung trägt dieses Märchen jedoch deutlich Merkmale des Volksmärchens, beginnt es doch schon—wie keines der anderen sechs—mit der Märchenformel "Es war einmal ein Edelmann." Dieser Anschein des Volksmärchenhaften wird allerdings sofort ironisch zurückgenommen, wie wir sehen werden.

Die Gesamthandlung gliedert sich in fünfzehn Kurzkapitel, die mit rein funktionalen auf den Inhalt vorausweisenden Titeln versehen sind. Auf den ersten Blick ergibt sich eine weitere, ziemlich ausgewogene Dreiteilung. Kapitel eins bis fünf bringen das handlungsauslösende Moment, den Besuch der Stadtfamilie bei der Landfamilie, mit einem konfliktschaffenden Kontrast zwischen städtisch-technologischer Progressivität und ländlicher Natürlichkeit. Kapitel sechs bis zehn führen das fremde Kind und somit die "Phantasiewelt" der unverdorbenen Landkinder ein. Auch in der Handhabung des Wunderbaren erweist sich *Das fremde Kind* als Hoffmanns uncharakteristischstes Märchen. Waren im *Goldnen Topf* etwa die abrupten Bruchstellen von einer Alltagswelt in eine phantastische Welt besondere Kennzeichen von Hoffmanns Märchenschaffen, so existiert hier das "Märchenhafte" fast bruchlos in der Phantasiewelt der beiden Kinder und "berührt" die Welt der Erwachsenen nur in der Form von indirekten Berichten. Dieser Mittelteil endet mit der Erwähnung eines feindlichen Prinzips, das die Harmonie der Feenwelt stört, und bildet als dynamisches Moment den Übergang zum dritten Teil. Kapitel elf bis fünfzehn gestalten mit dem Auftreten des Hofmeisters Magister Tinte den eigentlichen dramatischen Konflikt im Aufeinanderprall der Welten natürlicher Kindlichkeit und widernatürlicher "Wissenschaftlichkeit", dessen verderbliche Folgen in den letzten zwei Kurzkapiteln ausgeführt werden.

Der äußerlich ausgewogen erscheinenden Dreiteilung entspricht nun aber, bei genauerem Hinsehen, keineswegs die innere Gliederung des Geschehens: denn hier herrscht ein überwältigendes Übergewicht des negativen, feindlichen Prinzips. Betrachten wir den Handlungsablauf nochmals in einzelnen Stadien! Die innere ironische Unterminierung der äußeren Schlichtheit beginnt gleich im ersten Erzählteil. Die Erwartung, die bei der Nennung des "Edelmannes" im Leser geweckt wird, findet sich enttäuscht. Statt Prunk, ständischer Überlegenheit und einem großartigen Lebensstil im hohen, furchteinflößenden "Schloß" beschreibt der Dichter in Thaddäus von Brakel einen freundlich gesinnten, einfach gekleideten Mann, der wie die Bauern in einem sauberen, niedrigen "Häuschen" wohnt und mit der Landbevölkerung und mit den Tieren von Feld und Wald in gastlicher Nachbarschaft sein tätiges Dasein genießt. Die Märchenformel "es war einmal" erweist sich als doppelt trügerisch, einmal weil der Edelmann das Gegenteil des zu erwartenden konventionellen Aristokraten ist, zum anderen weil hier statt der märchentypischen *bedürftigen* Ausgangslage eine idyllisch harmonische, fast paradiesische Situation der *Bedürfnislosigkeit* herrscht. Die ironische Verkehrung, mit der das Märchen beginnt, setzt sich auch im nächsten Erzählteil fort, denn der "vornehme Besuch", der von den Brakel-Eltern mit großen Erwartungen antizipiert wird, stellt sich für alle, besonders aber für die Kinder, als enttäuschendes Gegenteil heraus. Die städtischen von Brakels sind alles andere als "gnädig" oder "edel". Mit ihrer Ankunft setzt Hoffmanns beißende Gesellschaftssatire ein, die später genauer betrachtet wird. Sie werden erwartet als Vertreter alles Höheren und Besseren, des sozialen Fortschritts und der geistigen Gelehrsamkeit. Diese beiden Bereiche sind natürlich das Hauptziel von Hoffmanns Kritik in der sozialen Wirklichkeit; auf die Ebene der Märchenwelt und in den phantastischen Bereich übertragen stellen dieselben Werte—oder Unwerte—das "feindliche Prinzip" dar. Die Einführung der vornehmen von Brakels schon hier, im zweiten Erzählteil, ist also bereits Vorbote,[20] Vorgeschmack für Schlimmeres: den Einbruch des feindlichen Prinzips in der Gestalt von Magister Tinte, später in Kapitel elf.

Von den ersten fünf Kapiteln sind alle außer dem ersten darauf angelegt, "die tiefere Idee des Ganzen"[21]—wie Hoffmann sich ausdrückt—zu entfalten. Es geht um die Darstellung des grundsätzlichen Gegensatzes zwischen Natürlichkeit einerseits und von der Vernunft geschaffener Systemhaftigkeit andrerseits, ein Thema, das unter dem Schlagwort Anti-Aufklärung die romantische Künstlergeneration aufs Vielartigste beschäftigte. In der Märchengattung bietet wohl Novalis' großes Märchen am Ende des *Heinrich von Ofterdingen* die bekannteste und von Hoffmann bewunderte Ausgestaltung; auch Tiecks *Die Elfen* liegt eine Variante dieses Themas zugrunde. Hoffmanns *Das fremde Kind* wirkt wie eine Vorstudie zu späteren Auseinandersetzungen mit dem Kontrast Aufklärung/Romantik, insbesondere in dem Märchen, das bereits ein Jahr später auf dieses folgen soll: *Klein Zaches genannt Zinnober*. In diesem Kindermärchen findet die Kritik an der Aufklärung am deutlichsten—und zum ersten Mal in Hoffmanns Werk—auf dem sozialen Gebiet der Kindererziehung statt und reflektiert Hoffmanns Begeisterung für Rousseau und dessen pädagogische Ideale. Wie alles in diesem Märchen gerät auch die Darstellung der einander entgegengesetzten Erziehungssysteme karikiert übertrieben. Die Kapitel zwei bis fünf strotzen von polaren Gegensätzen zwischen den Kindern der Stadt, dieser Brutstätte des Rationalismus, und den Kindern des Landes, Quelle der Natürlichkeit. Schon die Symbolik der Namen setzt den Ton: Felix und Christlieb—sinnvolle, schlichte, leicht christlich angehauchte Namen; daneben Hermann und Adelgunde—germanisch, "aristokratische" Namen, mit Anklang an Gestalten vaterländischer Heldenepen, was doppelt ironisch und komisch wirkt, weil die so benannten Kinder weinerlich dekadente Schwächlinge sind. Die Gegenüberstellung der antagonistischen Systeme führt zu der Zurückweisung des rationalistisch Mechanischen, wenn die Kinder Felix und Christlieb die fremdartigen Spielsachen, das "nichtsnützige Zeug" (S. 484), in hohem Bogen "fortschleudern" (S. 482, 483, 484).

Der Mittelteil der Erzählung (Kapitel sechs bis zehn) bringt nun den Einbruch des Phantastischen, welches den Konflikt Natur/Vernunft ins Mythische vertieft—so wie es mit den großen eingelegten Mythen im *Goldnen Topf* oder *Prinzessin Brambilla* geschieht. Innerhalb der Werteskala des Volksmärchenmusters herrscht am Anfang dieses Erzählteils wieder ironische Verkehrung, denn die "natürlichen" Kinder empfinden ihre Natürlichkeit als Mangelzustand: "Wir ungeschickten Dinger—ach, wir haben keine Wissenschaften" (S. 485), so lautet Christliebs komischer, aber schluchzend ernstgemeinter Ausruf. Das dreimalige Erscheinen des fremden Kindes findet in dem ihm verwandten Raum statt, im geheimnisvollen Wald, den es durch seine Gegenwart märchenhaft verwandelt, so daß er zum magisch belebten, mit Sprache und Gefühlen versehenen Naturort wird:

> Und Felix und Christlieb gewahrten, wie aus dem dicken Grase aus dem wolligen Moose allerlei herrliche Blumen wie mit glänzenden Augen hervorguckten, und dazwischen funkelten bunte Steine und kristallne Muscheln, und goldene Käferchen tanzten auf und nieder und summten leise Liedchen.—. . . Nun küßte das fremde Kind die Blumen, die aus dem Boden hervorguckten, da rankten sie in süßem Gelispel in die Höhe und sich in holder Liebe verschlingend, bildeten sie duftende Bogengänge, in denen die Kinder voll Wonne und Entzücken umhersprangen. Das fremde Kind klatschte in die Hände, da sumste das goldene Dach des Palastes—Goldkäferchen hatten es mit ihren Flügeldecken gewölbt—auseinander und die Säulen zerflossen zum rieselnden Silberbach, an dessen Ufer sich die bunten Blumen lagerten und bald neugierig in seine Wellen kuckten, bald ihre Häupter hin und her wiegend auf sein kindisches Plaudern horchten.
>
> (S. 486–87)

Auf die an Ph. O. Runge gemahnende malerische Anschaulichkeit dieser Naturwelt werden wir später eingehen. Soviel sei festgehalten, daß hier Ideen der romantischen Naturphilosophie, wie Hoffmann sie mit Schelling und Schubert teilte, in der Form malerisch phantastischer Visionen zum Ausdruck kommen. Wie diese beiden und andere Philosophen der Epoche war auch Hoffmann vom grundsätzli-

chen Dualismus in der Welt der Naturkräfte überzeugt, die der
Dichter im zehnten Kapitel zur Darstellung bringt, wo das fremde
Kind den Menschenkindern von dem feindlichen Prinzip berichtet,
welches die negative Kraft in seinem heimatlichen Feenreich ausmacht. Als böser Minister in der Feenmonarchie dargestellt, fällt hier
im Vergleich zum Mythos des *Goldnen Topfes* besonders eine Verkehrung der Geschlechtsrollen[22] auf: dem weiblichen guten Prinzip der
Feenkönigin steht das männlich böse Prinzip des untergeordneten
Ministers—König nur im Reich der Gnomen—gegenüber. Seine Flie-
genhaftigkeit und seine "Waffe", der schwarze, ekelhafte Saft, verweisen bereits vorwärts auf den bösen Erzieher Magister Tinte. Auch
in diesem Mittelteil des Märchens also, der doch vorwiegend der
Darstellung einer besseren, organischen und phantasiefreundlichen
Naturwelt gewidmet war, droht eine als Potenz ständig anwesende
verderbliche Gefahr.

Als der ankommende Hofmeister bricht sie dann im dritten Erzählteil (Kapitel elf bis fünfzehn) in die soziale Wirklichkeit der ländlichen
von Brakels ein und bleibt wenigstens in drei der fünf Kapitel tonan-
gebend. Seine Gegenwart und sein Einfluß auf die Landkinder stei-
gern sich in dreimaliger Intensivierung. Im elften Kapitel wird seine
wunderlich-groteske Gestalt und Verhaltensweise in der häuslichen
Welt ausführlich dargestellt: er sieht "graulich" und "fast gar zu häßlich" (S. 497) aus, quält und verletzt die Kinder ohne Grund—"es ist
nun einmal so meine Art, ich kann davon gar nicht lassen" (S. 498)—
und will ihnen dasselbe sinnlos katalogisierte Wissen abfragen, das
die Stadtkinder auswendig herunterschnarren konnten. Auch der
Hund Sultan spürt in diesem Wesen das naturfeindliche Element. Im
zwölften Kapitel dehnt sich Magister Tintes destruktiver Einfluß auf
den Wald aus, wo er ohne jeden Anlaß einen singenden Zeisig tötet
und das fremde Kind vertreibt. Nur das wehmütige Antlitz des
Kindes erscheint und gibt zu erkennen, daß Magister Tinte eben der
böse Gnom Pepser sei; dieser nimmt nun auch die magisch phantastische Gestalt einer riesigen Fliege an, die zuerst das fremde Kind
dann Felix und Christlieb verfolgt. Das dreizehnte Kapitel bringt den
Kampf des scheußlichen Fliegenmagisters mit der ländlichen Umgebung zum Höhepunkt: die groteske Kampfszene findet im Brakel-
Haus statt, und es gelingt der vereinten Kraft der Familie, den wider-
lichen Quälgeist mit der Fliegenklappe auf immer aus dem Haus zu
verjagen. Hier erreicht Hoffmanns Darstellung die Sorte von grotesker Komik, die er später in vielen anderen grotesken Kampf-
szenen zwischen feindlichen Naturmächten zu surrealistisch anmutender sprachlicher Gestaltung bringt (Prosper Alpanus und die Fee

Rosabelverde in *Klein Zaches*, Dapsul von Zabelthau und Daucus Carota in der phantastischen Küchenszene der *Königsbraut*; oder das Fernglasduell der Mikroskopisten in *Meister Floh*).

Im Vergleich zu jenen Märchen hält hier wieder das feindliche Prinzip mit zäherer Ausdauer an seiner Machtausübung fest. Trotz der äußeren Niederlage setzt sich sein Einfluß fort (Kapitel vierzehn) und überträgt sich lediglich auf die anderen Vertreter des widernatürlichen Elements, die im Wald weggeworfenen mechanischen Spielsachen. Der gesamte Naturbereich im früher freundlichen Wald ist nun dämonisiert und begegnet den Kindern in feindlichem Aufruhr. Es heult, zürnt, dröhnt, kracht und donnert in der ganzen Natur, bis schließlich sich die Feindseligkeit auf die konkreten Gegenstände, Jägerpuppe, Harfenmann und Christliebs Puppe konzentriert, welche den Kindern Strafe für ihren "Trotz" gegenüber dem Wissensprinzip androhen und sie aus ihrem lieben Wald verjagen.

Auch sonst in keinem anderen Hoffmann-Märchen führt die Einflußnahme des feindlichen Prinzips zu tödlichem Ausgang wie hier, wo es den Tod des Vaters verursacht (Kapitel fünfzehn). Nur Tiecks *Elfen* ist *Das fremde Kind* hierin vergleichbar, aber dort fehlt Hoffmanns scharfe Kontrastierung von positiven und negativen Kräften im Märchenbereich; bei Tieck rächt sich vielmehr der *gesamte* Phantasiebereich für ein von den Menschen gebrochenes Versprechen und führt zum frühen Tod der kleinen Elfriede sowie ihrer Mutter. Daß wenigstens für Felix, Christlieb und ihre Mutter Hoffmanns Märchen "froh und glücklich" (S. 510) endet, wirkt blaß und nicht recht überzeugend. Die Verinnerlichung des Phantasiebegriffs, zu der Hoffmann hier seine Zuflucht nimmt, ist immerhin eine vertraute, seiner Kunstauffassung entsprechende Idee. Auch für den Dichter im *Goldnen Topf* und für Giglio und Giacinta in *Prinzessin Brambilla* existiert ja Atlantis oder das Reich der Phantasie letzten Endes in der eigenen schöpferischen Haltung einer prosaischen Welt gegenüber.

Die Satire und ihr Gegenpol

Daß Gesellschaft der Aufklärung und rationalistische Wissenschaftlichkeit satirisch kritisiert und karikiert werden, ist sowohl für die Romantik allgemein als auch bei Hoffmann bekannt. Die unversöhnlich negative Darstellungsweise, der Hoffmann sich im *Fremden Kind* bedient, steht jedoch vereinzelt da. Die schematische Ausschließlichkeit, mit der Werte und Gegenwerte hier katalogisiert erscheinen, wirkt eher wie eine Vorstudie zu späteren nuancierteren Ausführun-

gen derselben Grundwerte bei Hoffmann und seiner Kritik an ihnen.
Unechtheit, Unnatürlichkeit und Leblosigkeit ist der gemeinsame
Nenner, der den poetischen Bildern und Illustrationen der Satire zu-
grundeliegt. In der Familie der "vornehmen" von Brakels zeichnet
Hoffmann das Bild einer städtischen Gesellschaft, die stereotyp auto-
matisiert und lebensschwach nur noch im Zeichen eines rigorosen
Systemzwanges existiert. Den Verlust ihrer Individualität kennzeichnet Hoffmann etwa dadurch, daß er die Familienmitglieder mit for-
melhaften Bezeichnungen ausstattet: der "hagere Mann", die "dicke
Dame", der "pumphosichte Junge" mit seiner "bebänderten" Schwe-
ster. Die Farbigkeit ihrer uniformähnlichen Tracht kontrastiert mit der
krankhaften Blässe ihrer schläfrigen Gesichter. Auch Form und Inhalt
ihrer Sprache sind gekennzeichnet durch Schablonenhaftigkeit und
Unechtheit: "Lieben sie Spielsachen, mon cher? hier habe ich Ihnen
welche mitgebracht von der feinsten Sorte" (S. 479), so sagt das
Stadtkind zum Landkind, das nicht "Mon schär" genannt werden
will sondern "Felix". Besonders scharf verurteilt Hoffmann den rein
statistischen Nominalismus des Wissens dieser Stadtkinder, das ohne
empirische Grundlage und ohne sinnliche Erfahrung im Gedächt-
nis gespeichert ist (S. 478). Modern mutet es an, wenn diese kleinen Roboter des Wissens Namen, Daten, Zahlen von Ländern oder
Früchten mechanisch produzieren, "als ob sie sie selbst gesehen, . . .
selbst gekostet hätten" (S. 478). Die Automatenhaftigkeit ihrer Daseinsweise wird nur noch übertroffen von der Mechanik ihrer Spielsachen, die man tatsächlich mit "Fädchen" oder "Schrauben" andre-
hen muß (S. 481). Kontrastwelt und -wesen der Landkinder Felix und
Christlieb bilden so eindeutig das absolute Gegenteil dieser satirisch
gezeichneten Welt, daß sie nicht im Einzelnen erläutert zu werden
brauchen. In übertrieben rousseauscher Einfalt und Willkür folgen
diese Kinder ihrer Eingebung, leben im Rahmen und nach den Gegebenheiten ihrer natürlichen Umgebung.

Zugespitzt und idealisiert, bzw. dämonisiert, verkörpert Hoffmann
die polar entgegengesetzten Lebens- und Erfahrungsweisen im fremden Kind und im Magister Tinte. Die Betrachtung dieser beiden radikal andersartigen Prinzipien erlaubt gleichzeitig Einblick in zwei gegensätzliche Darstellungsweisen. Hier wird deutlich, wie stark allegorisch und didaktisch Hoffmann, seinem eigentlichen Künstlertemperament entgegen, in diesem Märchen verfährt. Weder die Darstellung menschlicher Kinder noch die des mythischen "Wunderkindes"
ist wirklich Hoffmanns Stärke. Die weichen Töne, blassen Farben
und lieblichen Gefühle wirken bei ihm—etwa im Vergleich zu Novalis—stilisiert und übernommen. So kann sich auch die Forschung

nicht einig werden, ob das fremde Kind das verkörperte harmonische Naturprinzip, die allegorisierte Phantasie oder gar eine Christkind-Gestalt bedeuten soll. Im Vergleich zu anderen Hoffmann-Märchen fehlt dem fremden Kind der erotische Reiz der Serpentina, der Prinzessin Brambilla oder des Tulpenmädchens Gamaheh. Tiefenwirkung und Ambiguität erzielt der Dichter im *Fremden Kind* durch den originellen Einfall der Androgynie, die er dieser Märchenfigur verleiht. Damit wird meines Erachtens zweierlei erreicht: indem Hoffmann die Geschlechtsidentifizierung vom Objekt auf das Subjekt (bzw. die Subjekte) überträgt, gewinnt die Bedeutung des fremden Kindes subjektiven Charakter, d.h. das fremde Kind ist in jedem Falle das, als was das jeweilige erlebende Ich es wahrnimmt. Diese Deutung unterstützt die Annahme, es handle sich beim fremden Kind um die Allegorisierung einer subjektiven Vorstellungsweise oder der jedem kindlichen Wesen eigenen Einbildungskraft (Phantasie). Zum anderen unterstützt der androgyne Charakter des Kindes auch die Vorstellung, es bedeute die als Kind personifizierte Urnatur, wie sie in den mystisch philosophischen Blumenkindern von Ph. O. Runge in vielen Zeichnungen dargestellt ist.

Es ist mit ziemlicher Gewißheit anzunehmen, daß Hoffmann Runge-Zeichnungen kannte: zum einen waren Tiecks *Minnelieder* mit Illustrationen Runges 1803 erschienen; das Blumenkindmotiv ist dort prominent vertreten. Zum anderen erschienen Runges berühmte "Zeiten" 1805 zum ersten Mal als Kupferstiche, und Goethe veröffentlichte 1807 eine lobende Rezension dieser Bilder in der *Jenaischen Allgemeinen Literatur Zeitung*.[23] Die Serie der vier Tageszeiten verkörpert aufs Ausführlichste die Emblematik einer animierten Natur, an die Ph. O. Runge in seiner komplexen, von Jakob Böhmes Mystik her beeinflußten Naturphilosophie anschloß. Kind und Blume sind die zentralen Symbole dieser Naturdarstellung. Kindlichkeit bedeutet hier nicht in erster Linie Unschuld und Anfang des Lebens, sondern sie steht symbolisch für die Frühexistenz der Menschheit allgemein, für das Schwellenstadium zwischen dem vorbewußten Naturbereich, in dem die menschliche Existenz sich noch nicht vom Pflanzendasein unterschied, und dem frühbewußten Menschendasein, als der "junge Mensch" sich aus seiner Pflanzenhaftigkeit zu lösen begann. Deshalb liebt Runge die Darstellung des Blumenkindes, wo der Körper des menschlichen Wesens aus seiner Blumenwurzel herauswächst. Der Maler veranschaulicht hier die Schellingsche Vorstellung, daß Natur Geist in anderer Form und der Geist Natur in anderer Form sei und daß der Mensch im idealen Zustand beides ist: Geist und Natur. Das Blumenkind verkörpert das Idealverhältnis zwischen Natur und

Mensch, das sich mit wachsendem Bewußtsein des Menschen hin-
entwickelt zu den voneinander abgelösten, getrennten Figuren von
Blume auf der einen Seite und Mensch auf der anderen. In einem
späteren Hoffmann-Märchen klingt dieser naturphilosophische Gedanke deutlich an, wenn er die Märchenfigur der Gamaheh (*Meister
Floh*) als vorzeitlich mythisches Tulpenmädchen und ihren Geliebten
Pepusch als Distel Zeherit erscheinen läßt.

Als Gegenpol zu Magister Tinte vertritt das fremde Kind auch die
positive Erziehergestalt. Unter seinem Einfluß ist Naturerlebnis gleichzeitig Naturerkenntnis. Vorübergehend ermöglicht es das fremde
Kind, daß Felix und Christlieb Geist und Sprache der Natur verstehen und sich nicht nur als harmonischer Teil der Natur empfinden
—das tun sie ohnehin—sondern, magisch und phantastisch ihrer
Menschen-Schwere enthoben, schweben und fliegen können (S.
487). Aber die Macht des fremden Kindes ist keine Allmacht; in der
gewöhnlichen Welt des Alltags, die eben *nicht* seine Heimat ist—hier
ist es ja das "fremde Kind"[24]—droht ihm offenbar die Gefahr des
feindlichen Prinzips ähnlich wie den Menschenkindern. Nur in seiner Heimat, einem vergangenen, fernen, den Menschen nicht mehr
zugänglichen Reich, lebt es frei und unbetrübt; es muß sich aber aus
der Sicherheit des isolierten paradiesischen Phantasiereichs heraus-
wagen, will es Kontakt aufnehmen mit den Menschen und ihnen
seinen Reichtum mitteilen. Seit das ursprünglich einheitliche Naturreich sich gespalten hat in ein weiblich regiertes Reich des Lichtes
und ein männlich regiertes der Finsternis (Feenkönigin und Gnomenkönig), herrscht auch im Reich der Menschen Spaltung, und die
rivalisierenden Mächte des Lichtes wie der Finsternis kämpfen um
Vorherrschaft über den Menschen. Warum tönt im Vorzeitsmythos
dieses Märchens die kulturpessimistische Note viel deutlicher hörbar
als in den großen Mythen des *Goldnen Topfes* oder der *Prinzessin
Brambilla*? Vielleicht ist es, weil in der Darstellung, im Bericht des
fremden Kindes kein erleichternder Humor oder sprachlicher Scherz
mitklingt, was den mythischen Erzählungen des Archivarius Lindhorst und des Magus Hermod unverkennbar Hoffmannschen Witz
und Ironie verleiht. Das Kind "Phantasie" ist eben eindeutig der ver-
triebene heimatlose Fremdling in der Welt, dem nur ein heimlicher
Unterschlupf in der Innerlichkeit der Kinderseelen übrigbleibt. Die
begrenzte Wirksamkeit des Phantasieprinzips schlägt sich auch im
Fehlen einer alternativen Daseinsweise des fremden Kindes nieder,
welches—im Gegensatz zu mächtigeren Märchengestalten im *Goldnen Topf* oder *Prinzessin Brambilla*—keine doppelte Erscheinungsform
besitzt, wie etwa Archivarius Lindhorst, alias Salamanderfürst: es ist

aus der Welt des bürgerlichen Alltags gänzlich verbannt, kann den Vertretern dieser Welt in keiner sichtbaren Gestalt mehr erscheinen, und seine Hoffnung auf Erlösung ist deshalb gering.

Negativer "Märchenmeister"

Magister Tinte, alias Gnomenkönig Pepser, der das feindliche Prinzip verkörpert, besitzt außer seiner Märchenexistenz auch noch die körperliche Inkarnation als Erzieher und beeinflußt das Wirken in allen Lebensbereichen. Seine Herrschaft als Vernunftsprinzip ist viel umfassender und scheint gesichert in der Welt des Alltags, hat er doch schon einen Großteil der Gesellschaft nach seinem System erzogen und das Kind "Phantasie" in den Wald und in die Seelen der Kinder vertrieben. Kein anderes Hoffmann-Werk stellt das feindliche Prinzip so ausschließlich negativ dar, mit Ausnahme vielleicht der Coppelius-Gestalt im *Sandmann*. Magister Tinte bezieht seine Kraft aus der Macht der reinen Negativität und Zersetzung, die ihm über den bösen Märchenmeister hinaus die Dimension des Diabolischen verleiht: er ist "der Geist, der stets verneint," er zerstört aus Lust an der Zerstörung. Es wäre ein Fehlschluß aus diesem uncharakteristischen Hoffmann-Märchen auf eine entsprechend rigorose Vernunftsfeindlichkeit des Dichters überhaupt zu schließen. Es geht meines Erachtens auch nicht an, wie Urs von Planta es tut, den Magister Tinte als "Selbstkarikatur" Hoffmanns hinzustellen, "die er mit aller Häßlichkeit seines eigenen Wesens lebendig machte"[25].

Es mag als Beispiel dichterischer Selbstironisierung gelten, daß Hoffmann gerade in der Darstellung des phantasie*feindlichen* Prinzips *par excellence* einige der großartigsten phantastischen Szenen des ganzen Märchens gelingen, die in der vital anschaulichen Handhabung der Sprache vorausweisen auf meisterhafte Szenen des *Klein Zaches*, der *Königsbraut* und des *Meister Floh*. Schon in der ersten Beschreibung der "wunderlichen Gestalt" (S. 497) klingt die Insektenhaftigkeit[26] des Aussehens an: "Der Mann mochte kaum mehr als einen halben Kopf höher sein als Felix, dabei war er aber untersetzt; nur stachen gegen den sehr starken breiten Leib die kleinen, ganz dünnen Spinnenbeinchen seltsam ab. Der unförmliche Kopf war beinahe viereckig zu nennen, und das Gesicht fast gar zu häßlich, denn außerdem, daß zu den dicken braunroten Backen und dem breiten Maule die viel zu lange spitze Nase gar nicht passen wollte, so glänzten auch die kleinen hervorstehenden Glasaugen so graulich, daß man ihn gar nicht gern ansehen mochte" (S. 497). Später fügt Hoff-

mann zu der rüsselähnlichen Nase und den Spinnenbeinchen noch
den ekelhaften schwarzen Saft—sowohl mit Druckerschwärze als
auch mit Fliegendreck assoziiert—und das Summen und Brummen
von Fliegen hinzu. Der Höhepunkt der Transformation, die einerseits
einfach als die märchentypische Verwandlung von Mensch zu Tier
verstanden werden kann, andrerseits aber die surrealistisch groteske
Konkretisierung eines abstrakten Begriffs darstellt, wie Hoffmann sie
oft dichterisch veranschaulicht, wird im dreizehnten Kapitel erreicht:

> In der Tat kam der Magister Tinte den Birkengang herauf, aber
> ganz verwildert mit funkelnden Augen, zerzauster Perücke im
> abscheulichen Sumsen und Brummen sprang er von einer Seite
> zur anderen hoch auf und prallte mit dem Kopf gegen die
> Bäume an, daß man es krachen hörte. So herangekommen
> stürzte er sich sofort in den Napf, daß die Milch überströmte die
> er einschlürfte mit widrigem Rauschen . . . Aber alles nicht ach-
> tend, schwang sich der Magister aus dem Milchnapf, setzte sich
> auf die Butterbröte hin, schüttelte die Rockschöße und wußte mit
> den dünnen Beinchen geschickt darüber hinzufahren und sie
> glatt zu streichen und zu fälteln. Dann stärker summend,
> schwang er sich gegen die Türe, aber er konnte nicht hineinfin-
> den ins Haus, sondern schwankte wie betrunken hin und her
> und schlug gegen die Fenster an, daß es klirrte und schwirrte.
>
>   (S. 504)

Hier erscheint die Animalisierung des Menschen oder die Anthropomorphisierung des Tieres ihren Charakter als rhetorische Figur und
ihre Bedeutung als Allegorie des falschen Wissens zu verlieren und
Selbstzweck anzunehmen. Die Szene wirkt rein grotesk und komisch. Der einzige Kommentar, der den ursprünglichen Sinn der
grotesken Gestalt reflektiert, ist der Ausruf Frau von Brakels: "Prahlt
mit den Wissenschaften und springt in den Milchnapf!—Das nenne
ich mir einen schönen Magister" (S. 505). Hoffmann nutzt, so will es
scheinen, die derb humoristische Darstellung des diabolischen negativen Prinzips als relativierendes Mittel: dadurch wird die andernfalls
überwältigende Präsenz der feindlichen Macht in diesem Märchen
immerhin um ein Weniges reduziert und entschärft.

   Dennoch bleibt abschließend die Frage zu stellen, ob denn *Das
fremde Kind*—wie die meisten anderen Hoffmann-Märchen—als Erlö-
sungsmärchen gelten könne. Trotz des Befreiungsgefühls, das nach
der Verjagung von Magister Tinte einsetzt, hinterläßt der Kampf mit
dem naturwidrigen Wissensprinzip doch bleibende negative Spuren:
im Wald ist "alles still und wie verödet" (S. 505).[27] Auch der furcht-

bare Aufruhr, der später im ganzen Naturbereich einsetzt (S. 505–6), ist kein normales natürliches Unwetter; es entpuppt sich vielmehr als Racheakt des Gnomenkönigs Pepser, wenn plötzlich die weggeworfenen mechanischen Spielsachen als "gehorsame Zöglinge des Herrn Magister Tinte" (S. 506). Leben annehmen und die erschreckten Kinder so dämonisch quälen, daß ihnen nicht nur die Sinne vergehen, sondern auch alle weitere Lust, den Wald wiederaufzusuchen. Am schwersten büßt der Vater, denn ihm hat der Kampf mit dem Magister Tinte—dem Prinzip alles Schweren und Zähen—Lebensleichtigkeit und Lebenswillen geraubt: er wird schwermütig und stirbt. Für Frau von Brakel und sogar für ihre Kinder ist das heitere, sorgenfreie Leben zerstört; der Zustand der Unschuld und des unbewußten Einsseins mit der Natur ist vorüber. Sentimentalisch im schillerschen Sinne mutet es an, wenn die Wirkung des fremden Kindes nur noch sekundär, in der Wiederbesinnung auf den früheren Paradieseszustand, im "Innersten" und in "süßen Träumen", nacherlebt werden kann. Der Märchenschluß "Alles, was Felix und Christlieb unternahmen, geriet so überaus wohl, daß sie samt ihrer Mutter froh und glücklich wurden . . ." (S. 510), klingt zaghaft, gebrochen und nur noch ein Schatten der echten naiven Märchenschluß-Formel.

Die humoristische Seh- und Darstellungsweise, die das Ende des bitteren *Klein Zaches* oder den Schluß des satirischen *Meister Floh* versöhnlich bestrahlt, scheint hier nicht wirksam werden zu wollen. Und so kommt es, daß die Verkehrung der Märchenwerte von Gut und Böse, ironischerweise, in diesem "Kindermärchen" so ungemildert und radikal dargestellt ist wie sonst in keinem.

5. Satirisches Märchen:
Klein Zaches genannt Zinnober
Gebrochene Märchenwelt

Unter Hoffmanns Märchendichtungen ist *Klein Zaches genannt Zinnober* (1818–19) das erste der vier großen späten Märchen. Die drei anderen sind: *Die Königsbraut* (1820), *Prinzessin Brambilla* (1820), *Meister Floh* (1821). Da in keinem der anderen Märchen die Charakterisierung einer Einzelgestalt als Titelheld und Hauptfigur so prominent und durchgehend im Vordergrund steht wie im *Klein Zaches*, hat die Werkkritik von Anfang an sich auf die Frage konzentriert, wen Hoffmann denn in Klein Zaches—wenngleich karikaturenhaft überspitzt—dargestellt habe. Der Dichter selbst lehnt solche Deutungsversuche ab und betont mehrfach, sein "tolles Märchen", dieses "superwahnsinnige Buch"[1], enthalte "nichts weiter als die lose lockre Ausführung einer scherzhaften Idee"[2] und sei "die Geburt einer etwas ausgelassenen ironisierenden Fantasie"[3]. Keine der Theorien, die belegen wollen, das Vorbild für Klein Zaches sei entweder der Kammergerichtsreferendar von Heydenbreck oder der Ordinarius der Heidelberger Universität Karl Salomon Zachariä oder der Dichter und Bekannte Hoffmanns Zacharias Werner[4] oder gar—wie die neueste These lautet—der Autor E. T. A. Hoffmann selbst[5]. Keine dieser Theorien ist befriedigend, und doch hat wiederum keine davon gänzlich unrecht.

Ich glaube, wir gehen an Hoffmanns Absicht in diesem "Fantasiestück" vorbei, wenn wir den "humoristischen Wechselbalg" Zaches/Zinnober auf eine eindeutige personale Identität reduzieren wollen. Die jüngste Hoffmann-Forschung zeigt denn auch Ansätze, die meines Erachtens dem dichterischen Verfahren Hoffmanns gerechter werden. So etwa deutet Müller-Seidel den Klein Zaches als einen "Wechselbalg gedanklicher Art" und—ähnlich wie Meister Floh—als "Verkörperung des Humors im wörtlichen Sinne"[6], wobei er allerdings der Versuchung nicht widersteht, Klein Zaches als Allegorie zu begreifen, und zwar im weitesten Sinne als Allegorie alles Einseitigen, Beschränkten, Monomanen. Beschränktheit als zentrale Kritik in Hoffmanns Menschenauffassung klingt zwar auch in Klein Zaches an, aber nicht nur in dieser einen Gestalt, sondern—wie zu zeigen sein wird—etwa auch in Balthasar, Mosch Terpin und sogar in den Märchengestalten Prosper Alpanus und Rosabelverde. Die Idee beschränkten Menschentums durchzieht, etwa in der Form vom bedauernswerten Verlust der notwendigen Duplizität und Balance,[7] einen Großteil Hoffmannscher Werke. Der Versuch, die Klein Zaches Gestalt auf eine allegorische Deutung hin zu abstrahieren,[8] trifft wiederum nicht das Wesen dieses vielschichtigen Märchens. Auch Jürgen Walter verfährt in seinem interessanten und anregenden sozialgeschichtlichen Versuch etwas zu reduktiv, wenn er das Geschehen im *Klein Zaches* auf die Formel "Dualismus von Geistigem und Physischem als Widerstreit gesellschaftlicher Kräfte" bringt: "Dementsprechend ergibt sich die eigentliche Märchenhandlung als Auseinandersetzung von zwei antagonistischen Verhaltensweisen des Bürgertums im absolutistischen Staat: einer negativ und einer positiv bewerteten, einer real-inhumanen (Zaches) und einer utopisch-humanen (Balthasar), einer äußerlichen Ministerkarriere und einer inneren Entwicklung zum Dichter"[9]. Diese saubere Dichotomie und Aufteilung in zwei entgegengesetzte Lager ist vom Text her schwer haltbar und ignoriert meines Erachtens die viel umfassendere kritische Haltung Hoffmanns, der nämlich *beide* Welten—nicht nur die des aufgeklärten Ministers Zinnober sondern auch die des "romantischen" Dichters Balthasar—in satirischer Verzerrung darstellt. Der DDR Dichter und Wahlverwandte Hoffmanns, Franz Fühmann, hat die provozierende Komplexität und unkonventionelle Modernität des *Klein Zaches* vielleicht am besten erkannt, wenn er feststellt, "in dieser Welt ist alles zerkrüppelt, nicht nur der Zaches"[10], und der sogenannte Dichter Balthasar wird am Ende des Märchens "der neue Zinnober der Poesie"[11].

Der vorliegende Versuch möchte eine Werkanalyse geben, in der zunächst die grundlegenden thematischen und strukturellen Bausteine des Werkes (Grundidee, geistiger Standort) untersucht werden, um aus ihrer Eigenart heraus zu begreifen und zu prüfen, welcher motivischen und narrativen Mittel der Dichter sich zur Durchführung seiner Grundidee bediente. Gelingt diese Analyse des dichterischen Produktionsprozesses, so gibt sie gleichzeitig Aufschluß über Aspekte Hoffmannscher Poetologie: denn Hoffmann theoretisiert selten im Vakuum; er demonstriert seine Theorien in der dichterischen Praxis.

Die geistig-kulturelle Grundsituation, die im *Klein Zaches* problematisiert wird, läßt sich schematisch etwa so skizzieren: Durch den zeitlichen, örtlichen und thematischen Zusammenstoß

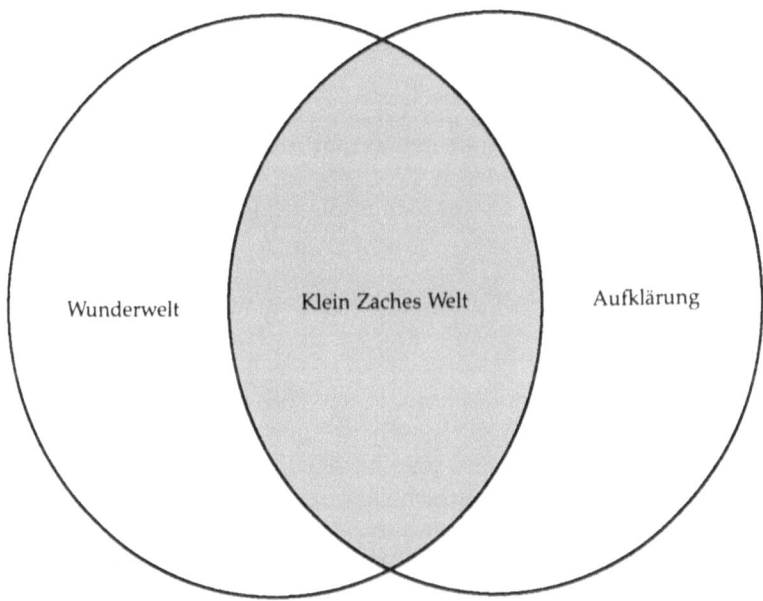

"Die geistig-kulturelle Grundsituation im Klein Zaches"

zweier Daseinskreise, Wunderwelt und Aufklärung, entsteht eine Zone der Überschneidung beider, die den poetischen Schauplatz der *Klein Zaches*-Welt bildet. (Eine ähnliche Struktur konnte im II. Kapitel für das Überschneiden zweier Kraftfelder im ambivalenten Märchenraum des *Goldnen Topfes* gezeigt werden.) In dieser Mischzone—die man sich als fiktives poetisches Konstrukt vorzustellen hat—entladen sich und interagieren Kräfte und Werte aus den beiden hier zusammentreffenden Einzelbereichen und schaffen die doppelt schillernde aber wesenhaft gebrochene Welt dieses satirischen Märchens. Als konkrete und dynamische Verkörperung von Werten und Wesensformen der beiden Grundbereiche konzipiert der Dichter die Figur des Klein Zaches, dessen Wesen und Schicksal an beiden teilhat und doch zu keiner gehört. Daß er an diesem zwienatürlichen Sein zerbricht und zerstört wird, wirkt deshalb nicht tragisch, weil auch er in erster Linie ein phantastisch-poetisches Konstrukt ist, das allerdings im Werkverlauf zum personalen Träger und Austragenden des internen Kräfte- und Wertespieles wird.

Thema des Märchens

Klein Zaches ist das Märchen von der Nutzbarmachung des Wunderbaren oder umgekehrt von der Verzauberung des Nützlichen; es ist die Auseinandersetzung mit der Existenzmöglichkeit des Märchenhaften in einer märchenlosen Zeit. Koppelungen von heterogenen Seh- und Seinsweisen, wie sie sich in diesen Formulierungen äußern ("nützlich" vs. "wunderbar"; "Märchen" vs. "märchenlos"), akzentuieren das "Scherzhafte" oder Komische der in *Klein Zaches* zugrundeliegenden Situation und schaffen die Dynamik, welche die motivische und narrative Ausführung in der Themenbehandlung bestimmt.

Die Wirkung des Wunderbaren in der Welt des Alltags ist bekanntermaßen eines der Grundthemen in allen Hoffmann-Märchen, ja überhaupt in den Märchen romantischer Dichter. In *Klein Zaches* jedoch verdeutlicht Hoffmann schon durch die spezifische Wahl von Ort und Zeit der Märchenhandlung die Zentralität dieses Themas: die Ereignisse finden statt vor dem Hintergrund einer Zeitenwende im historischen wie im kunstideologischen Sinne. Das erste Kapitel thematisiert diesen Zeitpunkt und beschreibt in einem narrativen Rückblick (S. 15–19)[12], was zu diesem Zustand führte. Hier wird im Bild des wunderbar herrlichen Gartens ein zeitlich unbestimmtes früheres Naturreich geschildert, in dem Fürst Demetrius (das Fruchtbarkeitsmotiv klingt an) Freiheit, Wunder und Poesie sich frei entfalten ließ, bis sein ordnungs- und systemsüchtiger Nachfolger Paphnutius diesem Zustand der "Verwahrlosung"—wie er es nennt—ein Ende bereitet, indem er Kontrolle, Regulierung und Nutzbarmachung in jeden Natur- und Lebensbereich einführt. In seinem neuen Reich "praktizierter Aufklärung"[13] wird das Wunderbare nur noch in minimal reduzierter Form toleriert: es hat sich dem Nützlichen zu unterwerfen und anzupassen, wodurch es seines eigentlichen Wesens verlustig geht und nur noch als Perversion seiner selbst existiert.

Das ist der geistige Standort des Märchens, und in diesen Widerstreit zwischen Aufklärung und Poesie wird die Mißgeburt Klein Zaches hineingestellt, selbst also schon ein Sinnbild dieser verwahrlosten und pervertierten Welt (S. 28, 31). Im Bereich der Überlagerung aufgeklärt-utilitaristischer Lebensformen über märchenhaft-poetische Denkweisen und Kräfte entfaltet Hoffmann nun die Geschehnisse des Märchens. In fiktiver Aktion wird der Aufeinanderprall der prosaisch-praktischen und poetisch-wunderbaren Seinsweise ausgespielt, wie er abstrakt etwa im Denken und Dichten des späten 18. Jahrhunderts stattfand. Blieben wir bei der Analogie, so entspräche der Bereich des Wunderbaren und der Poesie den Kräften der Romantik, wie Hoffmann sie zur Zeit der Entstehung des Märchens einschätzte. Die Frage wird zu stellen sein, inwieweit dieses Märchen eher als "Unmärchen" zu bezeichnen sei, in dem Hoffmann das gesamte romantische Unterfangen und seine poetischen Produkte in Frage stellt. Es besteht zumindest die Möglichkeit, daß *Klein Zaches*, dieses Märchen der Zeitenwende, auch einen Wendepunkt in Hoffmanns Haltung seinem Dichten gegenüber darstellt.[14]

Motivschichtung in der Titelfigur

Weder als personale Karikatur noch als begriffliche Allegorie ist einer Deutung der gehaltlichen und narrativen Funktion des Klein Zaches beizukommen.[15] Angeregt durch einen Aufsatz von Silvio Vietta, der am Automatenmotiv eine wichtige Gestaltungstechnik Hoffmanns bespricht, möchte ich einzelne Motivkomponenten untersuchen, die sich in der Figur des Klein Zaches zu einem vielschichtigen Motivkomplex[16] verdichten. Zwei Phasen der Motivbildung sind dabei zu unterscheiden: zunächst die Elemente, die in der Grundkonzeption des Motivs angelegt sind ("Idee") und dann die Komponenten, durch welche das Motiv im narrativen Handlungsverlauf abgewandelt und angereichert wird ("Ausführung").

Primär ist Klein Zaches ein groteskes Ding, das an verschiedenen Bereichen der Schöpfung teilhat. In der Beschreibung fallen organische und tierische Qualitäten vor den menschlichen Zügen auf:

Das, was man auf den ersten Blick sehr gut für ein seltsam verknorpeltes Stückchen Holz hätte ansehen können, war nämlich ein kaum zwei Spannen hoher, mißgestalteter Junge, der von dem Korbe, wo er querüber gelegen, heruntergekrochen, sich jetzt knurrend im Grase wälzte. Der Kopf stak dem Dinge tief zwischen den Schultern, die Stelle des Rückens vertrat ein kürbisähnlicher Auswuchs, und gleich unter der Brust hingen die haselgertdünnen Beinchen herab, daß der Junge aussah wie ein gespalteter Rettich. Vom Gesicht konnte ein stumpfes Auge nicht viel entdecken, schärfer hinblickend wurde man aber wohl die lange spitze Nase, die aus schwarzen struppigen Haaren hervorstarrte, und ein paar kleine schwarz funkelnde Äuglein gewahr, die zumal bei den übrigens ganz alten eingefurchten Zügen des Gesichts, ein klein Alräunchen kundzutun schienen. (S. 8)

In mancher Hinsicht ein Verwandter von Hoffmanns humanoiden Tieren, wie etwa Kater Murr oder Meister Floh, war Klein Zaches' Herkunft doch von menschlicher Art. War jedoch schon seine Mutter ein Mensch der armseligsten Klasse und niedrigsten Stufe, so gehört nun ihr Sprößling vollauf einem Untermenschentum an, das sich weder geistig noch physisch von erdhaften und animalischen Naturformen emanzipiert zu haben scheint.[17] Seine wesentlichen Lebensäußerungen beschränken sich auf Motorik (wälzen, strampeln, spreizen . . .), das Ausstoßen von tierischen Lauten (knurren, miauzen, prusten . . .) und die Einnahme von Nahrung (fressen, schmatzen, beißen . . .). In phantastisch groteskem Anklang an G. H. Schuberts Naturphilosophie (*Ansichten von der Nachtseite der Naturwissenschaft*, 1808) repräsentiert dieses unbestimmbare Wesen ein vegetatives vitalistisches Lebensprinzip, Vorstufe echten Menschentums. So sehr ist er verwahrlostes Stiefkind der Natur, daß er, gattungsmäßig und moralisch ein Neutrum, kein eigenständiges Wesen besitzt, sondern als primitive Potenz den Kräften ausgesetzt ist, die von außen auf ihn einwirken.[18]

Die Kräfte, unter deren Einfluß Klein Zaches nun im Laufe des Märchengeschehens gerät, sind die Zaubergabe der entarteten Fee einerseits und das gesellschaftliche Milieu einer aufgeklärt wunderlosen—mit Hoffmann zu sprechen also auch entarteten—Menschheit andererseits. Die Gabe der gütigen aber törichten Fee besteht darin, daß "alles was in seiner Gegenwart irgendein anderer Vortreffliches denkt, spricht oder tut, auf seine [Klein Zaches'] Rechnung kommt" und daß er "überhaupt allemal für den vollkommensten der Gattung, mit der er im Konflikt, gelten muß" (S. 74). Mit den Bedingungen, die hier dem Energieprinzip Klein Zaches auferlegt, ja aufgezwungen werden, beginnt nun der Prozeß der Motivanreicherung—allerdings in eine Richtung und in einen Wertebereich hinein, der von der Spenderin nicht vorgesehen war. Dieses feenhafte Stiftsfräulein hat nämlich die fragwürdige Kraft, die zwar das Gute will und doch das Böse schafft; und so enthüllt sich ihre Gabe eher als Fluch, denn sie bereichert die bislang wertefreie Lebenspotenz der Mißgestalt mit lauter negativen Eigenschaften und stiftet durch sein verzaubertes Wesen nichts als Zwietracht, Neid und Haß. Daß dem Dichter Hoffmann die explosive und destruktive Potenz dieser zentralen dichterischen Erfindung bewußt war, zeigt auf engstem Raum die erstaunliche Formulierung, mit der Hoffmann Wesen und Daseinsweise des von der Fee beschenkten Zaches charakterisiert. Was kann schlimmer sein, als dazu verdammt zu sein, immer der "Vollkommenste" dessen zu sein, womit man "im *Konflikt*" liegt? Genau das aber ist Klein

Zaches' Los: fälschlich als der Beste derer erscheinen zu müssen, die ihn darum hassen und letzten Endes zerstören. Die Negativität seines Wesens äußert sich also mit besonderer Schärfe gegenüber allem Guten, das er durch seine Gegenwart seines Ursprungs entfremdet und es vernichtet. Klein Zaches wird zum Inbegriff eines Parasitentums, das in seiner Darstellung Züge von Vampirismus, Automatentum und expansivem Doppelgängertum[19] an sich hat—Abwandlungen von Motiven, die Hoffmann anderwärts auch in mancherlei Form verwendet. Klein Zaches handelt weder aus eigner Veranlagung noch aus freiem Willen, sondern "nährt" und erhält sich aus der Aneignung von Qualitäten und Leistungen anderer, die er dadurch entwertet und schädigt. Wiederum erlaubt dieser geniale Einfall Hoffmann ungezählte erzähltechnische Möglichkeiten, die er in erster Linie dazu nutzt, Szenen und Situationen zu gestalten, die wegen der ihnen innewohnenden Kontrastivik entweder rein komisch oder gesellschaftskritisch satirisch ausfallen.

Die Feengabe, von der hier die Rede ist, manifestiert sich rein äußerlich in einem Motiv, das auf den ersten Blick einem typischen Märchenrequisit gleicht. Die drei feuerfarbenen Haare, durch die Zaches' struppige Borsten verschönt und verwandelt werden, weisen jedoch auch auf eine Verbindung zu jener naturphilosophischen Motivschicht hin, von der schon die Rede war. Feuer ist eines der vier kosmischen lebenschaffenden Elemente und ist in den Naturmythen gewissen Geistern—meist einer höheren Klasse—zugeordnet. Auch hier verfehlt die Gabe der feurigen energiegeladenen Haare ihren Zweck: das verwilderte Wesen Klein Zaches' zu veredeln. Die magische Energiezufuhr übt wiederum nur einen negativen Einfluß auf den verzauberten Zaches aus, der sich in Ausbrüchen heftiger Emotionen und Triebe wie Zorn, Stolz und Ehrgeiz kundtut.

Daß das Motiv des Feuers in der Konzeption und Deutung des Klein Zaches wichtig ist, bestätigt auch seine Umbenennung zu "Zinnober". Nicht nur symbolisiert dieses hochrote Amalgam aus Quecksilber und Schwefel die genannten heftigen Gemütsbewegungen von Zorn und Stolz; es spielt auch in den medizinisch-wissenschaftlichen Themenbereich des Märchens hinüber, da Zinnober unter anderem als Arzneimittel Anwendung gefunden haben soll. In dem Zusammenhang drängt sich der Gedanke auf, ob nicht Zaches/Zinnober als Temperament die Ausgeburt des Cholerikers darstellt, wodurch er innerhalb der Figurenkonstellation des Märchens in weiteren Gegensatz zum Melancholikertum seines Widerparts Balthasar tritt. Anspielungen auf eine Temperamentenlehre, welche aus den vier wesentlichen menschlichen Körpersäften auf ihnen entsprechende Gemütsanlagen schließt, sind durchaus im *Klein Zaches* vorhanden und verdichten sich in der höchst grotesken Sterbeszene Zinnobers. Dort erklärt der Arzt Zinnobers "feuchtes" Ableben im eigenen Nachttopf als "humoristischen Tod" in den eigenen Säften: ". . . ich könnte sagen, der Minister sei an dem gänzlichen Ausbleiben des Atems gestorben, dies Ausbleiben des Atems sei bewirkt durch die Unmöglichkeit Atem zu schöpfen, und diese Unmöglichkeit wieder nur herbeigeführt durch das Element, durch den Humor, in den der Minister stürzte. Ich könnte sagen, der Minister sei auf diese Weise einen humoristischen Tod gestorben, aber fern von mir sei diese Seichtigkeit, fern von mir die Sucht alles aus schnöden physischen Prinzipien erklären zu wollen, was nur im Gebiet des rein Psychischen seinen natürlichen unumstößlichen Grund findet" (S. 94). Dieses gewagte, leicht ans Geschmacklose grenzende Wortspiel mit "Humor" verknüpft und vereinigt jedoch die in der Klein Zaches Fiktion wirksamen Motivkomponenten aus den Bereichen des Physisch-Wissenschaftlichen (die Säfte) einerseits und des Psychisch-Poetologischen (der Humor) andrerseits.

Doppelbezüge, wie der Dichter sie hier in der Verwendung von "Humor" schafft, sind seinem sprachlichen und poetologischen Verfahren[20] an Kernstellen seiner Werke eigen; in ihrer Kreativität wirken sie surrealistisch und tragen Chiffre-Charakter, indem sie oft den anscheinend spielerisch eingestreuten Schlüssel zur Wesenserschließung des Werkes bergen. Typisch an diesem Sprach- und Assoziationsverfahren ist die Überlagerung von semantischen Strukturen mit abstrakter und konkreter Doppelbedeutung zur Bildung eines neuartigen Konkretums in neuem Kontext; aus den beiden Verständnisaspekten von "Humor" entsteht hier der "humoristische Wechselbalg", Klein Zaches. Cholerisches Energieprinzip und ästhetisches Humorprinzip bilden so den grundsätzlichen Rahmen für ein heterogenes Motivnetz, dessen weitere Anreicherung und Füllung innerhalb der Märchenaktion noch zu untersuchen bleibt.

Das zweite Kraftfeld, das wesensbestimmend und—erzähltechnisch gesprochen—motivbereichernd auf Klein Zaches einwirkt, ist die aufgeklärte Gesellschaft, in deren Mitte und auf deren Kosten Klein Zaches existiert. Wie ein Blitzableiter leiten die magischen Haare auf seinem Haupt die vortrefflichen Qualitäten aller ihm überlegenen Anwesenden auf diesen ab. Durch die hier stattfindende Motivbereicherung erweist sich Klein Zaches festgelegt auf die Existenz als gesellschaftliches Wesen *par excellence*. Er ist der Gesellschaftsparasit, der notwendigerweise von der Anwesenheit anderer lebt, oder—anders formuliert—dessen "Ich" nur bedingt existiert, da es in der

Einsamkeit gewissermaßen verlöschen würde und nicht zur Wirkung kommen könnte. Als derart Geselliger setzt er sich unter den Gestalten des Märchens besonders von Balthasar ab, dessen Verlangen nach Einsamkeit und meditativer Stille Hoffmann in verschiedenen Szenen—nicht ohne ironische Übertreibung in der formelhaft empfindsamen Sprache—gestaltet. Das Thema Einsamkeit—gekoppelt mit Melancholie und Einsiedlertum—war unter den moralphilosophischen Schriftstellern des 18. Jahrhunderts sehr populär. Es ist bekannt (und wird in fast allen kritischen Hoffmann-Ausgaben zum *Klein Zaches* erwähnt), daß Hoffmann Johann Georg Zimmermanns *Über die Einsamkeit* (1784)[21] nicht nur kannte, sondern eine Reihe von seltsam klingenden Eigennamen[22] daraus in seinem Märchen verwendete. Über diese Äußerlichkeit hinaus nutzt Hoffmann jedoch dieses moralisierende Kompendium aufgeklärter Gesellschaftslehre zu satirischen Zwecken. Im *Klein Zaches* scheint er das Zimmermannsche Einsamkeitsprinzip auf den Kopf zu stellen, indem er in der Gestalt des grotesken Gesellschaftsparasiten sein perverses Gegenstück schafft. Man muß auch bedenken, daß Klein Zaches ja in grotesker Überspitzung die gesamte damalige Gesellschaft verkörpert, so daß sich in seinem panischen, existenznotwendigen Geselligkeitsbedürfnis auch eine Tendenz der Gesellschaft im Ganzen, wie Hoffmann sie zu sehen scheint, widerspiegelt.

Dieser Gedanke führt nun zu einem weiteren entscheidenden Motivkomplex, der die bereits vielschichtige Motivik der Klein Zaches-Figur anreichert und den Hoffmann mit ganz besonderer Intensität zu satirischen Zwecken nutzt. Die "vortrefflichen Qualitäten", die Klein Zaches sich dank seiner Verzauberung anzueignen vermag, bilden in ihrer Summe die hervorstechendsten Eigenschaften einer rationalistisch aufgeklärten aber feudalistisch regierten Konsumgesellschaft, die Hoffmann wenn immer möglich zum Gegenstand rigoroser Kritik macht. Welche zentralen Eigenschaften kommen da nun zum Vorschein? Schlagwortartig gebündelt handelt es sich um egozentrischen Eigennutz, rücksichtsloses Ausbeutertum, Genuß- und Prunksucht, gesellschaftlichen und beruflichen Ehrgeiz, geistige Leere und künstlerisches Banausentum. Da sich diese Eigenschaften gehäuft und karikaturistisch überspitzt in der Klein Zaches Figur manifestieren, werden sie zwar einerseits durch dieses komische Übermaß entschärft; andrerseits aber verdichtet sich in diesem monströsen Zwerg die Vorstellung einer negativen Aufklärung und ihres Menschentums. Die Frage ergibt sich mit Notwendigkeit, ob aus dieser Darstellung auf eine ebenso negative Auffassung vom Menschen bei Hoffmann zu schließen sei. Dazu sei angemerkt: wir dürfen Hoffmanns eigenen Kommentar nicht übersehen, daß dieses tolle Märchen letztlich als "superwahnsinnige" Ausführung einer scherzhaften Idee zu verstehen sei. Das will aber sagen, daß das sich im Werk entfaltende Wertesystem aus der intrinsischen fiktiven Dynamik heraus entsteht, anstatt von außen durch die Überzeugungen seines Autors an das Werk herangetragen zu sein. Somit hätte dieses Wertesystem seine Gültigkeit primär innerhalb der fiktiven Welt und ist nicht bedingungslos auf Hoffmanns Außenwelt übertragbar.

Die Wunderwelt im *Klein Zaches*

Der Wandel im Wesen und in der erzähltechnischen Behandlung von "wunderbaren" Gestalten und Begebenheiten, der in Hoffmanns Märchenproduktion vom *Goldnen Topf* zum *Klein Zaches* stattfindet, ist beträchtlich. In seinem ersten prototypischen Märchen hebt sich die Darstellung einer vorzeitlichen mythisch abstrakten Welt sowohl in Sprache als auch in Geschehen bisweilen von der Haupthandlung ab. In poetisch gehobener Sprache sind diese kosmischen Naturmythen in das Märchenganze eingefügt.

Im *Klein Zaches* hat sich die Distanz zwischen märchenhaft-mythischen und menschlich-wirklichen Elementen merklich verringert. Die Zaubergestalten in ihrer Daseinsweise, in ihrem Tun und Denken, sind dem menschlich-bürgerlichen Bereich nähergerückt, und von der naturphilosophischen Basis des Märchenhaften ist kaum mehr etwas zu spüren. An Stelle der von Schelling und Schubert hergeleiteten Naturphilosophie benutzt Hoffmann im *Klein Zaches* ein anderes Bezugssystem. Hier verbildlicht er die Zauberwelt durch Motive einer literarisch überlieferten Märchenwelt (das Märchenland "Dschinnistan"), die Hoffmann und seinen Lesern aus der französischen Märchentradition des 17. und 18. Jahrhunderts und aus Wielands Märchen bekannt war. Dieser Umsprung auf eine andere mythische Vorlage verdeutlicht, wie sehr es Hoffmann daran gelegen ist, Märchenstoff und Märchenform aufeinander zu beziehen. Für das hier behandelte Thema "Aufklärung und das Wunderbare" schafft Hoffmann eine Märchendarstellung, die viel ausdrücklicher dem Feenmärchen der Aufklärung (Wieland)[23] als dem frühromantischen Naturmärchen (Novalis, Tieck) verpflichtet ist. Auf zweifache Weise ist die im *Klein Zaches* zugrunde gelegte Märchenwelt einer echten mythischen Urform entfremdet: zum einen nutzt Hoffmann, wie bereits gesagt, die *literarische* Version eines Mythos, und zum anderen relativiert er diese Märchenwelt noch einmal, indem er "Dschinnistan" durch die Augen eines grotesk rationalistischen Historikers und Geographen beschreiben läßt als "ein erbärmliches Land, . . . ohne Kultur, Aufklärung, Gelehrsamkeit, Akazien und Kuhpocken," ein Land, das "eigentlich auch gar nicht existiere" (S. 18). Das Land des Wunderbaren ist die Negation der Aufklärung, so wie die Aufklärung, die von den Vertretern der Wunderwelt als "feindseliges Verhängnis" (S. 8) bezeichnet wird, eine ungeheuer bedingende Einwirkung auf die Existenz des Wunderbaren hat. Und in dieser ursprungsentfremdeten Bedingtheit stellt Hoffmann das Wunderbare im *Klein Zaches* dar: die Zauberkräfte der feenhaften Märchenwesen reduzieren und verbürgerlichen sich zum hortikulturellen Talent des Stiftsfräuleins Rosenschön und zum nutzbaren Treiben "in Aufklärungssachen" bei Prosper Alpanus. Erzähltechnisch wiederum nutzt der Humorist Hoffmann das Prinzip der Verbürgerlichung und Entmythologisierung des Wunderbaren als Quelle zahlloser komischer Begebenheiten. Das Tun und Treiben der Zaubergestalten entbehrt aller Würde und Erhabenheit, wenn Rosabelverde und Prosper Alpanus einander zum Beispiel mit "schnöden Tafelkünsten" (oder "ordinären Tafelkunstwerken") auf ihre Identität hin testen; albern spielerisch und sinnlos unbedeutend ist das zauberhafte Gebaren dieser Märchenfiguren,[24] aber es erlaubt dem Dichter, sein Märchen mit einer Fülle witziger Einfälle bildhaft konkret auszustatten.

Nur in einem wichtigen Aspekt gewinnt die *beschränkte* Zauberkraft des Wunderbaren eine ernsthaft kritische Dimension, aber da wird sie dann auch werkbestimmend und wesentlich. Der gutgemeinte Versuch Rosabelverdes, Klein Zaches, dem Stiefkind der Natur, durch ihre Zauberkraft zu einem menschenwürdigen Dasein zu verhelfen, geht tragikomisch schief, eben *weil* die Fee eine verspielte Märchenfee und ihrem Wesensursprung entfremdet ist. Sie selber ahnt diese Zusammenhänge, wenn sie klagt: "Armer Zaches!—Stiefkind der Natur!—ich hatt es gut mit dir gemeint!—Wohl mocht es Torheit sein, daß ich glaubte, die äußere schöne Gabe, womit ich dich beschenkt, würde hineinstrahlen in dein Inneres, und eine Stimme erwecken, die dir sagen müßte: 'Du bist nicht der, für den man dich hält, aber strebe doch nur an, es dem gleichzutun, auf dessen Fittichen du Lahmer, Unbefiederter dich aufschwingst!'—Doch keine innere Stimme erwachte. Dein träger toter Geist vermochte sich nicht emporzurichten . . ." (S. 92–93) Der Einfluß des didaktisch utilitaristischen Aufklärungsdenken auf den romantischen Glauben an den Prozeß natürlich organischen Werdens manifestiert sich hier in seiner perversesten Form. Die von der Aufklärung affizierte Fee huldigt in ihrem Tun dem gängigen Aufklärungsdogma, "daß der äußere Zustand den inneren bestimme"[25]. Daß der schöne Schein sich das schöne Wesen schaffen könne, ist aber eine absurde Vorstellung und Indiz dafür, daß die Vertreter der Wunderwelt in einer aufgeklärten Welt nicht mehr wesensgemäß handeln, sondern in ihrem Sein von der Vernunft angekränkelt und verdorben sind. Die Gabe der Fee macht aus Zaches ein Monstrum habgierigen Nutznießertums, das Gegenteil dessen, was sie beabsichtigt hatte.

Auch Prosper Alpanus, der männliche und daher verständigere und höherstehende (!) Vertreter in der Hierarchie der Märchenwelt, ist in seinem Handeln und Wollen vom Kontakt mit der Aufklärung angekränkelt: er moralisiert und predigt wie die Moralphilosophen des 18. Jahrhunderts. Die Werte, die er vertritt und für seinen Schützling Bathasar und dessen Braut—mit dem Voltaireschen Namen "Candida"—erstrebt, sind unverblümt bürgerlich und nützlich. Die von ihm orchestrierte Hochzeit und das von ihm manipulierte Eheglück sind einer rein bürgerlichen Glücksvorstellung von der "besten aller Welten" verpflichtet, die darin besteht, daß alle zwischenmenschlichen und ökonomischen Schwierigkeiten und Prüfungen auf "wunderbare" Weise in diesem Eheleben ausgeschaltet sind. Der Leser fragt sich wohl zu Recht, ob denn die Ehe auch so "ganz und gar fröhlich" geendet hätte, wäre diese nicht mit solchen Zaubermitteln ausgestattet gewesen. Wie dieser kausale Konnex zwischen Wundergabe und Eheglück sich sogar sprachlich äußert, wird in der Syntax des letzten langen Märchensatzes deutlich, der im Wesentlichen aus einer komplizierten kausalen "da . . . so" Konstruktion besteht und auch semantisch den pragmatischen Werten der Aufklärungsphilosophie huldigt:

> Balthasar, der *Lehren* des Prosper Alpanus eingedenk, den *Besitz* des wunderbaren *Landhauses* wohl *nutzend*, wurde in der Tat ein guter Dichter, und *da* die übrigen Eigenschaften, die Prosper rücksichts der holden Candida an dem *Besitztum* gerühmt, sich ganz und gar bewährten, Candida auch niemals den *Halsschmuck*, den ihr das Stiftsfräulein von Rosenschön als *Hochzeitsgabe* beschert, ablegte, *so konnt es nicht fehlen*, *daß* Balthasar die glücklichste Ehe in aller Wonne und Herrlichkeit führte, wie sie nur jemals ein Dichter mit einer hübschen jungen Frau geführt haben mag".

(S. 100, meine Hervorhebung)

Die enge Symbiose und gegenseitige Beeinflussung zwischen den Werten des Wunderbaren und der Aufklärung bringt es mit sich, daß in vielen Szenen des Märchens Verzauberung und Vernunft nicht nur thematisch sondern auch semantisch miteinander in Kontakt geraten und aufeinander einwirken. Das Produkt und Resultat solchen Auf-einanderwirkens ist eine grotesk humoristische Verzerrung aller Werte, ein aus heterogenen Elementen zusammengesetztes Zeit- und Gesellschaftsbild, in dem die Zauberwelt "vernützlicht" und die auf-geklärte Welt "verzaubert" erscheint.[26] Beide Seinsweisen haben ihr eigentliches Wesen verloren, haben sich verfremdet, sind "ver-rückt" und deshalb komisch geworden. Welche Merkmale die so vom Wun-derbaren affizierte Alltagswelt im *Klein Zaches* an sich trägt, gilt es im nächsten Teil der Untersuchung zu zeigen.

Die satirische Verfremdung der Alltagswelt

Es ist bekannt, daß Hoffmann für die meisten seiner Märchen einen geographisch lokalisierbaren Schauplatz wählt, sei es Dresden, Rom oder Frankfurt. Die Örtlichkeiten der Märchenhandlung im *Klein Zaches* fallen da vergleichsweise durch ihre Fiktizität auf. Nicht nur ist "Kerepes" eine erfundene Stadt, sondern der Dichter betont auch den fiktiven Charakter seiner "Schöpfung" noch dadurch, daß er einen Teil ihrer Begebenheiten in einen phantastischen rein erfun-denen Erzählrahmen einspannt. Im zweiten Kapitel, in dem die ei-gentlichen Abenteuer Klein Zaches' beginnen, führt der Herausgeber Hoffmann—denn so bezeichnet er sich auf der Titelseite des Mär-chens—eine Textstelle aus den "vertrauten Briefen" des weltberühm-ten Gelehrten Ptolomäus Philadelphus in sein Werk ein, welcher seinem Freund Rufus von einer "unbekannten Völkerschaft" (S. 19) in einem "fremden fabelhaften Lande" (S. 20) berichtet. Die in die-sem Lande gelegene Universitätsstadt ist Kerepes—Schauplatz aller folgenden deshalb auch fabelhaften Begebenheiten—und die Völ-kerschaft ist niemand anders als randalierende "couleur"-tragende Studenten. Mit dem erzähltechnischen Trick des eingefügten fiktiven Dokumentes, durch das Hoffmann nicht nur weltfremdes Gelehrten-tum sondern auch die Gattung der im 18. Jahrhundert populären Reiseliteratur—seien die Reisen nun wirklich oder imaginär—persi-fliert, unterstreicht der Dichter noch die Phantastik des Fiktions-raumes, den er sich hier als "Gefäß" für alle Arten der folgenden Gesellschaftssatire geschaffen hat. Um die gezielte phantastische Funktion von Hoffmanns Erzähltaktik in vollem Ausmaße zu begrei-fen, mag man sich zusätzlich vor Augen halten, daß der Zimmer-mannsche "Ptolomäus Philadelphus", von dem der Berichterstat-tende in diesem fiktiven Dokument seine Identität herleitet, als

Therapeut und Gelehrter einer schwärmerischen jüdischen Sekte angehört haben soll, deren Lehre von "widernatürlicher Begeisterung
und abergläubischer Träumerei"[27] strotzte. Die Anlage übertriebener Schwärmerei—selbst Gegenstand Hoffmannscher Satire im *Klein
Zaches*—trägt nun weiterhin dazu bei, den Träger dieser Veranlagung und den Wert seiner Darlegungen ironisch zu relativieren—
jedenfalls ihre Ernsthaftigkeit zu unterminieren. In diesen Erzählrahmen also erscheint die Satire im *Klein Zaches* eingespannt, deren Themen nicht eigentlich neu sind bei Hoffmann, deren Behandlungs-
weise in Intensität und Ton jedoch sich geändert haben. Auffällig
ist vor allem, daß im *Klein Zaches* keiner der dargestellten Lebens-
bereiche vor der komisch-satirischen Darstellungsweise verschont
bleibt. So ist es nicht verwunderlich, daß Baudelaire, der Hoffmanns
komisches Genie als erster erkannte und besonders seine Schöpfun-
gen des zweckfreien absoluten Komischen bewunderte[28], den *Klein
Zaches* nicht eigens erwähnt, da der französische Dichter dieses Werk
wohl als zweitrangig und als typisches Beispiel für "gewöhnliche Komik", *le comique significatif*[29], einschätzen mußte. Das zweckbezogene
Komische—sekundär in der ästhetischen Werteskala Baudelaires—,
das im *Klein Zaches* vorherrscht, ist in erster Linie Mittel zur Satire
und konzentriert sich besonders intensiv auf die Vertreter der Wissenschaft, der öffentlichen Institutionen, des Künstlertums, ja sogar
auf die Liebenden und den Zustand des Verliebt-Seins.

Bevor wir Hoffmanns Satiren hier etwas genauer unter die Lupe
nehmen, sei nochmals daran erinnert, daß auslösendes Element für
das gesamte satirische Darstellen im *Klein Zaches* wiederum die thematische Grundkonstellation des Märchens ist: der Zusammenprall
von Wunderwelt und Aufklärung. In ihrer verblendeten Reaktion auf
den bezauberten Zinnober erscheint die aufgeklärte Gesellschaft als
borniert, einseitig, profitsüchtig und eigennützig. Dies anscheinend
hoffnungslos negative Gesellschaftsbild mag jedoch nur bedingt so
scharf erscheinen, da die Menschen ja unter dem Zwang der Fee so
monomanisch handeln; sie alle sind gewissermaßen verzaubert und
gewinnen in diesem Licht etwas Automatenhaftes. Im Lichte des sie
verblendenden Zaubers erscheint ihr utilitaristisches Gebaren übertrieben verzerrt und ihre bürgerlichen Schwächen wirken phantastisch überspitzt. Hoffmann ist, so scheint es, das Opfer seines eigenen "superwahnsinnigen" Einfalles geworden.

Mosch Terpin, Hauptvertreter der Wissenschafts- und Universitätssatire, ist ein banaler, eitler Tor—selbst dem Klein Zaches nicht un-
ähnlich—der Einsichten in die selbstverständlichsten Naturvorgänge
als neuartige, von ihm wissenschaftlich erworbene Erkenntnisse aus-

gibt: "Er hatte die ganze Natur in ein kleines niedliches Kompendium zusammengefaßt, so daß er sie bequem nach Gefallen handhaben und daraus für jede Frage die Antwort wie aus einem Schubkasten herausziehen konnte" (S. 22). Sein Ruf gründet auf der Entdeckung, "daß die Finsternis hauptsächlich von Mangel an Licht herrühre" (S. 22). Durch diese "Kenntnisse" verblendet er die Gesellschaft und steigt auf in die höchsten gesellschaftlichen Ränge: als "Generaldirektor sämtlicher natürlicher Angelegenheiten" (S. 71) wird er zum profitgierigen Nutznießer seines Nicht-Wissens und "verstudiert" als "größtes Leckermaul auf Erden" im fürstlichen Weinkeller ein Faß Wein nach dem anderen. Er verbündet sich mit allem, was ihm Nutzen und Genuß bringt und "erkauft" sich deshalb, um den Preis seiner Tochter Candida, die Gunst und Verwandtschaft des einflußreichen Ministers Zinnober. Der Kritik an profitsüchtiger Wissenschaftsausbeutung untergeordnet ist die Universitätssatire, die—relativ harmlos und in erster Linie komisch amüsant—das Studentenleben mit seinen fabelhaften seltsamen Bräuchen ridikülisiert. Geistlosigkeit, Prunksucht und Intoleranz bilden den Kern von Hoffmanns Studentensatire, die sich besonders in den "vertrauten Briefen" des zweiten Kapitels in karikaturenhaft anschaulicher Beschreibung niederschlägt.

Rangbewußtsein, Dummheit und Strebertum unter Staats- und Regierungsvertretern sind Eigenschaften, die Hoffmann hier wie in anderen Werken in schonungslos grelles Licht stellt. Die höchste Potenz solchen Handelns manifestiert sich in Klein Zaches selbst, der ja dank der Zaubergabe zum Vortrefflichsten jeder Gattung emporzuklimmen vermag. Aber Hoffmann zeichnet auch andere Staatsmänner als Kreaturen, die auf Kosten begabterer, oft untergebener Kollegen Karriere machen: "Das Memoire, womit Prätextus (der Minister) glänzen wollte, hatte aber niemand anders verfaßt, als Adrian" (S. 62). Das ganze sechste Kapitel prunkt von mannigfachen beißenden Szenen der Staats- und Beamtensatire.

Franz Fühmann hat meines Erachtens zu Recht erkannt, daß der ganze Sinn des Märchens Klein Zaches mit der Deutung der Dichtergestalt Balthasar steht und fällt. Balthasar ist die gebrochenste und vielseitigste Figur im Werk und entzieht sich somit—wie Hoffmann es liebt—einem klaren eindeutigen Verständnis. Als Student und Wissender unterscheidet er sich insofern positiv von seinen Kollegen, als aus seinen "dunkel leuchtenden Augen ein innerer reger, herrlicher Geist mit beredten Worten spricht" (S. 23). Er setzt sich auch kritisch von Mosch Terpins utilitaristisch betriebener Naturkunde ab, denn in Balthasars Verhältnis zur Natur klingen noch

echtes Naturverständnis und romantischer Wunderglaube an: ". . .
es geht in meinem Innern zuweilen Absonderliches vor!—Ich lege die
Pfeife weg . . . und eine seltsame Stimme flüstert, ich sei selbst ein
Wunder, der Zauberer Mikrokosmos hantiere in mir und treibe mich
an zu allerlei tollen Streichen!—. . . dann laufe ich fort und schaue
hinein in die Natur, und verstehe alles, was die Blumen, die Ge-
wässer zu mir sprechen, und mich umfängt selige Himmelslust!—"
(S. 46–47). Seltsam gebrochen klingt die Sprache, in denen sich Formeln romantischer Naturbeschreibung mit Begriffen bürgerlich aufgeklärten Denkens mischen. Kernwörter wie "Wunder" haben ihren
eindeutigen Bezugspunkt verloren und eine schillernde Position zwischen den Wertebereichen der Aufklärung und Romantik angenom-
men. Hier wie in anderen Balthasar-Passagen hebt der Erzähler den
"schwärmerischen" Zug des jungen Mannes hervor, der besonders
in seiner fanatischen Liebe für "das selige Geheimnis der Waldein-
samkeit" (S. 24) zutage tritt. Er trägt all die Merkmale jener Einsam-
keitsbesessenen an sich, deren Tugenden und Untugenden Zimmermann in seinem vierbändigen Einsamkeitskompendium mit uner-
träglich moralisierender Eindringlichkeit schildert—die Hoffmann zu
satirischen Exzessen angereizt haben müssen. Nicht nur der "pro-
saische" Fabian (S. 34)—in vielem das aufgeklärte Gegenstück zu
Balthasar—erkennt und benennt dessen melancholische Philisterna-
tur (S. 23, 26), die sich ungünstig auf seine poetische Produktion
auswirkt: "ei, das ist nun wieder das alte ewige Lied von Wehmut
und Wonne und sprechenden Bäumen und Waldbächen. Alle deine
Verse strotzen von diesen artigen Dingen, die ganz passabel ins Ohr
fallen und mit Nutzen verbraucht werden, sobald man nichts weiter
dahinter sucht" (S. 25–26). Der Erzähler selbst ironisiert nicht weniger die "ziemliche Anzahl artiger wohlklingender Verse", die der
liebeskranke Balthasar produziert hat, um mit ihnen "loszufahren
auf Candidas unbewahrtes Herz, wenn und wie es nur möglich" (S.
34). Selbst Prosper Alpanus hält nur sehr bedingte Anerkennung für
das Dichtertum seines Schützlings bereit (mit dem es "nicht weit her"
sei), wenn er an Balthasars neustem Gedicht den "historischen Stil"
lobt, in dem er "mit pragmatischer Breite und Genauigkeit die Geschichte von der Liebe der Nachtigall zur Purpurrose" (S. 76) auf-
schrieb. Dies ist ein höchst fragwürdiges Lob, besonders wenn man
hinzunimmt, daß der verliebte pragmatische Dichterling mit diesem
"jüngsten Erzeugnis seiner Muse" (S. 37) (man beachte den Begriff
"Erzeugnis") einen durchaus praktischen Zweck verfolgt—obgleich
dieser dann im Märchengeschehen einen anderen als den geplanten
Verlauf nimmt: denn Zinnobers magische Kraft usurpiert den Liebes-
erfolg, den Balthasar sich poetisch erwerben wollte.

Auch in Balthasars Verhältnis zu Klein Zaches, dem "Stiefkind der Natur", mischen sich Züge echter Menschlichkeit mit solchen intoleranten Philistertums. Das anfängliche Mitleid mit der verwahrlosten Kreatur (S. 27–28) weicht bald dem gröbsten Zorn über "den verfluchten Wechselbalg", den er "erwürgen möchte mit diesen Fäusten" (S. 39). Mediokres Dichtertum um des Erfolges und Gewinnes willen: das ist der beißende Gehalt des satirischen Feldzugs gegen falsche Dichter, den Hoffmann in kaum einem anderen Märchen rücksichtsloser führt als hier im *Klein Zaches*. Deutlich zeigt sich in Hoffmanns Sprachführung und Wortwahl bei den Balthasar-Passagen, daß auch der Künstler nicht geweihter, selbstloser Interpret der Hieroglyphensprache der Natur ist, sondern angekränkeltes Mitglied einer aufgeklärten Gesellschaft, "der neue Zinnober der Poesie", der sein poetisches Können in den Dienst einer praktischen Sache, seiner eigenen bürgerlichen Heils- und Glückserlangung stellt.

Nicht zu trennen ist die Dichtersatire von der Liebessatire, denn der Dichterling Balthasar ist ja gleichzeitig der Liebende. In einer auffallend langen essayistischen Textstelle (S. 33–34) beschreibt der Erzähler in plaudernd ironisierendem Ton das Mädchen Candida nicht nur wie sie wirklich ist, sondern auch wie sie sein müßte, um "überschwenglichen Dichtern" als Liebesobjekt zu gefallen. Losgelöst vom eigentlichen narrativen Erzählvorgang gibt Hoffmann hier eine satirische Frauencharakteristik, in der er zwei extreme Frauentypen unterscheidet—beide kritisch, beide mit Merkmalen, die in verschiedenen Mischformen immer wieder in Hoffmanns Werk begegnen. Heiter, hübsch, ein bißchen dumm, aber gesellschaftlich gewandt mit viel Sinn fürs Praktische, auch fürs Unterhaltende und Drollige—so *ist* Candida denen recht, die "nicht zu den Überschwenglichen gehören" (S. 34), wie etwa der Erzähler und der Leser, so kommentiert jener selbst. Empfindsam bis zum "somnambulen Entzücken", mit ästhetisch-asketischen Neigungen, von zarter Melancholie, allen physischen Genüssen abhold—so müßte Candida sein, um überschwenglichen Naturen und "poetischen Aszetikern" (S. 33) zu gefallen. Und hier, wo die Satire sich überschlägt und ins Groteske ausartet, ist wieder die Anspielung auf Zimmermanns *Über die Einsamkeit*[30] da, wenn Hoffmann diese Misanthropen mit dem heiligen Hieronymus vergleicht, der in seinen Moralpredigten an Frauen "den Jungfrauen verbietet Ohrgehänge zu tragen und Fische zu essen. Sie sollen, so gebietet der Heilige, nur etwas zubereitetes Gras genießen, beständig hungrig sein ohne es zu fühlen, sich in grobe, schlecht genähte Kleider hüllen, die ihren Wuchs verbergen, vorzüglich aber eine Person zur Gefährtin wählen, die ernsthaft, bleich, traurig und etwas schmutzig ist!" (S. 34). Dieser Traktat über

die Vorzüge weiblicher Anmutsunterdrückung ist ein pervertierter
Kommentar zur erotischen Reizbarkeit der Hoffmannschen Liebha-
bergestalten: nur wenn Candida sich so verhielte wie diese ge-
schlechtslosen "Jungfrauen", könnte Balthasar ihr widerstehen. Hoffmann beschreibt eigentlich seine männlichen Liebhaber fast immer in
ironischem Ton mit übertriebener Gefühlsduselei und Tolpatschigkeit
(Anselmus, Peregrinus, Giglio, Amandus). Das mag, wie McGlathery
ausführt, autobiographische und persönliche Gründe haben[31]. Die
Intensität, mit der auch Balthasars verliebtes Gebaren durch weiner-
liche Empfindsamkeit und zimperliche Schüchternheit ausgezeich-
net ist, führt notwendig zu dem Schluß, daß Hoffmann hier eine bewußt satirische Darstellung intendiert hat. Die Formelhaftigkeit der
Sprache in Balthasars verliebten Gedankenergüssen stempelt ihn
zum melancholischen Schwärmer (Vorlage wieder bei Zimmermann),
und die verkrampfte Ungeschicklichkeit seines Verhaltens verhüllt
nur schwach den sexuellen Feigling. Candida ist aber die bürgerlich
Unbekümmerte (sie wäre den Rezepten des heiligen Hieronymus
nicht zu folgen gewillt!). Sie verfällt wie alle anderen Philister dem
Zauber Zinnobers, und um ihrer Reize willen nimmt der philiströse
Dichterling und Liebhaber Balthasar den "Kampf mit den feindlichen
Mächten" auf und gewinnt die Braut. So erweist sich also letzten
Endes auch Balthasar—nicht zu den Überschwenglichen gehörend—
als vielleicht poetisch angehauchter aber doch ganz biederer Bürger.
Im *Klein Zaches* ist auch die Gestalt des Dichters und Liebenden eine
heterogene Mischung der Werte und Daseinsweisen in einer scherz-
haft-komischen Märchenwelt, in der nicht nur der Zaches sondern
alles "zerkrüppelt ist".

Werkspezifische Erzählmittel im *Klein Zaches*

Es wurde im Verlaufe der Untersuchung schon verschiedentlich auf
bestimmte Darstellungsmittel aufmerksam gemacht: eingefügtes fiktives Dokument, ironisierende Formelhaftigkeit der Sprache, Koppelung von Begriffen aus heterogenen Bereichen, Wörter mit mehrdeutigen Bezugsmöglichkeiten. Die Reichhaltigkeit Hoffmannschen Erzählens beruht in hohem Maße auf der fast intuitiven Fähigkeit des
Dichters, trotz einer relativ begrenzten Anzahl von wiederkehrenden
Grundmotiven und -strukturen immer wieder neue, werkspezifische
Modifikationen dieser Grundmuster und ihnen entsprechende Erzählformen zu erfinden.

Im Ganzen ist der Aufbau und Erzählverlauf des *Klein Zaches* einfach und linear. Das erste der zehn Kapitel hat einführende Funktion: zunächst wird Klein Zaches und die Beeinflussung seines Schicksals durch die Gabe der Fee dramatisch dargestellt; daraufhin charakterisiert der Erzähler in berichtender Form die Welt, in die der kleine Held hineingestellt ist. Diese Gegebenheiten lösen den Rest der Geschehnisse aus, der logisch sukzessiv in den folgenden acht Kapiteln abrollt. Die meisten Kapitel gliedern sich in zwei Erzählteile, innerhalb deren Hoffmann abwechselt zwischen auktorial berichtender und dramatisch szenischer Narration (siehe Appendix). Diese Technik hat offenbar nicht nur die Funktion, Abwechslung und Mehrstimmigkeit in den Erzählverlauf zu bringen; vielmehr nutzt Hoffmann die berichtende Erzählweise hauptsächlich für seine satirischen Gesellschafts- und Zeitbilder. Die kommentierende Erzählerstimme ist oft in diesen Textstellen deutlich vernehmbar, so etwa in narrativen Formeln wie "dem war aber nicht so" (S. 30) oder "bald muß es sich ja wohl zeigen, inwiefern . . . " (S. 34). Die dramatisch szenischen Erzählteile hingegen, in denen Dialog und Aktion vorherrschen, schaffen meist Szenen von situativer Komik; hier scheint die Erzählerpräsenz weitgehend ausgeschaltet.

Der Erzählkünstler Hoffmann, dessen späte Märchen häufig als verwildert und sprachlich barock bezeichnet werden, nutzt im *Klein Zaches* mit besonnener Sicherheit narrative Strukturen, die sich spezifisch für satirische beziehungsweise komische Textstellen eignen: denn Satire und Komik bilden die beiden Erzählintentionen, die, wie wir sahen, am deutlichsten im *Klein Zaches* erkennbar sind.[32] Das regelmäßige Alternieren zwischen den beiden Darstellungsweisen hat unbewußt und unterschwellig die Wirkung auf den "impliziten" Leser, keiner der beiden Aussageweisen den Vorrang einzuräumen und somit Bedeutung (Satire) und Scherz (Komik) des Märchens als gleichgewichtig zu empfinden.

Von besonderer Wichtigkeit für die Deutung des *Klein Zaches* ist das letzte Kapitel, in dem der Autor in der einzigen langen Leseranrede dieses Märchens apologetisch und poetologisch seine Erzählabsichten erläutert. Er bittet den Leser "du mögest mit recht heitrem unbefangenem Gemüt es dir gefallen lassen, die seltsamen Gestaltungen zu betrachten, ja dich mit ihnen zu befreunden, die der Dichter der Eingebung des spukhaften Geistes, Phantasus geheißen, verdankt, und dessen bizarrem, launischem Wesen er sich vielleicht zu sehr überließ" (S. 97). Mit Anklang an Tieck wird hier nicht—wie in seinen anderen Märchen—nur die eigene innere Vision als Quelle der dichterischen Eingebung genannt, sondern "der spukhafte Geist Phantasus", dessen Wesen als bizarr und launisch charakterisiert wird. Besonders auffällig—im Vergleich zum *Goldnen Topf*—ist auch, daß der Dichter keineswegs den Leser dazu auffordert, das "Wunderliche", "Tolle", und "Seltsame" der Geschehnisse zu *glauben*, sondern vielmehr es als unterhaltsam und komisch zu empfinden. Damit aber trifft der Dichter selbst die wesentliche qualitative Unterscheidung zwischen der Wunderwelt hier im *Klein Zaches* und der Wunderwelt anderer Märchen (insbesondere *Der goldne Topf* und *Prinzessin Brambilla*) und bestätigt was auch unsere Untersuchung erbracht hat: das spielerische, nicht mehr auf naturmythische Ursprünge zurückgehende Wesen dieser Märchenwelt, das sich als wunderlich ausweist. Dieses "Wunderliche" ist aber, wie wir wissen, bei Hoffmann nicht nur semantisch sondern auch poetologisch und weltanschaulich differenziert vom "Wunderbaren" und auf einer Werteskala als geringer anzusetzen.[33] Nur für wunderbare Phänomene verlangt der romantische Dichter Hoffmann seinen Lesern Glauben ab, weil sie einen wesentlichen, wenngleich geheimnisvoll verschlüsselten Anteil der menschlichen Urnatur und Daseinsweise enthalten.

In gewisser Weise ist Hoffmann also durchaus beim Wort zu nehmen, wenn er davor warnt, im *Klein Zaches* zu viel tiefen Ernst zu suchen. Die Frage nach einer letztlichen Deutbarkeit jeder Episode und Figur auf eine restlose Gesamtdeutung des Märchens hin wäre demnach falsch gestellt.[34] Diese Dichtung ist das erste in einer Reihe von großen Märchen, in denen Hoffmann zunehmend mit neuen poetischen Strukturen, Bildassoziationen und Motivverknüpfungen experimentiert. Ursprung des Dichtens, nämlich die *phantastische Eingebung*, und das Mittel ihrer Umsetzung ins Werk, nämlich die *künstlerische Sprache*, beginnen hier die entscheidende Rolle in Hoffmanns Märchenproduktion zu spielen.

Appendix

Zweigliedriger narrativer Aufbau im Klein Zaches
Wechsel zwischen Szene (Komik) und Bericht (Satire)

Kapitel	Erzählphase: Bericht oder Szene	Erzählintention: Satire oder Komik
1	1. a) Szene: alte Frau mit Fee b) Szene: Zaches mit Pfarrer 2. Bericht (rückblickend): Einbruch der Aufklärung	Verwechslung—Komik Aufklärung—Satire
2	1. Bericht: Auszug aus "vertrauten Briefen" 2. Szene: Begegnung Balthasar—Fabian mit Klein Zaches	Studenten—Satire groteske Komik: die Mißgestalt zu Pferde
3	1. Bericht: Zaches in der Stadt; Frauenportraits 2. Szene und Aktion: Teegesellschaft bei Mosch T.	Frauen—Satire Gesellschaftssatire
4	1. Bericht: Balthasar in der Einsamkeit 2. Szene: Wie Zaches den Vortrefflichen schadet.	satirische Übertreibung von "Schwärmerei" Verwechslung—Komik
5	1. Bericht: Zinnobers Aufstieg. 2. Szene: Balthasar und Fabian bei Prosper Alpanus	Philister- und Staatssatire Komik des Märchenzaubers
6	1. Bericht: Zinnobers Parasitendasein 2. Szene: Besuch Rosabelverde—Prosper	Staatssatire reine Märchenkomik
7	1. Bericht über Zinnober im Zoo (Vergleich mit Affenart) 2. Balthasar—Prosper, erklärendes Gespräch	Satire (Komik fehlt)

8	1. Bericht: Fabians Verzauberung	Gesellschaftssatire
	2. Szene: Verlobungsfest Zaches—Candida	Komik der Ver- und Ent- zauberung
9	1. Bericht: Revolution und Aufruhr	Staatssatire
	2. Szene: Zinnobers Tod, Erklärungen . . .	groteske Komik: "humoristischer Tod"

6. "Transzendentalpoetisches" Märchen: *Prinzessin Brambilla*
Selbstreflexion und Humor

*"Es muß das künstlichste aller Kunstwerke sein,
denn es soll alle anderen umfassen."*
Friedrich Schlegel

Neben dem *Goldnen Topf* wurde keinem anderen Hoffmann-Märchen
soviel Aufmerksamkeit in der Forschung gewidmet wie der *Prinzessin
Brambilla*. Von Anfang an teilten sich die Stimmen in zwei einander
entgegengesetzte Lager: die einen lehnten den undurchschaubaren
Wirrwarr als schwaches Alterswerk ab, die anderen priesen die
sprachlichen und strukturellen Kühnheiten dieser phantastischen
Geburt als Glanzleistung und poetischen Höhepunkt von Hoffmanns
Schaffen.[1] Erst in den letzten zwanzig Jahren erschienen dann Einze-
luntersuchungen, von denen einige bestimmte Aspekte des Werkes
genau beleuchten (Preisendanz, Strohschneider-Kohrs, Grimm,
Beardsley, Starobinsky, Milner, Slessarev)[2]; andere hingegen wählen
die Vielschichtigkeit der Gesamtanlage als Ansatzpunkt (Nehring,
Eilert, Magris, Tecchi, De Loecker)[3]. Mit der Schöpfung der *Prinzessin
Brambilla* erreicht Hoffmann in der Tat einen Höhe- und Wendepunkt
seines Märchenschaffens. Hier exemplifiziert der Dichter umfassender als in den früheren vier Märchen, wie einzigartig sich das
Märchen als poetische Gattung dazu eignet, in Erzählgehalt und
-gestalt über Dichtung allgemein wesentliche Aussagen zu machen
und somit in echt romantischer Weise Dichtungstheorie und -praxis
miteinander zu verknüpfen. Er hatte gerade ein Jahr zuvor erfahren
müssen, daß sein Märchen *Klein Zaches genannt Zinnober* (1819) mißverstanden worden war, indem ernsthafte Leute es für nötig befan-
den, "wirkliche" Vorlagen und literarische Quellen für Figur und
Handlungsweise seines Märchenzwerges zu finden. Deshalb stellt er
nun der *Prinzessin Brambilla* ein warnendes Vorwort voran, in dem
auf knappem Raum bereits wesentliche Anregungen zum rechten
Lesen des Märchens gegeben werden.

Auf einen grundsätzlichen Ton, eine bestimmte formale Basis und
eine gehaltliche Hauptidee werden hier verwiesen, wodurch der an-

scheinend verspielten Lockerheit des ganzen Gebildes doch die Dimension eines bewußten Formwillens beigegeben ist. Wird der Ton als kecker, dem tödlichen Ernst entsagender Scherz angegeben, so klingt darin auch gleichzeitig eine gehaltliche Komponente an. Das Thema "Humor", über das ja nicht nur im Cafe greco gesprochen wird, sondern das auch als heilende Kraft in der Urdargeschichte dargestellt wird. Als formale Basis verweist der Dichter auf "Callots phantastisch karikierte Blätter"[4], deren Übertragung aus dem Medium des Bildlichen ins Medium der sprachlichen Narration meines Erachtens zum wesentlichen Strukturprinzip gemacht wird, wobei auch die Sequenz der ausgewählten Bilder keineswegs zufällig ist, sondern Aufschluß zu geben vermag über den das Märchen bestimmenden Handlungsverlauf. Die philosophische Hauptidee, letztlich, die im Vorwort lediglich als präsentes und "Seele schaffendes" Prinzip genannt wird, ist in der Forschung verschiedenartig formuliert worden. Bewußt, so glaube ich, hat Hoffmann diese Idee unbenannt gelassen, denn sie ist gewissermaßen in der "lockeren und losen Ausführung" dieses Capriccio aufgehoben und integriert. Als zentrales Movens kann man dieses Grundprinzip mit einem bekannten Hoffmann-Wort[5] die Idee von der "Duplizität alles irdischen Seins" nennen und in der Folge darlegen, auf welche Weise sie in diesem Märchen durchgeführt und—vielfältig variiert—Gestalt annimmt. Anders formuliert handelt die *Prinzessin Brambilla* von einer mangelhaften und einer echten Ich-Auffassung und durchläuft in seinen acht Phasen die Irrwege von "Krankheit" bis zu "Heilung". In der ursprünglich auf musikalische Werke angewandten Bezeichnung "Capriccio"[6], die nicht nur als Untertitel, sondern auch im Vorwort (und später verschiedentlich im Text) genannt wird, klingt wiederum die Koppelung der Kontraste von launischer Willkür und bewußter Formgebung an—oder in stärker an Friedrich Schlegel erinnernder Formulierung, die Verschränkung von Chaos und Ordnung. Im folgenden soll gezeigt werden, wie Vielfalt in der Einheit, oder die fast unendlichen Variationen eines Grundthemas das Wesen dieses Märchens im gehaltlichen wie im formalen bestimmen.

Korrespondenzen: Bild- und Erzählverlauf

Den Handlungsverlauf innerhalb der acht Erzählteile in sukzessiv logischer Progression darstellen zu wollen, ist unproduktiv und widerspricht dem Wesen dieses Gebildes künstlicher Verwirrung. Trotz unerhört vieler kleiner Einzelbegebenheiten ergibt sich nämlich aus ihrer Addition keine logisch verknüpfte Gesamthandlung. Ihre Fülle spiegelt vielmehr das Prinzip "Verwirrung", "Irrweg" oder "Suche" in jeweils anderen Schattierungen wider. Des Dichters selbstgewählten Vorbildern folgend, soll hier versucht werden, als Vorstufe zur eigentlichen Textausdeutung die Grundkonstellationen und Wendepunkte von einem Bild- und Erzählteil zum nächsten kurz zu skizzieren. Dieser Weg scheint gerechtfertigt und sinnvoll, bedenkt man, daß Hoffmann von 24 Radierungen der Serie *Balli di Sfessania* des Jacques Callot acht bestimmte auswählte und in der seiner dichterischen Intention entsprechenden Folge aneinanderreihte.[7] Ein weiteres Indiz für die Zusammengehörigkeit von Bild und jeweiligem Erzählteil besteht darin, daß schon in jeder einem Kapitel vorangehenden Textzusammenfassung—mit leichter Abwandlung in Kapitel fünf und sieben[8]—auf die dazugehörige Callot-Szene hingewiesen wird; später im narrativen Text gestaltet Hoffmann dann das entsprechende Callot-Bild nochmals ausführlicher aus. Dieses auffällig planmäßige Vorgehen scheint Beleg dafür, daß die Callot-Szenen eben nicht zufällige Begleiterscheinung, sondern—etwa im Sinne von Hoffmanns serapiontischem Prinzip—jenen "Hebel" der Außenwelt darstellen, der die Kraft der inneren Erscheinungen in Bewegung setzt (*Die Serapions-Brüder*, S. 54).[9] Anders formuliert bedeutet das, daß die Callot-Szenen Anstoß und Anregung zur Erfindung des Märchengeschehens boten. Der Dichter produziert demnach aus der statischen Bildszene in Form einer Übertragung ein "verkehrtes Abbild" im Medium des dynamischen Erzählens. Wir werden sehen, daß die Vorstellung "verkehrtes Abbild" auch auf der gehaltlichen Ebene des Märchens in der Variante von "Spiegelbild" einen Kernbegriff darstellt.

Für jeden der acht Erzählteile hält das entsprechende Callot-Bild gerade den trächtigsten Moment in der Märchenentwicklung fest. Nur drei Masken kehren, in verschiedenartigen paarweisen Gruppierungen, auf diesen acht Bildern immer wieder. Die beiden männlichen stellen die zwei verschiedenen Ich-Varianten Giglios dar: die anfängliche, eitle Maske des eingebildeten Tragöden (Bild 1, 2, 6: mit anliegenden Beinkleidern), und die spätere, häßlich-komische Pantalon-Maske (die übrigen Bilder: mit Pluderhose). Die weibliche Maske stellt durchweg Prinzessin Brambilla dar, die aber erst zum Schluß des Märchens eindeutig als identisch mit Giacinta erkannt wird. Übertragen wir nun die achtteilige Bildersequenz in ihnen entsprechende narrative Erläuterungen, so ergibt sich—in knapper Form—das Erzählgerüst des Märchens.

Acht Stiche von Carl Friedrich Thiele. Illustrationen zur Erstausgabe der Prinzessin Brambilla *(Breslau: Verlag von Josef Max, 1821) nach Radie-* rungen aus Jacques Callots Balli di Sfessania. *(Staatsbibliothek Bamberg)*

III

Kapitel 1. Geblendet von Eitelkeit begegnet Giglio in "eitel" ausstaffierter Maske (links) einer unbekannten abscheulich-komischen Pantalon-Maske (rechts) (Callot 1). Dieser "Fremde" scheint seltsam verwandt mit ihm zu sein: Familienzugehörigkeit und Beziehung zum "assyrischen" werden erwähnt. Aus der Korbflasche (zwischen ihnen) steigt bereits im Duft die partielle Vision von Giglios Traumprinzessin auf.

Kapitel 2. Die eitle Giglio-Maske begegnet der schönen weiblichen Maske (Callot 2), um die er in rhetorischem Pathos und in zierlicher Positur wirbt. Sie weist den Eitlen ab, weil er nicht Sturmhaube und breites Schwert (der Pantalon-Maske) trägt: zweiter Verweis auf eine Beziehung zwischen Giglio und Pantalon, der ihn am Ende des Kapitels "Brüderchen" (S. 246) nennt.

Kapitel 3. Giglio—diesmal in Pantalon-Maske—beobachtet den Tanz eines Pantalon "bis auf die geringste Kleinigkeit gekleidet wie Giglio" (S. 259) mit der schönen weiblichen Maske (Callot 3). Er glaubt sein "zweites Ich, Chitarre spielend" zu sehen.

Kapitel 4. Hier ist die äußerliche Doppelung vollzogen: zwei gleichgekleidete Pantalon-Masken (eine mit Chitarre, die andere mit Schwert) begegnen einander (Callot 4); da "traf des Ichs hölzernes Schwert die Chitarre so hart, daß sie in tausend Stücke zersprang" (S. 262). Das Doppel mit Chitarre verschwindet.

Kapitel 5. Am Ende des Kapitels (S. 292) wird auf die Tanzszene (Callot 5) verwiesen, die aber erst im nächsten Erzählteil narrativ ausgewertet wird.

Kapitel 6. Eine in Dialogform präsentierte Szene zwischen Pantalon und der weiblichen Maske (Callot 5) stellt den Höhepunkt der lust- aber auch schwindelerregenden Ich-Verwirrung dar; dem Tänzer schwindet das Bewußtsein. Erwacht wird er als Prinz Chiapperi erkannt und akzeptiert diese neue Benennung fraglos.

Später in demselben Kapitel begegnen und duellieren sich die beiden männlichen Masken aus dem ersten Bild (Callot 6). Die Pantalon-Maske (links) besiegt die eitle Giglio-Maske (rechts), deren Körper "mit Rollen aus den Trauerspielen eines gewissen Abbate Chiari" (S. 307) angefüllt war. Der eitle Tragöde ist überwunden und "entseelt."

Kapitel 7. Der als "Kronprinz" sich identifizierende Pantalon wird jetzt seinerseits von der weiblichen Maske umworben (Callot 7). Der in seiner Krankheit vom "chronischen Dualismus" befangene Prinz kann ihr jedoch noch nicht den Ritterdienst erweisen.

Kapitel 8. Die "Prinz Chiapperi"-Maske—wie wir den Pantalon nun nennen müssen—unterwirft sich dem Pantoffel und der Regentschaft der Prinzessin Brambilla (Callot 8). Schließlich identifizieren sich die beiden *commedia dell'arte* Künstler, Giglio und Giacinta, mit den Masken. Ende des Märchens, Ende der Callot-Bilder (S. 326).

Die Geradlinigkeit dieses Bildgeschehens von Identitätsverlust, Ich-Verdoppelung und Identitätswiedergewinn—einer Cartoonserie vergleichbar—steht nun aber in scharfem Kontrast zu der narrativen Komplexität des Märchens. Wie ist denn dieser Prozeß der künstlerischen Produktion, durch den das Callotsche Bildgeschehen ins Hoffmannsche Märchengeschehen übertragen wird, eigentlich beschaffen? Komplex ist das Resultat, weil der Dichter aus der einfachen Grundkonstellation eine vielschichtige Fülle von analogen Geschehnissen schafft, die jedoch immer im Verhältnis von Thema und Variation, Urbild und Abbild, zueinander stehen.

Auf den allereinfachsten Nenner gebracht, bewegt sich der Prozeß —ähnlich wie in der Struktur des Volksmärchens—von einem anfänglichen Mangelzustand zum Endzustand der Wunscherfüllung. Jedoch schon hier weicht Hoffmanns Kunstmärchen radikal vom Volksmärchen ab, indem bei ihm die Erfüllung nicht zur Aufhebung des Mangelzustandes führt, sondern zu einer bewußten positiven Umdeutung des anscheinenden Mangels. Vergleichen wir den Prozeß, der auf verschiedenen Sinnebenen vom Anfangs- zum Endzustand führt, so fällt auch hier ein deutlicher Parallelismus auf: die Entwicklung geht—in irgendeiner Form—immer von einem engen, starren, statischen Zustand aus und erfährt im Verlaufe des Prozesses eine merkliche Weitung, Verallgemeinerung, Bewegung oder kreative Gelöstheit. Den hier angedeuteten Analogien und Parallelen, die bereits ein klärendes und strukturbestimmendes Element in dieser chaotisch anmutenden Märchenarabeske erkennen lassen, sei noch eine Beobachtung hinzugefügt, die ein weiteres einheitschaffendes Grundprinzip benennt: hinter der gesamten Märchenausführung, in all ihrer Fülle, stößt man immer wieder auf das Grundelement der Doppelung. Die beiden Pole dieser Doppeltheit oder Zweiheit stehen—egal auf welcher thematischen Ebene—in jeweils kontrastivem Verhältnis zueinander: seien es etwa die "in die Quere denkenden" beiden Einlinge des "Doppelprinzen", oder die beiden Schauplätze "Italien" und "Urdarland", oder die beiden Kernbegriffe des naturphilosophischen Mythos "Gedanke" und "Anschauung". All diese Gegensatzpaare schaffen innerhalb des Werkes ein immer wiederkehrendes Muster von Gegenüberstellung, Konfrontation, Begegnung oder dynamischer Kontrastierung[10] (schon bei jedem der acht Callot-Bilder fällt dieses Zweiermuster auf).

Mit den hier erarbeiteten Strukturmerkmalen im Sinn soll nun das dichte Märchengeschehen—vorübergehend aus der künstlerischen Verwobenheit im Märchentext in ein künstliches "Nacheinander" aufgegliedert—in seinen vier grundsätzlich unterscheidbaren Themensträngen betrachtet werden: 1) das menschlich-psychologische Identitätsproblem, 2) die satirische "Theater"-Betrachtung, 3) die mythische Märchenthematik, 4) die ästhetisch-poetologische Sinngebung. Solch ein analysierendes Rückwärtsverfolgen des künstlerischen Produktionsprozesses soll lediglich dazu verhelfen, die das Ganze konstituierenden Einzelphasen klarer und deshalb ihren Anteil an der Gesamtwirkung besser zu verstehen.

Identitätsproblem als "Krankheit"

Auf seiner breitesten und dem Leser zugänglichsten Basis erzählt das Märchen *Prinzessin Brambilla* eine Krankheitsgeschichte, wie sie prinzipiell jeden phantasiebegabten Erdenbewohner befallen kann. Der erste Erzählteil handelt von den Symptomen dieses Zustandes—der allerdings erst viel später "Krankheit" genannt wird. Giglio Fava hat sein persönliches Ich verloren, ist ein Opfer seines Schauspielerberufes geworden, denn er agiert und fungiert nur noch in seiner Rollenidentität. Die Existenz als tragischer Liebhaber und Prinz—Rollen, die er auf dem römischen Tragödientheater "göttlich" (S. 219) spielt—erfüllt sein ganzes Denken und macht ihn in Anzug und Gebaren zum eitlen Phantasten. So sehr sind ihm Bühne und Theater zum einzigen Schauplatz seines Lebens geworden, daß selbst sein Traum ein "Theater"-Traum ist, angefüllt von Eitelkeit und pathetischem Unsinn (seine durchstochene Prinzenmütze glaubt er rächen zu müssen, S. 217). Ein Funke aus diesem Traum, die Vision einer göttlich schönen Prinzessin, soll jedoch handlungsfördernd seine wache Umgebung entzünden, denn er glaubt in dem schönen Maskenkostüm seiner Freundin Giancinta das Gewand der Traumprinzessin wiederzuerkennen (S. 216, 218, 219). Die Symptome der "Krankheit" häufen sich, wenn Giglios eingebildete Identität mehr und mehr die Züge einer Fiktion annehmen: "ein wandelnder Roman" (S. 219), glaubt er zu sein, "ein aus dem Einband gesprungenes Abenteuer". Der Phantastik seines Geisteszustands entsprechend begegnet Giglio dann auf den Straßen Roms, schon am Tage vor dem Karneval, einem höchst seltsamen Zug von Gestalten in märchenhaft toller und exotisch anmutender Maskerade, in dessen bilder- und detailreicher Beschreibung der Erzähler bereits alle Märchenmotive einführt, die später von narrativer Bedeutung werden. Auch Giglio weiß das

phantastische Geschehen mit seiner Traumbesessenheit zu verknüpfen, indem er in der glänzenden Kutsche seine Prinzessin vermutet:

> Während sich dies alles begab, stand Giglio Fava, in tiefe Träu-
> me versunken, noch immer vor dem Palast Pistoja und starrte
> die Mauern an, die den seltsamsten aller Maskenzüge, und zwar
> auf ganz unerklärliche Weise, verschlungen. Wunderbar wollt' es
> ihm gemuten, daß er eines gewissen unheimlichen und dabei
> doch ganz süßen Gefühls, das sich seines Innern ganz und gar
> bemeistert, nicht Herr werden konnte; noch wunderbarer, daß er
> willkürlich den Traum von der Prinzessin, . . . mit dem aben-
> teuerlichen Zuge in Verbindung setzte, ja, daß eine Ahndung in
> ihm aufging, in der Kutsche mit den Spiegelfenstern habe eben
> niemand anders gesessen, als sein Traumbild.
>
> (S. 224)

Von hier an gehen das phantastische Traumerleben in Giglios Innerem und das bunte Maskentreiben im Korso Roms eine fast unlös-
bare narrative Symbiose ein, die ihn—und den Leser—durch viele
Stadien zunehmender Verwirrung treibt, bis hin zum Zustand der
Klärung am Ende des Märchens. Celionati, der eine Sonderstellung
sowohl *innerhalb* als auch *über* der Fiktion einnimmt, erkennt schon
hier des Giglio verblendete Ich-Vorstellung und nennt den eitlen
Schauspieler "Püppchen" (S. 225), womit er einerseits Giglios macht-
lose Verfallenheit an eine Wahnidee bezeichnet, andrerseits auf kommende Ereignisse vorausweist: Giglio—oder der Prinz, sein Alter
ego—wird mehrmals als winziges Porzellanpüppchen in einem kleinen Schächtelchen beschrieben.[11] Dieser Zustand des Kleinen, Starren und Eingesperrten ist aber ebenfalls ein Symptom der Krankheit—oder des zu überwindenden Mangelzustandes—, auf das Celionati in seinen prophetisch rätselhaften Worten, die dem in der
Identitätskrise befangenen Giglio unverständlich sind[12], hinweist:
"Ihr habt Euern *Prinzen* [meine Hervorhebung] ganz und gar vergessen, und steht vielleicht sein Bildnis noch in Euerm Innern, so ist es
farblos, *stumm* und *starr* geworden, und Ihr vermöget nicht, es ins
Leben zu rufen. Euer ganzer Sinn ist erfüllt von einem seltsamen
Traumbild . . ." (S. 225). Celionatis Aufforderung, Giglio möge sich
in einer wüsten Maske—"je abenteuerlicher, je abscheulicher, desto
besser" (S. 226)—auf dem Korso sehen lassen, folgt der eitle Verblendete nur halb, wenn er zu dem seltsam häßlichen Kostüm wenigstens "ein hübsches himmelblau seidenes Beinkleid mit dunkelroten
Schleifen, dazu aber rosenfarbene Strümpfe und weiße Schuhe mit

luftigen dunkelroten Bändern" (S. 227) anzieht. In diesem Gemisch aus Phantastik und Eitelkeit begegnet Giglio auf dem Korso einer Pantalon-Maske (Callot-Bild 1), die "in toller Possierlichkeit alles überbot" (S. 227) und aus deren Innerem (wir wissen nicht, wer in der Maske steckt: Celionati? der assyrische Prinz Cornelio Chiapperi? Giglios anderes Ich?) schon undeutlich eine Verwandtschaft mit dem verblendeten Giglio herausspricht: "Sollten Sie nicht zu meiner Familie gehören? . . . bester Signor, waren Sie jemals in Assyrien? . . . — mein teuerster Prinz—o mein Cornelio!" (S. 227–28). Diese vorausweisenden Worte lösen in Giglio lediglich "eine dunkle Erinnerung" aus.

Im zweiten Kapitel bricht Giglios "Krankheit" in voller Stärke aus: "Nur sein Traum war sein Leben, . . . im Irrsal der Gedanken . . . geriet [er] in ein Labyrinth wirrer, ausschweifender Reden" (S. 231). Man hält ihn für wahnsinnig, er verliert seine Stellung als Schauspieler, wird bettelarm, beleidigt und verblüfft seine Bekannten mit verrückten Vorwürfen, bis sein Freund Bescapi den Arzt ruft, der den Tobenden zur Ader läßt (S. 240). Die Ohnmacht hat jedoch beruhigende Folgen, indem am Ende des Kapitels die Eitelkeit des Rollen-Ich sich soweit gemildert hat, daß Giglio zu dem fratzenhaften Oberteil seiner Maskierung nun auch das ebenso tolle und abscheuliche Beinkleid anlegt und in dieser Aufmachung seiner angebeteten Prinzessin in Maske ("daß sie es war, litt keinen Zweifel", S. 245) begegnet (Callot-Bild 2).

Das dritte Kapitel handelt, oberflächlich betrachtet, überhaupt nicht von Giglios Krankheit; unsere Analyse wird sich mit diesem Erzählteil bei der Besprechung anderer Bedeutungsebenen auseinandersetzen. In den folgenden Kapiteln wird dann die Identitätsproblematik wiederaufgenommen und dargestellt, wie Giglios "besseres" Ich, das sich langsam und leise in seinem Bewußtsein abzuzeichnen beginnt, nach außen dringt, Gestalt annimmt (d.h. sich objektiviert und distanziert), als Prinz Cornelio Chiapperi erkannt wird und über das eitle Rollen-Ich siegt. Die Gestaltwerdung des anderen Ich, die als Doppelung des Ich sichtbar wird, ist eine wichtige Phase in der Entwicklung von Giglios "Krankheit". Sie geschieht bereits am Übergang von Kapitel vier zu fünf, wo Giglio in toller Pantalon-Maske mit Schwert "sein zweites Ich . . . bis auf die geringste Kleinigkeit gekleidet wie Giglio" (S. 259)—allerdings Chitarre spielend—mit der weiblichen Maske tanzen sieht (Callot-Bild 3). Auch wird ihm schon nahegelegt, diese weibliche Maske sei Prinzessin Brambilla, "welche mit ihrem Geliebten, dem assyrischen Prinzen Cornelio Chiapperi tanze" (S. 259). Giglio nähert sich dem tanzenden Paar und erlebt nun eine seltsame Ich-Verdoppelung, die sich in unauflösbar "doppeldeutiger" Sprachführung im Text manifestiert:

> Stärker und stärker schlug er die Saiten der Chitarre, toller und ausgelassener wurden die Grimassen, die Sprünge des wilden Tanzes. Aber sein Ich stand ihm gegenüber und führte, ebensolche Fratzen schneidend als er, mit dem breiten hölzernen Schwert Streiche nach ihm durch die Luft.—Brambilla war verschwunden!—"Hoho," dachte Giglio, "nur mein Ich ist schuld daran, daß ich meine Braut, die Prinzessin, nicht sehe; ich kann mein Ich nicht durchschauen und mein verdammtes Ich will mir zu Leibe mit gefährlicher Waffe, aber ich spiele und tanze es zu Tod, und dann bin ich erst ich, und die Prinzessin ist mein!" — Während dieser etwas konfuser Gedanken wurden Giglios Sprünge immer unerhörter, aber in dem Augenblick traf des Ichs hölzernes Schwert die Chitarre so hart, daß sie in tausend Stücke zersprang und Giglio rücklings über sehr unsanft zu Boden fiel.
>
> (S. 261–62)

Man möchte meinen, daß sich hier in der Sprache das "Wirbeln" des Tanzes und der daraus resultiernde Orientierungsverlust niederschlägt, denn die Bezüge zwischen den Pronomen "er", "ich" und "es" zu bestimmten, von ihnen bezeichneten Personen ist nicht mehr eindeutig festlegbar. Der erste Satz scheint auszusagen, daß der Schwert tragende Giglio die Identität des Chitarre-spielenden annimmt (". . . schlug *er* [meine Hervorhebung] die Chitarre . . ."). Als solcher tritt ihm dann im zweiten Satz sein Schwert tragendes Ich feindlich gegenüber. In den darauf zitierten Gedanken Giglios verwirren und überkreuzen sich die Subjekt/Objekt-Beziehungen zwischen "ich" und "mein Ich" oder "es" und "mir" derart, daß zum Schluß nur approximativ anzugeben ist, was in der Rätselformel "dann bin ich erst ich" eigentlich ausgesagt ist. Obgleich es hier nämlich scheint, als gewinne das "Chitarre-Ich" die Oberhand, stellt sich später heraus, daß es—im Gegenteil—in dieser Konfrontation vom "Schwert-Ich" besiegt wird. Sprache wird hier in surrealistischer Weise als Gestaltungsmittel für einen Zustand sinnvollen Unsinns verwendet. Syntaktisch ist die hier angeführte Satzfolge nicht eindeutig sinnvoll. Aber im weiteren Kontext birgt dieser "Unsinn" eine innere Logik, denn diese Satzfolge versucht eine Vertauschung von Subjekt und Objekt direkt-sprachlich darzustellen, die die weitere Handlung maßgeblich bestimmt. Die syntaktische Konfusion spiegelt also so "gegenständlich" wie möglich die aufbrechende Identitätskonfusion in Giglios Innerem.

Giglios Krankheit, die als Balanceverlust diagnostiziert wurde, erreicht einen weiteren Höhe- und Umschlagpunkt in dem Tanz, zu dem die "anmutige Engelsgestalt" den "im tollsten aller Maskenanzüge" (S. 292) gekleideten Giglio auffordert (Callot-Bild 5; man beachte, es ist jetzt wieder das Schwert tragende Ich!). Der Tanzakt wird sprachlich in einen Dialog der Tanzenden übersetzt, in dem die kontrastiven Tanzhaltungen von Lust am Schwindel (Sie) und Gleichgewichtssuche (Er) thematisiert werden (S. 292–94). Noch siegen Schwindel, Strudel und Wirbel, ein Zustand, der aber—ähnlich wie früher die Ohnmacht Giglios—therapeutische Folgen hat, denn aus ihm geht das Prinzen-Ich als bewußt gewordenes anderes Ich hervor: es beschließt "jenen Elenden" (S. 297) zu vernichten. Erkennbar an den verschiedenen Kostümen vom Anfang des Capriccio, treten sich die beiden Ichs zum Duell gegenüber (Callot-Bild 6): der seltsame "krankhafte" Widerstreit zweier Ichs in einer Person äußert sich in den widersprüchlichen Empfindungen der Kämpfenden, die einander abwechselnd in heißer Wut bedrohen oder in gerührter Liebe umarmen (S. 298–300). Daß die Szene ein Glanzstück höchster "absoluter Komik"[13] ist, geht aus der Reaktion der umstehenden Zuschauer hervor, die "ein Gelächter . . . , vor dem der ganze Korso erbebte" (S. 300) anstimmen. Auf dem Weg zur Selbsterkenntnis hat das eitel-verblendete Ich Giglios das Stadium erreicht, wo es den inneren Kampf der beiden Ichs dem Gelächter der Leute auszusetzen bereit ist.

Die Niederlage des eitlen Ich (der Pappdeckel Leichnam war angefüllt mit tragischen Rollen, S. 307) führt zunächst zum Balanceverlust nach der anderen Seite. Das Prinzen-Ich erweist sich als Doppelprinz ("doppelter Kronprinz", S. 312), d.h. auch dieser leidet an der "Krankheit", die nun von Celionati aus seiner Kenntnis der medizinischen Wissenschaft heraus (S. 310–11) als "chronischer Dualismus" bezeichnet und gedeutet wird.[14]

> War der eine Prinz traurig, so war der andere lustig; wollte der eine sitzen, so wollte der andere laufen, genug—nie stimmten ihre Neigungen überein. Und dabei konnte man durchaus nicht behaupten, der eine sei dieser, der andere jener bestimmten Gemütsart; denn in dem Widerspiele eines ewigen Wechsels schien eine Natur hinüberzugehen in die andre, welches wohl daher kommen mußte, daß sich, nächst dem körperlichen Zusammenwachsen, auch ein geistiges offenbarte, das eben den größten Zwiespalt verursachte.—Sie dachten nämlich in die Quere, so daß keiner jemals recht wußte, ob er das, was er gedacht, auch

wirklich selbst gedacht, oder sein Zwilling; und heißt das nicht
Konfusion, so gibt es keine. Nehmt ihr nun an, daß einem Menschen solch ein in die Quere denkender Doppelprinz im Leibe
sitzt, als materia peccans, so habt ihr die Krankheit heraus, von
der ich rede und deren Wirkung sich vornehmlich dahin äußert,
daß der Kranke aus sich selber nicht klug wird.

(S. 312–13)

Der entscheidende Unterschied—und Fortschritt—in dieser "höheren" Phase der Krankheit vom chronischen Dualismus ist der, daß
der Kranke sich seines Zustandes bewußt ist, wenngleich er sich in
seiner Erklärung einer anderen Metapher bedient als sein Arzt: "Es
muß sich etwas in meinem Augenspiegel verrückt haben; denn ich
sehe leider meistens alles verkehrt, und so kommt es, daß mir die
ernsthaftesten Dinge oft ganz ungemein spaßhaft und umgekehrt die
spaßhaftesten Dinge oft ganz ungemein ernsthaft vorkommen. Das
aber erregt mir oft entsetzliche Angst und solchen Schwindel, daß ich
mich kaum aufrecht erhalten kann" (S. 313–14).

Trotz dieser Luzidität als einem Schritt auf dem Weg zur Besse-
rung, ist der "doppelte Kronprinz" doch noch so sehr in seiner extremen Ich-Zentriertheit befangen, daß er den Wert des Liebes- und
Ritterdienstes, um den die weibliche Maske ihn bittet (Callot-Bild 7)
verkennt und sich mit seinem Selbst isoliert. Erst im achten Kapitel
wird das rechte Gleichgewicht gefunden, indem das Prinzen-Ich sich
im Liebesdienst dem "Du" der Prinzessin Brambilla unterwirft (Callot-Bild 8) und sich mit ihr im verkehrten Abbild, widergespiegelt
in der Urdarquelle, lachend erkennt. Aber—und das ist der letzte
Schritt auf dem Weg zur rechten Haltung—Prinz und Prinzessin
müssen auch um ihre bestimmte, einzigartige Alltagsidentität als
Giglio und Giacinta wissen, um eine ganze, umfassende Existenz
zu leben. Das ideale Hoffmannsche Menschenbild fordert also—wie
wir es auch aus anderen Werken wissen—ein Duplizitätsbewußtsein
als notwendigen Daseinszustand. Der krankhafte "chronische Dualismus" ist nicht eliminiert, im Sinne von geheilt, sondern nur erhöht
zum heiteren Wissen um die unausrottbare menschliche Duplizität.

Die starre unbeugsame Identitätsposition des Anfangs hat sich
hin entwickelt zu einem ausgeglichenen aber beständig in der Schwe-
be befindlichen Balanceakt, in dem nicht mehr das "Entweder-Oder"
sondern ein weitblickendes "Nicht-nur-sondern-auch" der wirklichen
und der phantastischen Identität herrscht. Claudio Magris bringt in
seiner Brambilla-Studie denselben Zusammenhang zum Ausdruck,
wenn er—mit Verweis auf Schelling—vom Verhältnis des bestimm-

ten, endlichen Ich zum allgemeinen, absoluten Ich spricht. "Erlösung" vom engen konkreten Ich liegt in der Sprengung der Grenzen
der Endlichkeit, in der "Glückseligkeit einer indifferenzierten Einheit"[15] mit dem absoluten Ich.[16] Da diese Verwirklichung der Schel-
lingschen "Indifferenz" von real und ideal aber nicht in Ruhe und auf
Dauer möglich ist—Ähnliches kommt in der zwölften Vigilie vom
Goldnen Topf zum Ausdruck—, sondern nur in der beständigen Bewegung einer künstlerischen, phantastischen "Feier" (hier in der Form
des Karneval- und Maskenfestes), darum hat Hoffmann für ihre Darstellung die freiste aller poetischen Formen, das Märchen als Medium
gewählt.

Satire vom Theater

Obgleich Hoffmann selbst keine Theaterstücke per se geschrieben
hat—einige Libretti zu kleinen Singspielen ausgenommen—, so war
er doch als Musik- und Theaterdirektor mit den Theaterpraktiken
seiner Zeit wohlvertraut. Auf einer zweiten thematischen Ebene läßt
sich denn die *Prinzessin Brambilla* durchaus als "Theatermärchen" lesen, in dem der Dichter kritisch und satirisch sich mit den unechten
und echten Theatermanieren seiner Zeitgenossen auseinandersetzt
und ihnen seine eigenen Vorstellungen von echtem und wirkungs-
vollem Theaterspiel entgegenstellt. Über das Wesen und die Wichtigkeit von Hoffmanns kritischen Aussagen zum Theater in *Prinzessin
Brambilla* hat Heide Eilerts Studie ausführlich und überzeugend berichtet. Ging es auf der menschlich-psychologischen Ebene um Heilung von falscher Ich-Erstarrung, so plädiert der Theatermann Hoffmann auf der gattungspoetischen Ebene für eine radikale Theaterre-
form: weg von der erstarrten Form des "klassischen", festgelegten
und vorgeschriebenen ernsten Theaters und hin zu den "romantischen" Formen des spontanen, lockeren komischen Theatergeistes,
wie er es in der italienischen *commedia dell'arte* vorgebildet sah. Auch
die Darstellung der Theaterthematik im Märchen findet in der Form
der Konfrontierung von Gegensätzen zwischen "starr" und "fließend" statt. Die märchentypische mangelhafte Ausgangssituation
präsentiert sich in dem naturwidrigen, eitlen Theaterpathos des
pompösen Tragöden Giglio, dessen Sprache und Gebaren sich durch
gestelzte, formelhafte Phrasen und unnatürliche, gespreizte Körper-
verrenkungen auszeichnen. Wie fast in jedem seiner Märchen, so
praktiziert Hoffmann auch hier seine Kunst und Neigung zur Satire,
deren Gegenstand die falsche "Theaterkunst" des Abbate Antonio

Chiari und insbesondere sein neustes Stück *Il Moro bianco* ist. Das absurde Oxymoron im Titel, auf das der Abbate besonders stolz ist,[17] dient als Inbegriff von Hoffmanns Kritik an einem Theater, das sich widernatürlich, übertrieben und bar jedes echten Sinnes gibt. Die Theatersatire konzentriert sich vor allem im vierten Kapitel, wenn Hoffmann seinen beißenden Spott etwa folgendermaßen ergießt:

> . . . alle Schauer irgendeiner gräßlichen Tat wickelte er [der Abbate] in den zähen Kleister so vieler schönen Worte und Redensarten ein, daß die Zuschauer ohne Schauer die süße Pappe zu sich nahmen und den bittern Kern nicht herausschmeckten. Selbst die Flammen der Hölle wußte er nützlich anzuwenden zum freundlichen Transparent, indem er den ölgetränkten Ofenschirm seiner Rhetorik davorstellte, und in die rauchenden Wellen des Acheron goß er das Rosenwasser seiner martellianischen Verse, damit der Höllenfluß sanft und fein flute und ein Dichterfluß werde.
>
> (S. 262–63)

Angesteckt vom falschen Pathos solcher Stücke, kleidet Giglio seine wahren Emotionen in die falschen "Fieberschauer" (S. 269) des tragischen Wortschwalls, und angetan mit Gedanken, die "der schwarze Tartarus gebar aus todesschwangeren Klüften" (S. 269)[18] ergreift der eifersüchtige den Dolch, den " 'lieblichen Freund, der in blutigen Rosengluten alle Schmach sühnend, Ruhe gibt und Trost—und *Rache.*'—Die letzten Worte brüllte Giglio dermaßen, daß das ganze Haus widerhallte. Zugleich griff er nach dem blanken Dolch, der auf dem Tisch lag, und steckte ihn ein. Es war aber nur ein Theaterdolch" (S. 269). Wie kaltes Wasser gießt Hoffmann den letzten Satz in das Feuer falscher Phrasen. Gegen solch aufgeputschtes Pathos kämpft der Fürst Bastianello, alias Celionati, an, indem er dem "tragischen Zeug" die Bühne des freien Scherzes und der anmutigen Neckerei der Masken (S. 234) entgegenstellt. Statt hochtrabender Sprache herrscht auf seiner Bühne die Pantomime, und statt steifer Körperverrenkung die freie Bewegung des Tanzes. Das verzweifelte Pathos wird ersetzt durch den sinnvollen Scherz, der im spontanen Improvisieren Einsichten ermöglicht in den wahren Zusammenhang der Dinge. Zur zentralen Metapher dieses Theaters, "wo Ironie gilt und echter Humor" (S. 235), wird auf dieser Sinnebene auch die Urdarquelle: "So sollte, wenn Ihr wollt, wenigstens in gewisser Art das Theater den Urdarbronnen vorstellen, in den die Leute kucken können" (S. 235). Auch in dieser Gleichsetzung von (echtem) Theater und Urdarbronnen findet wieder die schon bekannte Identifizierung mit dem Weiten und Fließenden statt. War der Schauplatz des falsch pathetischen Theaters der kleine, begrenzte Raum des Theatersaals, so ist das neue Theater angesiedelt im phantastischen Palast Pistoja (S. 296), in dessen mythischer Weite ja auch die Geschehnisse des Urdarlandes dargeboten werden. Wieder wird der Entgrenzung und der schöpferischen Erkenntnis der Wahrheit das Wort gesprochen; auch die Zuschauer—und die Leser des Capriccio—sind aktiv an der Wirkung dieses "Schauspiels" beteiligt, denn ihnen wird nicht—wie im alten rhetorischen Theater—ein dogmatisches Stück zum passiven Konsum vorgesetzt, sondern sie selbst *schaffen*—jeder für sich—die Wirkung des Stückes, wenn es ihnen gelingt, "das Leben, sich selbst, ihr ganzes Sein in dem wunderbaren, sonnenhellen *Spiegel* [meine Hervorhebung] des Urdarsees zu erschauen und zu erkennen" (S. 326). Wie in anderen Werken Hoffmanns, wo der Dichter auch durch polyperspektivische Erzählhaltung den Leser zur aktiven, eigenen Stellungnahme zwingt, so fordert sein hier propagiertes modern anmutendes Theater das individuelle persönliche Engagement und Urteil des Zuschauers.

Mythos im Märchen

Eine wesentliche Erzählschicht in der *Prinzessin Brambilla* bildet das kosmisch-mythische Geschehen, das, anfangs fast als separate Geschichte eingeführt, später zunehmend mit der Haupthandlung verschmilzt, nicht nur motivisch sondern auch erzähltechnisch. War der Mythos im *Goldnen Topf* eine mit bibelähnlichen Motiven ausgestattete Naturphilosophie, so erinnert hier die mythische Geschichte eher ans Volksmärchen, mit dem es Motive und Figurentypen sowie ein kohärentes Geschehen gemeinsam hat. In ihrer Bedeutung parallelisiert die mythische Handlung den Problemkreis, der auf der menschlich-psychologischen Erzählebene behandelt wird. Die Identitätsfrage erfährt im Mythos ihre ins Allgemein-Gültige aufgesprengte Extension—wir sehen, das Doppelstrukturprinzip eng—weit, bestimmt—allgemein, wirkt sich auch hier aus.

Das mythische Erzählen ist dreiteilig gegliedert: als "Geschichte von dem König Ophioch und der Königin Liris" betitelt, bildet es den Großteil von Kapitel drei. Gänzlich losgelöst von der Giglio-Handlung erscheint die eingefügte Geschichte zunächst wie eine Illustrierung zu dem Künstlergespräch über italienischen Scherz und deutschen Humor. In der Form eines Erlösungsmärchens erzählt der als Hexenmeister aber auch als weiser Alter bekannte Celionati von der

Notlage eines Fabellands, Urdargarten, und seines an Melancholie leidenden Königs Ophioch. Der Versuch der Erlösung des traurigen Königs durch die Verbindung mit der mehr als heiteren Königstochter Liris mißlingt, weil deren sinnloses Gelächter den König nicht nur noch mehr verstört, sondern beide in magischen Schlaf versenkt. Ein weiser Zauberer verspricht Erlösung nach dreizehn mal dreizehn Monden, indem ein Kristallprisma sich schmelzend verwandeln wird in einen Silbersee. So geschieht es, und die aus magischem Schlaf Erwachten erblicken ihr Spiegelbild im Urdarquell, und sie lachen. Damit wäre die Geschichte vom traurigen Verkennen und heiteren Erkennen abgeschlossen, wenn nicht das Übel, das die erste Notlage verursachte, mit fast denselben Worten zweimal verkündet worden wäre: einmal, in der Mitte der Erzählung im Imperfekt: "Der Gedanke zerstörte die Anschauung, aber dem Prisma des Kristalls, zu dem die feurige Flut im Vermählungskampf mit dem feindlichen Gift gerann, entstrahlt die Anschauung neugeboren, selbst Fötus des Gedankens!" (S. 253) und noch einmal, am Ende der Erzählung, diesmal im Präsens:[19] "Der Gedanke zerstört die Anschauung und losgerissen von der Mutter Brust wankt in irrem Wahn, in blinder Betäubtheit der Mensch heimatlos umher, bis des Gedankens eignes Spiegelbild dem Gedanken selbst die Erkenntnis schafft, daß er ist und daß er in dem tiefsten reichsten Schacht, den ihm die mütterliche Königin geöffnet, als Herrscher gebietet, muß er auch als Vasall gehorchen" (S. 257). Der zweite umfassendere Text wird in der Hoffmann-Forschung häufig als Kern von Hoffmanns Poetologie angeführt. Der Unterschied zwischen den beiden Varianten ist, daß Text eins von einem historischen Einzelfall im Imperfekt spricht, wogegen in Text zwei eine Weitung zum zeitlosen, jederzeit wiederholbaren Allgemeinfall geschieht. Diese Verallgemeinerung grenzt schon fast an Allegorisierung, ein Eindruck, der noch unterstützt wird durch die Ausdeutung, die der mythische Erzählgehalt durch den deutschen Maler Reinhold erfährt: der Urdargarten, so meint dieser, sei ja wohl das, "was wir Deutschen Humor nennen, die wunderbare, aus der tiefsten Anschauung der Natur geborene Kraft des Gedankens, seinen eigenen ironischen Doppeltgänger zu machen, . . ." (S. 258).

Daß der Gedanke die reine Anschauung jederzeit wieder stören kann, tritt tatsächlich ein, wenn im fünften Kapitel, diesmal im Beisein von Giglio, die Geschichte von Ophioch und Liris im Palast Pistoja weiter vorgetragen wird. Neues Übel befällt das Land Urdargarten, als Ophioch und Liris in Todesschlaf verfallen und die Urdarquelle durch übervernünftige Leute verunklärt wird und zum Sumpf vertrocknet (S. 283–84). Der wieder um Rat befragte Alte verkündet in Rätselgedichten die Bedingungen zur neuen Erlösung. Der eitle Giglio bildet sich ein, als "weißer Mohr" die Erlösung vollbringen zu können, nur um zur Strafe sofort wie ein "Gelbschnabel" in ein Vogelbauer verbannt zu werden.[20] Damit hat sich aber die Integration Giglios in die mythische Märchenhandlung vollzogen, sogar mit konstruktiven Folgen, denn der vorwitzige Giglio lernt aus dem hier begangenen Fehler und kommt der echten Selbsterkenntnis um einen wichtigen Schritt näher, er erkennt nämlich: " 'Ich rede Unsinn, ich weiß es, denn ich bin eigentlich toll geworden, weil der Ich keinen Körper hat.'. . . Damit riß er sich wütend die schönen Kleider vom Leibe, fuhr in den tollsten aller Maskenanzüge und lief nach dem Korso" (S. 292). Daß ihm die Vernunft ausgeht und er toll wird, ist natürlich—der Leser weiß es bereits— positiv zu werten, und zwar in einem ironischen Sinne, wie er sich etwa in der weisen Prognose ausdrückt, die der Prinz Ophioch einmal folgendermaßen formuliert: "Der Moment, in dem der Mensch umfällt, ist der erste, in dem sein wahrhaftes Ich sich aufrichtet" (S. 283).

Der letzte Teil der mythischen Geschichte, Erlösung und Vollendung, fällt schließlich mit der reifen Phase der Giglio-Handlung zusammen: im achten Kapitel wird Giglio nur noch als das von ihm inzwischen erkannte *höhere Ich*, Prinz Cornelio Chiapperi, identifiziert (S. 317ff.). Er und Prinzessin Brambilla, deren Regentschaft und Dienst er sich unterstellt hat, "spielen" nun den letzten Teil der mythischen Geschichte—Mythos (Inhalt) und Theater (Darstellungsweise) gehen also hier eine Fusion ein. *Sie* sind das "fürstliche Paar" (S. 319) und "Liebespaar" (S. 321), die, aus der Betäubung erwacht und in dem wieder zum See zerflossenen Kristallspiegel (S. 320), einander erkennen und in ein wunderbares Lachen ausbrachen. Der "Identitätsübergang" von Ophioch/Liris zu Chiapperi/Brambilla (alias Giglio/ Giacinta) ist so fließend, daß sich ein bestimmter Moment dafür gar nicht angeben läßt. Da "Theaterspielen" in diesem Märchen nicht nur satirisch-kritisches Thema ist, sondern auch als Metapher für eine gewisse Art zu leben gelten kann, ist es durchaus sinnvoll, daß der ganze letzte Teil des mythischen Geschehens als Rollenspiel auf der neuen Bühne des Theaterreformers Fürst Bastianello di Pistoja aufzufassen ist, umso mehr da ja dieser Fürst Bastianello auf beiden Ebenen fungiert, da er in seiner mythischen Identität jener Magus Hermod ist, der über dem Schicksal von Ophioch und Liris waltet.

Die zentrale Aussage des Mythos läßt sich am klarsten aus der Bedeutung der drei Kernbegriffe "Gedanke", "Anschauung" und "Urdarquelle" entwickeln. Wir begegnen hier einer Variante von

Hoffmanns triadischer menschheitsgeschichtlicher Philosophie. In einem Urzustand herrschte die reine Anschauung ungestört in einem Reich von Harmonie zwischen Mensch und Natur. Das Überhandnehmen des menschlichen Vernunftprinzips führt zu Entzweiung und gestörter Harmonie: der Grund für Melancholie und Traurigkeit im Lande Urdargarten. Aber die prophetischen Worte des Magus Hermod verkünden Hoffnung auf Erlösung, wenn im geronnenen Kristall (= Urdarquelle) der Gedanke sein verkehrtes Spiegelbild erkennend anschaut. Der Urdarquelle, dem Mittel zur Rekonstituierung einer Ersatzeinheit von Gedanke und Anschauung, entspricht im *Goldnen Topf* etwa der goldene Topf selbst (auch schon eine Form der Spiegelmetapher): das Symbol für poetische Anschauung oder Poesie. Welche spezielle Bedeutung der Urdarquelle noch zukommt, kann erst durch ihre Betrachtung im Zusammenhang mit den anderen Themensträngen des Märchens gesehen werden.

Märchen in der "zweiten Potenz"

Es bleibt noch die letzte, vielleicht höchste Sinnebene des Märchens zu betrachten: die ästhetisch-poetologische. Als künstlichstes aller Kunstgebilde[21] ist die *Prinzessin Brambilla* in narrativer Form Hoffmanns entscheidendes Bekenntnis zur heilenden Funktion des poetischen Humors. Hierbei gilt es zweierlei zu untersuchen: einmal die *Darstellung* von Wesen und Rolle des Humors in der Märchenhandlung, und zum anderen die *Anwendung* ironisch-humoristischer Mittel in den Erzähltechniken des Märchens. Hoffmanns Märchen praktiziert durchaus, was es predigt.[22]

War auf allen bisher betrachteten Sinnebenen die Entwicklung von einer Notlage zu ihrer Überwindung zu erkennen, so kann auch hier eine Entwicklung aufgezeigt werden, die wir Progression von Ironie zu Humor[23] nennen wollen. Obgleich Hoffmann selber die beiden Begriffe nicht immer säuberlich trennt (siehe etwa das seltene Theater, "wo Ironie gilt und echter Humor", S. 325), so wird doch deutlich, daß die beiden Begriffe zwei verschiedene Stufen auf der Skala verwandter Werte darstellen: ohne die Vorstufe der ironischen Daseinsempfindung kann die humoristische Sehweise nicht erzielt werden. Jeder Mensch in Hoffmanns Weltbild, der nicht zu den wirklichkeitsentfremdeten Wahnsinnigen oder zu den engstirnigen Philistern gehört, erfährt den Zustand ironischer Wurzellosigkeit und unmutiger Verunsicherung, wie sie Giglio—und auch Giacinta—am Anfang des Märchens auszeichnet. Sie taumeln, irren, suchen, ohne den tieferen Grund für die Zerrissenheit zu kennen, die sie empfinden. Szenisch nimmt dieser Zustand die Form ausgelassener Lustigkeit an, die der römische Karneval mit seinem "tollen Spuk" (S. 245) und närrischen Maskentreiben darbietet. Sprachlich verdichtet sich derselbe Zustand für Giglio darin, daß er manchmal gar nicht recht weiß, wie ihm geschieht: daß ihm ist, "als sei er es gar nicht gewesen, der mit der Prinzessin gesprochen, als habe er ganz willenlos das herausgesagt, was er selbst nun nicht einmal verstand" (S. 245). Die Abwendung von diesem sinnlos unverstandenen Treiben wird vorbereitet während des Tanzes (Anfang Kapitel sechs), in dem die entgegengesetzten Kräfte von freiem Wirbel und mäßigendem Verstand aufeinandertreffen. Aus diesem Erlebnis geht Giglios Entschluß hervor, den "andern", den Doppelgänger zu vernichten" (S. 297). Der solchermaßen bewußt inszenierte Zweikampf verkörpert meines Erachtens die erste echt komische Szene, in der Giglios humoristische Darstellung der in ihm waltenden heterogenen Gefühle zum ersten Mal brausendes Gelächter beim Publikum hervorruft. "Sie [die beiden Ichs] blickten einander an und es ging mit der *Wut* des Zweikampfs solch eine *Liebe* in ihnen auf, daß sie sich in die Arme fielen und sehr weinten. Dann begann der Kampf aufs neue mit verdoppelter Kraft . . ." (S. 299, meine Hervorhebung). Und die Reaktion der Zuschauer: "Des tragischen Ausgangs unerachtet, schlug doch das Volk . . . ein Gelächter auf, vor dem der ganze Korso erbebte" (S. 800).

Damit ist der Weg zum Durchbruch des Humors bereitet: als Prinz Chiapperi kann Giglios höheres Ich nun den Grund für sein fundamentales Doppelerleben in sinnvoll komischem Ernst erklären. Er leide nämlich an einem Augenübel, denn er sehe "leider meistens alles verkehrt, und so kommt es, daß mir die ernsthaftesten Dinge oft ganz ungemein spaßhaft und umgekehrt die spaßhaftesten Dinge oft ganz ungemein ernsthaft vorkommen" (S. 313–14). Auch in seinen folgenden sinnvoll possierlichen Gebärden- und Wortspielereien ist wieder das "unmäßige Gelächter" des Volkes (zweimal, S. 317–18) Maßstab und Zeichen für Giglios endgültig erlangte humoristische Einstellung zu seinem Identitätsdilemma: ". . . bin ich deshalb mir selbst nachgelaufen aus einem Winkel in den anderen, um mich aufzufinden?" (S. 317). Die Äußerung solcher anscheinend unsinnigen Paradoxien beruht nun auf der durchaus ernsthaften Einsicht, daß diese Paradoxien notwendig und wirklich sind.

In mehr kunsttheoretischer Form ist auch im Künstlergespräch des dritten Kapitels von zwei Formen des Scherzes die Rede, die mit den Begriffen Ironie und Humor in Verbindung zu bringen sind. Es will scheinen, daß der "oberflächlich" ironischen Sehweise der tolle Karnevalscherz entspricht, dem Sinn und Wesen eines zugrundeliegenden Urbildes nicht sichtbar wird. Wogegen die echt humoristische Sehweise ihre Parallele im deutschen Humor hat, der die Sprache jenes Urbildes selbst ist (S. 246–47): dieser Humor ist es auch, der nach Aussage des Malers Franz Reinhold im Symbol des Urdarbronnens[24] verkörpert ist. Wie läßt sich also die Beziehung zwischen Ironie und Humor begreifen und formulieren? Beide sind Seismographen für die Duplizität des menschlichen Daseins. Die ironische Einstellung vermag es, den grundsätzlichen dualistischen Zustand in all ihren Erscheinungsformen anzuzeigen und zu registrieren (hierzu gehören auch die Mittel des ironischen Erzählens). Die humoristische Einstellung geht darüber hinaus, indem sie auf den Grund und die Notwendigkeit der dualistischen *conditio humana* verweist und sie, als Bedingung innerhalb der menschlichen Totalität erkennend, akzeptiert.[25]

Celionati (alias Fürst Bastianello di Pistoja), die zentrale und vielschichtigste Figur des Märchens ist Meister der Ironie und des Humors. Auf jeder Sinnebene fungiert er als leitendes—man möchte sagen, schöpferisches—Prinzip. Er ist der heilende und wissende Arzt des am "chronischen Dualismus" leidenden Prinzen; er ist der Theaterreformer, der die komische Bühne wieder zum Leben erweckt; er ist der souveräne—und ironische—Erzähler des Urdarmythos; und er ist nicht nur Sprecher für sondern auch Inbegriff des Prinzips Humor. Seine Erzählfunktion geht weit über das Erzählen des eingefügten Märchens hinaus, wie Strohschneider-Kohrs ausführlich beschrieben hat[26]. Als Kommentator des Geschehens und der Erzählweise leitet und verleitet er den Leser an entscheidenden Stellen dazu, das sich entfaltende dichterische Produkt als Märchen, als Capriccio, mal als "wirklich," mal als "erlogen" aufzufassen. So erweist er sich als Meister des ironischen Erzählens und als "Halbbruder" des über dem Ganzen schwebenden humoristischen Dichters Hoffmann.

Identität, Theater, Mythos und Humor—vier Themenstränge verschlingen sich kapriziös in dieser kunstvollen Spracharabeske. In ihrer Auswahl und in der Art ihrer Verknüpfung herrscht das Prinzip der Vielfalt in der Einheit, wobei diese Vielfalt äußerlich betrachtet den Leser verwirrt und verunsichert, von innen her gesehen aber die Leseerfahrung bereichert; denn sie stellt hohe Anforderungen an den Leser, der in der Vielfalt die Einheit erkennen will. Der die vier Themen vereinende Wesenszug aber ruht in der inhärenten Doppelung, in der ihnen innewohnenden zweifachen Daseinsweise von niedrigerer und höherer, begrenzter und weiter Erscheinungsform. Auch die hauptsächlich verwendeten Motive kommen als kontrastive "Paare" vor: Maske und Gesicht, Theater und Leben, Verstand und Gemüt, Ernst und Scherz. Nun könnte die endgültige Aussage des Märchens moralisierend idealistisch sein, käme es darauf an, jeweils das eine der beiden Prinzipien zu bejahen, das andere zu verneinen. Es gilt jedoch, im Akt der Reflexion beide Seiten als Teil des ganzen Seins (S. 326) zu umfangen.

7. Parodistisches Märchen:
Die Königsbraut
"ein nach der Natur entworfenes Märchen"

"Wir wirken, ohne es zu wissen, magisch auf die uns umgebende Natur ein."
G. H. Schubert

Hoffmann-Forscher, die von der wenig beachteten *Königsbraut* (1820), einem der avantgardistischsten von Hoffmanns späten Märchen, überhaupt Kenntnis nehmen, gliedern sich in zwei sehr gegensätzliche Gruppen. Die einen reagieren mit Verlegenheit auf die anscheinend absichtslose Unsinnigkeit und die leere bis zur Frivolität gesteigerte Spielerei mit Worten und artistischen Techniken.[1] Das Märchen sei ein Entspannungsprodukt[2] des unter finanziellem Druck und an Arbeitsüberlastung leidenden Dichters, was vielleicht die heterogene Mischung der Stile und Motive[3] erklären möge—wobei diese Kritiker letztlich dem seltsamen Zwittergebilde doch gewisse gelungene, reizvolle Szenen nicht absprechen. Manche bezichtigen den Dichter fast des Verrats an eigenen Überzeugungen, wenn in diesem Märchen alles, sogar der sonst unantastbare Dichter[4] oder auch der Glaube an das Wunderbare in der Natur[5] tüchtig verulkt und negiert würden.

An der Spitze der anderen Gruppe stehen die sprach- und formbewußten Franzosen, die mit Charles Baudelaire und Théophile Gautier[6] die ersten waren, in der *Königsbraut* eines der frühsten und größten Produkte absoluter phantastischer Komik zu sehen und das Werk zur Nachahmung anzupreisen. Auch Georg von Maassen der zwar seine Scheu gesteht vor der Zergliederung "dieser Meisterleistung Hoffmanns", in der der Dichter "einen ganz neuen Ton"[7] anschlage, erkennt eine höhere Zweckhaftigkeit—ohne sie jedoch genauer zu bestimmen—in diesem anscheinenden Spiele mit Nichts. Erst in den 60er Jahren stößt man auf Kommentare zur *Königsbraut*, die über reine Verurteilung oder Belobigung hinaus poetische oder gehaltliche Eigenarten des schwer zu deutenden Werkes berühren. Kenneth Negus sieht, im Lichte seiner Untersuchung von Hoffmanns poetischer Naturmythologie, in der Struktur der *Königsbraut* "a meaningful triadically structured universe, with ambiguous blendings of the three realms"[8]. Den Ansatz zu einer positiven Ausdeutung der anscheinend sinnlosen Spielerei erfährt das Märchen bei Lothar Köhn, der vermutet, daß Hoffmannn bewußt "auf die Darstellung gehaltlicher Probleme weitgehend verzichtet"[9]. Auch Hans Schumacher bezeichnet das Verfahren in der *Königsbraut* noch als "Spiele mit der Beweglichkeit der Phantasie", erkennt aber, daß es thematisch um die humorvolle Darstellung der "Zwischenstellung des Menschen zwischen Himmel und Erde"[10] geht. 1978 erschien die erste und einzige Untersuchung, die sich ausschließlich mit einer Analyse der Struktur, der narrativen Modelle und motivischen Vorlagen befaßt, die *Die Königsbraut* zu einem einmaligen Produkt der poetologisch äußerst beweglichen Gattung des Kunstmärchens macht. Alfred Behrmann untersucht Bauform und Ton des Märchens unter dem Aspekt seiner Beziehungen zum Volksmärchen, französischen Feenmärchen, Musäus'schen "Volksmärchen", wie auch zu Strukturen der *commedia dell'arte* und der Verlachkomödie und kommt zu dem vorsichtigen Ergebnis: "Zu entscheiden, wie weit *Die Königsbraut* eine bewußte Kombination, eine Montage darstellt, ist nicht mehr Aufgabe der Analyse"[11], die sich in erster Linie das Aufzeigen der "erzählerischen Kunst"[12] dieses Märchens zum Maßstab gesetzt hat. In jüngster Zeit ist als Kommentator zu sprachschöpferischen Aspekten in der *Königsbraut* noch Arno Schmidt zu nennen, jener radikal Hoffmanneske moderne Schriftsteller, der Hoffmanns Werke in zwei Gruppen gliedert: "Brambilla-Typen", zu denen *Die Königsbraut* gehört, und "öde Machwerke", "bocksteife Notstandsarbeiten", à la *Meister Martin*. Es erstaunt wenig, daß Arno Schmidt gerade *Meister Floh* und *Die Königsbraut* für geeignet hält, um an ihnen seine Dechiffriermethode, das sogenannte Etymverfahren, zu praktizieren[13].

Angeregt durch Einsichten von Behrmann und Schmidt möchte meine Arbeit hier ansetzen und unter besonders intensiver Berücksichtigung des Untertitels "ein nach der Natur entworfenes Märchen" den Einfluß von Gotthilf Heinrich Schuberts naturphilosophischen Werken *Ansichten von der Nachtseite der Naturwissenschaften* (1808; zweite erweiterte Neuauflage 1818) und *Die Symbolik des Traumes* (1814) auf ihre für *Die Königsbraut* gestalt- und sprachkonstituierende Bedeutung hin untersuchen. Dadurch lassen sich, so ist zu hoffen, wenig beachtete wichtige und nicht an der Oberfläche deutliche Schichten von Form, Aussage und Funktion dieses Märchenproduktes erhellen.

Seit Georg Ellinger, Georg von Maassen und Hans von Müller ist bekannt, daß die auffälligsten in der *Königsbraut* vorkommenden Märchenmotive nicht von Hoffmann erfunden wurden, sondern nach literarischen oder anekdotischen Vorlagen in eigenartig modifizierter Form in Hoffmanns Produkt eingegangen sind. Das Motiv des im Erdreich gefundenen Ringes, der in seltsamer Beziehung zum Schicksal seines Finders steht, wird in Georg von Maassens Vorbemerkung zur Ausgabe der *Königsbraut* erwähnt[14]. Aus verschiedenen in zeitgenössischen Zeitschriften erschienenen Anekdoten mag es Hoffmann bekannt gewesen sein; auch läßt er selbst ja seinen Erzähler Vinzenz in ähnlicher Weise die Entstehung des Märchens erklären:

> Eigentlich ist der Stoff mir gegeben, und ich darf euch nicht verschweigen, wie sich das begab. Nicht gar zu lange ist es her, als ich mich an der Tafel einer geistreichen fürstlichen Frau befand. Es war eine Dame zugegen, die einen goldenen Ring mit einem schönen Topas am Finger trug, dessen ganz seltsame altväterische Form und Arbeit Aufmerksamkeit erregte . . . die Dame versicherte, daß man vor ein paar Jahren auf ihrem Gute eine Mohrrübe ausgegraben, an der jener Ring gesessen. Tief in der Erde hatte also wahrscheinlich der Ring gelegen, war bei dem Umgraben des Ackers heraufgekommen, ohne gefunden zu werden, und so die Mohrrübe durchgewachsen. Die Fürstin meinte, das müsse ja einen herrlichen Stoff geben zu einem Märchen, und ich möge nur gleich eins ersinnen, das eben auf den Mohrrübenring basiert sei.[15]

(S. 994)

Das Gemüse- und Mohrrübenmotiv ist weitgehend Hoffmanns eigene Erfindung, jedoch waren ihm Musäus' Bearbeitungen der *Volksmärchen der Deutschen* (1782–86) bekannt, dessen erste Legende von Rübezahl das Motiv von den animierten Rüben enthält. Die sterbliche Emma langweilt sich im menschenlosen, unterirdischen Erdreich des in sie verliebten Berggeistes Rübezahl und erlangt deshalb die magische Kraft von ihm, Rüben in ihre liebsten Gespielinnen zu verwandeln. Diese "Rüben-Menschen" wirken zwar ganz authentisch, verwelken und schrumpfen jedoch unter dem Zwang ihrer vegetativen Natur nach wenigen Wochen zu alten verdorbenen Produkten zusammen.

Auch das thematische Grundmotiv von der Liebesbeziehung zwischen Sterblichen und Gnomen bestimmt den Gehalt dieser Rübezahl-Legende mit dem Unterschied, daß der Gnom hier das Mädchen in *sein* unterirdisches Reich entführt, wogegen in *Die Königsbraut* die Werbung des Gnoms um die irdische Braut im menschlich-irdischen Wirkungsbereich stattfindet. Die Liebe eines allerdings weiblichen

Elementargeistes zu einem irdischen Wesen bestimmt auch Goethes Märchen *Die neue Melusine*, das in zwei Teilen 1817 und 1819 erschien. Die Gemeinsamkeit der Motive geht weiter, denn die zwerghafte Elf-in Melusine gewinnt nicht nur ihre körperliche Menschengröße durch das Anstecken eines magischen Ringes, sondern sie verwandelt auch ihren menschlichen Liebhaber mit Hilfe dieses Ringes in zwerghafte Gestalt. Die letztendliche Befreiung des Mannes von den Beschränkungen des Elfendaseins gelingt, ähnlich wie bei Hoffmann durch das Abfeilen des Ringes. Über diese vorwiegend äußerlichen Motivähnlichkeiten hinaus, fällt noch ein eher moralischer Zug auf, der bei Goethe das Wesen des Helden kennzeichnet und sich auch bei Hoffmann wiederfindet. Der menschliche Liebhaber wird von Goethe als Unbeherrschter dargestellt, der seiner Leidenschaft fürs weibliche Geschlecht und seiner Sucht zum Geldverschwenden un-gehemmt frönt. Ähnlich sind die Handelnden in Hoffmanns Mär-chen durch Überschwenglichkeit gekennzeichnet: Ännchen in ihrer Leidenschaft für Gemüsezucht, Amandus in seiner überstiegenen Poeterei und der Vater Dapsul in seinem unkontrollierbaren Hang zu Kabbalistik und Astrologie.

Wenngleich Hoffmann, wie wir sahen, mit einer beträchtlichen Anzahl bereits bekannter Motive operiert, hat er dennoch nicht ganz Unrecht, sein Werk in einer der wenigen Aussagen, die zur *Königs-braut* überliefert sind, ein "funkelnagelneues Mährlein"[16] zu nennen; denn keiner der übernommenen Züge berührt das Wesen und die eigenartig Hoffmannsche Darstellungsweise seines "nach der Natur entworfenen" poetischen Produktes.

"Natur" als Vorlage des Märchens: das mag die Erwartung wecken, daß Naturbeschreibungen, -phänomene oder -vorgänge das Märchen beherrschen. Das stimmt und stimmt auch wieder nicht. Zwar bildet den zeitlichen Rahmen des Märchens ein besonders fruchtbarer Som-mer, den geographischen Schauplatz eine üppige Landschaft im Maintal; und eine der häufigst genutzten Szenerien im Geschehen ist der Gemüsegarten Ännchens. Aber Naturszenen im Sinne von Ei-chendorffs *Das Marmorbild* oder Tiecks *Der blonde Eckbert* fehlen gänz-lich. Natur erscheint in der *Königsbraut* märchenhaft verfremdet und surrealistisch animiert, nicht weil der Dichter durch komisch-bur-leske Spielerei amüsieren oder schockieren will; vielmehr verwirk-licht Hoffmann in dieser Darstellungsweise ganz radikal ein Grund-konzept seiner von Schelling und Schubert inspirierten Naturauffas-sung, derzufolge Natur beseelt ist, aus Naturformen mit verschie-denartigen Intelligenzen besteht, die aufgrund von ihnen eigenen Trieben Wirkungen ausüben auf die sie umgebenden Naturformen aller Art, den Menschen eingeschlossen. Hoffmann beschreibt also nicht naiv und direkt die Natur, sondern er schreibt ein Märchen über das Wesen der Natur und über die Stellung des Menschen als Teil der Natur.

Es ist bekannt, daß Hoffmann philosophische und kunsttheoretische Sachverhalte selten in essayistischer oder wissenschaftlicher Form abhandelt. Er setzt sich mit theoretischen Fragen meist *innerhalb* der Formen und Gehalte seiner Dichtungen auseinander. So nutzt er in der *Königsbraut* Märchengeschehen, -gestalten und -motive als bildhafte Vehikel, um durch sie ein naturphilosophisches System, das seinem eigenen Denken entsprach, zu konkreter Darstellung zu bringen. Diese naturphilosophische Vorlage schafft dem Märchen "Seele", bildet die "Hauptidee", die "aus irgendeiner philosophischen Ansicht des Lebens geschöpft", jedes Märchen durchziehen muß, wie Hoffmann es in *Prinzessin Brambilla* (auch 1820 entstanden) fordert. Erst die Aufdeckung dieser philosophischen Grundidee im Märchen ermöglicht es, das "ganze Arsenal von Ungereimtheiten und Spukereien"[17] in seinem intendierten Bedeutungszusammenhang zu erkennen. Für die *Königsbraut* wird die schwierige Frage zu stellen sein, warum die bildhafte und bewegt-sinnliche Einkleidung der Hauptidee überwiegend komische Form annimmt, und ob diese rein drollige "Märchenposse"[18] dadurch nicht letzten Endes den Ernst der zugrundeliegenden Idee in ihrer Validität wieder negiert.

Es fehlt nicht an Belegen dafür, daß Hoffmann die beiden Werke Schuberts bestens kannte und hoch schätzte.[19] Welche Züge dieser Studien sind es nun, die anregend auf Hoffmann gewirkt haben? Ein Hauptgedanke in Schuberts Naturauffassung ist der der Wechselbeziehung: der gesamte Naturkosmos ist als ein System von Wechselwirkungen zwischen den verschiedenen Bereichen aufzufassen, und Schubert betont immer wieder Analogien zwischen Erscheinungen der anorganischen, organischen, tierisch-menschlichen und planetarischen Naturformen. Als Illustrierung seien einige der interkosmischen Beziehungen angeführt, die in der thematischen Grundstruktur von der *Königsbraut* wieder anklingen.

Schubert nimmt nicht nur eine gewisse Verwandtschaft zwischen einzelnen Kometen und der höheren Ordnung des ganzen Sternenwesens an, die er in analoger Weise auch zwischen niedrigeren und höheren organischen Wesen entdeckt; wichtiger ist, daß er es für die Bestimmung der Kometen hält, "das vermittelnde Glied (Medium)" zu bilden, welches Leben weckenden Einfluß auf die Atmosphäre hat, von der Pflanze und Tier leben[20]. Er zieht ebenfalls Parallelen zwischen dem auf Bewegung und Gegenbewegung bestehen-

den Prinzip der Kometenbahnen einerseits und dem ebenfalls zwei-
gespaltenen Bewegungsprinzip im menschlichen Blutgefäßsystem[21].
Mannigfaltige Verbindungen bestehen zwischen anorganischen Bereichen und dem Pflanzenreich[22]; und in vielerlei Form tritt die
Pflanze in Sympathie zum Tierreich, besonders zur Zeit des Blühens
und im Prozeß der Begattung. Auch der Mensch hat teil am pflanzlichen Dasein, und Schubert nennt alle biologischen und unbewußten
Vorgänge im Menschen, d.h. "in der vegetativen Region unserer
Leiblichkeit"[23], "die Nachtseite unseres irdischen Seyns," die "von
der Natur einer Pflanze"[24] sei.

Naturgeschehen besteht also aus einem umfassenden Kreislauf in-
teragierender Korrespondenzen und Kräfte zwischen Naturformen
höherer und niedrigerer Art. Diese Kräfte sind elektrischer oder magnetischer Natur. Wenn Schubert betont, "wir wirken, ohne es zu
wissen, magisch auf die uns umgebende Natur ein"[25], so ist es sicher
in seinem Sinne, den Satz auch umzukehren und festzustellen, die
Natur wirke ebenfalls magisch auf uns Menschen ein. Schon der
Naturphilosoph Schubert setzt hier das Wort "magisch" fast syn-
onym für "magnetisch"—eine Substitution, die der Märchenschöpfer Hoffmann in den Begebenheiten der *Königsbraut* voll und konkret ausnutzt. Auch in anderen Formulierungen und metaphorischen
Ausdrücken scheint Schuberts pseudowissenschaftliche Sprache auf
Hoffmann gewirkt zu haben.

Das ewige Kräftespiel im "Ungeheuer" der Natur bezeichnet Schubert als Kreislauf zwischen "Fressen und Gefressenwerden"[26] ein
Bild, in dem zwei Motive sich äußern, die auch in Hoffmanns Märchengeschehen handlungsfördernd wirken: das Motiv des Kampfes
und das der notwendigen Gegensätze. Besonders in der *Symbolik*
geht es Schubert darum, über das in aller Natur herrschende Prinzip
der Gegensätze nachzudenken[27], das er auf den Urgegensatz sinn-
lich/geistig zurückführt und in seltsamen Verwandtschaftsgegensatz-
paaren wie Liebe/Tod, Begattung/Auflösung, Lust/Schmerz usw., manifestiert sieht[28]. Die "seltsame Verschwisterung" von Gegensätzen
nennt Schubert interessanterweise auch "(ironische) Zusammenstel-
lung der entferntesten Extreme"[29] und charakterisiert "jenen Ton der
Ironie, jene eigenthümliche Ideenassociation"[30] als typisch nicht nur
für die Bildersprache des Traumes, sondern auch—wie wir schon
sahen—für die Organisation in der Natur. Dem eigentlich kunstäs-
thetischen Begriff "Ironie," angewandt auf einen naturwissenschaftli-
chen Sachverhalt, gesellt sich noch ein ähnliches Beispiel zu, wenn
der Natur sogar ein gewisser "Humorismus"[31] zuerkannt wird. Hier
findet in der Wahl der Sprache also eine Vorstufe der Anthropo-

morphisierung statt, die noch durch ein letztes Beispiel illustriert werden soll, das auf ein zentrales Motiv in Hoffmanns Märchen vorausweist. Um seinen Zuhörern das Wesen des Pflanzenreiches nahezubringen, benutzt Schubert die auffallend praktische und unwissenschaftliche Metapher von "Küche" und "Koch": "Der Weg unserer Betrachtungen führt uns heute . . . in ein anderes Helldunkel, in jenes einer Küche . . . Lassen Sie mich das Vermögen meiner Küche noch etwas höher preisen; wie die Nacht, deren Flügelschlage wir neulich folgten, *allgebärend*, so ist jene *allernährend*; wie der Zug der Tiefe, den wir Schwere nannten, *allbewegend*, so ist der Koch, von dem ich reden will, *allzerlegend*. Die Küche ist das Pflanzenreich, der Koch ist die vegetative Lebenskraft . . ."[32].

Solch metaphorisierende, die Wissenschaft popularisierende Sprache ist zwar von Schuberts philosophischem Lehrer Schelling gerügt worden[33], war aber wohl von Schubert durchaus intendiert, wenn er die *Symbolik* als eine "Abhandlung im leichten Conversationstone"[34] bezeichnet. Auf den Dichter und Wissenschaftsskeptiker Hoffmann muß aber gerade diese in der Sprache sich anbahnende Konkretisierung abstrakter theoretischer Sachverhalte positiv und inspirierend gewirkt haben. Hoffmanns *Königsbraut* selbst könnte als Beleg gesehen werden für Schuberts These von der schöpferischen Wirksamkeit "erhöhter Zustände unserer bildenden Natur"[35], zu denen er neben Traum und Somnambulismus auch den poetisch-kreativen Zustand rechnet: "Sie führen uns in schöne, noch nie gesehene Gegenden, in eine neue und selbsterschaffene, reiche und erhabene Natur, in eine Welt voller Bilder und Gestalten"[36].

Naturphilosophie in Hoffmanns Manier

Ein Akt sprachlicher und bildhafter Übertragung von Begriffen und Vorstellungen aus einer Naturtheorie in die konkret phantastische Welt eines Märchengeschehens wäre demnach das "Funkelnagelneue" an Hoffmanns "Mährlein". In der poetischen Welt des Märchengeschehens können wir tatsächlich die Natur in Kleinformat wiedererkennen; alle Bereiche sind vertreten, dargestellt in der konkreten "Abbreviaturen-Sprache"[37] poetischer Bilder und in der mikrokosmischen Form des freundlichen Landgutes Dapsulheim "mit dem schönen hohen Wartturm" (S. 948) und seiner Landwirtschaft nebst Gemüsegarten. Im Vergleich zur Naturvorstellung des Wissenschaftlers ist die Märchenversion der Natur einem Traumbild ähnlicher, wie Schubert es sieht, "viel ausdrucksvoller, umfassender, der

Ausgedehntheit in die Zeit viel minder unterworfen"[38]. Auch im "Längsschnitt" gesehen, d.h. von unten nach oben aufgegliedert, ist in dieser Märchenwelt jeder Bereich in der Organisation des Naturganzen vertreten. Der konventionellen wissenschaftlichen Rangordnung nach unten beginnend, repräsentiert der goldene Ring, den Ännchen an der ausgegrabenen Mohrrübe findet, den anorganischen metallischen Bereich (spät im Märchen gesellen sich hierzu die metallenen Küchengeräte, die als Waffen gegen das Gnomenwesen verwendet werden). Der Ring mit seiner magisch-magnetischen Eigenschaft ist im Märchenganzen von umfassender und allverbindender Bedeutung; er ist das zentrale Märchenmotiv. Es schließt sich das organische Pflanzenreich an, vertreten durch die Welt der Gemüse, Salate und Rüben in mannigfaltiger Form. Das farben- und bewegungsreiche Spiel mit ihren animierten Gestalten regt Hoffmann zu den einmaligsten sprachschöpferischen Szenen an. Den menschlichen Bereich bevölkern die drei Hauptfiguren: die Gemüse liebende Tochter Ännchen, der poetisierende Liebhaber Amandus von Nebelstern und der in astrologischen Höhen schwebende Vater Dapsul von Zabelthau. Letzterer bildet einerseits durch seinen Hang zum Himmlischen die Verbindung zum planetarischen Bereich, dessen Einwirkungen auf den irdischen er zu deuten versucht, andrerseits durch sein Streben nach Liebeskontakt mit einem sylphiden Wesen auch die Rückkoppelung an den Bereich der Erdgeister. Hier schließt sich der Kreislauf des Mikrokosmos im Märchen.

Die diversen Korrespondenzen und Wechselbeziehungen zwischen den einzelnen Bereichen der Natur bestimmen nun auch im Märchen den Gang des Geschehens. Bestanden in der naturphilosophischen Vorlage die verbindenden Kräfte zum großen Teil aus elektrischer oder magnetischer Beeinflussung, so überträgt Hoffmann diese nun in der Märchenversion in die Form magisch-zauberischer oder auch rein menschlich-erotischer Attraktionen.

Thema und Handlung des Märchens

Immer wieder betont Schubert, daß die gegenseitigen Wechselbeziehungen innerhalb der Natur zu Zeiten des Blühens, der Befruchtung und Begattung am stärksten wirksam werden. Fruchtbarkeit und Produktivität werden analog hierzu auch in Hoffmanns Märchen als Grundthema deutlich. Fruchtbarkeit ist die Grundsituation, die das Märchengeschehen auf jeder Ebene vorantreibt und die Kraft, die das anscheinend Widersprüchliche miteinander verknüpft. In drei

Varianten wird das Fruchtbarkeitsmotiv, wie ich zeigen möchte, in Thematik, Handlung und narrativer Struktur der *Königsbraut* wirksam.

"Es war ein gesegnetes Jahr" ist der erste und gleichsam der thematische Kernsatz des Märchens. Gleichzeitig etabliert sich in der Verwendung des mehrdeutigen Wortes "gesegnet" der ironische Ton, der in dem ganzen doppelschichtigen Werk herrscht: ironisch ist die Beziehung zwischen der komischen Erzähloberfläche, d.h. dem witzigen Liebeswerben des Gnomen Daucus Carota um die irdische Anna, und der ernsthaften Tiefenstruktur, d.h. der Darstellung von Wesen und Wirken der Natur. "Gesegnet"[39] heißt hier nicht nur fruchtbar, reich an neuem Leben, produktiv, sogar schwanger; sondern es hat auch—im Lichte der schwindelerregenden, teils komischen teils bedrohlichen Handlungsbezüge—die ironisch umgekehrte Bedeutung von "verhext"[40] und "verzaubert".

Die jahreszeitlich bedingte Fruchtbarkeit, die im ersten Satz zum Ausdruck kommt, entfaltet sich assoziativ weiter in den folgenden Sätzen und Erzählteilen. Der ganze erste Paragraph strotzt von Keimen und Blühen, von Fülle und Überfülle und führt bereits zu dem zentralen Motiv des "Küchengartens", der ebenfalls dieses Übermaß reflektiert: "über die Maßen schön" ist er, so daß Ännchen "ganz außer sich" gerät. Auch der Leser wird in die produktive Naturstimmung integriert, indem er aufgefordert wird, sich wörtlich in dieses fruchtbare Maintal hineinzuversetzen. Der dann folgende narrative Rückblick auf die Vorgeschichte der drei Hauptgestalten fördert ebenfalls die Integration des Lesers. Gegen Ende des Kapitels kehrt das Erzählen ringförmig wieder zum Fruchtbarkeitsmotiv zurück: "An üppiger Fülle des Wachstums übertraf aber alles andere ein Mohrrübenfeld, das eine ganz ungewöhnliche Ausbeute versprach" (S. 949). In der ironisch doppeldeutigen Bezeichnung "ungewöhnliche Ausbeute" klingt vorausweisend das Ereignis der sich magisch animierenden Rüben an, das im nächsten Abschnitt schon etwas deutlicher wird, wenn Ännchen zu ihren "Möhrenkindern" spricht und "ein feines Gelächter" zur Antwort erhält: "denn das feine Gelächter, das sich vernehmen ließ, stieg offenbar aus dem Acker empor" (S. 949).

Bedeutende Variante des natürlichen Fruchtbarkeitsmotivs ist der Aspekt der Begattung, der im zweiten Kapitel eingeführt und mit anderen zentralen Motiven verknüpft wird. Ännchen faselt ihrem in der Astronomie befangenen Vater in verworrenem Durcheinander vom "Flor des Küchengartens" und von "ihrem geliebten Amandus" vor—beide Varianten des Motivs sind hier gekoppelt—, mit dem sie bald als Gattin vereinigt zu werden hofft. Zeichen der ehelichen Verbindung ist der Ring, der nun auch in Erscheinung tritt, allerdings nicht als Amandus' Hochzeitsring. Denn beim Mohrrübenausziehen geschieht "das hübsche Wunder":

> Fest der Mohrrübe aufgestreift, saß nämlich ein herrlicher goldner Ring mit einem feuerfunkelnden Topas . . . Der Ring war aber auch von so feiner zierlicher Arbeit, daß er alles zu übertreffen schien, was jemals menschliche Kunst zustande gebracht. Den Reif bildeten hundert und hundert winzig kleine Figürchen in den mannigfaltigsten Gruppen verschlungen, die man auf den ersten Blick kaum mit dem bloßen Auge zu unterscheiden vermochte, die aber, sahe man den Ring länger und schärfer an, ordentlich zu wachsen, lebendig zu werden, in anmutigen Reihen zu tanzen schienen.
>
> (S. 955)

Die Beschreibung deutet ganz offensichtlich auf Kraft und Funktion des Ringes—Verlebendigung, Vergrößerung, Reproduktion, Verwandlung unbeseelter Dinge—voraus. Indem Ännchen den Ring "nun ohne weiteres" ansteckt, geht sie unbewußt eine magisch-magnetische Verbindung mit Elementen der anorganischen und organischen Natur ein—angedeutet möglicherweise durch den stechenden Schmerz, den sie "von der Grundwurzel des Fingers bis in die Spitze hinein" empfindet.

Hiermit ist also das Thema von der Begattungslust elementarer und gnomischer Wesen mit menschlichen Partnern vorbereitet, das in der folgenden ungewöhnlich langen Szene aufgefächert wird: Ännchens Vater—nicht nur Astronom sondern auch Kabbalist[41]— versucht mittels einer magnetischen Operation von den Intelligenzen des Elementarreiches Aufklärung über die Ringbedeutung zu erlangen. Langwierig (S. 956–61) berichtet er von zahllosen Paarungsversuchen, geglückten und mißglückten, zwischen Elementargeistern und Menschen. Das Thema erotischer Wechselbeziehungen zwischen Intelligenzen oder Wesen verschiedener Naturbereiche wird hier voll ausgekostet und bereitet die Erzählszene vor für den entscheidenden Auftritt des Rübenwesens Daucus Carota, dessen Werbung um Ännchen den Hauptteil der Märchenhandlung beherrscht.

Zu dem Paarungsmotiv als Abart des Fruchtbarkeitsmotivs tritt auf ganz anderer Ebene eine weitere, außerordentlich originelle Variante, die das Motivnetz auf die strukturelle und kompositorische Dimension des Märchens hin ausweitet. Schöpferische Produktivität hat auch Anteil an der Thematik der *Königsbraut*, einmal *innerhalb* der Fiktion in der Gestalt des Poeten Amandus und zum anderen als

Schaffensvorgang, der in der Entstehung des Märchens selbst sich vollzieht und den wir im nächsten Abschnitt der Analyse versuchsweise nachvollziehen wollen. Hoffmann stellt den jungen Liebhaber Amandus in parodistischer Übertreibung auch als überschwenglich produktiven Poeten dar. Amandus' Handeln und Empfinden äußert sich ausschließlich in der Form sentimentalen poetischen Produzierens: mit Klischée gefüllten Briefen und Gedichten wirbt er um die Geliebte (Kapitel 1); poetische Ergüsse drücken Verzweiflung und Eifersucht über den Rivalen Daucus Carota aus (Kapitel 4); Gedichte sollen Ännchen Trost und Stärke vermitteln (ebd.). Seine einzigen Waffen, den Gegner zu besiegen, sind, wie er meint, seine poetischen Produkte: "Des Dichters Schwert ist das Wort, der Gesang. Ich will meinem Nebenbuhler auf den Leib fahren mit tyrtäischen Schlachtliedern, ihn niederstoßen mit spitzen Epigrammen, ihn niederhauen mit Dithyramben voll Liebeswut—das sind die Waffen des echten wahren Dichters, die immerdar siegreich ihn sicherstellen gegen jeden Angriff, und so gewaffnet und gewappnet werde ich erscheinen und mir deine Hand erkämpfen o Anna!" (S. 977).

Wenn später sein Sinn sich wandelt und er als Hofpoet dem Mohrrübenkönig eine Probe seines poetischen Könnens bietet, so geschieht am Ende seines sublimen Vortrags (S. 990–91) tatsächlich, was er früher ersehnt: "Daucus Carota wand und krümmte sich auf Fräulein Ännchens Schoß und stöhnte und winselte immer jämmerlicher als litte er an fürchterlichem Bauchgrimmen . . . Laut kreischte [er] auf, schlüpfte zum kleinen, kleinen Mohrrübchen geworden, herab von Ännchens Schoß und in die Erde hinein . . ." (S. 990–91). Hier erreichen seine Verse ihren optimalen Wert, indem sie den Gegner niederschlagen und Ännchen vom Bann des Gnomenkönigs befreien—wie es Ännchens Vater schon vor Beginn des ganzen Zaubers aus der Sternenkonstellation herausgelesen hatte: ". . . auf dem Durchschneidungspunkt steht eine große Gefahr, aus der er [Amandus] seine Braut rettet . . . Gewiß ist es übrigens, daß nur der absonderliche psychische Zustand, den die Menschen Narrheit oder Verrücktheit zu nennen pflegen, dem Amandus jene Rettung möglich machen wird" (S. 952). Die doppelt ironische Dichtersatire erreicht hier ihren Höhepunkt, wenn Hoffmann Amandus' überschwengliches Poetisieren mit Verrücktheit gleichsetzt, diese hinwiederum als erfolgreiches Mittel für Heilung und Rettung einsetzt.

Die übersprudelnde Vielfalt in der ausladenden Darstellungsweise dieses Märchens, die nicht durch rationale Logik sondern durch assoziatives Auffächern und Variieren einer kleinen Anzahl von Grundmotiven bewerkstelligt wird, soll letzten Endes vielleicht—in ironischer Verkehrbarkeit—illustrieren, daß ein Übermaß an Fruchtbarkeit für Natur und Mensch nicht unbedingt ein Segen, sondern möglicherweise ein Übel sei. Dieses Übel ist verwandt mit einem Mißstand, der in vielen Hoffmann-Werken mannigfach abgewandelt zur Darstellung gelangt: der Mißstand menschlicher Einseitigkeit, der sich aus übermäßigem Hinneigen nach *einer* Seite menschlicher Entfaltung ergibt.

Als Teilergebnis der bislang untersuchten Motive und Motivvarianten sei hier zusammenfassend kurz gezeigt, wie Hoffmann in jeder der drei Hauptfiguren diese aus dem Gleichgewicht geratene Natur humoristisch konkret zum Ausdruck bringt. In Ännchen, der fanatischen Gemüsezüchterin, überwiegt der Hang zum organisch pflanzlichen Bereich, auf Kosten der geistigen Entwicklung ihres Menschentums. Die Früchte ihrer Produktivität, im wörtlichen Sinne ihre "Kinder", sind die Mohrrüben; und unter dem Einfluß ihres wachsenden Verlangens, Braut und Königin des Möhrenreiches zu sein, beginnt sie ganz konkret, "sich allmählich umzuwandeln in das wahrhafte Bild einer Gnomenkönigin . . . Viel dicker war Ännchens Kopf geworden und safrangelb ihre Haut . . ." (S. 984). Umgekehrt zeichnet den Amandus, ihren menschlichen Liebhaber, eine übermäßige Neigung zum "schön-geistigen" Bereich der menschlichen Natur aus. Auf Kosten aller materiell körperlichen Lebensäußerungen, verlegt er sich in jeder praktischen Lebenssituation aufs Dichten: in seinem Namen "von Nebelstern" verbildlicht Hoffmann dieses ätherische Entschweben in Regionen geistiger Wortklingelei.

Die am meisten schwankende Gestalt—und in Hoffmanns surrealistisch überhöhender Darstellungsweise komischste—ist der Astrolog-Kabbalist Dapsul, der auf seinem astrologischen Turm, in der Mitte zwischen Himmel und Erde, gleichermaßen angezogen wird von Elementen beider Bereiche. Sein Streben nach Korrespondenz mit planetarischen und anderen geistigen Intelligenzen zieht ihn in die Höhe; sein Verlangen nach sinnlichen Genüssen (besonders in der Form wohlschmeckender Mahlzeiten—er steigt immer nur zum Mittagessen vom Turm herab) kettet ihn an den erdhaft organischen Bereich. Zwar bleibt seine eigene Zerrissenheit bis zum Ende des Märchens ungelöst; aber es gelingt ihm wenigstens für die Tochter und Amandus dank seiner astronomischen Kenntnisse eine versöhnende Lösung ihrer Mißstände vorauszusehen.

Diese Beiden retten sich gegenseitig unbewußt von der sie deformierenden Überschwenglichkeit: Amandus vertreibt—ungewollt— durch seine "sublimen Verse" den aufdringlichen Gnomenkönig und heilt Ännchen von ihrer Möhrenhaftigkeit und ihrem Gemüsefanatis-

mus. Ännchen versetzt dem Amandus unabsichtlich einen Spaten-
hieb vor die Stirn, der ihm das fanatische Dichten austreibt und
einen besonnenen Kunstsinn zurückläßt. Die Natur hat ihr Gleichgewicht wiedergewonnen.

Das Produktionsverfahren: "surrealistische" Abbreviatur

Der wichtigste Aspekt des Themas "Produktivität" ist noch zu besprechen: das Neuartige und Eigene der *Königsbraut* entspringt in erster Linie der ungewöhnlichen Art der sprachlichen Darstellung, wie
Alfred Behrmann bereits feststellte.[42] Darum wenden wir uns der
Untersuchung einiger besonders werkspezifischer Produktionstech-
niken zu. "Produktivität" als allverbindendes Element im Märchengeschehen gilt auch im metapoetischen Sinne, in Komposition und
Struktur, als zentrales Schaffensprinzip in der *Königsbraut*. Thema
und Form dieses Märchens, Aussage und Reflexion über das Aussagen, sind in wechselseitigem Bezug aufeinander konzipiert. Das Märchen selbst demonstriert praktische Fragen des dichterischen Sehens
und Produzierens; es ist selbst Produkt der Fruchtbar-Machung—
d.h. Vermehrung, Aufspaltung, Verlebendigung—eines Motives, dessen kleinste und auf konkrete Form reduzierte Einheit der Ring ist.
   In der Gesamtstruktur des Märchens dient der magisch-magnetische Ring zunächst als handlungsauslösender Mechanismus. Die
ganze Kette zauberisch märchenhafter Begebenheiten ist von der Interaktion des Menschen mit der Magie des Ringes abhängig. Das
Märchengeschehen illustriert gewissermaßen den Sinngehalt der
Schubertschen These: "Wir wirken, ohne es zu wissen, magisch auf
die uns umgebende Natur ein"[43]. Von dem Moment an, wo Ännchen
den Ring an ihren Finger steckt, beginnen die sonderbaren Wechselbeziehungen zwischen Gnomen- und Menschenreich konkret in Erscheinung zu treten; und sie enden schlagartig, der ganze Zauber
verschwindet, wie beim Erwachen der Somnambule aus dem magnetischen Schlaf, als Ännchen den Ring abstreift und ihn wieder der
Mohrrübe ansteckt. Es ist vielleicht nicht von ungefähr, daß "der
bizarre Koreff-Vinzenz" der Erfinder der *Königsbraut* war. Die Vorlage
zu diesem Serapionsbruder war Hoffmanns Freund Dr. Koreff, der
seit 1815 als Arzt und Professor an der medizinischen Fakultät der
Berliner Universität tätig und ein "lebhafter Anhänger magnetischer
Kuren war"[44].
   Man kann Hoffmanns kompositorisches Verfahren in Anlehnung
an ein surrealistisches Kunstprinzip mit einer automatisch assoziativ

sich entfaltenden Erzählkonstruktion vergleichen.[45] In der theoretischen Fachsprache seiner eigenen Zeit wären Anhaltspunkte wieder bei Schubert zu finden, der allerdings die Traumsprache—die jedoch viel Gemeinsames mit der phantastisch poetischen hat—einer Bildersprache vergleicht, deren "Ideen einem anderen Gesetz der Association als gewöhnlich" folgen und deren "neue Ideenverbindung einen viel rapideren, geisterhafteren und kürzeren Gang oder Flug nimmt"[46]. Die gedrängte Fülle von Begebenheiten im Märchen, der es geichzeitig an narrativer und zeitlicher Entwicklung sonderbar mangelt, sei hier wie bei Schubert als "Abbreviatur" bezeichnet. Auf knappsten Erzählraum gerafft—oder zum Teil ganz ausgespart—werden epische Ereignisse, während im Gegensatz dazu assoziativ sich um ein Ausgangsmotiv entfaltende Szenen in bildhafter Auffächerung und Dehnung beschrieben werden. Beispiel für den Fall der Raffung ist die Ehe- und Familiengeschichte Dapsuls, die Hoffmann in zwei Sätzen abtut: "Die Frau kam ebenso schnell ins Haus als sie es wieder verließ. Sie starb, nachdem sie ihm eine Tochter geboren" (S. 948).

Bei weitem die größere Anzahl der dargestellten Szenen hingegen sind als "Beschreibung"—im Gegensatz zu Bericht—zu kennzeichnen. Zu ihnen gehören diejenigen, die die Kritik für besonders gelungen und "ergötzlich" gehalten hat. Charakteristisch ist, daß ihre Detailiertheit, Ausdehnung und Intensität, die sie durch eine akkumulative Erzähltechnik gewinnen, in keinem Verhältnis zu ihrer informativ gehaltlichen Aussagewichtigkeit steht. Die auffälligsten Beispiele hierfür—die schon Baudelaire für unübertroffen hielt: "rien n'est plus beau à voir"[47]—kreisen um das Erscheinen der Gnomen. Ankunft und Gebaren des Gemüsehofstaates, mit einem ganzen Heer von kleinen Reitern, über vierzig winzigen Kutschen und Scharen von kleinen dickköpfigen Pagen, Läufern, Dienern, gleicht einem schwindelerregenden Miniaturballett, einem phantastischen Traumgeschehen in Farben und Bewegungen, dessen einziger Erzählzweck darin liegt, die magische Animierung des Pflanzenreiches konkret zu veranschaulichen.

Der anscheinend unsinnige Spaß solcher Szenen enthüllt seinen zugrundeliegenden Sinn aber im Rahmen der Hauptidee dieses "nach der Natur entworfenen Märchens": die Verlebendigung des Pflanzenreiches und seine Interaktion mit dem menschlichen. Die "beseelten Pflanzen", d.h. die mit Geist ausgestatteten Gemüse, äußern sich hauptsächlich in ihrem Wesen gemäßen Ausdrucksweisen: ihre "Sprache" ist Bewegungs- und Gebärdensprache; sie purzeln, kullern, kegeln, überschlagen sich, schwingen und schleudern sich

herum. Daß dieses tolle Gebaren tatsächlich Sprach- und Ausdrucks-
charakter besitzt, deutet Hoffmann durch die verfremdend wirken-
den Vergleiche der jeweiligen Bewegungsart mit Benennungen aus
der poetologischen Fachsprache an—die animierten Gemüse bewegen sich in *Versfüßen*: ". . . und über hundert kleine Herrlein, die den
Kutschen und Pferden entstiegen, tanzten wie erst der Kurier zum
Teil auf den Köpfen, dann wieder auf den Füßen, in den zierlichsten
Trochäen, Spondäen, Jamben, Pyrrhichien, Anapesten, Tribrachen,
Bachien, Antibachien, Choriamben und Daktylen, daß es eine Lust
war" (S. 964). Auch die oben erwähnte akkumulative Darstellungs-
technik—fast ein automatisches Überhandnehmen der Sprache selbst
—verdeutlicht sich in der immerhin zehngliedrigen nominalen Aufzählung dieses Beispiels. Eine andere Variante der Gebärdensprache
bietet der "zierliche Gymnastiker und Reitkünstler" (S. 962) in einem
"angenehmen Habit von goldgelbem Atlas, eine ebensolche Mütze
mit einem tüchtigen grasgrünen Federbusch und Reitstiefel von
schön polierten Mahagoniholz"—man beachte das "Möhrenhafte"
seiner Aufmachung—, der die Ankunft des Rübenprinzen verkünden soll: er "reitet" seine Botschaft "in das Erdreich" mit Bewegungen und sichtbaren Zeichen (S. 962). Der Karottenkönig selbst (ob-
wohl Hoffmann ihn auch in zierlich-vornehmer Menschensprache
sprechen läßt) äußert seine erotische Attraktion und Werbung um
Ännchen vorwiegend in nichtverbaler Ausdrucksweise durch
"Schmatzen", "Küssen", und indem er sich auf ihren Schoß schwingt
oder an ihren Hals schleudert. Komik ist sicherlich nur die oberfläch-
lichste Funktion solcher Szenen. Wesentlicher ist, daß Hoffmann hier
die Wirkung kreativen Sprechens um eine neuartige Dimension anreichert, indem er die wissenschaftlich-philosophische Vorstellung
von Geist und Leben besitzenden pflanzlichen Organismen nicht definiert oder umschreibt, sondern sie konkret-direkt sich selber darstellen läßt.

Inwieweit Hoffmann dieses Verfahren bewußt praktizierte und sys-
tematisch ausarbeitete ist nicht mit Sicherheit zu sagen. Aber dafür,
daß er ebenfalls schwer darstellbare Traumvorgänge und -vorstellun-
gen als analog zum dichterischen Produzieren und Produkt ansah,
gibt es Zeugen und Sprecher in seinem eigenen Werk. Der Künstler
Bickert etwa in *Der Magnetiseur* deutet den Traum als Kunstwerk, in
dem sich die Außenwelt auf veränderte Weise spiegelt:

die ganze Natur bietet dem Geist in Raum und Zeit die Werkstatt
dar, in welcher er, sich ein freier Meister wähnend, nur als Ar-
beiter für ihre Zwecke schafft und wirkt . . . Unser sogenanntes

intensives Leben wird von dem extensiven bedingt, es ist nur ein
Reflex von diesem, in dem aber die Figuren und Bilder, wie in
einem Hohlspiegel aufgefangen, sich oft in veränderten Verhältnissen und daher wunderlich und fremdartig darstellen . . . Ich
behaupte keck, daß niemals ein Mensch im Innern etwas gedacht oder geträumt hat, wozu sich nicht die Elemente in der
Natur finden ließen . . .[48]

Bickert vergleicht sein Inneres einer Bühne, versehen mit einer
Schauspieltruppe, und sich—als Träumenden—einem Schauspiel-
dichter, der im Traumgeschehen die Akteure seines Geistes zum Leben erweckt und agieren läßt—obgleich sie dort in karikaturenhaftem
Verhältnis zur äußern Wahrnehmungswelt stehen. Personifizierung
von Gedanklichem und Transformation von Geschehen sind auch
hier Grundprinzipien des Produktionsvorganges, so wie es in der
Ideen- und Stoffentfaltung der *Königsbraut* charakteristisch ist.

In diesem Werk sind die verschiedenen Stadien und Erscheinungsformen eines Transformationsvorganges am deutlichsten und viel-
gestaltigsten im Bild des Gartens verfolgbar. Der Garten als Ännchens Gemüse- und Küchengarten durchläuft fünf distinkte Phasen,
die thematisch, logisch und erzähltechnisch eine Reihenfolge bilden.
Nur die erste und letzte Phase im Prozeß des sich verwandelnden
Gartens stellt tatsächlich den Garten in einem natürlich vorkommenden Zustand dar: einmal bepflanzt und einmal kahl. Was dazwischen
geschieht ist Märchengeschehen und folgt der Logik des nach der
Natur entworfenen Prozesses—aber in "wunderlich veränderten Verhältnissen"—und den Erzählgesetzen der Phantasie.

Ausgangssituation ist ein normaler Sommerzustand: der übervolle
Küchengarten, in dem das Gemüse "über die Maßen schön" steht (S.
945). Mit der "ungewöhnlichen Ausbeute" (S. 949), die der Garten
verspricht, weicht nun das Geschehen—oder seine Darstellung—von
der Bahn der empirisch bekannten Gemüseernte ab und gleitet in
den Bereich der Magie, der, naturphilosophisch gesprochen, zur
"Nachtseite" der Naturprozesse gehört und eher intuitiv als wissenschaftlich exakt erfahrbar ist. Der an der Mohrrübe steckende Ring—
jetzt am Finger des Mädchens—veranlaßt die Belebung aller Früchte
dieses Gartens und führt zu ihrer Kontaktaufnahme mit dem Bereich
der Menschen. Indem die ganze Schar des Gemüsevolks sich auf den
Weg begibt, Ännchen *wörtlich* "den Hof zu machen", wandelt sich
der Zustand des Gartens: "Den ganzen schönen Gemüsegarten fanden sie verwandelt in eine Wüstenei. Da *grünte* kein Kraut, *blühte*
keine Staude; es schien ein ödes verwüstetes Feld" (S. 966). Von hier

an herrscht reine Märchen- oder Traumlogik; die "belebten" Gemüse versichern, "daß (der Garten) bald wieder in einem solchen Flor *grünen und blühen* werde, wie ihn Fräulein Ännchen noch niemals und *überhaupt noch keinen in der Welt gesehen*" (S. 967, meine Hervorhebung). Was sich von außen als "ein hohes prächtiges Gezelt aus goldgelbem Stoff mit bunten Kränzen und Federn geschmückt" (S. 967) darbietet, wird später innen von Ännchen als der neuartig verwandelte Gemüsegarten wahrgenommen: ". . . als die Vorhänge des Einganges aufrollten und sich ihr (Ännchen) die Aussicht eines unabsehbaren Gemüsegartens erschloß von solcher Herrlichkeit, wie sie auch *in den schönsten Träumen* von *blühendem Kohl und Kraut*, keinen jemals erblickt. Da *grünte und blühte* alles, was nur Kraut und Kohl und Rübe und Salat und Erbse und Bohne heißen mag, in funkelndem Schimmer und solcher Pracht, daß es gar nicht zu sagen" (S. 973, meine Hervorhebung). *Grünen* und *Blühen* fallen auf als semantische Konstanten in dieser Aufeinanderfolge von Verwandlungen. Aber der Bedeutungsbezug dieser äußerlich konstanten Begriffe ändert sich mit dem jeweiligen Kontext und verweist damit auf die Flexibilität und Relativität lexikaler Einheiten. *Grünen* und *Blühen* implizieren in der eben betrachteten Verwandlungsphase Bedeutungsaspekte, die mit dem botanisch-organischen Prozeß von Grünen und Blühen nichts mehr gemeinsam haben: sie haben sich anthropomorphisiert. Magisch überhöht, ausgestattet mit Seele, Kleid, Ton und Bewegung, hat die Gartenszene sich verwandelt in ein lautes, farben- und bewegungsreiches Hoffest im Gemüsereich. "Reich" wird also hier wörtlich genommen als politische Entität mit Volk, König, Palast und Thron. Über zwei Textseiten hin (S. 973–75) entfaltet der assoziativ produzierende Sprachkünstler Hoffmann das Bild vom Gemüseimperium mit allen dazugehörigen politischen und gesellschaftlichen Requisiten.

Im naturphilosophischen Ideenbereich Schuberts gehört zu diesem phantastisch fruchtbaren Zustand des Grünens und Blühens auch sein extremes Gegenstück in der Form von Auflösung, Verwesung und Tod. Davon zeugt die nächste Verwandlungsphase des Gartens. Um Ännchen von ihrer einseitigen Verblendung zu überzeugen, wird ihr der Anblick der ebenso notwendigen "Nachtseite der Natur" gewährt, oder—wie ihr Vater Dapsul es formuliert—sie erschaut "das Reich im Negligé" (S. 984):

In einen tiefen Pfuhl sah sie hinab, der mit einem farblosen ekelhaften Schlamm gefüllt schien. Und in diesem Schlamm regte und bewegte sich allerlei häßliches Volk aus dem Schoß der

Erde. Dicke Regenwürmer ringelten sich langsam durcheinander, während käferartige Tiere ihre kurzen Beine ausstreckend schwerfällig fortkrochen. Auf ihrem Rücken trugen sie große Zwiebeln, die hatten aber häßliche menschliche Gesichter und grinsten und schielten sich an mit trüben gelben Augen und suchten sich mit den kleinen Krallen, die ihnen dicht an die Ohren gewachsen waren, bei den langen krummen Nasen zu packen und hinunterzuziehen in den Schlamm, während lange nackte Schnecken in ekelhafter Trägheit sich durcheinanderwälzten und ihre langen Hörner emporstreckten aus der Tiefe.— Fräulein Ännchen wäre bei dem scheußlichen Anblick vor Grauen bald in Ohnmacht gesunken. Sie hielt beide Hände vors Gesicht und rannte schnell davon.

(S. 983–84)

Solch brueghelsche Schauerbilder surrealistischer Art kommen auch in anderen Hoffmann Märchen vor, gewissermaßen als ernüchterndes Gegenstück zur verführerisch reizvollen Märchenmagie. Hier in der *Königsbraut* offenbart sich in dieser Szene,[49] im Gegensatz zu dem früheren prachtvollen Gemüse- und Gartenfest die andere Seite im dynamischen Kreislauf von "Fressen und Gefressenwerden", der das Wesen der Natur konstituiert. Das Schubertsche Motiv von Fressen und Gefressenwerden durchzieht das Märchen und wird später im Geschehen von Hoffmann noch einmal ausgebeutet. Auf anderer Ebene und in voller Komik und Bildhaftigkeit stellt er dort die Wechselbeziehung zwischen Mensch und Gemüse im Prozeß des Kochens und der Nahrungszubereitung dar, ein Bild, das wiederum deutlich auf Schuberts Vergleich vom "allzerlegenden Koch" in der "Küche" des Pflanzenreiches zurückverweist. Der Kampf zwischen Dapsul und dem Volk der Gemüse wird ja letzten Endes in der Küche ausgetragen, mit Kochtöpfen, Pfannen, siedendem Wasser und scharfen Küchenmessern als Waffen. Und so lautet schließlich die Klage der untergehenden Gemüsegeister: "Ausgehöhlt hat uns der grausame Koch, unser Innerstes zerhackt und es mit allerlei fremdartigem Zeug von Eiern, Sahne und Butter wieder hineingestopft, so daß alle unsere Gesinnungen und sonstige Verstandeskräfte in Konfusion geraten und wir selbst nicht mehr wissen, was wir denken!" (S. 987). Mit diesem komischen Kampf um Souveränität, in dem noch Anklänge an ein Kochrezept erkennbar sind, bahnt sich aber die Überwindung des magischen Gemüseeinflusses auf den Menschen an und führt zur letzten Phase der Gartenmetamorphose, die wieder—wie die erste—einem normal vorkommenden Zustand in der Natur ent-

spricht. Nach der gelungenen Vertreibung der Gemüsegnomen entdeckt Ännchen, daß "der seidene Palast" verschwunden und daß in
dem Gemüsegarten "keine Spur eines grünenden Hälmchens zu finden" (S. 992) war. Zu Ende ist der botanische Prozeß von Wachsen,
Blühen, Ernten und Verzehren, den Hoffmann in der bildhaft magischen Überhöhung und grotesken Verzerrung eines komischen Märchengeschehens dargestellt hat. Mit dem "jauchzenden Ausruf 'Nun
laß uns arbeiten!' " (S. 992)—der an Candides weise Einsicht erinnert:
"Il faut cultiver notre jardin"—ist Ännchen bereit, von Neuem zu
beginnen, aber in veränderter Haltung, nicht mehr dem Gemüsereich verfallen, sondern "wie eine echte Königin *über* [meine Hervor-
hebung] das Gemüsereich" (S. 993).

Die Königsbraut wurde von der Kritik bisher, wie wir sahen, meist
als Ausgeburt drolligen Unsinns und als vorwiegend chaotische Entartung rezipiert und gedeutet. Mit den dabei angelegten ästhetischen
Maßstäben mußte dieses Urteil wohl so negativ ausfallen. Die Reduktion des Gehaltes auf ein—oft schwer verständliches—Minimum und
das Aufbrechen traditioneller narrativer Formen werden inzwischen
als grundsätzliche Merkmale avantgardistischer Kunstauffassung anerkannt. Auch im Lichte der vorliegenden Untersuchung sei es erlaubt, das Urteil über Hoffmanns vorletztes Märchen zu revidieren.
Aus der Perspektive der Moderne ist ja "Entartung" gelegentlich der
erste Schritt auf dem Weg zu einer neuen Art; und "Unsinn"—Ausdruck des Ungenügens an den Banalstrukturen der Sprache—die
Suche nach Sprachformen, die den verschütteten Sinn der Dinge
neuartig sichtbar machen.

Versucht man, die bescheidene Grundaussage der *Königsbraut* konzentriert zu formulieren, dann mag sie etwa so lauten: es geht in
diesem Märchen um die angemessene—d.h. ausgewogene und be-
sonnene—Einstellung des Menschen zur ihn umgebenden Natur
und um das rechte Verständnis des Menschen zu seiner eigenen Stellung innerhalb dieser Natur. Auch Hoffmann mag gespürt haben,
daß es, um diesen seit der Frühromantik—besonders Novalis' Poetik
und Märchen—bekannten und viel proklamierten Gedanken zu le-
bendiger Wirkung zu bringen, eines radikal neuartigen, dem Thema
angemessenen sprachlichen und deskriptiven Verfahrens bedürfe.
Anstatt also—um nur ein Beispiel zu geben—das mißliche Übergewicht in Ännchens Beziehung zur organischen Natur kommentato-
risch zu beklagen, stellt er die Wirkung dieses Mißverhältnisses direkt dar: er zeichnet sie als Entstellte, als "Gemüse-Mensch," dick-
köpfig und möhrengelb. Diese konkrete und dennoch phantastische
Verwandlung hat gleichzeitig märchenhafte Züge; vor allem aber

wirkt die Darstellung in ihrer unvermittelten Koppelung der Widersprüche Mensch/Gemüse "humoristisch." Auch "Humor"[50] ist allerdings in einem neuen doppelten sowohl ästhetischen wie auch wissenschaftlichen Sinne begriffen: nicht nur im geläufigen Verständnis als komische Wirkung evozierend, sondern auch in Schuberts Sinn als Ausdruck eines naturphilosophischen Phänomens. Hoffmann scheint dessen These vom "Humorismus der Natur" in den ästhetischen Bereich übertragen, wörtlich genommen zu haben. Humorismus der Natur besteht darin, daß extremste Gegensätze "in der ganzen Region der Sinnenwelt aufs mannigfaltigste verschwistert"[51] seien. Das gesamte Märchengeschehen der *Königsbraut* verleiht dieser Idee körperlich-sinnlichen Ausdruck. Und darin bestätigt sich noch einmal, wie wir an Einzelbeispielen zu zeigen versuchten, das bewußt so orchestrierte poetische Produktionsverfahren von der Transposition abstrakten Ideengehalts in plastisch-konkrete Bildhaftigkeit. Nicht die Erzählung ist neu, sondern das Erzählen. Sprache— in Wörtern und syntaktischen Strukturen—, die traditionell als Mittel zur Verwirklichung und Mitteilung bestimmter vorgefaßter Sinngebung diente, wird in der *Königsbraut* zum Zweck selbst: der Sinn der Sprache, der mannigfaltig in den Formen der Sprache selber ruht, entfaltet sich im Erzählen zu Sinn und Bedeutung des Märchens.

8. "Surrealistisches" Märchen:
Meister Floh
Überwindung des Inhalts
durch die Sprache

Hoffmanns *Meister Floh*, seiner letzten, humoristischsten und modernsten Märchendichtung, ist bislang in der Hoffmann-Forschung wenig kritische Beachtung geschenkt worden. Nur eine Studie aus dem Jahre 1955[1] befaßt sich ausschließlich mit diesem Werk und untersucht psychologische Aspekte in Thema und Darstellung des *Meister Floh*. Es ist symptomatisch für die Konsternation, die dem anscheinend verwirrenden Handlungsverlauf im *Meister Floh* entgegengebracht wird, daß McClain ausführlich den Inhalt der ersten drei Abenteuer referiert, dann aber abrupt diese Methode abbricht, um seine Aufmerksamkeit dem entscheidenden und leicht deutbaren Traumgeschehen des siebten Abenteuers zuzuwenden. Warum dieser Sprung? Die Abenteuer vier bis sieben verschließen sich tatsächlich in stärkerem Maße als der Anfang des Werks einem eindeutigen Verständnis, wenn man mit der traditionellen Erwartung an sie herantritt, einen logisch linearen Geschehensverlauf vorzufinden. Daß diese Erwartung von erzählerischer Einheit, abgerundeter Ganzheit und abgewogener Integration aller Teile die Rezeptionsgeschichte dieses Märchens geleitet—und meines Erachtens irregeleitet—hat, läßt sich in der *Meister Floh*-Bewertung von Anfang an ablesen. In einer zeitgenössischen Rezension heißt es schon, daß der *Meister Floh* "zu wenig von jenem Gepräge harmonisch zusammenwirkender Dichterkräfte" an sich trage. "Man erwacht nach der Lektüre des Buches wie aus einem Rausche"[2]. Folgenreicher für die Rezeption war wohl das erstaunliche Urteil jenes anderen humoristischen und formensprengenden Dichters Heinrich Heine, der am 7. Juni 1822— also knappe drei Wochen vor Hoffmanns Tod—über *Meister Floh* schreibt: "Das erste Kapitel desselben ist göttlich, die übrigen sind unerquicklich. Das Buch hat keine Haltung, keinen großen Mittelpunkt, keinen inneren Kitt. Wenn der Buchbinder die Blätter desselben willkürlich durcheinander geschossen hätte, würde man es sicher nicht bemerkt haben. Die grobe Allegorie, worin am Ende alles zusammenfließt, hat mich nicht befriedigt"[3]. Georg Ellinger erkennt zwar, daß Hoffmann "auf die Steigerung der Ausdrucksmittel (mehr) Wert gelegt hat" im *Meister Floh* "als auf eine klare Entfaltung des Grundgedankens", beanstandet aber doch ein Zuviel an "üppigem Rankengewächs"[4]. Auch Hans von Müller[5] (der sich ja zusammen mit Ellinger entscheidend um die Wiedergewinnung der originalen Textgestalt des von der Zensur korrumpierten Märchens verdient gemacht hat) bewundert zwar die künstlerische Leistung einiger besonders gelungener Szenen, beklagt dann aber doch das Mißlingen einer konsequenten Darstellung des Ganzen in einem dem Leser verständlichen Ablauf—einen Fehler, den er zum Teil auf die komplizierte Textentstehung[6] zurückführt. Auch in der neueren Kritik herrscht noch das Urteil vor, *Meister Floh* sei "dunkel und verworren" in seiner "schwer zu greifenden Zerfaserung"[7].

Es ist das Verdienst Charles Baudelaires, zum ersten Mal das Neue im Wesen dieser späten Dichtung Hoffmanns gewürdigt zu haben, wenn er *Meister Floh* als ein Beispiel für das von ihm theoretisch erörterte Prinzip des *comique absolu*[8] nennt und in Hoffmann überhaupt den reinsten Schöpfer des absolut Komischen erkennt. In Baudelaires Sinne werden auch in der neueren Hoffmann-Forschung Ansätze deutlich, den *Meister Floh* als Dichtung positiv zu besprechen; so etwa schon W. Preisendanz[9], dann aber auch W. Müller-Seidel[10] im Nachwort zu Hoffmanns Werkausgabe, Chr.-M. Beardsley[11] in ihrer Studie über die Meistergestalten und andeutungsweise H. Schumacher[12] in einer neueren Studie zu den romantischen Kunstmärchen.

Das erste Hindernis, das einem angemessenen Verständnis des *Meister Floh* als Dichtung entgegenstand, ist meines Erachtens die Tatsache, daß dieses Werk bislang vorwiegend als bedeutendes sozialgeschichtliches Dokument im Leben und Schaffen des schwergeprüften, von der preußischen Gesinnungsspitzelei verfolgten Juristen/Dichters Hoffmann geschätzt wurde. Untersuchungen dieser faszinierenden Entstehungs- und Verfolgungsgeschichte stellen das Interesse an dem Werk *als Dichtung* bislang in den Schatten.[13] Ein weiterer Grund, warum der dichterische Wert des Werkes vorwiegend in negativem Licht gesehen wurde, liegt wohl darin, daß die Kritiker entweder mit Kategorien einer idealistischen Ästhetik das Werk auf seinen Einheits- und Harmoniecharakter hin prüften,[14] oder aber den *Meister Floh* als letztes Glied in der Märchenkette an einem vorgeprägten Modell früherer Hoffmann-Märchen maßen.[15] Es wird zu zeigen sein, daß solche Voraussetzungen das eigene Wesen dieses späten Märchens nicht zu erschließen vermögen, da Hoff-

mann in seinen "großen Spätwerken"[16] neue Wege geht und gewagte
Erzähltechniken erprobt. So darf wohl auch seine eigene Forderung
verstanden werden, "dem humoristischen Dichter muß es freistehen,
sich in dem Gebiet seiner phantastischen Welt frei und frisch zu bewegen"[17].

Meine Analyse möchte ein Beitrag sein zum Verständnis humoristisch phantastischer Erzählmittel und -strukturen in der späten Märchendichtung Hoffmanns, die in bedeutenden Merkmalen schon auf
die Kunstauffassung und Werkgestaltung der französischen Surrealisten und des Österreichers Alfred Kubin verweisen.[18] Wolfgang
Preisendanz gibt in seiner wichtigen Studie zum Humor eine sorgfäl-
tige und weitgreifende Besprechung von Hoffmanns Humor als poetologischem und hermeneutischem Prinzip. Es gilt nun zu zeigen,
mit welchen sprachlichen Mitteln sich der Humor als "angewandte
Phantasie" im *Meister Floh* verwirklicht. Eine solche Untersuchung
kann an Bemerkungen Wulf Segebrechts, Fritz Martinis und Kenneth
Negus' anknüpfen. Letzterer etwa stellt fest, daß *Meister Floh* "a total-
ly new trend in Hoffmann's Märchen" bedeute. "The work has no
parallel in ingenious fantastic inventiveness . . .", es sei "original to a
surrealistic extreme"[19]. Ausgehend von Baudelaires Theorie des absolut Komischen soll in der Hoffmannschen Praxis gezeigt werden,
welcher sprachlichen und strukturellen Mittel der Dichter sich bedient und welche Funktionen er ihnen verleiht, um eine "phantastische Geburt" hervorzubringen, in der "die Gebilde des wirklichen
Lebens nur in der Abstraktion des Humors wie in einem Spiegel
auffassend reflektiert"[20] sind.

Baudelaires Theorie des Komischen

In seinem Aufsatz "De l'essence du rire" unterscheidet Baudelaire
zwei Typen des Komischen, die in antithetischem Verhältnis zueinander stehen: das gewöhnliche Komische, *le comique significatif* oder
auch das zweckbezogene Komische genannt; und das Groteske,[21] *le
comique absolu*, das wir als das absolute Komische bezeichnen. In seiner artistischen Form beruht das zweckbezogene Komische auf Imitation und ist zu finden in literarischen Werken mit sozialkritischem
Engagement ("l'école littéraire intéressée"); das absolute Komische
hingegen ist freie künstlerische Schöpfung und gehört innerhalb der
Literatur zur Schule des "l'art pour l'art". Eine weitere interessante
Unterscheidung der beiden Arten des Komischen befaßt sich mit
den verschiedenartigen Leserreaktionen. *Le comique significatif* spricht

eine klarere Sprache, ist leichter zu verstehen und zu analysieren, weil es "doppelt" ist ("l'art et l'idée morale"), d. h. weil es in seiner Kunstform ("l'art") auf einen Bedeutungsbezug ("l'idée morale") verweist. Das *comique absolu* entzieht sich weitgehend einer deutenden Analyse, weil es ungeteilt nur in sich und für sich besteht; es kann nur intuitiv erfaßt werden, und die einzige Reaktion, wodurch der Leser sein Verständnis dieser Form des Komischen äußern kann, ist *das Lachen*. Allerdings sind die beiden Formen des Komischen zeitweilig einander weniger entfernt, als es bislang den Anschein hatte. Auch das zweckbezogene Komische evoziert Gelächter, es ist das Lachen des Stolzes über Schwächen und Torheiten anderer Menschen: "l'expression de l'idée de superiorité . . . de l'homme sur l'homme"[22]. Das Lachen beim absoluten Komischen ist nach Baudelaire zwar auch Ausdruck der Überlegenheit, aber nicht des Menschen über den anderen Menschen, sondern "de l'homme sur la nature"[23]. In einem universelleren Sinne also klingt auch in diesem Lachen eine Note der Belustigung über die Schwächen der Natur im großen Ganzen mit.

In seiner Aufzählung von komischen Werken verleiht Baudelaire einigen Hoffmann-Märchen—besonders der *Prinzessin Brambilla*, der *Königsbraut* und dem *Meister Floh*—allerhöchsten Rang, da sie nicht nur das absolute Komische in reinster Form darstellen, sondern oft auch Beispiele einmaliger Kombinationen des absoluten und zweckbezogenen Komischen bieten: "Ce qui distingue très-particulièrement Hoffmann est le mélange involontaire, et quelquefois très volontaire, d'une certaine dose de comique significatif avec le comique le plus absolu"[24]. Dies sind höchst treffende Einsichten; und besonders für *Meister Floh* paßt die Bezeichnung der Kombination beider Arten des Komischen, wie gewisse Äußerungen Hoffmanns in seiner Verteidigungsschrift des künstlerischen Charakters von *Meister Floh*—Baudelaire konnte sie nicht bekannt gewesen sein—bestätigen. Da kennzeichnet Hoffmann sein Werk nämlich als einerseits phantastisch, wenn er bittet: "Den Gesichtspunkt nicht aus dem Auge zu lassen, daß hier nicht von einem satyrischen Werke, dessen Vorwurf Welthändel und Ereignisse der Zeit sind, sondern von der phantastischen Geburt eines humoristischen Schriftstellers, der die Gebilde des wirklichen Lebens nur in der Abstraktion des Humors wie in einem Spiegel auffassend reflectiert, die Rede ist"[25].

Diese "phantastische Geburt", von der Hoffmann hier spricht, entsteht nun eben auf Grund der sprachlichen, stilistischen und strukturellen Darstellungsweise, die auf den Leser die Wirkung des absoluten Komischen ausübt. Daneben jedoch bestreitet Hoffmann kei-

neswegs, daß er bestimmte satirisch-kritische Intentionen verfolgte
in der Verwendung des Zauberglasmotivs zur Darstellung inkon-
gruenter Rede- und Gedankeninhalte: "Unbemerkt kann ich nicht
lassen, daß ich diese Gelegenheit benutzte, um, wie es sich auch von
selbst ergab, zwei der größten criminalistischen Mißgriffe ins Licht zu
stellen"[26]. Es wird zu zeigen sein, daß Passagen mit Wirkungen
zweckbezogener Komik im *Meister Floh* sich nicht nur auf die Rechts-
gepflogenheiten der Zeit beschränken.

Indem nun aber im *Meister Floh* die beiden Formen des Komischen
in einem Werkganzen miteinander verknüpft sind, einander abwech-
seln, und auf Grund von Motivassoziationen ineinander überleiten,
gewinnt jede einzelne Form des Komischen gewisse Wesensschattie-
rungen der anderen. In solchem Kontext sind Szenen absoluter Komik nicht mehr rein zweckfrei, sondern weisen in einem zeitlos uni-
versellen Sinne auch satirisch-kritische Bezüge auf; kein Persiflieren
zeitbedingter gesellschaftlicher Einzelphänomene, wie es die reine
Satire beabsichtigt, sondern ein Belächeln menschlich-törichter Verhaltensweisen allgemein. Ebenso erscheinen Szenen zweckbezogener Komik im Nebeneinander von Szenen absoluter Komik in einem weniger restriktiven, spezifisch-satirischen Lichte; ihre satirische Sinngebung verliert an Härte und zeitbedingter Einmaligkeit. In
der später folgenden Analyse bedeutender Beispiele dieser beiden
Formen des Komischen im *Meister Floh* wird auf dieses gegenseitige
"Abfärben" von Wesensmerkmalen deutlicher einzugehen sein.

Der Wechsel zwischen Erzählphasen engagierter und absoluter Komik—der, wie wir sehen werden, besonders in den Abenteuern vier
und fünf auffällt—verleiht dem *Meister Floh* seinen eigenen Rhythmus. Er sorgt dafür, daß in diesem Werk weder satirische Zeitkritik
noch zweckfrei humoristische Phantastik das Übergewicht erhält und
den Werkcharakter eindeutig bestimmt. Der von der Zensur verfolgte
Dichter mochte wohl auch gehofft haben, daß ihm diese alternierende Werkstruktur eine mögliche Absicherung vor dem Vorwurf der
unerlaubten, satirisch verbrämten Staats- und Beamtenbeleidigung
gewähren möge. Wie die Rezeptionsgeschichte des *Meister Floh* uns
lehrt, ist es Hoffmann nicht geglückt, die Behörden davon zu überzeugen, daß die Knarrpanti-Passagen "als integrirender [sic] Theil
des Ganzen"[27] konzipiert und zu verstehen seien.

Hatte Baudelaire zwar in seiner Abhandlung wichtige Rezeptions-
und Funktionsaspekte des absoluten Komischen herausgestellt, so
blieb doch die Form, in der das absolute Komische sich manifestiert, weitgehend unbestimmt—ja, nach Baudelaire fast unbestimm-
bar. Den einzigen Anhaltspunkt bietet ein Ausdruck, den Baudelaire

verschiedentlich in der Beschreibung von absoluten komischen Szenen verwendet, wo er das absolute Komische einem Schwindelan-
fall (*le vertige*), einem Rausch (*une ivresse*) vergleicht—einem Zustand
also, in dem der Rezipient des festen Bodens unter seinen Füßen und
der logisch-rationalen Orientierung verlustig geht: "Aussitôt le vertige est entré, le vertige circule dans l'air; . . . Qu'est-ce que ce vertige? C'est le comique absolu; il s'est emparé de chaque être"[28]. Ein
fester narrativer Standort und ein rational begründeter, geordneter
Ablauf der Geschehnisse sind demnach Züge, die dem Wesen eines
phantastisch komischen Werkes fremd sind.

"Märchen" als Erzähltechnik

Vergliche man den *Meister Floh* mit Hoffmanns *Der goldne Topf*, meines Erachtens das reinste und klarste Beispiel Hoffmannscher Märchenform, so könnte man das späte Werk nur noch sehr bedingt ein
Märchen nennen.[29] Dieser Befund deckt sich mit der Auffassung des
Dichters selbst, will mir scheinen, der schon während der Entstehung des Werkes in der Festlegung auf eine Gattungsbezeichnung
merklich schwankte. In seiner Korrespondenz spricht er abwechselnd von einem "artigen Weihnachtsbüchlein", dem "Büchelchen",
einem "Märchen" und einem "kleinen komischen Roman", wobei
übrigens die Diminutivform auffällt, die er durchweg für dieses literarische Projekt verwendet. Dies mag ironisch-bescheidene Geste
sein, doch kontrastiert sie mit Hoffmanns Feststellung in einem Brief
an den Verleger Wilmans, daß der *Meister Floh* ihm "eine [seiner]
besten [Arbeiten] zu werden" scheine[30]. Wichtiger in der Frage, mit
welcher Erwartung der Leser an dieses Werk herantreten soll, ist der
Autorenkommentar, der gleich zu Beginn der Geschichte den Leser
verunsichert, indem ihm eine Geschichte neuartigen Formats ver-
sprochen wird. Nicht mit weitschweifigen, veralteten Märchenformeln wird der Erzähler den Leser langweilen, sondern dem modernen Geschmack entsprechend kurzweilig und direkt das Leserinte-
resse wecken und wachhalten. Märchenhafte Elemente und Motive
sind in diesem Werk nicht gattungsbestimmend, sie schaffen nicht
jene zeitlich und räumlich entgrenzende Tiefendimension ins Mythische, die etwa das Märchen vom *Goldnen Topf* kennzeichnet. Dennoch ist es dem Dichter wichtig, den Märchencharakter des Werkes
zu betonen. Der Märchenraum wird hier nicht mehr wegen seines
Wundergehaltes eingeführt, sondern weil er der schaffenden Phantasie des Dichters eine Freizone bietet, deren er sich erzähltechnisch

auf neuartige Weise bedienen kann. Im *Meister Floh* sind nicht nur
Vertreter oder Teilhaber an einer höheren Wirklichkeit mit empirischen und übernatürlichen Doppelexistenzen ausgestattet; vielmehr
besitzen alle handelnden Personen aus verschiedenen Seinsberei-
chen gekoppelte Existenzformen, eine aus dem menschlich-gesell-
schaftlichen, die andere aus einem naturhaft-mythischen Bereich.
Die naturhaft-mythische Identität hat jedoch hauptsächlich die erzähltechnische Funktion, die allegorisch abstrakte Bedeutung der
jeweiligen Figur anzudeuten. Darüber wird im Einzelnen mehr bei
der Besprechung der Themen des *Meister Floh* zu sagen sein. In früheren Märchen entsprachen dieser Doppeltheit der Figuren auch extrem verschiedene Seinsbereiche: Atlantis und Dresden, Urdargarten
und Rom, Wunderwelt und Alltagswelt. Wurde dort der Konflikt
zwischen den Dissonanzen des Daseins in Interaktion und Aufeinanderprall dieser Bereiche ausgetragen, so werden im *Meister Floh*
die Konfliktzonen enggeführt und fallen ganz im Wirklichen zusammen—wenn auch in einem phantastisch verfremdeten Wirklichen.
Die Gegensätze früherer Märchenthemen—geistig und sinnlich,
himmlisch und bürgerlich, poetisch und philisterhaft usw.—reduzieren sich im *Meister Floh* auf eine einfache Formel: Echt/Falsch[31].
Märchenhafte Züge in ihrer reinsten Form sind einerseits die Gestalt des Meister Floh selbst und andrerseits die Motive von Zauberglas und magischem Karfunkel. In der Flohgestalt manifestiert sich ein
humoristisches Erzählprinzip, das Hoffmann selber nennt—wenn
auch nicht spezifisch beschreibt—, Elemente des wirklichen Lebens
"in der Abstraktion des Humors" (Hoffmanns Erklärung) darzustellen. Die im Volksmund gebräuchliche Wendung, ihm sitzt ein Floh
im Ohr, verkörpert sich im Falle von Peregrinus Tyß ganz konkret,
wenngleich märchenhaft und phantastisch komisch, in der magisch-
mikroskopisch auftretenden Märchengestalt vom humanisierten Floh.
Die Übertragung der Vorstellung vom "Floh im Ohr" (in der Bedeutung von einer inneren Unruhe, einer Art von Getrieben-Sein) in das
physische "Besessen-Werden" von einem wirklichen Floh, möge als
Beispiel für die Verfremdung ins "Surrealistische" gelten, wie wir sie
in der sprachlichen Gestaltung dieses Märchens häufig beobachten
werden. Man möchte fast Hoffmanns Formulierung von der "Abstraktion des Humors" in diesem Falle umkehren und das im *Meister
Floh* angewandte Verfremdungsverfahren die Konkretisierung einer
humoristischen Idee nennen.
Schon an jenem denkwürdigen Weihnachtsabend, mit dem die
Geschichte beginnt, beschwört ja die Gegenwart des Flohs alle weiteren Abenteuer herauf. Der Leser wird sich erinnern, daß den kin-

disch einfältigen Helden beim Öffnen der leeren Schachtel "ein jäher
Schreck" durchbebt, "als spränge mir," wie er gesteht, "daraus etwas
Bedrohliches entgegen, das mit dem Blick zu erfassen, mein Auge zu
stumpf war!" (S. 688). Hoffmanns raffinierte Erzähltechnik erlaubt
dem Leser erst rückläufig, nachdem er die Lektüre des dritten Abenteuers beendet hat, dieses bedrohliche Etwas, das Peregrinus aus der
Schachtel anspringt, als Meister Floh zu identifizieren (S. 722). Auch
die Koppelung der konkreten Flohgestalt mit der abstrakten Wendung wird in diesem dritten Abenteuer vom Erzähler suggeriert und
dem aufmerksamen Leser als Mittel zur Deutung der Zusammenhänge geboten: "Es hatte sich recht eigentlich ein Floh in sein Ohr
gesetzt, und er geriet in allerlei beunruhigende Betrachtungen" (S.
731). Der märchenhafte Freiraum erlaubt also auch hier die Bedeu-
tungsverknüpfung von Gegensätzlichem, nämlich die abstrakt-meta-
phorische Redewendung mit der konkreten Verkörperung der Metapher (= Flohgestalt); der sich daraus ergebende Verfremdungsef-
fekt hat wiederum eine komische Wirkung.

Zauberglas und Karfunkel sind Abwandlungen bekannter Märchenrequisiten und haben hier auslösende bzw. verweisende Funktion. Sie sind zentrale Symbolkonkretisierungen und jeweils einem
der beiden Grundthemen des Märchens zugeordnet. Mittels des
Zauberglases durchläuft Peregrinus erfolgreich die ersten Phasen
seines Sozialisierungsprozesses im Erlernen des "rechten Sehens";
das Sichtbar-Werden des Karfunkels legt konkretes Zeugnis dafür ab,
daß auch der Prozeß der ganzen Menschwerdung abgeschlossen ist,
im Erlernen des "rechten Liebens". Auf weitere Funktionen dieser
Märchenmotive und Märchengestalt wird in der Themendiskussion
einzugehen sein.

Diese Entmythologisierung des Märchens zugunsten erzähltech-
nischer Nutzung des Märchenbereiches darf nicht als Minderung
ihres Wertes gesehen werden, vielmehr als Bereicherung der Erzähl-
möglichkeiten und als Ernst-Machen mit der Überzeugung—die
Hoffmann philosophisch ja schon immer vertrat—daß empirische
Welt und Märchenwelt einander nicht radikal entgegengesetzt sind
sondern ein Ganzes bilden. Im *Meister Floh* ist das Märchenhafte
nicht mehr die wunderbare "andere Seite" des Wirklichen. Meister
Floh selbst äußert sich dazu—ganz im Sinne seines poetischen Er-
zeugers Hoffmann—, wenn er Peregrinus vorhält, wie unsinnig es
sei,

die Erscheinungen unseres Seins, die wir eigentlich wieder nur
selbst sind, da sie uns und wir sie wechselseitig bedingen, in

wunderbare und nicht wunderbare zu teilen. Verwundert Ihr
Euch über etwas deshalb, weil es Euch noch nicht geschehen ist,
oder weil Ihr den Zusammenhang von Ursache und Wirkung
nicht einzusehen wähnt, so zeugt das nur von der natürlichen
oder angekränkelten Stumpfheit Eures Blicks, der Eurem Er-
kenntnisvermögen schadet. Doch—nehmt es nicht übel, Herr
Tyß—das Drolligste bei der Sache ist, daß Ihr Euch selbst spalten
wollt in zwei Teile, von denen einer die sogenannten Wunder
erkennt und willig glaubt, der andere dagegen sich über diese
Erkenntnis, über diesen Glauben höchlich verwundert.

(S. 765)

Tatsächlich wird in der Erzählweise des *Meister Floh* die Engführung
der Bereiche gewöhnlich/wunderbar zu einem schwindelerregenden
Höhepunkt getrieben, wenn zum Beispiel eine Gestalt wie Pepusch/
Zeherit in einem Augenblick als Jenenser Student vor uns steht und
im nächsten Moment "verwandelt" als langer dünner Stengel der
Distel Zeherit durch ein Schlüsselloch gedrückt wird:[32]

Swammerdamm und Leuwenhoek hatten den George Pepusch
erfaßt und strichen und drückten ihn mit ihren Fäusten so, daß
er immer dünner wurde, worüber er denn so ächzte wie es die
Alte vernommen. Zuletzt, als Pepusch so dünn geworden wie
ein Distelstengel, versuchten sie ihn durch das Schlüsselloch zu
drücken. Der arme Pepusch hing schon mit dem halben Leibe
heraus auf den Flur, als die Alte entsetzt von dannen floh. Bald
darauf vernahm die Alte ein lautes, schallendes Gelächter und
gewahrte, wie Pepusch in seiner natürlichen Gestalt von den
beiden Magiern ganz friedlich zum Hause hinausgeführt wurde.

(S. 760–61)

Völlig fließend, so scheint es, sind die Übergänge zwischen den beiden Erscheinungsformen—man möchte sagen Aggregatzuständen—
geworden. Der Wechsel von einer Form zur anderen dient nicht mehr
der Äußerung eines weltanschaulichen Credos, sondern schafft in
der Dichtung und für den Leser jenen leichtsinnigen *vertige*, den
Baudelaire als *comique absolu* bezeichnet.

Die unversehens durchbrechende mythisch-überwirkliche Dimension der Gesamtwirklichkeit ist auch nicht mehr nur dem sensi-
blen, mit der künstlerischen Sehergabe ausgestatteten Jüngling—einem Anselmus oder Balthasar etwa—sichtbar und zugänglich, sondern ordinären Bürgern gleichermaßen. Der Held im *Meister Floh*
ist gar kein Künstler[33] mehr sondern ein kindischer, eigenbrödleri-

scher Phantast, ein anfangs untauglicher Mitmensch, mit allerdings guten Veranlagungen zum echten Mensch-Werden. Hoffmann-Forscher glauben meist in der Kindheitsgeschichte des scheuen Peregrinus Tyß die Anzeichen für dessen Bestimmung zum Dichter angelegt zu finden. Diese Deutung orientiert sich zu sehr an gewissen gemeinsamen Zügen früherer Hoffmannscher Künstlernaturen und scheint mir mit Hinblick auf die folgende Entwicklung des jungen Tyß zum misogynen Phantasten zu einseitig. Auch die Gesundung, die Peregrinus später erfährt, führt ja nicht zum Künstlertum sondern in einer weitergefaßten humanen Richtung hin zu echtem, ganzem Mensch-Sein auf der Basis des Vertrauens.

Die Bürger im *Meister Floh* sind in beschränktem Maße auch Zeugen außergewöhnlicher Geschehnisse. Die wunderbare Prinzessin Gamaheh ist den Lämmerhirts ebenso sichtbar wie dem Peregrinus; die Wundergestalten Thetel und Egel produzieren sich ebenso mysteriös-märchenhaft vor den Bürgern in der Weinstube wie im Zimmer Swammerdams. Selbst der kichernde und händeklatschende Wunderfloh in Peregrinus' Halsbinde ist einigen "ernsthaften Leuten" (S. 795) wahrnehmbar—wenn auch nicht sichtbar. Und in ihrer humorlosen Weise bezichtigen sie natürlich den Herrn Tyß selbst des närrischen Benehmens, "glaubend *er* sei es, der so kickere [sic] und lache und närrische Streiche treibe auf öffentlicher Straße" (S. 795).

War die Mythenwelt in früheren Hoffmann-Märchen (besonders im *Goldnen Topf*) der utopische Ort für machtvolle Geister und erstrebenswerte Zustände (wenngleich auch dort Kämpfe zwischen Licht und Dunkel stattfanden), so zeichnen sich die mythischen Wesen im *Meister Floh* nicht mehr durch Eigenschaften potenzierter moralischer Werte aus. Sie sind weder besonders gut noch besonders böse, stark oder schwach, hilfreich oder schädigend. Das einzige Geschehen im zeitlos märchenhaften Raum, von dem im *Meister Floh* zusammenhängend—und aus mehreren Perspektiven—[34] berichtet wird, sind die Ereignisse um die verlockende Prinzessin Gamaheh, der verschiedene männliche Bewohner jener vegetativen Unterwelt mit mehr oder minder liebestollem Begehren nachstellen. Diese komisch-groteske Geschichte ist jedoch keineswegs besonders moralisch oder erbaulich![35] Auch in dieser Episode reflektiert also Märchengeschehen nicht mehr jene ideale Wunderwelt, die dem Menschen in einer besseren Vorzeit einmal Heimat war. Warum aber bedient sich Hoffmann dann dieses Bereichs, um gewisse Ereignisse und Figuren dort anzusiedeln? Wiederum gestattet der unbeschränkte mythische Raum ihm die erzählerische—vom Leser akzeptierte—Freiheit, Gegbenheiten, wie sie im gewöhnlichen Leben vorkommen können, in der übertriebenen, das Wirkliche verfremdenden Abstraktion des Humors phantastisch darzustellen.

Die Märchenbezeichnung im *Meister Floh* ist also nicht aus gehaltlichen Gründen sondern aus erzähltechnischen Erwägungen beibehalten. Märchenelemente dienen nicht den konventionellen Zwecken dieser Gattung, die dargestellte Welt ins mythisch Magische zu entgrenzen, sondern sie erlauben dem Dichter die phantastisch ungewöhnliche Gestaltung eines Geschehens, das vom bloßen Inhalt her schon zu wohlbekannt, ja vielleicht abgedroschen ist.

Strukturbetonte Synopsis der Handlung

Die Tatsache, daß Hoffmann-Forscher im *Meister Floh* meist eine Variante der früheren Märchenthematik erblickten und darüber hinaus nicht viel Schlüssiges über dieses Spätwerk zu sagen hatten, legt die Vermutung nahe, daß die Fragestellung "worum geht es im *Meister Floh*?" nicht den Wesenskern des Werkes traf. Sie ermutigt deshalb zu der Behauptung, Hoffmann sei in diesem späten Märchen des altgewohnten, in Abwandlungen sich wiederholenden Inhaltes müde geworden und habe den Schwerpunkt seiner Kunst vom "Was" auf das "Wie", von der Aussage auf die Gestaltung und Entfaltung einer einfachen Grundsituation verlagert. Es geht nämlich im *Meister Floh* lediglich um die Durchführung eines Grundthemas: die Entwicklung eines Individuums von falschem—weil nur zur Hälfte erkanntem—Leben zu echtem, ganzem Leben. Der Prozeß, der viele Phasen von "trial and error" durchläuft, gliedert sich nochmals in zwei, gegen Ende des Werkes sich überschneidende Teilprozesse: der *Weg zum rechten Sehen* der Menschen und ihrer Worte, und der *Weg zum rechten Lieben*. In ihrer Grundform beschäftigen diese Themen eine große Anzahl von Hoffmanns Werken, nicht nur Märchen wie *Der goldne Topf*, sondern auch den Roman *Die Elixiere des Teufels* oder das Nachtstück *Der Sandmann*. Neuartig—wie gesagt—ist die Form der Darstellung und in gewissem Maße auch die positive, diesseitige Lösung der Erkenntnis- und Liebesproblematik.

Was Martini vage und etwas tadelnd als "verschwenderische Fabulierkunst"[36] und "erzählerische Künstlichkeit"[37] abtut, muß also im Zentrum des Interesses und unserer Analyse stehen. Eine strukturbetonte Handlungssynopsis dieses bewegungs- und bilderreichen aber handlungsarmen Werkes möchte zunächst herausarbeiten, wie die Struktur des *Meister Floh* mit ihrer äußerlich eindeutigen und einfachen Gliederung in "sieben Abenteuer" ihrem inneren Verlaufsprinzip nach subtil auf die angestrebten Wirkungskomponenten hin, anstatt reiner Handlungschronologie, angelegt zu sein scheint. Im Anschluß daran sollen wesentliche Darstellungstechniken gesondert und an Hand von Textstellen betrachtet werden.

Im siebenteiligen Aufbau der Dichtung läßt sich eine weitere interne Gliederung von drei-drei-eins erkennen, wobei man die einzelnen Teile von ihrem Erzählschwerpunkt her als Exposition (eins bis drei), Durchführung (vier bis sechs) und Auflösung (sieben) bezeichnen kann. Im Mittelpunkt der ersten drei Abenteuer steht jeweils die Einführung einer der Hauptgestalten, dargestellt in der Form je eines langen "vorgeschichtlichen Rückblickes": Peregrinus steht im Zentrum des ersten, George Pepusch des zweiten und Meister Floh des dritten Abenteuers. Nachdem Handelnde wie auch Hauptthemen dem Leser vorgestellt sind, verlagert sich in den Abenteuern vier bis sechs der Schwerpunkt des Erzählens auf Austausch, Konfrontation, Interaktion zwischen verschiedenen, oft als antithetisch konzipierten und sinnlich dargestellten Partnern (bzw. Gegnern). Im siebten Abenteuer beginnen sich die Positionen zu klären und zu festigen, bis im zweiteiligen Finale—einmal im Traum und einmal in der Wirklichkeit—der Irrtum zerstäubt und das Echte bleibt.

Die Abenteuer eins bis drei weisen grundsätzlich Analogien in ihrer Gliederung auf. Die einleitende Begebenheit kulminiert jeweils in einer phantastischen Szene, die sich in ihrer sprachlich-konkreten Breite vom Kontext abhebt, fast möchte man sagen: verselbständigt. Darauf folgt jeweils ein ausgedehnter erzählerischer Rückblick, der vorgeschichtliche Information aufarbeitet. Der Rest dieser Abenteuer nimmt die Begebenheiten auf der Ebene der Erzählgegenwart wieder auf und führt sie zu einem vom Leser unerwarteten, dem Anfang kontrastiv entgegengesetzten Schluß.

Unter dem Gesichtspunkt der Wirkungskomponenten betrachtet, versetzen also diese drei Erzählteile durch ihren parallelen Aufbau den Leser dreimal zunächst in den Zustand einer spannungsschaffenden Überraschung, die ihn bereits von der Ebene des Gewöhnlichen oder Erwarteten löst und in den Bereich des Phantastischen hebt. Der informative Mittelteil wirkt retardierend, vorübergehend beruhigend, und schafft dem Leser doch wieder ein gewisses Maß von "Boden unter den Füßen". Dann gewinnt jedoch das "Abenteuerliche" der Begebenheit abermals die Oberhand, und der Leser wird in einen erhöhten Zustand schwindelerregenden Orientierungsverlustes hineingezogen.

Die nächsten beiden Abenteuer, vier und fünf, sind anders strukturiert, weisen aber in sich wieder bemerkenswerte Gemeinsamkei-

ten auf, indem sich das Erzählen hier auf die kritisch-satirische Darstellung ausführlicher Begebenheiten im Rechtswesen und in der
Gesellschaft allgemein konzentriert, die jeweils die erste Hälfte des
Abenteuers einnehmen. In der zweiten Hälfte wenden sich diese
Abenteuer wieder dem phantastischen Erzählen der Liebesverfol-
gungen zu. Strukturbestimmend ist also in diesen beiden Erzählteilen der Wechsel zwischen Szenen von zweckbezogener Komik (*comique significatif*) und absolut phantastischer Komik (*comique absolu*).
Hier ist ein linear-kausaler Handlungsverlauf noch stärker sekundär
als in den vorangehenden Abenteuern. Jeweils neuartige Konstellationen und Figurationen der Grundsituationen: Entführung oder Ver-
führung, Besitz oder Verlust prägen das Geschehen. Schematisch lassen sich die beiden Abenteuer etwa so skizzieren:

IV. Abenteuer	*V. Abenteuer*
Knarrpanti Passage I	Knarrpanti Passage II
(von der Zensur konfisziert)	(von der Zensur konfisziert)
gesellsch.-krit. Passage I	gesellsch.-krit. Passage II
phantastische Szenen	phantastische Szenen

Betrachten wir auch diese beiden auffällig parallelgebauten Abenteuer unter dem Aspekt ihrer Wirkungskomponenten, die man als
graduelle "Enthebung" des Lesers aus dem Wirklichen bezeichnen
kann. Ein spezifischer Rechtsfall, der nur durch die grotesk-satirisch
verfremdete Darstellung von Knarrpantis absurder Rechtsauffassung die Wirklichkeit überragt, führt den Kontrast zwischen "erfun-
denem" versus "wirklichem" Verbrechen ein; er schafft die assozia-
tive Verbindung zu dem anderen Kontrast, zwischen "heuchleri-
schen" Worten und den dazugehörigen "echten" Gedanken, der die
folgende Gesellschaftssatire bestimmt. Der Gedankengang von der
Diskrepanz zwischen höflich-falschem *Sagen* und boshaft-echtem
Denken führt zur Einschaltung des Märchenmotivs vom Wahrheit
enthüllenden Zauberglas. Beide Abenteuer laufen wieder in phantastischen Szenen aus und heben den Leser in den Stimmungsbereich
absoluter Komik, sei es durch das "surrealistisch" anmutende Fernglasduell (S. 746), die visuelle Veranschaulichung von Gamahehs
Traumgedanken (S. 749) oder die Szene von der halbtoten Gamaheh,
die durch den lebenspendenden Flohbiß wiedererweckt wird (S.
768).

Im sechsten Abenteuer herrscht die reine Schwindelbewegung
(*vertige*) des absolut Komischen. Von Handlungsförderung in einem
chronologischen Sinne ist kaum etwas zu spüren. Die Bewegung ist

eher zirkular als linear. Wechsel und Verwirrung bestimmen den Verlauf, an Stelle von Progression und Lösung.

Im Mittelpunkt der Bewegung stehen die am stärksten als komisch-allegorisch konzipierten Vertreter der Liebesthematik, LeGenie Thetel und der Egelprinz. Ihr phantastisch "surrealistisches" Tun und Treiben ist rein komische, in für sie typische Bewegung übertragene "Selbstporträtierung", d.h. sie "spielen" ihre Funktion. Neue Information über Tyß' Verwicklung in das Schicksal Gamahehs bringt das retardierend wirkende, lange Gespräch mit Leuwenhoek. Es führt auch das Motiv vom zauberkräftigen Märchenkarfunkel ein, den Tyß angeblich besitzen soll. Der Rest dieses Erzählteils bildet den Gipfel phantastischen Erzählens in der Gestaltung eines ballettartigen Pandämoniums von Liebeskampf und Fechterei, in dem alle Verkörperungen einzelner Liebesvarianten gleichzeitig anwesend sind.

Die Interaktionen entgegengesetzter Kräfte nähern sich im siebten Abenteuer ihrem Ende. Peregrinus' Herz erglüht in Liebe zu dem "wirklichen" Röschen Lämmerhirt, in demselben Maße wie die blumenhafte Gamaheh, einer Leiche gleich, erstarrt. In toller Zeitraffung springt der Erzähler über alle Phasen der Tyß-Röschen Liebesentfaltung hinweg direkt zum Heiratsantrag hin. Noch einmal wird das Zauberglas beschworen, aber als verhängnisvoll verworfen, weil es die Echtheit von Liebesgefühlen auf die Probe stellen will: hier fallen die beiden Themenkreise vom *rechten Lieben* und *rechten Erkennen* endgültig zusammen. Kulmination des Märchengeschehens ist Tyß' große Traumvision, in deren Verlauf sich die phantastischen Gestalten—jede ihrer besonderen Eigenart entsprechend—im konkreten Sinne des Wortes "auflösen". Noch ein letztes Mal scheint der Erzähler den Leser in den Wirkungsbereich des Phantastischen hinaufzuheben, um ihn dann—kommentarlos—rein durch die sprachliche Darstellung das "Erlöschen" dieser Gestalten und ihres Treibens als Ausgeburten der erhitzten Phantasie miterleben zu lassen. Plötzlich ist der "Zauber" vorbei; und was bleibt, ist das ziemlich bürgerliche Ehepaar Tyß und der Floh in seiner natürlichen Form als "guter Hausgeist"!

Verfremdende "Konkretisierung" in der Themendarstellung

Der dünne Handlungsfaden und die einfache in zwei Teilstränge aufgefächerte Thematik, die den Inhalt des *Meister Floh* kennzeichnen, stehen in enormem Kontrastverhältnis zu dem vielseitigen sprachlichen Aufwand dieses mehr als 130 Seiten langen Werkes.

Wenden wir uns zunächst den Darstellungsmitteln der Liebesthematik zu, weil sie bei weitem den breitesten Raum einnimmt und auch weil die meisten agierenden Personen diesem Themenbereich zugehören, indem sie jeweils Varianten des Themas vom falschen und echten Lieben konkret verwirklichen. Hoffmann kannte zweifellos Ovids *Ars Amandi*, denn der im Jahre 1819 vollendete erste Teil der *Lebensansichten des Katers Murr* erwähnt und zitiert Stellen aus dieser klassischen Abhandlung über die Kunst des Liebens. Hoffmanns *Meister Floh* (1820–21) scheint des Dichters eigene phantastisch-humoristische Version einer *Ars Amandi* zu sein, die allerdings nicht abstraktes Wissen direkt vermittelt, sondern in der Gestalt personaler Vertreter verschiedener Liebesvarianten das abstrakte Thema auf konkretes Agieren hin surrealistisch verfremdet.

Schon im ersten Abenteuer klingt das Thema an, denn die sonderbare Unruhe, die den 36jährigen Tyß jählings befällt, ist wohl als das verspätete Einsetzen sinnlich-erotischer Triebe (figurativ im Stechen und Kitzeln des Flohs angedeutet) zu verstehen. Auch die personale Verkörperung sinnlicher Verlockung tritt in diesem Erzählteil auf: in der Gestalt des glänzend geputzten Frauenzimmers (S. 690ff.), das als Kontrastfigur einerseits in seiner Puppenhaftigkeit dem Spielzeugmotiv zugehört, andererseits sich mit dem nur halb bedeckten vollen Busen und ihren glühenden Küssen als verkörperte Erotik erweist. Die tulpenhafte Puppenprinzessin Dörtje/Gamaheh ist eine der phantastisch schillerndsten und kapriziösesten Frauengestalten in Hoffmanns Werk. Sie existiert auf Grund ihrer Doppelerscheinung von Blume-und-Frau wie viele der anderen Vertreter des Liebesthemas in einem wertefreien phantastischen Raum, und ihren Handlungen ist weder moralischer noch unmoralischer Charakter zuzuschreiben. Der Dichter nutzt Dörtje/Gamahehs märchenhafte Zugehörigkeit zu verschiedenen Wesensbereichen in einfallsreicher Vielfalt. Später soll eine besonders originell phantastische Passage in Stil und Funktion genauer untersucht werden, in der Hoffmann durch konkrete Realisierung von Gamahehs Traumgedanken Wesentliches über das grundsätzliche (Miß-)Verhältnis und Verhängnis Mensch/Natur zum Ausdruck bringt.

Die männlichen Vertreter verschiedener Liebesvarianten sind zahlreicher und werden eingeführt im narrativen Rückblick des zweiten Abenteuers, der die "wunderbare Historie" der anscheinend zu Tode geküßten Prinzessin Gamaheh und ihrer Rettung berichtet. Der nur als humoristisch-phantastische Verkörperung existierende Egelprinz, die vermenschlichte Version des animalischen Blutegels, ist in seiner Charakterisierung leicht als rein sinnliches Lustprinzip zu erkennen.

Auch der als vergeistigtes Gegenstück zu Egel konzipierte Genius Thetel fungiert als Verkörperung einer Liebesvariante. Er wirbt in der Gestalt des luftig, übersinnlichen Schöngeistes (LeGenie, wie er später heißt) um die Prinzessin und äußert seine Gefühle für sie, indem er—im wörtlichen Sinne—mit ihr entschwebt (S. 704).

Von allen Figuren des Märchens sind diese beiden in stärkstem Maße reine Ausgeburten des phantastischen Humors. Ihnen fehlt jede eigenständige menschlich wirkliche Komponente, so daß sie als halbmechanische "Gaukler"—wie sie zu Beginn des sechsten Abenteuers auftreten—in ihrer Funktion das schon bekannte Spielzeug- und Zirkusmotiv wiederaufnehmen. Ihre Eigenschaften reduzieren und abstrahieren sich zu typischen Fähigkeiten, die sie in phantastisch pantomimische Bewegungen umsetzen. Der widerlich wurmartige Egel ringelt sich mal dünn in die Länge und schrumpft dann zu einem dicken kurzen Sack zusammen; der luftig leichte Schöngeist Thetel schwebt ballonartig zur Decke und wieder herab.[38] Reduktion auf das Typische ist eine der Techniken des Karikaturisten. Was in dieser Darstellung als wesentlich übrigbleibt, kennzeichnet Egel als ein Prinzip des Chthonisch-Sinnlichen, Thetel hingegen als Prinzip des Substanzlos-Luftigen. Hier reichert sich ihre Funktion in der Motivik des Werkes deutlich an und reicht hinaus über den Rahmen der Liebesthematik in die Märchenthematik bei Hoffmann im Allgemeinen. In der Struktur der Wunderwelt, wie sie in früheren Märchen ausführlich dargestellt ist, herrschte eine auffällige Zweiteilung in einen höheren geistigen und einen niedrigen "unter"-irdischen Bereich vor, deren Vertreter oft in bittere—oder komische—Fehden miteinander gerieten. Ich sehe in Thetel und Egel wiederum späte, phantastisch abstrahierte Reduktionen dieser früheren "Vollformen" des Mythos auf ein grotesk-komisches Minimum. Das frühere Anliegen, den Konflikt zwischen höheren und niedrigeren Bereichen, zwischen Geist und Sinnen darzustellen, nimmt hier personifizierte Form an und gestaltet den Kontrast als komisch ballettartige Vorführung, indem Schöngeist luftige Schwerelosigkeit, Egel aber vollgesogene Erdhaftigkeit demonstriert (S. 771–74). Der Märchenweltcharakter ist nicht mehr spürbar. Diese Typen sind nicht mehr Bewohner wunderbarer Bereiche, vielmehr sind sie grotesk verfremdete Erscheinungsformen menschlich psychologischer Verhaltensweisen. Auch die Wertmaßstäbe von höherer Geistigkeit und niederer Sinnlichkeit sind im Prozeß der nivellierenden Reduktion verlorengegangen: beide Prinzipien wirken gleichermaßen lächerlich und komisch.

Weitaus komplexer als diese beiden Ausgeburten des phantastischen Humors ist das Wesen George Pepuschs—alias Distel Zeherit—, der als unsteter Verliebter rastlos und eifersüchtig das Objekt seiner Verliebtheit verfolgt: "Die Brust war enge, und indem ihm die Stirn brannte, fröstelte es ihm durch alle Glieder, als läge er im stärksten Fieber" (S. 712). Melancholischen Temperaments und dabei mürrisch und argwöhnisch, einmal ekstatisch "in den Himmel, dann aber der Abwechslung wegen in die Hölle versetzt" (S. 713), so beschreibt der Erzähler diese mit Schönheit und Stacheln ausgestattete Distelnatur. Pepuschs Charakter ist nicht in demselben Maße auf das humoristisch Typische reduziert wie der Egels und Thetels, daher hat auch sein Liebesverlangen stärker menschlich-wirkliche Züge.

Die aufgefächerte Darstellung der Liebesthematik hat soweit folgende Liebeskomponenten konkret produziert: Schlammig lüsternes Blutsaugertum (Egel), luftige Schöngeisterei (Thetel), wandelbar verliebte Distelnatur (Pepusch) und naturhaft sinnliche Verlockung (Gamaheh) bilden die wesentlichen Eigenschaften in der phantastisch reduzierten Darstellung der vier Vertreter verschiedener Liebesäußerungen. Alle vier haben nur in beschränktem Maße Anteil an einer menschlich-wirklichen Existenz, was verdeutlicht, daß Hoffmann sie in ihrer phantastisch übertriebenen Typenhaftigkeit erzählerisch dazu nutzt, um sie in seiner humoristischen *Ars Amandi* die verschiedenen Varianten des "falschen Liebens" austragen und darstellen zu lassen. Daß trotz dieses Arsenals allegorisierender Figuren Hoffmanns *Meister Floh* nicht zur Allegorie erstarrt,[39] liegt daran, daß diese Figuren im Verlauf des Märchens an verschiedenen Themen und Motivkreisen teilnehmen, die beständig und lebhaft im Handlungsgefüge interagieren, so daß sich kein klares Profil *einer* allegorischen Bedeutungsebene abzeichnen kann.

Peregrinus' Liebesverlangen läßt sich verständlicherweise nicht auf *eine* wesentliche Eigenschaft reduzieren, auch ist seine Existenz nicht so phantastisch verfremdet wie die der vier behandelten Figuren. Er ist es ja, dem alle diese sonderbar erscheinenden Dinge zustoßen, und um seinetwillen finden sie statt. Es scheint mir jedoch gründlich verfehlt, die männlichen Liebesäußerungen, dargestellt in Egel, Thetel und Pepusch, einfach als allegorische Veräußerlichungen von Peregrinus' innerem Liebeskonflikt zu deuten. Wie bereits erwähnt, greifen sie dafür viel zu eigenständig und vielseitig in sämtliche Themen- und Motivbereiche des Werkganzen ein und tragen überall wesenhaft dazu bei, Abstraktes in der Konkretisierung des Humors darzustellen.

Es bleibt nun noch die wichtigste und poetisch phantastischste

Gestalt zu betrachten, die an der Veranschaulichung des Liebesthemas teilhat: Meister Floh. Die Einführung der magisch vergrößerten und daher in phantastischem Detail darstellbaren Flohfigur geschieht erst im dritten Abenteuer, gerade als der schlaflose Tyß seinen neuartigen sinnlich erotischen Wachträumen nachhängt. Die Schilderung dieser Kreatur—etwa eine Spanne lang mit vogelartigem Kopf, einem dünnen, rapierähnlichen Schnabel und einem unförmlichen, dicken braunen Leib, der armadillohaft mit Schuppen bedeckt war— sei einer späteren Betrachtung phantastischer Textstellen vorbehalten. Peregrinus reagiert auf den nicht eben anmutigen Anblick (S. 717) des phallus- bzw. hodenförmigen Ungeheuers im ersten Augenblick mit Entsetzen, wie es wohl ebenfalls Hoffmanns "geneigten Lesern" ergeht.

Man darf sich füglich fragen, warum der Dichter den letzten seiner zahlreichen Märchenmeister in der Form des Flohs erschuf. Eine eindeutige Antwort gibt es sicherlich nicht. Floh ist das letzte und extremste Beispiel in der Reihe von Meisterfiguren, die, wie Chr.-M. Beardsley zeigt, graduell an Erhabenheit verlieren und an humoristisch-grotesken Zügen gewinnen. Humanoide Tiere beleben Hoffmanns Werke schon lange, angefangen mit dem Affen Milo und dem Hund Berganza bis zum Kater Murr und seinen Kollegen. Es muß Hoffmann durchaus bewußt gewesen sein, daß er mit der Wahl des Flohs als Held die Zone gesellschaftlicher Tabus durchbrach und sich damit dem Vorwurf und der Mißgunst seiner "günstigen Leser" aussetzte. Den Leser zu schockieren war jedoch mit großer Wahrscheinlichkeit beabsichtigt. Heinrich Heine sogar empfand es als peinlich, den unanständigen Titel des Buches in Gesellschaften zu nennen: ". . . in Gesellschaft mußten bei Erwähnung desselben meine Wangen jungfräulich erröten, und ich lispelte immer: Hoffmanns Roman, mit Respekt zu sagen"[40]. Als symbolisches Tier in der Dichtung ist der Floh tatsächlich insbesondere in der erotischen und pornographischen Literatur ein bekanntes Requisit.[41] Da erweckt er etwa die Eifersucht des menschlichen Liebhabers, weil er als Floh in intimstem Verhältnis mit der Geliebten verkehrt. Auch Hoffmanns Floh hat ausgeprägte erotische Züge, die er selbst keineswegs leugnet: "Man wirft überhaupt unserem Geschlecht eine ganz besondere, die Schranken des Anstandes überschreitende Vorliebe für das schöne Geschlecht vor" (S. 719). Der Floh gesellt sich somit zu den bereits erwähnten Liebesvarianten als die possierlichste, komischste und am radikalsten verfremdete. Gekoppelt mit dem Motiv des "beinahe unzähmbaren Freiheitssinns" (S. 718), welchen das Flohvolk exemplarisch verkörpert, stellt dieser liebestolle Floh, der "nur in der Wonne lebte, auf dem schönsten Halse, auf dem schönsten Busen umherzuhüpfen und die Holde mit süßen Küssen zu kitzeln" (S. 719), ein Prinzip ganzheitlicher Lebens- und Liebeslust dar—vom unverwüstlichen Verfechter der Freiheit bis zum possierlichen Lüstling. In seinem lustigen Tun und Treiben fällt auf das gesamte menschliche Liebeswesen ein komisches Licht!

Der frivolen Seite der Flohgestalt ist als kontrastives Gegengewicht ein wesentlich ernster Bedeutungsgehalt zugeordnet, dem wir uns später zuwenden. Mit der mehrschichtigen Funktion und Bedeutung des Flohs erreicht der Dichter vielerlei. Zum einen schafft die Koppelung frivol/ernsthaft den werkbestimmenden komischen Kontrast, zum anderen gewinnt so auch die Flohgestalt jene Vielschichtigkeit, die sie vor dem Erstarren zu einer Allegorie bewahrt. Vielleicht aber auch verhütet sie eine allzu eindeutige Auslegung als verniedlichte, aber doch anstößige erotische Figur—sonst wäre dem Werk (neben seinen staatsfeindlichen beleidigenden Absichten) wohl auch noch der Ruf des Obszönen angehängt worden.

Durch alle sieben Abenteuer hindurch ziehen sich Szenen der Liebesverfolgung, Verlockungsversuche, Entführungen und eifersüchtigen Fechtereien. In Abenteuer vier und fünf tritt das Liebesthema zwar in den Hintergrund, setzt sich aber in Abenteuer sechs und sieben wieder mit voller Macht durch, wo es einerseits in phantastischen Streitszenen aller Liebestollen um Gamahehs Besitz gipfelt, andererseits in der Einführung eines alten Märchenrequisits seiner Lösung entgegengeht: in dem Karfunkel[42], der in der Traumvision als sichtbares Zeichen des wahrhaft liebenden Herzens erkannt wird (S. 809, 812).

Phantastisch verfremdende Darstellungsmittel wie Vergrößerung (Floh), Verkleinerung (Gamaheh), Reduktion auf Typisches (Egel, Thetel, Distel Zeherit) und Konkretisierung von Abstraktem (Karfunkel, aber auch Floh) sind maßgebliche sprachliche Techniken, die Hoffmann zur Durchführung des Liebesthemas im *Meister Floh* verwendet. Sie schaffen Szenen von schwindelerregender Bewegung (*vertige*), die Baudelaire dem Wesen des absoluten Komischen zuschrieb. Solche Komik mag auf den ersten Blick und in Einzelszenen "zweckfrei" erscheinen; sicherlich bewirkt die "surrealistische", Wirklichkeit sprengende Darstellung ein entspannendes Lachen, das die potentielle Tragik und Not, die dem Thema unangemessenen Liebens von Natur aus innewohnt, zu übertönen vermag. Doch klingt in diesem Lachen auch ein ernster und kritischer Ton mit, denn phantastische Darstellung verfremdet und überdeckt zwar die wirklichen Proportionen menschlicher Verfehlung und Schwäche, löscht aber das Wissen und Leiden um sie nicht aus.

So mag man sich etwa fragen, ob denn das pseudopositive "fröhliche Ende" des Liebeskonflikts in *Meister Floh* Zeichen ist dafür, daß für Hoffmann die frühere Unvereinbarkeit von "Künstlerliebe" und "Liebe der guten Leute" ein für allemal aufgehoben ist. Die Darstellungsweise mag einen solchen Schluß suggerieren. Aber vergessen wir nicht: der Erzähler verkündet ausdrücklich in seinem langen Kommentar an den Leser (S. 801), daß er statt des langwierigen schrittweisen romanhaften Fortschreitens das sprunghafte Erzählen des Märchens wählt. Die zeitlich reduzierende und raffende Erzählweise bewirkt Verfremdung der Wirklichkeit durch das Weglassen konventioneller Erzählphasen, d.h. aber sie überspringt auch die Darstellung möglicher Liebeskonflikte und produziert dadurch eine artifizielle Harmonie. Diese mit einem Augenzwinkern gewählte Erzählmethode ermöglicht es dann, daß "himmlischer Prometheusfunken", "Fackel des Ehegotts", und "hellbrennendes Wirtschaftslicht" (S. 801) als gleichgeschaltete Metaphern für ein und dieselbe Liebe zwischen Peregrinus und Röschen sinnvoll werden können. Der harmonische Zusammenfall von anscheinend unvereinbaren Elementen in dieser Lichtmetaphorik muß aber mit Vorsicht als Resultat einer bewußt gewählten erzähltechnischen Manipulation gewertet werden[43]. Der anscheinende Ausgleich geschieht eben auch wieder "in der Abstraktion des Humors".

Der Liebesthematik unter- und eingeordnet ist im *Meister Floh* der Themenkreis vom falschen und rechten Wissen, das im Verlauf des Werkes in verschiedenen menschlichen Verhaltensweisen zur Geltung gebracht wird: als wissenschaftliche Kenntnis, als gesellschaftlicher Kommunikationsvorgang und als juristisches Prozeßverfahren. Wissen gibt Macht, und wie jede andere Art der Macht, so kann die Macht des Wissens genutzt oder mißbraucht werden. Dieser Tatbestand bietet dem Dichter—mit Hoffmanns eigenen Worten "wie es sich auch von selbst ergab" (S. 910)—die Gelegenheit, den Mißbrauch kritisch zu beleuchten. Dem werkbestimmenden komischen Ton entsprechend stellt Hoffmann Beispiele zeitgenössischer Mißstände in zeitkritisch-satirischen Szenen dar und schafft jene Erzählteile, die in Baudelaires Terminologie als *comique significatif* zu bezeichnen sind. Wissenschafts-, Gesellschafts- und Rechtssatire sind Teilgeschehen eines erzählerischen Werkganzen, in dem sie in der Form zweckbezogener Komik mit Szenen phantastisch zweckfreier Komik assoziativ und motivisch verknüpft sind, wie es bereits Hoff-

mann in seiner Verteidigungsschrift der gerichtlichen Untersuchungs-
kommission klarzumachen suchte: "Um diesen Argwohn zu widerle-
gen sei es mir vergönnt, schriftstellerisch darzutun, wie das ganze
sogenannte Abentheuer, welches jenen Prozeß enthält, sich aus dem
Cannevas der Geschichte und aus der Charakteristik der darin auftretenden Personen als ein integrirender [sic] Theil des Ganzen von
selbst erzeugt, und daß kein einziges Wort darin enthalten ist, was
nicht dazu beitrüge, jene Charakteristik des Ganzen in ein helleres
Licht zu stellen (S. 908–9.)

Wenden wir uns zunächst den Repräsentanten und dann anderen
sprachlichen Darstellungsmitteln der Wissensthematik zu. Der Floh-
zirkusdirektor[44] Leuwenhoek und der zurückgezogene alte Mieter in
Tyß' Haus Swammerdamm sind Doppelexistenzen anderer Art als
die übrigen. Ihre übernatürliche Vorexistenz ist keinem mythischen
Naturbereich sondern empirisch-historischer Vorzeit zugehörig: die
Niederländer Antony van Leeuwenhoek (1632–1723) und Jan Swammerdam (1637–80) hatten sich als Gelehrte auf den Gebieten der In-
sektenforschung und Mikroskopenverbesserung verdient gemacht.[45]
Die Einführung unerklärbarer "wiedergeborener" Gestalten ist in
Hoffmanns Werk bekannt (der Komponist Gluck in *Ritter Gluck* oder
der Goldschmied Leonhard in *Die Brautwahl*, etwa). Sie erlaubt dem
Dichter die Umgestaltung gewisser historischer Fakten zu seinen
Zwecken. Trotz ihrer historisch beachtlichen wissenschaftlichen Ver-
dienste dienen Leuwenhoek und Swammerdam dem Dichter zur Verkörperung eines falschen Wissensprinzips (das Hoffmann auch in
anderen Werken brandmarkt), welches Peregrinus in seiner großen
Traumvision erkennt und in etwas hochtrabenden Worten bloßstellt:

. . . ihr arme Betörte, unglücklicher Swammerdamm, beklagens-
werter Leuwenhoek, euer ganzes Leben war ein unaufhörlicher
ununterbrochener Irrtum. Ihr trachtetet die Natur zu erforschen,
ohne die Bedeutung ihres innersten Wesens zu ahnen.

Ihr wagtet es einzudringen in ihre Werkstatt und ihre geheimnisvolle Arbeit belauschen zu wollen, während, daß es euch
gelingen werde, ungestraft die furchtbaren Geheimnisse jener
Untiefen, die dem menschlichen Auge unerforschlich, zu erschauen. Euer Herz blieb tot und starr, niemals hat die wahrhafte Liebe euer Herz entzündet, niemals haben die Blumen, die
bunten leichtgeflügelten Insekten, zu euch gesprochen mit
süßen Worten. Ihr glaubtet, die hohen heiligen Wunder der Natur in frommer Bewunderung und Andacht anzuschauen, aber
indem ihr in frevligem Beginnen die Bedingnisse jener Wunder

bis in den innersten Keim zu erforschen euch abmühtet, vernich-
tetet ihr selbst jene Andacht, und die Erkenntnis, nach der ihr
strebtet, war nur ein Fantom, von dem ihr getäuscht wurdet, wie
neugierige, vorwitzige Kinder.

(S. 811)

Etwas treffsicherer und härter läßt sich diese falsche Haltung dem
Wissen gegenüber charakterisieren als Eitelkeit, Selbstsucht, Profit-
und Besitzgier. Im Kontrast zu den äußerlich karikaturhaften Verkörperungen falscher Liebesarten (Thetel und Egel) sind diese Vertreter
falschen Wissens seelisch zu Karikaturen reduziert, ihr Denken und
Wollen einzig und allein auf das Nützlichkeitsprinzip zusammen-
geschrumpft. Zeichen ihrer Macht ist—nicht der Geist sondern—das
Mikroskop in jeder Form. In phantastisch verfremdeter Weise stellt
Hoffmann dar, wie sie mit dem Mikroskop als Waffe um ihre Beute,
das Produkt ihres Wissens kämpfen. Insekten, die sie mit Hilfe des
Vergrößerungsglases erforschen sollen, berauben sie der Freiheit und
dressieren sie, um sie als Belustigung im Flohzirkus auszunutzen; sie
leiten das Flohvolk zu totaler Entartung, indem sie unter ihnen "mit
barbarischer Härte eine sogenannte Kultur einführten" (S. 720), wie
Meister Floh berichtet:

die höhere Kultur, die er [Leuwenhoek] uns aufzwang, bestand
aber vorzüglich darin, daß wir durchaus was werden, wenigstens was vorstellen mußten. Eben dieses Was-werden, dieses
Was-vorstellen, führte eine Menge Bedürfnisse herbei, die wir
sonst gar nicht gekannt hatten und die wir nun im Schweiß unseres Angesichts erringen mußten. Zu Staatsmännern, Kriegs-
leuten, Professoren und was weiß ich alles, schuf uns der grausame Leuwenhoek um. Diese mußten einhertreten in der Tracht
des verschiedenen Standes, mußten Waffen tragen u.s.w. So entstanden aber unter uns Schneider, Schuster, Friseurs, Sticker,
Knopfmacher, Waffenschmiede, Gürtler, Schwertfeger, Stellma-
cher und eine Menge anderer Professionisten, die nur arbeiteten
um einen unnötigen, verderblichen Luxus zu fördern.

(S. 720–21)

Dieser Erzählteil im rückblickenden Einschub des dritten Abenteuers, in dem Wesen und Schicksal des Flohs eingeführt werden,
bildet ein Prachtbeispiel für jene Art der Komik, die Baudelaire als *le
comique significatif* bezeichnete und ihr zeitkritisch satirische Wirkung
zumaß. Der verderbliche und wesensentfremdende Einfluß der sogenannten Kultur, dieser Zwang, was zu werden oder wenigstens
was vorzustellen, durchzieht Hoffmanns sozialkritisches Denken, wo

immer es auftaucht. Im *Meister Floh* knüpft die hier zum Ausdruck kommende Auffassung an den später breit ausgeführten Motivkomplex der Diskrepanz zwischen Worten und Gedanken, Schein und Sein, an.

Das Schicksal der Mikroskopisten am Ende des Märchens überrascht nicht. Da ihr Streben falsch und ihre Haltung unecht ist, schrumpfen sie zu kleinen leblosen Figuren zusammen und werden—wie Spielzeug—in kleine geschnitzte Wiegen verpackt (S. 811–12).

Dritter Vertreter im Themenkomplex um falsches Wissen ist die berüchtigte Knarrpanti-Gestalt, die Hoffmann selbst "Zerrbild" des ausgelassensten Humors nennt, ein Quälgeist "beschränkten Verstandes, von den seltsamsten Vorurtheilen befangen, auf lächerliche Weise egoistisch" mit dem Anflug "einer durchaus phantastischen Denkungsart und Handlungsweise" (S. 909). Auf dem Gebiet der Jurisprudenz ist Knarrpanti ebenso als seelische Karikatur selbstsüchtiger und schadenbringender Wissensanwendung gezeichnet wie die Mikroskopisten. Die von der Zensur als pointiert satirisch verurteilten Knarrpanti-Passagen—die Hoffmann in staatsfeindlicher Absicht gegen seinen Vorgesetzten von Kamptz gerichtet haben soll—erweisen sich durchaus als homogener Teil der Werkthematik im Ganzen. Knarrpantis Handlungen im Märchen fallen unter die Rubrik Mißbrauch des Wissens, und in seinem Falle: Mißbrauch der Menschenrechte. Gerade in der Frage von Recht und Unrecht, Schuld und Unschuld aber war der Dichter/Jurist Hoffmann besonders empfindlich.

Obgleich es uns hier nicht darum geht zu untersuchen, mit welcher persönlichen Absicht Hoffmann die Knarrpanti-Gestalt schuf, muß doch innerhalb unserer Themenanalyse deutlich gemacht werden, daß Knarrpanti und seine absurd verzerrte Rechtsauffassung scharf zeitkritische Bedeutung besitzen. Wie wir von Hoffmann selber wissen, sollten "zwei der größten criminalistischen Mißgriffe" (S. 910) in der "phantastischen Tendenz dieses Charakters" (S. 909) ins Licht gestellt werden. Wichtig für unsere Untersuchung ist die Tatsache, daß Knarrpanti als Kontrastfigur zu Tyß der Komik des Werkes durchaus angemessen ist. Gerade am Anfang des vierten Abenteuers, nachdem Peregrinus eben unschuldig verhaftet worden war, muß sich assoziativ für Hoffmann der Gedanke an den Kontrast zwischen Gerücht und Tatsache aufgedrängt haben. Als Tatsachen mißverstandene und gerichtlich mißbrauchte Gerüchte haben ja dem Richter und Mitglied der Immediatskommission Hoffmann oft zu schaffen gemacht. Sprachlich äußert sich diese Gedankenverbindung in der—vielleicht unbewußt gewählten—Verwendung des komischoriginellen Kompositum "hineininquirieren", womit Hoffmann den einen der zu geißelnden "Mißgriffe" passend charakterisiert. Knarr-panti gibt zu dem Problem "Täter ohne Tat" folgende Erklärung ab, "daß, sei erst der Verbrecher ausgemittelt, sich das begangene Ver-brechen von selbst finde. Nur ein oberflächlicher leichtsinniger Rich-ter sei, wenn auch selbst die Hauptanklage wegen Verstocktheit des Angeklagten nicht festzustellen, nicht imstande dies und das *hinein-zuinquirieren* [meine Hervorhebung], welches dem Angeklagten doch irgendeinen kleinen Makel anhänge und die Haft rechtfertige" (S. 737). In seiner Verteidigungsschrift benutzt Hoffmann denselben Ausdruck, um seine kritische Absicht zu erläutern: ". . . wenn der Inquirent, ohne den Tatbestand des wirklich begangenen Verbre-chens festzustellen, auf gut Glück hineininquirirt [sic]" (S. 910). Wie vertraut—und vielleicht verhaßt—dem Juristen Hoffmann das Wort "inquirieren" im täglichen Gebrauch war, ergibt sich aus dessen häu-figer Verwendung als *terminus technicus* in Hoffmanns juristischen Schriften der Jahre 1819 und 1820.[46]

Die Knarrpanti-Handlung ist auf zwei verschiedene Erzählteile verteilt—ein Verfahren, das Hoffmann auch anderweitig im *Meister Floh* anwendet, wenn sonst ein nur einmal auftauchendes Motiv allzu isoliert im Werkganzen erscheinen würde. Knarrpanti eröffnet also auch das fünfte Abenteuer als Handelnder in dem "merkwürdigen Prozeß" (S. 751), dem Tyß sich zu unterziehen hat. In diesem Erzähl-teil, der ursprünglich auch zensiert und konfisziert wurde, exemplifi-ziert Hoffmann den zweiten "criminalistischen Mißgriff", "wenn sich in [des Inquirenten] Seele eine vorgefaßte Meinung festgesetzt, von der er nicht ablassen will, und die ihm allein zur Richtschnur seines Verfahrens dient" (S. 910). Der Grundsatz "innocent until proven guilty" leitet zwar das Vorgehen des Abgeordneten des Rates im *Meister Floh*, der in den beschlagnahmten Papieren des Peregrinus keine Stelle findet, "welche Bezug auf eine Verbrechen haben könne" (S. 751). Knarrpanti hingegen findet in denselben Papieren "eine Menge verfänglicher Stellen, die rücksichts der Entführung junger Frauenzimmer nicht allein auf seine Gesinnungen ein sehr nachtei-liges Licht warfen sondern ganz klar nachwiesen, daß er dies Verbre-chen schon öfters begangen" (S. 751). Hoffmann nutzt den allgemein menschlichen Fehler, Einzelwörter aus dem Kontext herauszulösen und nach einer vorgefaßten Meinung im Vakuum zu deuten, als Mit-tel für seine beißende Kritik an einem Rechtsverfahren, das sich dieser Beweisführungsmethode bedient; gleichzeitig schafft er Aus-sagen von brillanter Komik. Jedes Vorkommen des Wortes "entfüh-ren" oder "Entführung" in Tyß' Tagebuch betrachtet Knarrpanti als eindeutigen Beweis—und er unterstreicht diese Stellen mit Rotstift—

von Peregrinus' Schuld. Der Kontext jedoch verdeutlicht in jedem Fall, daß es sich um literarische Anspielungen handelt, wenn Peregrinus sich begeistert etwa über Mozarts *Entführung aus dem Serail* oder Jüngers Lustspiel *Die Entführung* oder Entführungen in Goethes *Wilhelm Meisters Lehrjahre* äußert. Den Höhepunkt dieser Mißdeutungen bildet eine Bemerkung in Tyß' Tagebuch "heute war ich leider mordfaul" (S. 752),[47] die Knarrpanti als Beleg höchst verbrecherischer Gesinnungen deutet, da Peregrinus es bedaure, aus Faulheit "heute keinen Mord verübt zu haben" (S. 752). Die Silbe *mord-* war dreimal unterstrichen.

Knarrpantis Falschheit wird mit konventionelleren Erzählmitteln demaskiert als die der Mikroskopisten. Er wird nicht phantastisch zu einem harmlosen Spielzeug reduziert sondern von der Gesellschaft mit Schimpf und Schande aus der Stadt gelacht (S. 756–57).

Auch Meister Floh hat Anteil—und zwar in positiver Weise—an dem Themenkreis, in dem es um Wissen und rechtes Sehen geht. Wissenschaft und Naturkenntnis besitzen Flöhe—in der Meinung des Meisters—in weitaus stärkerem Maße als menschliche Naturforscher, die ja im Allgemeinen die Natur nur insofern erkennen wollen, als sie sie zu ihrem Profit ausbeuten können. Mit dem Zauberglas, "das ein sehr geschickter, kunstvoller Optiker aus [seinem] Volk verfertigte" (S. 725), ist Meister Floh im Besitz der Gabe, die das Sehen der Wahrheit *hinter* den Worten ermöglicht. Dieses Märchenelement ordnet sich als phantastisch gesteigerte Motivvariante dem für das Wissensthema kennzeichnenden Motiv vom Mikroskop zu. Beide Gläser, das mit magischer Kraft ausgestattete Zauberglas sowie das wissenschaftliche Vergrößerungsglas, sind Mittel der Macht, die zum Heil und Unheil des Menschen genutzt werden können. Erzähltechnisch setzt Hoffmann diese Gläser ein zu Beschreibungen von wirklichkeitsverfremdender Phantastik (Beispiele später) und Passagen von beißender Gesellschaftskritik. Die letzteren sind assoziativ mit den rechtssatirischen Erzählteilen verbunden, denen sie auch im Erzählverlauf direkt angeschlossen sind (vgl. schematischer Aufriß von Abenteuer vier und fünf in der "Synopsis"). Somit verbreitert sich die Basis von Hoffmanns zeitkritischen Themen und geht von der Persiflage "criminalistischer Mißgriffe" auf die Verspottung allgemein gesellschaftlicher Falschheit und Heuchelei über. In der ersten längeren Zauberglasszene (viertes Abenteuer) beginnt der menschenscheue Peregrinus mit dem magischen Glas im Auge, sich in die Gesellschaft zu wagen. Das Glas erlaubt ihm, die sprachliche Kommunikation zwischen den Menschen in doppelter Perspektive zu erfahren. Der Erzähler Hoffmann nutzt diese Situation mit vollem komischem Effekt, indem er jeweils den Wortlaut des Gesagten zi-

tiert, um dann mit Hilfe der Übergangsformel "die Gedanken lauteten" (S. 743) den konträren Inhalt der Gedanken laut werden zu
lassen. Die "schneidenden Widersprüche" (S. 744), die sich zwischen
der süßen Höflichkeit des Gesagten und der bösartigen Grobheit des
Gedachten ergeben, reflektieren sich in den inkongruenten Stilarten
der jeweiligen Äußerungen, wie zum Beispiel hier: "Ein vorüberfah-
render Arzt . . . schrie zum Schlage heraus: 'Guten Morgen, bester
Tyß! Sie sehen aus wie das Leben! Der Himmel erhalte Sie bei guter
Gesundheit!' . . . Die Gedanken lauteten: Ich glaube, der Mensch ist
aus purem Geiz beständig so gesund. Aber er sieht mir so blaß, so
verstört aus, er scheint mir endlich was am Halse zu haben. Nun!
kommt er mir unter die Hände, so soll er nicht wieder so bald vom
Lager aufstehen; er soll tüchtig büßen für seine hartnäckige Gesundheit" (S. 743).

Das Glas als Mittel der Demaskierung der alltäglichen Lüge, der
Diskrepanz zwischen Gesagtem und Gedachtem, kommt nochein-
mal—gesteigert—in einer zweiten gesellschaftkritischen Passage zur
Anwendung (fünftes Abenteuer), in der von Peregrinus' neustem
Tagebuch die Rede ist, wo er "die wunderlichsten, ergötzlichsten
Kontraste zwischen Worten und Gedanken wie sie ihm täglich auf-
stießen" (S. 758), aufgezeichnet haben soll. Hier erfaßt nun Hoffmanns beißende Kritik nicht Einzelmenschen, sondern gewisse soziale *Gruppen*, deren Gedanken unter "mikroskopischer Betrachtung"
Peregrinus in besondere Verlegenheit setzen: junge, "von lauter Fantasie und Genialität" (S. 758) strotzende Dichter und schriftstelleri-
sche Frauen werden am härtesten hergenommen. In phantastisch
"surrealistischer" Weise wird hier die sichtbare Konkretisierung der
Gedanken durch das Glas beschrieben: "Er sah zwar das seltsame
Geflecht von Adern und Nerven, bemerkte aber zugleich, daß diese,
gerade wenn die Leute über Kunst und Wissenschaft, über die Tendenzen des höhern Lebens überhaupt ganz ausnehmend herrlich
sprachen, gar nicht eindrangen in die Tiefe des Gehirns sondern
wieder zurückwuchsen, so daß von deutlicher Erkennung der Gedanken gar nicht die Rede sein konnte" (S. 758–59). In radikal komischer Verkehrung der mehr oder minder landläufigen Logik, daß
dem Sprechvorgang ein Denkvorgang vorausgeht, muß Meister Floh
seinem Schützling erklären, daß diese Worte sich vergeblich darum
bemühen, Gedanken zu werden (S. 759). Hier ist der Gipfel der In-
kongruenz von Sagen und Denken erreicht—wenn gesprochenen
Worten *keine* Gedanken entsprechen!

Wir fanden in der sprachlichen Durchführung der Liebes- und Wissensthematik sowohl Korrespondenzen als auch Divergenzen. Der

Humorist Hoffmann tendiert dazu, die abstrakte Problematik des Liebens und Wissens konkret zu personifizieren und diese Repräsentanten bestimmter Aspekte der Problematik in Interaktion miteinander treten zu lassen. Die Verfremdung des Problems durch die konkretisierte Darstellung hat komischen Effekt, sie mildert und verallgemeinert oft die Härte und den Ernst der Situationen.

In solchen Szenen des Interagierens herrscht im allgemeinen bei den Vertretern der Liebesthematik (Egel, Thetel, Pepusch, Gamaheh) die zweckfreie Phantastik des absoluten Komischen vor: körperliche Interaktion, Bewegung und Gestik überwiegen. Die Auseinandersetzung mit der Wissensproblematik hingegen (Leuwenhoek, Swammerdamm, Knarrpanti) findet vorwiegend in satirisch engagierten Szenen des zweckbezogenen Komischen statt; hier nimmt der Austausch und Zusammenstoß meistens Gesprächsform an, das gesprochene Wort, der Dialog dominiert. Meister Floh in seiner Vielschichtigkeit fungiert als vermittelndes und verbindendes Glied zwischen den beiden Themenbereichen und Darstellungsformen.

Das Alternieren von Szenen aus dem Liebes- oder Wissensbereich mit den ihnen entsprechenden erzähltechnischen Mitteln und Varianten des Komischen bestimmt den ganz eigenen und höchst kunstvollen Rhythmus im Geschehensverlauf des *Meister Floh*, bis die Themen in der zu Liebe und rechter Erkenntnis herangereiften Gestalt des Peregrinus Tyß zusammenfallen und die Bewegung märchenhaft fröhlich zum Stillstand kommt.

Phantastische Verfremdung in "surrealistischer" Manier

Schon die frühesten Kritiker und Herausgeber (Hans von Müller, Georg Ellinger) des *Meister Floh*, wenn sie auch dem Werk als Ganzem unsicher gegenüberstanden, lobten gewisse besonders gelungene Szenen und Beschreibungen: das seltsame Weihnachtsfest am Anfang, das Mikroskopenduell, die sichtbaren Gedanken Gamahehs. Diesen und anderen ähnlichen Stellen ist eine Handhabung der Sprache gemeinsam, die in manchen Zügen auf das Prinzip der *écriture automatique* und andere, die empirische Wirklichkeit verändernde Darstellungsmittel des französischen Surrealismus[48] vorausweist. Ein Vergleich ist nicht beabsichtigt; aber einige ausgewählte Textstellen im *Meister Floh* sollen auf Sprachführung und Wirklichkeitsdarstellung hin betrachtet werden, weil sich in ihnen eine Haltung der Sprache und dem Stoff gegenüber äußert, die dieses Spätwerk besonders von den früheren unterscheidet.

Die knappe Synopsis zeigte, daß fast jedes Abenteuer in gewissen phantastischen Szenen gipfelt (manchmal am Anfang des Erzählteils, manchmal gegen Ende), die sich deutlich vom Kontext abheben. Sie tragen auffallend wenig zur Förderung der Handlung bei, "verselbständigen" vielmehr in ihrer sprachlichen Breite und Anschaulichkeit einen Einzelaspekt aus dem unmittelbaren Zusammenhang. In der sprachlichen Technik Hoffmanns ist hier eine Form des Vergrößerungsverfahrens erkennbar, das auch innerhalb der fiktiven Begebenheiten mit Hilfe des Mikroskopenmotivs thematisch zur Geltung kommt. Phantastische Wirklichkeitsverschiebung—die oft surrealistische Wirkung hat—geschieht im *Meister Floh* häufig in der Form manipulierter Größenveränderung: Vergrößerung, Verkleinerung, Reduktion, Engführung.

Bereits auf der zweiten Textseite wird der Leser in eine phantastische Situation eingeführt. Der 36jährige Peregrinus—den der Leser allerdings für ein Kind hält—erprobt ein Weihnachtsgeschenk, das die Kinderfrau Aline "das neue Reitpferd, den hübschen Fuchs" (S. 678) nennt:

> "Ein herrliches Pferd", sprach Peregrinus, das aufgezäumte Steckenpferd mit Freudentränen in den Augen betrachtend, "ein herrliches Pferd, echt arabische Race [sic]." Er bestieg denn auch sogleich das edle, stolze Roß; mochte Peregrinus aber auch sonst ein vortrefflicher Reiter sein, er mußte es diesmal an irgendetwas verfehlt haben, denn der wilde Pontifex (so war das Pferd geheißen) bäumte sich schnaubend und warf ihn ab, daß er kläglich die Beine in die Höhe streckte. Noch ehe indessen die zum Tode erschrockene Aline ihm zu Hilfe springen konnte, hatte Peregrinus sich schon emporgerafft und die Zügel des Pferdes ergriffen, das eben, hinten ausschlagend, durchgehen wollte. Aufs neue schwang sich Peregrinus nun auf und brachte, alle Reiterkünste aufbietend und mit Kraft und Geschick anwendend, den wilden Hengst so zur Vernunft, daß er zitterte, keuchte, stöhnte, in Peregrinus seinen mächtigen Zwangsherrn erkannte.—Aline führte, als Peregrinus abgesessen, den Gebeugten in den Stall.

(S. 678)

Eine allmähliche "Automatisierung" des Gestaltungsprozesses findet hier statt. Die Szene beginnt mit einem einfachen aber spannungsgeladenen Umstand: ein 36Jähriger auf einem hölzernen Steckenpferd gerät in Begeisterung. Der Umwandlungsprozeß, der nun einsetzt, entfaltet aus der Sprache selbst seine Motorik, die steigernd und intensivierend die weitere sprachliche Gestaltung treibt. Das Steckenpferd wird zum "herrlichen Pferd", "arabische Race", ein edles, stolzes Roß. Je kläglicher der Reiter, umso wilder das Pferd: es bäumt sich, schnaubt, schlägt aus, zittert, keucht, stöhnt—bis der Vorgang sich verkehrt und Peregrinus als "mächtiger Zwangsherr" den "wilden Hengst" beugt und besiegt. Die sprachliche Situation schafft zunehmend ihre eigene Logik und "Realität", so daß zum Schluß Aline den gebeugten Hengst in den Stall abführt. All dies im Wohnzimmer eines Frankfurter Patrizierhauses! Die surrealistisch anmutende Wirkung des Erzählverfahrens wird noch dadurch unterstrichen, daß die Steckenpferd-Hengst-Metamorphose von keinem erklärenden Wort begleitet ist, ja daß die Beisteherin Aline fraglos in dem phantastischen Akt partizipiert.

Wieder gleich zu Beginn des zweiten Erzählteils erscheint der Flohbändiger Leuwenhoek einer Gruppe von Schaulustigen als "Hexenmeister" und "Satanskerl", so daß die Leute "totbleiches Entsetzen in den Gesichtern . . . von Furcht und Angst gehetzt" (S. 699–700)" davonlaufen:

Ein Blick in den Saal verriet dem jungen Pepusch sogleich die Ursache des fürchterlichen Entsetzens, das die Leute fortgetrieben. Alles lebte darin, ein ekelhaftes Gewirr der scheußlichsten Kreaturen erfüllte den ganzen Raum. Das Geschlecht der Pucerons, der Käfer, der Spinnen, der Schlammtiere bis zum Übermaß vergrößert, steckte seinen Rüssel aus, schritt daher auf hohen, haarichten Beinen, und die greulichen Ameisenräuber faßten, zerquetschten mit ihren zackichten Zangen die Schnacken, die sich wehrten und um sich schlugen mit den langen Flügeln, und dazwischen wanden sich Essigschlangen, Kleisteraale, hundertarmichte Polypen durcheinander und aus allen Zwischenräumen kuckten Infusionstiere mit verzerrten menschlichen Gesichtern. Abscheulicheres hatte Pepusch nie geschaut.

(S. 700)

Da die höllenbreughelsche Phantastik dieser Szene—in ihrer Schauerlichkeit übrigens die einzige in diesem überwiegend *komisch*-phantastischen Werk—auf Grund von Vergrößerung, Veränderung, Verzerrung wirklicher Gegebenheiten entsteht, mag man in ihr gleichsam auch einen Kommentar zur dichterischen Technik sehen, die zur Erzeugung einer "phantastischen Geburt"—wie *Meister Floh*—genutzt werden kann. Eine der vielen möglichen Intentionen in der Schaffung eines phantastischen Werkes ist sicher auch die: den Leser durch Verfremdung zu schockieren und ihm die kleine *bekannte* Insektenwelt in einem erschreckend vergrößerten, *fremden* Licht zu zeigen.

Die spannungsbetonte Ausgangssituation, Kern für die phantastische Darstellung, bleibt teilweise wieder dem Leser unbekannt: das Mikroskop wird als Waffe zur Vertreibung unerwünschter Gäste eingesetzt. Pepuschs Worte "da habt Ihr wieder zu Euren Vasallen Zuflucht nehmen müssen, um Euch die Leute vom Halse zu halten" (S. 700) deuten den Umstand an; ebenso assoziiert des Erzählers Ausdruck "mit unbewaffnetem Auge" (ebd.) für ein Auge ohne Mikroskop das Vergrößerungsglas mit dem Begriff "Waffe". In mikroskopisch vergrößerter Darstellung wirken die sonst recht harmlos aussehenden Käfer und Spinnen ungeheuer. Sie zwingen den Sprachkünstler zum Einsatz superlativer Ausdrucksmittel—ekelhaft, scheußlichst, Schlammtiere, -räuber, "zerquetschen mit zackichten Zangen" . . ., "hundertarmicht". Auch in dieser Szene übernimmt die innere Logik die Führung, wenn sich die phantastische Darstellung soweit steigert, daß sie in der Vorstellung von "Infusionstieren mit verzerrten menschlichen Gesichtern" selbst den Bereich des *vergrößert* Realistischen übersteigt.

Zu den im Text hervorragenden phantastischen Stellen gehört auch die Beschreibung des märchenhaften Titelhelden, Meister Floh. Wiederum ist die Situation außergewöhnlich, denn die seltsame Kreatur erscheint dem Peregrinus abwechselnd nur als "Stimme" dann als "kaum spannenlanges Ungeheuer", wenn es sich mikroskopisch vergrößert zeigt (S. 717). Hier ist jedoch die Vorstellung eines mikroskopisch vergrößerten Insekts in doppelter Weise verfremdet und phantastisch, denn Meister Flohs "Vergrößerung" ist magisch-märchenhafter Natur—kein wissenschaftliches Instrument wird zu Hilfe genommen—; diese phantastische Insektenkreatur ist nicht nur vergrößert, sondern anscheinend auch *gemischt* aus verschiedenartigen tierischen und menschlichen Elementen:

> Wie schon erwähnt war die Kreatur kaum eine Spanne lang; in dem Vogelkopf staken ein Paar runde glänzende Augen und aus dem Sperlingsschnabel starrte noch ein langes spitzes Ding, wie ein dünnes Rapier hervor, dicht über dem Schnabel streckten sich zwei Hörner aus der Stirne. Der Hals begann dicht unter dem Kopf auch vogelartig, wurde aber immer dicker, so daß er ohne Unterbrechung der Form zum unförmlichen Leibe wuchs, der beinahe die Gestalt einer Haselnuß hatte, und mit dunkelbraunen Schuppen bedeckt schien, wie der Armadillo. Das Wun-

derlichste und Seltsamste war aber wohl die Gestaltung der
Arme und Beine. Die ersteren hatten zwei Gelenke und wurzel-
ten in den beiden Backen der Kreatur dicht bei dem Schnabel.
Gleich unter diesen Armen befand sich ein Paar Füße und denn
weiterhin noch ein Paar, beide zweigelenkig, wie die Arme.
Diese letzten Füße schienen aber diejenigen zu sein, auf deren
Tüchtigkeit die Kreatur sich eigentlich verließ, denn außerdem,
daß diese Füße merklich länger und stärker waren als die an-
dern, so trug die Kreatur auch an denselben sehr schöne goldne
Stiefel mit diamantnen Sporen.

(S. 716–17)

Die anscheinend disparaten Einzelteile dieser ungeheuerlichen
Kreatur—Vogelkopf, Hörner, Schuppen, Armadillo, Stiefel mit Sporen—wirken grotesk. Die heterogene Erscheinung im Text ist ein Resultat der Darstellungsweise, die sich dieser Vergleiche aus dem Bereich anderer Lebewesen bedienen muß, um den vergrößerten Floh
adäquat zu beschreiben. Aber die unheimliche Wirkung auf den
Leser, die von Groteskem hervorgerufen wird, ist nur minimal gegeben, denn im Rahmen eines Märchens akzeptieren wir verfremdete
Wirklichkeit. Hoffmanns Flohkreatur ist zwar einerseits phantastisch
verfremdetes Produkt, durch sprachliche Manipulation des Wirklichen hergestellt; andrerseits aber ragt diese Tiergestalt—mit ihrer
menschlichen Stimme und den goldnen Stiefelchen—doch auch in
den Bereich des unerklärbar Märchenhaften hinüber. Hoffmann verbindet also hier—wie öfters—progressive mit traditionellen Elementen in seinem ganz eigentümlichen Märchenschaffen. Durch Vergrößerung neuartig gestaltetes Sehen ist experimentell progressive Erzähltechnik, wogegen ein Tier mit Sprache und anderen menschlichen Attributen zu den bekanntesten Volksmärchenrequisiten gehört.
    Das Fernglasduell bildet die gesteigerte Fortsetzung und Verselb-
ständigung des bereits bekannten Motivs vom Mikroskop als Waffe.
Sprachlich liefert Hoffmann hier das ausführlichste Beispiel für die
Darstellung einer abstrakten Vorstellung als konkrete Aktion. Leuwenhoeks und Swammerdams Streit um den Besitz Gamahehs nimmt
die Form eines Kampfes an:

Beide setzten nun die Ferngläser ans Auge und *fielen* grimmig
gegeneinander aus mit scharfen *mörderischen* [Streichen],[49] indem
sie ihre *Waffen* durch Aus- und Einschieben bald verlängerten
bald verkürzten. Da gab es Finten, Paraden, Volten, kurz alle nur

möglichen *Fechter*künste, und immer mehr schienen sich die Ge-
müter zu erhitzen. Wurde einer *getroffen* so schrie er laut auf,
sprang in die Höhe, machte die wunderlichsten Kapriolen, die
schönsten Entrechats, Pirouetten, wie der beste Solotänzer von
der Pariser Bühne, bis der andere ihn mit dem verkürzten Fern-
glase fest fixierte. Geschah diesem nun gleiches so machte er es
ebenso. So wechselten sie mit den ausgelassensten Sprüngen,
mit den tollsten Gebärden, mit dem wütendsten Geschrei; der
Schweiß troff ihnen von der Stirne herab, die *blutroten* [meine
Hervorhebung] Augen traten ihnen zum Kopfe heraus und da
man nur ihr wechselseitiges Anblicken durch die Ferngläser,
sonst aber keine Ursache ihres Veitstanzes gewahrte so mußte
man sie für Rasende halten, die dem Irrenhause entsprungen.—
Die Sache war übrigens ganz artig anzusehen.—

(S. 746)

Wenn Blicke—durch Ferngläser auf ein Gegenüber "fixiert"—den
Gegner tatsächlich "treffen", so ist hier die bekannte Redewendung
"wenn Blicke töten könnten . . ." in seiner eigentlichen "wörtlichen"
Bedeutung verwirklicht. Hoffmann manipuliert die Doppeldeutigkeit
dieser Situation mit rein sprachlichen Mitteln. Die von mir unterstrichenen Wörter sind im normalen Kontext von "einander ansehen",
der dem Erwartungshorizont des Lesers entgegenkäme, semantisch
völlig unpassend (also verfremdend). Aber Hoffmann will ja einen
anderen Kontext, nämlich den von "einander schlagen", suggerieren,
und schafft diese Verfremdung durch die bewußt zu diesem Zweck
benutzte "Kampf"-Terminologie. Der Dichter sorgt auch dafür, daß
dieser Moment nicht wie ein einmaliger aberwitziger Einfall in der
Fülle der Bewegungen verlorengeht, denn das plötzlich abgebro-
chene Gefecht wird im Wirbel des sechsten Abenteuers wiederaufgenommen, wobei dort—in gesteigerter Form—sogar Pepusch in
den phantastischen Kampf eingreift: "Der Zweikampf, der im Hause
des Peregrinus Tyß sich entzündet, schien aufs neue beginnen zu
wollen. George Pepusch warf sich zwischen die Kämpfenden und
indem er einen *mörderischen Blick* Leuwenhoeks, der den Gegner *zu
Boden gestreckt* haben würde, geschickt mit der linken Faust *wegschlug*,
drückte er mit der rechten die *Waffe*, womit der Swammerdamm sich
eben *blickfertig* ausgelegt hatte, hinab, so daß sie den Leuwenhoek
nicht *verletzen* konnte" (S. 783, meine Hervorhebung). Ähnlich wie
Alines Eingreifen in die phantastische Reiterszene, verstärkt auch
hier Pepuschs selbstverständliche Teilnahme am Geschehen dessen
surrealistische Wirkung. Die unterstrichenen Textstellen verdeutli-

chen wieder die sprachliche Engführung der beiden inkongruenten Vorstellungsbereiche von "blicken" und "morden" (oder "Fernglas" und "Waffe"), die sich hier im Vorgang überlagern. Am radikalsten verfremdet wirkt das "Neo"-Kompositum "blickfertig"— analog zu "schlagfertig"—, wo die semantischen Bereiche von sehen und schlagen sogar im Wort selbst gekoppelt sind!

Sprachlich-konkrete Realisierung einer abstrakten Gegebenheit liegt auch der letzten phantastischen Textstelle zugrunde, die hier angeführt werden soll. Die Darstellung von Gamahehs Traumgedanken, die sich dem Peregrinus durch das Zauberglas konkretisieren, gehört meines Erachtens zu den poetisch gelungensten und phantastisch originellsten Äußerungen in Hoffmanns Werk überhaupt. Alle Sinne umfassende Synästhesien kennzeichnen den Stil; ganzheitliches, Natur und Mensch verschmelzendes Sehen charakterisiert die Vision und schafft ein Tonbild reinster Phantastik:

> So wie immer erblickte Peregrinus hinter der Hornhaut der Augen das seltsame Geflecht der Nerven und Adern, die bis in das tiefe Gehirn hinein gingen. Aber durch dies Geflecht schlangen sich hellblinkende Silberfaden, wohl hundertmal dünner als die Faden des dünnsten Spinngewebes und eben diese Faden, die endlos zu sein schienen, da sie sich hinausrankten aus dem Gehirn in ein selbst dem mikroskopischen Auge unentdeckbares Etwas, verwirrten, vielleicht Gedanken sublimerer Art, die anderen von leichter zu erfassender Gattung. Peregrinus gewahrte bunt durcheinander Blumen, die sich zu Menschen gestalteten, dann wieder Menschen, die in die Erde zerflossen und dann als Steine, Metalle hervorblinkten. Und dazwischen bewegten sich allerlei seltsame Tiere, die sich unzähligemale verwandelten und wunderbare Sprachen redeten. Keine Erscheinung paßte zu der anderen und in der bangen Klage brustzerreißender Wehmut, die durch die Luft ertönte, schien sich die Dissonanz der Erscheinungen auszusprechen. Doch eben diese Dissonanz verherrlichte nur noch mehr die tiefe Grundharmonie die siegend hervorbrach, und alles was entzweit geschienen vereinigte zu ewiger namenloser Lust.
>
> (S. 749)[50]

Hatte Hoffmann in früheren Märchen seine Grundauffassung vom (Miß)Verhältnis und Verhängnis Mensch/Natur in ausführlichen mythischen Märcheneinlagen (z.B. in *Der goldne Topf* und *Prinzessin Brambilla*) zum Ausdruck gebracht, so verdichtet und steigert sich im *Meister Floh* die Aussage desselben Grundgedankens—wenngleich mit stärker positivem Akzent—in diesem meisterhaft knappen und anschaulichen Bild. Genau in der Mitte des langen Märchens angesiedelt, erweist sich dieser Einblick in die "Dissonanz aller Erscheinungen", die doch eben "nur noch mehr die tiefe Grundharmonie" verherrlichte, als Beispiel für jenes Grundanliegen in vielen Hoffmann Dichtungen, das Unsagbare sprachlich zu gestalten.[51] Die Fragilität des Ausgesagten—oder Angedeuteten—äußert sich schon darin, daß die Szene überhaupt nur als Produkt eines sonderbaren Zufalls zustande kommt. Peregrinus schnippt vor Schmerz mit dem Daumen, weil er sich an einer versteckten Nadel in Gamahehs Gewand gestochen hat; "Meister Floh hielt dies aber für das verabredete Zeichen und setzte ihm augenblicklich das mikroskopische Glas in die Pupille" (S. 749). Die dichterische Nutzung dieses Zufalls zur Gewinnung einer essentiellen Grunderkenntnis über das Verhältnis Mensch/Natur gemahnt uns an das Prinzip des tätigen Zufalls oder *hasard objectif*, der als Anstoß zu schöpferischem Sehen eine wesentliche Funktion in der Kunstauffassung der Surrealisten annehmen soll: "La surprise est le plus grand ressort nouveau"[52]. Hoffmann nutzt zwar die Möglichkeiten des wunderbaren Zufalls anders als es surrealistische Dichter später tun; er selbst *schafft* den Zufall, und zwar einen anscheinend lächerlich unbedeutenden, und entfaltet dann aus ihm heraus eine Szene von so unerwarteter Bedeutsamkeit, daß die Konsequenz des Geschauten keinerlei Spuren und Resonanz in dem naiv Schauenden hinterlassen. Was Tyß nichtsahnend wahrnimmt ist nämlich die vorübergehend und magisch veranschaulichte Vision vorzeitlicher Wesensformen, die in ungeteilter Harmonie existierten, bevor der Gedanke die Anschauung zerstörte—wie Hoffmann es in dem eingefügten Naturmythos der *Prinzessin Brambilla* zum Ausdruck brachte. Er sieht nichts Geringeres als den paradiesischen Frühzustand der Menschheit, wo Mensch, Tier, Pflanzen und Metalle eine einheitliche Wesenheit darstellten und in wunderbaren Sprachen sich verständigten. Aber die Vision geht viel weiter: sie zeigt ihm auch den Zerfall dieser Einheit, die durch das Bewußtwerden der Vielfältigkeit innerhalb der Ganzheit hervorgerufen wird und "brustzerreißende Wehmut"[53] verursacht. Die sichtbaren Traumgedanken Gamahehs deuten schließlich auch noch die Wiedergewinnung der verlorenen Einheit an "zu ewiger namenloser Lust"[54].

Die Kombination vom Zauberglasmotiv, wodurch Gedanken sichtbar werden, und der blumenhaften Gamaheh-Gestalt, die dem Mensch- *und* Pflanzenbereich zugeordnet ist, ermöglicht im Rahmen dieses Werkes die phantastisch-wirkliche Darstellung von Zuständen, die in gewöhnlichem sprachlichem Kontext unbeschreiblich wä-

ren. Das magische Glas, wodurch "Gedanken" "sichtbar" werden
(erste Verfremdung), gerichtet auf die Traumgedanken der blumenhaften Gamaheh-Gestalt—sie gehört einem Zwischenbereich zwischen Mensch und Pflanze an—(zweite Verfremdung), schafft dem
Dichter die außergewöhnliche Gelegenheit, in anscheinend norma-
lem Sprachverhalten unbeschreiblich "über-wirkliche" Zusammenhänge zu gestalten (potenzierte Verfremdung): ein Gewimmel syn-
ästhetischer Eindrücke und Bilder, das den naiven Leser ohne Kenntnis anderer Hoffmann-Märchentexte bestenfalls als rätselhaft verwor-
rene, aber unvergleichlich lyrische Stelle beeindrucken muß. Die
volle Mehrdimensionalität der Aussage kann sich nur dem erschließen, der die narrative Grundfolie kennt, aus deren zeitlichen und
räumlichen Einzelheiten wesentliche Elemente gerafft in diesem Mi-
niaturmosaik verdichtet sind.[55]

Die hier angeführten und beschriebenen Textstellen bedeuten Gip-
felpunkte sprachlich-poetischer Verfremdung der Wirklichkeit, die
das Wesen des Spätwerks *Meister Floh* bestimmen, und keine von
ihnen ist in bemerkenswerter Weise handlungsfördernd. Es wird
nicht verwundern, daß sie exemplarisch das absolut Komische verkörpern, indem sie jede spezifische Zweckbezogenheit transzendie-
ren und dadurch gerade umso intensiver das literarische *Wesen* dieses Spätwerkes charakterisieren. Es sollte hier nocheinmal betont
werden, wie wesentlich es zur Erschließung des *Meister Floh* als Dichtung ist, die *Mittel* zur Darstellung der Aussage, anstatt der Aussage
selbst, ins Zentrum der Betrachtung zu stellen. Noch stärker als Alfred Behrmann in seiner Strukturanalyse der *Königsbraut*[56] konzentriert sich die vorliegende Studie auf Verlauf und Wesen der Erzählmechanik und Sprachhandhabung. Auch Behrmann betont für *Die
Königsbraut*, daß ihre rechte Schätzung abhängt "von der Bereitschaft, die erzählerische Kunst, nicht die 'philosophische Tiefe' zum
Maßstab zu machen"[57]. Dies gilt ebenfalls für *Meister Floh*. Ja, mir
will scheinen, daß Hoffmann in diesen späten Märchen bewußt den
Akzent verschiebt von konventionellen Themen zu Experimenten
mit dichterischen Sprach- und Gestaltungsmöglichkeiten. Aus einer
Reihe von Leseranreden im *Meister Floh* geht hervor, daß der Dichter die Darstellung und Ausführung von allgemein bekannten—und
in der Unterhaltungsliteratur bis zum Überdruß vorkommenden—
Szenen, Situationen und Zuständen (wie etwa Hochzeit, Brautkleid,
Naturszene mit rauschendem Bächlein usw.) getrost der Vorstel-
lungskraft des Lesers selbst zur Beschreibung überlassen kann. Diese
anscheinend herablassende Haltung dem Leser (und ungeduldige
Haltung dem Stoff) gegenüber enthält positiv gesehen auch eine

Aussage über die besondere Aufgabe des Dichters, nämlich *seine* dichterische Gabe dazu zu nutzen, daß er für den Leser ungewöhnliche Vorstellungen und neue Weisen der Wirklichkeitswahrnehmung schafft.

War das zentrale Thema früherer Märchen der Konflikt zwischen Prosawirklichkeit und Märchenpoesie, so setzt Hoffmann im *Meister Floh* das Wissen um diese Problematik bei seinem Leser bereits als bekannt voraus und wendet sich als Sprachkünstler ab von der Dominanz des Inhalts und hin zur Dominanz der Sprache, "denn ein Schriftsteller ist wohl nur ein Sprachbegeisterter"[58].

9. Hoffmanns "Ironischer Zug" und "Mährchen Muskel"
Abschließender Überblick

Das Dichten von Märchen begleitet fast die gesamte Zeitspanne von Hoffmanns literarischem Schaffen. Obgleich seine erste musikalisch-phantastische Kurzerzählung *Ritter Gluck* 1809 erschien, beginnt sein literarischer Ruf eigentlich erst im Jahre 1814 mit dem Erfolg der beiden ersten Bände der *Fantasiestücke in Callots Manier*. 1814 ist aber auch das Erscheinungsjahr von *Der goldne Topf*, im dritten Band der *Fantasiestücke*. In den acht Jahren zwischen 1814 und 1822 schuf Hoffmann seine sieben Märchen, fast genau jedes Jahr eines; daneben und dazwischen entstanden die zahllosen Erzählungen und musikalischen Aufsätze, flankiert von den beiden großen Romanen *Die Elixiere des Teufels* (1815, 1816), kurz nach dem ersten Märchen, und *Die Lebensansichten des Katers Murr* (1819–21) im gleichen Zeitraum wie das letzte Märchen.

Man mag sich fragen, warum Hoffmann in seinem vielseitigen abwechslungsreichen literarischen Werk immer wieder zur Gestaltung von Märchen greift. Die Möglichkeiten, die ihn zum Märchen hinzogen, glaube ich, können am treffendsten mit oxymoronischen Formulierungen zum Ausdruck gebracht werden: Formelhaftigkeit und Freiheit, traditionelle Gewordenheit und zeitlose Offenheit, das Bekannte ("es war einmal . . .") und das Unkennbare.

Die Gründe, warum solch entgegengesetzte Tendenzen innerhalb des Märchens als Gattung Hoffmanns Schaffen angeregt haben, sind mehrfach: sie kommen einer besonderen Qualität seines Künstlertemperaments entgegen, nämlich dem Bedürfnis, uferlosen Enthusiasmus und die Anarchie schöpferischer Einfälle durch Besonnenheit und Gestaltungswillen zu zügeln. Zum anderen entsprechen aber die heterogenen Tendenzen des Märchens auch der Absicht und Einstellung, die Hoffmann dieser Gattung überhaupt—und vielleicht anderen literarischen Gattungen seiner Zeit ebenfalls—entgegenbrachte: er verspottet sie einerseits, und er nutzt sie andrerseits, indem er sie "renoviert". Die ganz elementaren Grundzüge des traditionellen Märchens darf Hoffmann als bekanntes Denkmuster bei seinen Lesern voraussetzen. Umso freier fühlt sich dann der experimentierfreudige und innnovative Dichter dabei, in der Füllung der vertrauten Vorlage verfremdend von der Tradition abzuweichen. Größtmögliche Freiheit in der schöpferischen Gestaltung des Märchengehalts liegt ja in der Definition dieser Dichtungsart phantastisch übernatürlicher Ereignisse selbst verbürgt. Minimale Anlehnung und maximale Abweichungen kennzeichnen das Verhältnis von Hoffmanns Märchendichtungen zum "Märchen" als bekannte Form.

Dabei sind die Anlehnungen hauptsächlich im Bereich des Märchengeschehens, d.h. in der Verwendung märchentypischer Handlungs- und Heldenstrukturen zu finden. Die Abweichungen hingegen liegen auf dem Gebiet der Märchendarstellung, d.h. in Komposition, Sprachverwendung und Erzählhaltung dem Inhalt gegenüber. Ein Überblick über alle sieben Werkanalysen läßt auch erkennen, daß im Verlaufe von Hoffmanns Märchenschaffen das Anlehnen an Märchenformeln zurücktritt, während das sprachlich-kreative Abweichen von der Norm sich stärker profiliert. Formulieren wir dieselbe Entwicklung ein wenig anders, so scheint sich das Schwergewicht in der Schaffensweise von den frühen zu den späten Märchen zu verlagern von der anfangs primären Frage nach dem *Wesen der Welt* (Märchenaussage) zu der später zentralen Frage nach dem *Wesen der Kunst* (Märchendarstellung). War das Ziel in den frühen Märchen, ein aussagestarkes Geschehen gestaltend zu bewältigen und es dem Leser als wirklich vorzustellen, so liegt die Forderung an den Dichter in den späten Märchen eher darin, durch sprachliches Gestalten selbst, aus den Kräften der Sprache heraus, ein Geschehen zu evozieren, das nur in der sprachlichen Konfigurierung, nur im spezifischen Kontext dieser poetischen Schöpfung, "Leben" besitzt. Das aber ist ein sprachmagischer Akt autonomer Kunst.

Ein abschließender Überblick hat die Tendenz, die vorher einzeln untersuchten Werke miteinander zu vergleichen. Geschieht dies mit Erfolg, so wird dadurch in der Tat der besondere Charakter des Einzelwerks profiliert herausgestellt. Häufiger jedoch geschieht das Gegenteil, und das Besondere des Einzelwerks geht unter in der Hervorhebung der Gemeinsamkeiten—wie es Hoffmanns Märchen in der Forschung verschiedentlich begegnete, wenn sie etwa lediglich als abgewandelte Wiederkehr des Gleichen betrachtet und gedeutet wurden.

Wenn es aber stimmt—wie oben behauptet wurde—, daß Hoffmann mit seinen Märchen sowohl an Bekanntes anknüpft als auch die Märchenfreiheit schöpferisch verfremdend auskostet, so muß hier beiden Aspekten unsere Aufmerksamkeit gelten. Die Untersu-

chung von Kongruenzen und Kontrasten—seit langem anerkannte
Verfahrensweisen in der stilistischen, linguistischen und strukturalistischen Methodik[1]—soll also auch hier angewandt werden, um Un-
terschiedlichkeit und Besonderheit in dieser Reihe von sieben Märchendichtungen sichtbar zu machen.

Konstante Züge in den Märchen

Gehen wir von der Basis typischer Merkmale der Märchengattung
aus, wie sie uns aus Volksmärchenmustern bekannt sind, so konzentrieren sich die konstanten Züge in Hoffmanns Märchen um das Wesen des Märchenhelden und um sein Verhalten in der Märchenwelt.
Diesmal also müssen wir inhaltliche Züge und Strukturen ins Zentrum unserer Beobachtungen stellen. Märchen beginnen prinzipiell
mit einer mangelhaften Ausgangssituation, in deren Mitte der bedürftige Held (Heldin) steht. Über Stadien von Prüfungen und Proben wird jedoch normalerweise die anfängliche Notlage überwunden
und ein glückliches Ende erreicht.

Auf den ersten Blick fallen auch in Hoffmanns Märchen analoge
Heldenpsychogramme auf: ihrer gehaltlichen Veranlagung nach sind
diese Helden meist unfertig (manche sind Kinder), unreif oder sonst
irgendwie defizient. Schon in der Heldendarstellung allerdings und
in der narrativen Haltung solcher Unausgeglichenheit oder Unfertig-
keit gegenüber erweisen sich manche der anscheinend analogen Fälle
als wertemäßig entgegengesetzt—dieser Gedankengang muß hier
berücksichtigt werden, denn es handelt sich nicht um eine fundamentale Abweichung, sondern eher um Modifizierungen des Mu-
sters. Dem Wesen und Grund für die im Helden angelegte Defizienz
nach, sind zwei Gruppen von Helden zu unterscheiden: erstens
solche, in deren Mangel der Leser von Anfang an eine geheime Aus-
zeichnung vermutet; und zweitens solche, deren Mangelserscheinung primär bedauerliches Symptom für eine defiziente Epoche oder
Gesellschaft darstellt.

Anselmus, Marie, Giglio und Peregrinus sind Varianten des ersten
Typs. Sie fungieren als gewichtige, wenn auch vielleicht anfangs
"verstörte" (oder für gestört angesehene) Individuen in der jeweiligen Märchenwelt, mit der sie disharmonieren. Sie alle besitzen eine
mißverstandene Innerlichkeit, die erst im Zusammenprall mit äußeren Kräften der "normalen Gesellschaft" erkannt, erprobt und akzeptiert werden kann. Das Mißverhältnis zwischen diesen unferti-
gen, aber potentiell "ausgezeichneten" Individuen und der sie umge-

benden Welt schafft die märchentypische mangelhafte Ausgangssituation, bei Hoffmann meist als ein eklatant disharmonisches aber spannungsreiches Ereignis dargestellt—vergleichbar der "unerhörten Begebenheit" in der Novelle—und meist als Quelle für Komik und Humor genutzt. Bekanntestes Beispiel hierfür ist der heillos über den Äpfelkorb stolpernde Anselmus.

Betrachten wir kurz den Gang dieser vier Helden durch ihr Märchenabenteuer! Im Volksmärchen bedarf es meist des entscheidenden Eingriffs "übernatürlicher" Märchenmächte, damit der Held "gerettet" oder "belohnt" wird. In diesen vier Hoffmann-Märchen spielen die Märchenmächte jedoch eher eine untergeordnete Rolle: es sind im Grunde die verborgenen, unbewußt "heilen" Anlagen im Helden selbst, die mit Hilfe der äußerlichen Märchenmaschinerien triumphierend durchbrechen. Anselmus' Kämpfe mit den "dunklen" und den "lichten" Märchenelementen dramatisieren, fördern und beschleunigen zwar den Gang der Entwicklung. Aber der Sieg wird letzten Endes aus eigenen Kräften gewonnen.—Ähnlich steht es um das Mädchen Marie; sie bewährt sich durch alle Widerwärtigkeiten und Bedrohungen als das unverdorbene "kindliche" Gemüt—wenn auch durch die Erlebnisse etwas gereift! Ja, in ihrem Fall ist sogar zu bedenken, daß *sie* eher die Erlösung und Rettung vollzieht als der "Märchenprinz" Nußknacker!—Auch bei Giglio sind die ihm widerfahrenden Kämpfe und Aufeinanderstöße im Grunde Bewährungsproben für die innewohnende heile Kraft, die sich durchzusetzen hat.—Bei Peregrinus ist der Vorgang besonders deutlich, denn seinem exemplarischen Fall des Erprobt-Werdens laufen ähnliche Fälle (als Variationen desselben Themas) parallel: sie alle scheitern. Nur Peregrinus behauptet sich den Widerständen gegenüber, weil seine inneren Kräfte ihm die Proben bestehen helfen.

Das fremde Kind, Klein Zaches und Ännchen sind Varianten des zweiten Heldentyps. In ihnen überwiegt ein typenhaftes Element vor dem individuellen und läßt sie in ihrer Mangelhaftigkeit eher als Symptom oder Opfer einer defizienten Menschheit erscheinen. In ihnen kristallisiert oder spiegelt sich das Dilemma einer unheilen, gestörten Welt, und die Helden selbst scheinen diesem Dilemma noch hilfloser ausgesetzt zu sein als die übrigen Teilhaber an dieser Märchenwelt. Hier stehen die Helden stärker im Dienst einer darzustellenden Welt- und Zeitproblematik, anstatt als Helden selbst Problem sein zu dürfen.

Wer ist eigentlich der Held in *Das fremde Kind*? Ist es die Titelfigur— die sich doch sicherlich durch märchentypische Bedürftigkeit auszeichnet? Oder sind es Felix und Christlieb, in denen sich ja dieselbe bedürftige Heldenhaftigkeit manifestiert: als spezifische und "irdische" Varianten haben sie teil am "Fremd-Sein" des fremden Kindes. Außerdem sind sie es, die die heldentypischen Widerwärtigkeiten zu erleiden und überwinden haben. Der "Held" dieses Märchens ist in der Tat ein auffälliger Sonderfall: das fremde Kind—als zweigeschlechtliches Prinzip stellt es "Phantasus" und "Phantasia" dar—ist Held und Märchenmacht in einem. Seine Bedürftigkeit besteht darin, als Phantasie in einer phantasiefeindlichen Zeit zu existieren. Wenn aber der Held identisch ist mit dem Märchenprinzip, so unterliegt mit seinem Untergang—oder in diesem Fall, mit seiner Vertreibung—auch das Prinzip "Märchen" überhaupt. Kein Wunder also, daß *Das fremde Kind* Hoffmanns resignativstes und abstraktestes Märchen ist! Hier funktioniert das grundsätzliche Märchenmuster nicht mehr, weil die guten Märchenkräfte nicht mehr triumphieren oder retten können.

Klein Zaches als Heldentyp ist in mancher Hinsicht verwandtes Gegenstück zum fremden Kind: er ist nicht Opfer sondern Symptom einer verderblichen, parasitären, nur nach Macht und Position strebenden Gesellschaft. Auch er ist bedürftig und mit Mängeln versehen, aber ohne die verborgene heilversprechende Potenz. Vergleichen wir jedoch auch ihn mit der Grundstruktur des Volksmärchentyps, so muß er—und nicht Balthasar—als "Held" anerkannt werden. Es sei denn, man sieht das ganze Werk—wie es ja auch in der Analyse angedeutet wird—als Antimärchen. Hier siegt, so möchte man sagen, gar nichts mehr, und Balthasars Eheglück am Ende ist bestenfalls ein bequemer Kompromiß.—Ännchen von Zabelthau ist Opfer und Symptom einer der Maßlosigkeit frönenden Welt. Die Märchenmächte zwingen sie dazu, den Leidensweg ihrer Maßlosigkeit zu durchlaufen. Ihre "Rettung" besteht letzten Endes darin, daß sie durch irgendein magisch waltendes Naturgesetz "enthext" wird. Und wenn zum Schluß das Normalmaß über die Übermäßigkeit siegt, dann ist das in Hoffmanns Wertewelt bestenfalls ein fragwürdiger Sieg!

Bislang stand in unserer Betrachtung der Märchenkonstanten der Heldentyp im Vordergrund. Ein weiteres zu jedem Märchen gehöriges Moment ist Eingriff und Funktion übernatürlicher Märchenkräfte. Ihre Rolle im Schicksal des Helden wurde kurz beleuchtet; aber welche Werte vertreten sie eigentlich? Das Vorkommen von Vertretern des "Wunderbaren" ist allen Hoffmann-Märchen—mehr oder minder—gemeinsam. Aber der jeweilige Stellenwert, den sie als abwertende oder aufwertende, als belohnende oder bestrafende Macht innehaben, wechselt lebhaft von Werk zu Werk. Die extremen Randpositionen sehe ich im *Fremden Kind* einerseits und in *Prinzessin Brambilla* andrerseits eingehalten. Im *Fremden Kind* herrscht der schärfste und unversöhnlichste Kontrast zwischen den Prinzipien moralischer Aufwertung und Abwertung. Absolut, und überspitzt karikiert in Magister Tinte, bewahrt der negative Pol seine Macht und betont damit nochmals den starr allegorischen Charakter des Werks.—In *Prinzessin Brambilla* spielt die Märchenmacht eher eine dramatische als moralische Rolle; ihre Vertreter kostümieren, maskieren und demaskieren sich je nach Bedürfnis. Sie haben *auslösende* Funktion in ihrer Interaktion mit Giglio; der eigentliche ethische Konflikt findet auf dem inneren Schauplatz, im Bewußtsein des Helden statt.—Zwischen diesen beiden Extremen bewegt sich in den anderen Werken eine reiche Vielfalt übernatürlicher Märchenkräfte, die zwar immer als Kontrastpaare auftreten, aber häufig keine im strengen Sinne moralischen Werte vertreten. In ihnen verkörpern sich jeweils bestimmte Kontrastwerte, die in Hoffmanns Schaffensabsicht von aussagehaltiger Bedeutung sind: die Gegensätze von "lieblich" und "schrecklich" in *Nußknacker und Mausekönig*, organisch-kosmische Phänomene von Unter- und Oberwelt in *Die Königsbraut*, oder die emotional/rational eingenommenen Haltungen von "echt" versus "falsch" im *Meister Floh*. Im Fall des *Goldnen Topfes* bewahren die entgegengesetzten Kräfte ein unentscheidbares Äquilibrium, wogegen sich im *Klein Zaches* die Vertreter der Wunderwelt zwar auch kämpferisch aber moralisch neutral zueinander verhalten. Dabei gebärden sich allerdings beide Seiten gleichermaßen lächerlich, unverläßlich und ohnmächtig.

Trotz variantenreicher Abwandlungen unterstreicht das Vorkommen der hier aufgezeigten Märchenkonstanten, die wir als Merkmale in den meisten deutschen Volksmärchenstrukturen kennen, nochmals das Wesen dieser sieben Hoffmann-Werke als kunstvoll komponierte Märchen.[2] Zwei Gruppen mit unterschiedlichen Tendenzen zeichnen sich ab. Vier der Märchen, in denen eher individualistische und grundsätzlich positiv ausgestattete Heldenfiguren fungieren, erweisen sich in erster Linie als glanzvoll komplexe Gebilde *komischen Erzählens*. In den anderen drei Werken, deren Helden mehr typenhaft eine pointiert mangelhafte Welt spiegeln, wird die *satirische Autorenstimme* deutlicher hörbar. Schon die Einzelanalysen hatten das Ergebnis erbracht, daß diese drei Märchen in ihrer Gesamtanlage stärker im Dienst sozialkritischer Ideen stehen als die anderen vier.

Kaleidoskop der Verfremdungsarten

Das bisher angewandte vergleichende Kongruenzverfahren vermag nur teilweise und sehr minimal zu erschließen, was Hoffmann spezifisch mit jedem seiner Märchen zu schaffen beabsichtigte. Die allgemeinen Züge bekannter Märchenmuster liefern, wie wir sahen, lediglich den vertrauten Grund und Boden, von dem sich dann umso "fremder" und deshalb deutlicher jeweils das eigenwillige Märchengebilde in seiner Besonderheit abhebt. Eben um dieses "Sich-Abheben" von der "Norm" geht es aber dem Märchenschöpfer Hoffmann.

Romantisches Kunstprogramm klingt hier an: "Die Welt muß romantisiert werden. So findet man den ursprünglichen Sinn wieder." Daß dieses "Romantisieren" in zwei verschiedene Richtungen gehen kann, sagt der Novalis-Text im weiteren aus: "Indem ich dem Gemeinen einen hohen Sinn, dem Gewöhnlichen ein geheimnisvolles Ansehen . . . gebe, so romantisiere ich es. Umgekehrt ist die Operation für das Höhere, Unbekannte, Mystische. . .—es bekommt einen geläufigen Ausdruck"[3]. Die erste Operation kann als Defamiliarisierung oder Verfremdung von Bekanntem bezeichnet werden;[4] die zweite ist das Gegenteil: Familiarisierung oder "Entfremdung" von Unbekanntem.

"Verfremdung", so führte bereits das erste Kapitel aus, ist hier im Sinne des russischen Formalismus gemeint als bewußte Verschiebung der Seh- oder Darstellungsweise, um ein Neusehen der automatisch gewordenen Wirklichkeitswahrnehmung zu erzeugen. Mit den Prozeduren literarisch sprachlichen Verfremdens will sich dieser Abschnitt befassen und fragen: welche Mittel verwendet Hoffmann—und mit welcher spezifischen Wirkung—, um Bekanntes zu verfremden, umzugestalten, zu renovieren? Defamiliarisierung bei Hoffmann bedeutet nicht immer—eigentlich nie—Erhöhung oder ästhetische Veredelung, wie Novalis es anzudeuten scheint. Veränderung von Bekanntem kann sich in *jeder* Richtung bewegen, kann *jedes* neuartige Verhältnis zur abzuwandelnden Vorlage (der "automatisierten Folie"[5]) annehmen, solange Transformation der Gestalt, des Tons, der Größenverhältnisse oder—in besonders starkem Maße—der semantischen Beziehungen erreicht wird.

Untersuchung der Gestaltungsmittel, Sprachverwendung und anderer Produktionsvorgänge war in den Märchenanalysen unser Hauptinteresse und Schwerpunkt. Ich hoffe nun zeigen zu können, daß in jedem der sieben Märchen ein andersgeartetes Gewichts- und Akzentverhältnis in der Anwendung bestimmter sprachlicher, struktureller oder stilistischer Gestaltungsmittel vorherrscht, mit dem Ergebnis, daß in jedem der Märchen eine besondere und literarisch benennbare Technik der Aussagevermittlung überwiegt. Gemeinsam ist allen, daß jede Art der Vermittlung eine mehr oder minder indirekte Form des Sagens darstellt—eigentlich ein selbstverständlicher Umstand, denn nach Mukarovski[6] benutzt jegliche Form poetischer Aussage gewisse Abweichungen, "Verzerrungen" der Standardsprache. Nur Art und Grad der Verzerrung unterscheiden sich.

Auf die Gefahr hin, reiner Spekulation zu verfallen, sei hier doch kurz die Frage erhoben, auf welcher Basis der Dichter im Falle jedes Einzelwerks wohl die Auswahl der entsprechenden gestalterischen Verfremdungsmittel getroffen haben mag. Das Wesentliche dieses Vorgangs muß sicherlich für immer im Verborgenen ruhen; aber zweierlei läßt sich vermuten. Wichtig in der Wahl der Mittel ist die Einstellung des Dichters seinem Stoff und Leser gegenüber—oder anders formuliert: war das Verhältnis zwischen Dichter und Stoff widerspenstig, glatt, bewundernd, kritisch . . .? Wollte er sich in seiner Haltung dem "Stoff" gegenüber festlegen, oder den Leser durch Offenheit verunsichern? Außerdem läßt sich für Hoffmann feststellen, daß er bestimmte sprachtechnische Mittel mit großer Vorliebe und wachsender Bewußtheit verwendete, ja man möchte sagen, sich von Werk zu Werk in ihrer Verwendung übte, ihr spezifisches Ausdruckspotential und die Flexibilität der Sprache überhaupt bis zur Zerreißprobe testete. Daraus ergibt sich ein Hang zum Experiment, zur modifizierten Abwandlung und eine Bewegung hin zu radikaleren Formen. Solche Radikalisierungsvorgänge lassen sich nicht nur in einzelnen Textpassagen nachweisen, sondern auch in der sich zunehmend verfremdenden Wiederverwendung gewisser Techniken von einem frühen Märchen zu einem späteren.[7]

Es ist ganz im Sinne seines Schöpfers, den *Goldnen Topf* vor allem als *ironisches* Märchen zu deuten. John Reddick hat spezifisch die vielfältigen Mittel der "durchgehaltenen Ironie"—so Hoffmann selbst[8]—in diesem exemplarisch ironischen Gebilde untersucht und kommt zu dem Schluß: "Hoffmann's coup in *Der goldne Topf* is to create a much more drastic irony whereby the romantic and comic models are in fact brought together, but in such a way that the reader is left with no comfortable assumptions about anything, but is faced instead with a disturbingly open vista"[9]. Dem Wesen der im *Goldnen Topf* erfahrenen und dargestellten Welt liegt fundamental des Dichters Wissen um die Unverläßlichkeit der Verhältnisse zugrunde. Alle meßbaren und menschlich allgemein erfahrbaren Phänomene wie Zeit, Raum, Materie, Endlichkeit, Form können jederzeit ihren normativen Grund verlieren und ins Unermeßliche aufbrechen. Da-

durch geht ihre vorige Bestimmtheit nicht verloren, aber es gesellt
sich zu ihr eine zweite ebenso gültige Seinsweise, die ihrerseits auch
wiederum jederzeit umschlagen und als die "andere" erlebt werden
kann: "And so dualism constitutes both the pattern and the import of
the story"[10]. Eine eindeutige Bewertung der Dinge, Ablehnung oder
Zustimmung für die eine oder andere Daseinsweise will der ironische
Dichter in diesem Werk zu geben vermeiden; "spreadeagled between
the realms", ist nach Reddick die sinnvollste Position; aber in der
Fiktion gelingt sie eigentlich nur der fiktivsten—oder märchenhafte-
sten—aller Personen, dem Archivarius Lindhorst. Das fundamentale
Erlebnis der Unbeständigkeit der Dinge wäre in jeder anderen literarischen Form leicht als tragische Sicht zum Ausdruck gekommen. Die
Freiheit und Phantastik des Märchens—darin am ehesten der eigen-
logischen Traumwelt vergleichbar—ermöglicht dem Dichter den
sprachlichen Einsatz heterogenster Mittel, um trotz ständiger Bewegung den Schwebezustand von Ironie und Humor als idealen Dauer-
zustand zu gestalten. Das heißt nicht, daß der Ernst der Situation
zum Spiel verniedlicht wird; sondern es gelingt dem flexibelsten aller
Instrumente, dem menschlichen Geist, den oft schmerzlichen Ernst
der Dinge vorübergehend in der Heiterkeit des Schwebens aufzuhe-
ben. Beispielhaft an der ironischen Struktur dieses ersten Märchens
ist die Tatsache, daß Mittel und Techniken ironischen Erlebens und
Gestaltens nicht nur verwendet sondern—fast möchte ich sagen—
exemplifiziert werden. Perspektivenwechsel, Mechanismen der Transformation, Wechsel der Sehweise, Wandel und Mischung sprachlicher Register lassen sich an vielen Textstellen im *Goldnen Topf* beobachten und sind vielfach analysiert worden (siehe die Märchenanalyse und Verweise zur entsprechenden Sekundärliteratur).

In meiner Charakterisierung des Kindermärchens *Nußknacker und
Mausekönig* als *psychologisches* Märchen verfahre ich einmal—das einzige Mal—umgekehrt wie bei den anderen Benennungen der dominanten Verfremdungsabsicht in den Märchen. "Psychologisch" bezeichnet die nicht realisierte, nicht dargestellte Basis des Märchengeschehens, d.h. hier wird die Folie nicht deshalb verfremdet, weil
sie zu bekannt wäre, sondern weil sie—als heikler psychologischer
Sonderfall—unerkannt bleiben soll. Die libidinösen Bedürfnisse und
Wünsche des ältlichen, häßlichen und liebesuchenden Droßelmeier
werden "verfremdend" übertragen in den gesellschaftlich akzepta-
blen und anscheinend harmlos niedlichen Oberflächentext eines Kindermärchens. Paradox formuliert, besteht die Verfremdung diesmal
in einer "Familiarisierung": der nächtlich dunkle, psychologische Tatbestand wird in die freundlich weihnachtliche Kinderwelt und

-sprache transformiert und dadurch maskiert. Die Märchenwelt, eine zweite Wirklichkeit, bricht nur für Marie—die träumerisch veranlagte, handgreiflich ins Gewebe ihrer Alltagswirklichkeit ein. Wie kommt das zustande? Das märchenhafte "Instrument" ist zwar ein außerbürgerlicher menschlicher Sonderling, aber kein "echter" Märchenmeister. Ihm gelingt es, mit Hilfe seelischer Korrespondenzen— vielleicht mit hypnotisch magnetischen Kräften—Einfluß auszuüben auf Maries Traumwelt und dadurch das Einbrechen einer anderen Erlebnisschicht zu aktivieren. Nur so ist zu erklären, daß im Märchenerleben dieses unschuldig frommen Mädchens Zerstörung, Kampf, Schlachtgetümmel und andere Abscheulichkeiten—überhaupt unzählige Formen eher männlichen Gewaltantuns—vorherrschen. Der Oberflächentext des Kindermärchens erweist sich als der nur dünn verschleierte Vorwand oder "Prätext" für die geheim aber gewaltig darunter wirkende Dynamik männlicher—wohl gesellschaftlich auferlegter—Wunschverdrängung und ersehnter Wunscherfüllung.

In Hoffmanns zweitem Kindermärchen *Das fremde Kind* herrscht ein strenges dualistisches Strukturprinzip mit augenfälligem Schwarz/ Weiß Muster. Die entgegengesetzten Märchenmächte dienen dazu, in unübersehbar *allegorischer* Manier Wesen und Konflikt zweier Welten eindeutig wertend darzustellen. Sowohl in der stark symmetrischen Zweigliederung wie in der auf allegorische Verallgemeinerung angelegte Darstellungsweise der einander "feindlichen Lager" von Land und Stadt, gut und schlecht, wirkt das Märchen außergewöhnlich didaktisch. Verfremdung ist hier gleichzeitig Erstarrung der narrativen Dynamik. Utilitaristisch mechanistischer Bildgehalt (besonders die Automate) und das Vorherrschen gesellschaftlich konventioneller Klischees im sprachlichen Register einer Gruppe kennzeichnen die rationalistische Welt der Erwachsenen und bewerten sie negativ. Natur und besonders Blumenmetaphorik sowie stark synästhetische und onomatopoetische Elemente in der sprachlichen Darstellung beherrschen die naive, schöpferisch freie, gute Welt der Naturkinder. Ein Gleichgewicht in der Interaktion der beiden extremen Positionen ist undenkbar. *Das fremde Kind* ist Hoffmanns einziges fast ganz humorloses Märchen. Einige komische Wirkungen werden erzielt durch die Klischeehaftigkeit in der Sprechweise der "Städter" und in der grotesk verzerrten Spinnenhaftigkeit der menschlichen Magistergestalt. Im Rahmen des gesamten Märchenverlaufs liegt die auffälligste Verfremdung in der kompletten Verkehrung des märchentypischen positiven Ausgangs: das "Übel" ist mächtiger und trägt den Sieg davon; das "Gute" fristet ein kärgliches Dasein im Exil der Erinnerung.

Von allen Märchen ist *Klein Zaches genannt Zinnober* am stärksten
ein verzerrter kultursoziologischer Spiegel seiner Zeit. Der hier ange-
wendete Verfremdungsmodus ist satirischer Art und stempelt dieses
Märchen in erster Linie zum *satirischen* Märchen. *Klein Zaches* ist das
einzige Beispiel, wo schon in der Grundanlage der Fiktion die Existenzmöglichkeit des Märchens ernstlich unterhöhlt ist. In radikali-
sierter Form wird hier die Kontinuität mit der Märchenwelt des *Fremden Kindes* sichtbar, die auch schon vom zunehmenden Phantasiever-
lust gekennzeichnet war. Die Ereignisse um den Helden finden in
einem Milieu statt, in dem das "Wunderbare" zur peinlichen Perversion seiner ursprünglichen Macht und Größe geworden ist. Mißgestalt, Verzerrung und sinnentleerter Tätigkeitsdrang kennzeichnen
die Mehrzahl der handelnden Personen (Zaches, Mosch Terpin, Fabian, Fürst, Minister . . .) und die Grundstruktur der Handlung: alle
guten und wertvollen Taten werden magisch-fälschlicherweise dem
Nichtsnutz Zaches zuerkannt. Hier wird besonders deutlich, daß
"Verkehrung" nicht nur kompositorisches Prinzip ist sondern auch
den ideologischen Sinngehalt zur Darstellung bringt. Der Tiecksche
Titel *Die verkehrte Welt* wäre ein passender Untertitel für dieses Hoffmann Märchen!
     In der *Prinzessin Brambilla* erreicht Hoffmanns freie Handhabung
des Märchenkonzepts ihre ästhetische Meisterschaft. Sowohl von der
verfremdenden Doppelstruktur als auch von der Verdoppelungsthe-
matik her soll es als *transzendentalpoetisches*[11] Märchen charakterisiert
werden. "Spiegelung" in vielerlei Varianten und Bereichen (sei es
sprachlich, bildhaft, handelnd) ist das fundamentale Motiv und "Vehikel", das Hoffmann in der Verfremdungspraxis dieses Märchens
zur Anwendung bringt. Nicht die Spiegelung von Gleichem, sondern—wie es eben im Märchenkontext möglich ist[12]—die Spiegelung
zweier Gegenstände, Zustände, Personen, die zwar fast identisch
sind—oft auch identisch erscheinen—, aber doch verschiedenen
Seinsweisen angehören. Die beiden "Ichs", in denen Giglio (und
auch Giacinta) abwechselnd auftritt, sind zentrales Beispiel für dieses
"Sich Spiegeln", das kompositorisch und gehaltlich das ganze Märchen bestimmt. Was im *Goldnen Topf* je nach Sehweise als zwei einander entgegengesetzte, zeitlich und räumlich weit voneinander ent-
fernte Erscheinungsformen der Wirklichkeit—Alltagswelt (Dresden)
und mythische Welt (Atlantis)—erfahren wurde, rückt hier viel näher
zueinander. Rom ohne Maske und Rom mit Maske bilden den Schauplatz und die beiden "Zustände", die abwechselnd erlebt werden.
Die Übergänge und Transformationen sind vergleichsweise viel sub-
tiler, raffinierter, fast unerkennbar geworden. Oft beruhen sie auf
nichts weiter als auf einer minimalen sprachimmanenten Bedeu-

tungs- oder Referenzverschiebung. Auch Spiegelung von wesenmä-
ßig Gleichem in den Erscheinungsformen verschiedener Medien
nutzt Hoffmann in *Prinzessin Brambilla* neuartig als Kompositions-
und Verfremdungsmittel der Wirklichkeit. *Bildlich* dargestelltes Geschehen (in der Serie der acht Callot-Stiche) steht neben—oder spiegelt sich im—*sprachlich* dargestellten Geschehen des Märchentexts.
Und dieser wiederum ist—transzendentalpoetisch—nocheinmal doppelt, nämlich als Märchenkunst und als Reflexion über das Wesen
von Märchenkunst. Was in der *Prinzessin Brambilla* einerseits auf der
rein narrativen Handlungsebene abläuft, kann andrerseits nocheinmal auf der potenziert ästhetischen Reflexionsebene im Medium poetologischer Betrachtung abgelesen werden. Ist es Zufall, daß in diesem Märchen, das Hoffmann im Untertitel ein "Capriccio nach Jakob
Callot" nennt, aus der Musik bekannte Kompositionsprinzipien besonders auffallen?

Parodistische Verfremdung traditioneller und bekannter Aussage-
formen und -gehalte liegen als zentrales Gestaltungsprinzip dem
sprachlichen Verhalten in der *Königsbraut* zugrunde. Hoffmanns
Techniken tragen Züge der Parodie sowie der Travestie, denn nicht
nur formal sondern auch gehaltlich geschehen Transformationen mit
den ursprünglichen Text- oder Gattungsmodellen. Im Gegensatz zu
Prinzessin Brambilla sind die Verwandlungen hier extrem, die Ver-
schiebungen der Maßstäbe und Proportionen übertrieben verzerrt.
Märchenhandlung ist aufs Minimum reduziert, die narrative Verknüpfung der Szenen äußerst lose. Parodistisch verfremdet wird in
erster Linie die romantische Naturauffassung von den Wechselbeziehungen aller Naturphänomene untereinander, die—auf ihr parodistisch konkretes Minimum reduziert—als die Philosophie von "Fressen und Gefressenwerden" charakterisiert werden kann. In Hoffmanns Märchenvariante nimmt dieser Umstand dann zum Beispiel
die Form jener radikal komischen Küchenszene an (fünftes Kapitel),
die den Kampf zwischen Dapsul von Zabelthau und den rebellischen
Gemüsesorten zu dem konkreten Vorgang von "Kochen und Ge-
kochtwerden" verfremdet. Sekundär abgeleitet von dieser zentralen
Parodie sind parodistische Varianten astrologischer und kabbalisti-
scher "Wissenschaftssysteme", ja sogar poetischer Versschulen zu erkennen, die sich in der Karikatur von Zabelthaus einerseits und des
Poeten Amandus andrerseits grotesk personifizieren. Parodie ist eine
den Gegenstand verlachende, banalisierende Form der Verfremdung;
und es mag verwundern, warum Hoffmann Phänomene, denen er
Achtung und Interesse entgegenbrachte, derart radikal erniedrigte.
Vielleicht ging es ihm darum, einmal den maximalen Spannungsbo-
gen zwischen Originalvorlage und poetisch sprachlicher Abwand-

lung auszumessen. Das ist ihm nur zu gut gelungen, denn aus der Rezeption des Märchens wird deutlich, daß die parodierten Original-situationen und -vorlagen eigentlich nie verstanden und erkannt wurden!

Im *Meister Floh* herrscht höchste sprachschöpferische Originalität, die uns dazu verleitet, das Werk—trotz des damit begangenen "Ana-chronismus"—als *surrealistisches* Märchen zu bezeichnen. Die Bau-steine für das Geschehen in der Werkhandlung sind nicht in erster Linie Begebenheiten, Taten, Konflikte, sondern es sind die Polyvalen-zen der Sprache, einzelner Wörter, Begriffe, Redensarten, die in be-sonderen kontextuellen Konstellationen die Märchenhandlung schaf-fen und Vorgänge zum Ablaufen bringen. Die traditionelle chrono-logische Ordnung ist hier ersetzt durch eine assoziativ sich entfalten-de Logik des Verlaufs. Hoffmanns dualistische Weltordnung, basie-rend auf verschiedenen Weisen des Sehens, herrscht auch hier noch; aber Übergänge und Wechsel sind nicht mehr erkennbar oder durch bestimmte sprachliche Techniken im Text markiert. Sie sind fluide und produzieren dadurch in der Handlung die Wirkung einer eigen-artig magischen Neuheit: das empirisch Unmögliche wird erzählt mit der Selbstverständlichkeit eines sachlichen Tatbestandes. Genau so aber kann das eigenlogische Wesen von Märchenbegebenheiten im traditionellen Sinne definiert werden! Im Volksmärchen entspringt das kommentarlos akzeptierte Geschehen übernatürlicher Ereignisse dem naiven Glauben an eine ungeteilt "wunderbare" Märchenwelt. In Hoffmanns höchst individuellem und innovativem Kunstmärchen geschehen anscheinend auch wieder alogische, empirisch unerklär-liche Dinge. Aber sie sind aus den Polyreferenzen der Sprachgehalte selbst entstandene, surrealistische Begebnisse, die nur mit der schöp-ferischen Intuition (dem "inneren Sinn") als solche wahrgenommen werden können und deren "Surrealität" als Form der Wirklichkeit im ästhetischen Raum fraglos gilt. In der Potenz der Sprache selbst wird die Möglichkeit erweiterter Wirklichkeitserfahrung gefunden—eine Einsicht, die schon die Sprachauffassung romantischer Dichter kenn-zeichnete, aber im 20. Jahrhundert dann das Kunstprogramm der Surrealisten bestimmte. Nur wenn die allzu vertraute banale Aller-weltsrealität in der Bedeutung der Wörter beiseite gerückt wird,[13] kann der "ursprüngliche Sinn" wieder entdeckt werden. Die Welt romantisieren ist unter diesem Aspekt seltsam verwandt mit der For-derung der Surrealisten "to create images and objects which in all their concrete character might give the human mind a representation of the infinite or the eternal without relegating the vision to another world"[14].

Im *Meister Floh* symbolisiert und konkretisiert sich die Potenz für solch erneuertes Sehen im zentralen Märchenrequisit vom magischen Glas, das demjenigen, der es trägt, die Gabe verleiht, den echten Sinn, der oft das *Gegenteil* des äußerlich Wirklichen ist, hinter der konventionellen Oberfläche, die wahre Absicht des Gedankens hinter der klischeehaft/falschen Wahl der Worte zu erfahren. Hoffmann zeigt sich auch hier mit Novalis einig, der im "Monolog" äußert, daß bewußtes Sprechen Unsinn sprechen heißt. Um vom Unsinn zum Sinn zu gelangen, muß durch die Fassade der bewußten Sprache vorgestoßen werden. Die Sprache selbst muß sich äußern, wobei der Sprecher lediglich die Funktion eines "Mediums" innehaben darf. Hoffmann hält, wie wir wissen, den Zustand der Hypnose oder des Somnambulismus für fähig, dieses produktive Verhältnis zwischen Sprache und Medium zu schaffen; die Surrealisten interessieren sich aus demselben Grund intensiv für den Zustand der Hysterie und andere Formen des Wahnsinns.[15] In diesem Sinne ist die rätselhaft faszinierende Doppelgestalt von Dörtje/Gameheh im *Meister Floh* eine merkwürdig surreale Kreatur Hoffmanns: sie ist Blume und Mensch, Träumende und Wachende zugleich; sie wirkt wie die geistige Ahnfrau von André Bretons *Nadja*.

"Mährchen Muskel" um den Mund

Hoffmanns Märchen bemühen sich von Anfang an, mit besonderer Intensität jedoch im *Goldnen Topf*, in *Prinzessin Brambilla* und dem *Meister Floh*, um die Öffnung und Pflege eines sechsten Sinnes, sowohl im Dichter wie im Leser. Wir haben versucht, diesen Märchensinn, den Sinn fürs Wunderbare, für wache Traumzustände, für eine "andere Vernunft"[16], in unseren Märchenanalysen aufzudecken, zu begreifen und zu beschreiben. Die Formulierung "andere Vernunft"—ein Hoffmann-Zitat aus den *Elixieren*—deutet an, daß es sich dabei nicht um ein der Vernunft entgegengesetztes antirationales Prinzip handelt, sondern eben um eine andere Art von Vernunft, die das normale, begrenzt "Vernünftige" transzendiert und erweitert. Für den schaffenden Künstler bedeutet das Aktivieren dieser "anderen Vernunft" keine Absage an den formbewußten Schaffensvorgang; vielmehr fordert es von ihm die Integration über- oder außerbewußter Elemente in die Gesamtkonzeption seines Schaffens. Auch in anderen literarischen Gattungen, seien es Fantasiestücke (*Ritter Gluck*) Nachtstücke (*Der Sandmann*) oder Romane (*Die Elixiere des Teufels*), geht es Hoffmann um das Aufsprengen der Form und um das Integrieren einer "übervernünftigen" Dimension. Die flexible Freiheit des Märchenwesens jedoch ist am produktivsten dazu geeig-

a die Nase.
b die Stirn.
c die Augen.
d Dallasische Beafsteck
   u Portwein.
e der Ironische Zug oder
   die Mährchen Muskel
f das lange Kinn mifsrathe.
   ne Schauspiele(Blandina etc)
g Neuaptirte Haare oder
   Gasterscheinungen
h Ein Halstuck
i Ein Kragen

k. Ein Rockaermel mit
   willkührlichen Falten
l. Der Backenbart oder
   übernächtige Gedanken
   eines Mordsüchtigen
m. die Mephistophelesmusk
   oder Rachgier u. Mordlust_
   Elixiere des Teufels.
n. fehlt.
o. Das Ohr oder Kreislers
   Lehrbrief der weder ge.
   hört noch verstanden ward
p. Und so weiter

E. T. A. Hoffmann, Selbstbildnis, "der ironische Zug oder die Märchen
Muskel" (Abgedruckt aus E. T. A. Hoffmanns Sämtliche Werke. Hrsg.
von Carl Georg von Maassen. München und Leipzig: Georg Müller, 1914,
Bd. 7, Titelseite)

net, über das traditionell literarisch Sagbare in neue poetische Räume hinauszuschaffen.

Nach der Entstehung und dem Erfolg des ersten Märchens äußerte Hoffmann, er "schreibe keinen *Goldnen Topf* mehr"[17]. Je nachdem wie wörtlich man diese Vorhersage nimmt, mag Hoffmann Recht behalten haben. Es sollte sich jedoch zeigen, daß er vom Märchenschaffen selbst nie wieder würde lassen können. Seine literarische Physiognomie ist fortan gezeichnet mit dem "Märchenzug", den er—in echt Hoffmannscher Konkretisierung eines abstrakten Umstandes—sogar seiner leiblichen Physiognomie aufprägt. Es gibt ein Selbstporträt Hoffmanns aus dem Jahre 1816, dem er "scherzhafte physiognomische Erläuterungen"[18] beigibt. Ein einfach und klar gezeichnetes Gesicht mit Benennungen für seine Bestandteile zu versehen, es zu katalogisieren wie eine Bildtafel in Lavaters *Physiognomischen Fragmenten*[19] oder wie die Gebrauchsanweisung für eine Maschine, das selbst ist doch wieder eine parodistische Verfremdungstechnik. Der ironische Effekt beruht zunächst einmal darin, daß das Selbstverständliche, das Bekannte, ausdrücklich als solches benannt wird: "a. die Nase, b. die Stirn . . .", als ob es dadurch besser erkennbar gemacht werden könnte oder müßte! Aber bei der einmaligen Verfremdung bleibt es ja nicht. Nach dem Prinzip der Fiktions- oder Einfallssteigerung, die in Hoffmanns kreativem Verfahren so häufig auffiel, setzt bald eine Potenzierung ein, die das Verfremden nicht nur übertreibt, sondern gewissermaßen auf den Kopf stellt, es rückläufig macht, denn plötzlich wird nicht mehr der erwartete selbstverständliche Name für den bekannten physiognomischen Körperteil angegeben. Eine Transformation findet statt, und das leibliche Porträt wird zum psychologischen Künstlerporträt, der allgemein menschliche äußere Zug wird in seiner individuell einmaligen seelischen Bedeutung benannt. Nun "enthüllen" die unerwarteten Bezeichnungen tatsächlich ganz persönliche Züge—Züge, die nur der mit dem *ganzen* Menschen vertraute Beobachter und Zeichner kennen und benennen kann. Hier wird das Porträt—trotz aller Scherzhaftigkeit—tatsächlich zur bekenntnishaften, Inneres zur Schau stellenden "Selbstanalyse". Uns interessiert besonders ein Zug: Hoffmann erlaubt nämlich dem Leser oder vielmehr dem Beschauer des Porträts einen anscheinend ganz zufälligen aber vielsagenden Blick in seine Künstlerseele, der ihm eine wesentliche Einsicht in Hoffmanns Verhältnis zum Märchen gibt. Die Partie um den Mundwinkel wird bezeichnet als "e. der Ironische Zug oder die Mährchen Muskel". Was hier zum Ausdruck kommt, ganz knapp in poetisch-anatomischer Verfremdung formuliert, bestätigt und unterstreicht nochmals die Funde unserer Märchentextanalysen. Vielfache Formen der Verfremdung, wie ironisches Sagen, sind wesenhafter Bestandteil der Gattung Märchen im Hoffmannschen Verständnis. Das Märchen als Ausdrucksform ist dem künstlerischen "Temperament" Hoffmanns aufgeprägt wie der Zug um den Mund seiner Physiognomie;[20] und, nicht zuletzt, der mit Märchenschaffen identifizierte Gesichtsmuskel reflektiert bekanntlich am deutlichsten Vergnügen oder Mißvergnügen, Spott oder Bitterkeit—kurzum, die ganze Skala persönlicher Reaktionen oder Haltungen des Sprechers—bzw. des Schreibers—sei es nun sein echtes Gefühl oder eine grimassenhaft vorgeschützte Tarnung. Auch im Medium des gezeichneten Selbstporträts gibt Hoffmann uns noch einmal zu verstehen, daß Märchenschaffen integraler Teil seiner Physiognomie als Künstler und als Mensch ist.

Anmerkungen

1. Kapitel

1. Tismar, *Kunstmärchen*; derselbe, *Das deutsche Kunstmärchen des zwanzigsten Jahrhunderts*; Wührl, *Das deutsche Kunstmärchen*; Apel, *Die Zaubergärten der Phantasie*; Schumacher, *Narziß an der Quelle*; Fink, *Naissance et Apogée du Conte Merveilleux en Allemagne 1740–1800*; Klotz, *Das europäische Kunstmärchen*.

2. Als anregende Ausnahme seien hier die soziologisch und marxistisch ausgerichteten Studien von Jack Zipes genannt: *Breaking the Magic Spell. Radical Theories of Folk & Fairy Tales* (1979); *Fairy Tales and the Art of Subversion* (1983).

3. Behrmann, "Zur Poetik des Kunstmärchens", S.107–34.

4. Nicht gesondert berücksichtigt wird hier eine Studie, die sich speziell mit einer Figurengruppe in Hoffmanns Märchen befaßt: Beardsley, *E. T. A. Hoffmann. Die Gestalt das Meisters in seinen Märchen*. Eine italienische Arbeit—Tecchi, *Le Fiabe di E. T. A. Hoffmann*—war mir leider nicht zugänglich. Erst nach Beendigung meiner Arbeit erschien das Hoffmann-Buch von Feldges und Stadler, *E. T. A. Hoffmann. Epoche—Werk—Wirkung* (1986), dessen ausführlichen Märchenteil (S. 64–134) ich deshalb nicht mehr mitverarbeiten konnte. Vier Märchen werden hier—ohne Begründung der Auswahl (*Der goldne Topf, Das fremde Kind, Klein Zaches, Prinzessin Brambilla*)—gründlich und unter Auflistung umfangreichen Materials besprochen. Interessanterweise fehlen auch hier wiederum die schwer zugänglichen späten Märchen *Die Königsbraut* und *Meister Floh*. Meine eigenen Arbeiten zu einigen der Märchen waren den Autoren offenbar nicht bekannt.

5. In Prang (Hrsg.), *E. T. A. Hoffmann*, S. 155–84. Zuerst erschienen 1955.

6. Martini, "Die Märchendichtungen E. T. A. Hoffmanns", S. 162.

7. Martini, S. 158, 160, 162.

8. Diese Studien werden in den entsprechenden Kapiteln der Einzelanalysen erwähnt. Hier sei nur der neuste Aufsatz zu Hoffmanns Märchenpoetologie angeführt: Pix, "Hoffmanns Poetologie im Spiegel seiner Kunstmärchen", S. 18–29.

9. Negus, *E. T. A. Hoffmann's Other World*.

10. Negus, S. 113–17.

11. De Loecker, *Zwischen Atlantis und Frankfurt* (1983). Die Studie entstand zuerst 1976 als Dissertation und repräsentiert den Forschungsstand *dieser* Zeit.

12. Lämmert, *Bauformen des Erzählens* .

13. De Loecker, S. 253.

14. De Loecker, S. 262.

15. De Loecker, S. 264.
16. De Loecker, S. 266.
17. Wührl, *Das deutsche Kunstmärchen*, S. 25. Vermutlich ist es dieser gattungsuntypischen neuartigen Definition des Wunderbaren zuzuschreiben, daß für Wührl auch die Existenz des Wunderbaren als feindliches Prinzip im Nachtstück genügendes Kriterium dafür ist, diese Werke—in Hoffmanns Fall spezifisch *Der Sandmann* und *Die Bergwerke zu Falun*—als Märchen zu behandeln (S. 254–65).
18. Wührl, S. 25.
19. Wührl, S. 140–90.
20. Dobat, *Musik als romantische Illusion*.
21. S. 236. Zwei Grundbedingungen muß ein echt "serapiontisches" Kunstwerk erfüllen, erläutert Dobat (S. 237): Es darf "keine real vorgegebenen Sachverhalte kopieren", und es muß als "artifizielles Gebilde" so angelegt sein, daß es sich in der Phantasie des Lesers frei entfalten kann.
22. Dobat, S. 72.
23. Dobat, S. 171.
24. Dobat, S. 171.
25. Dobat, S. 173.
26. Dobat, S. 68–73.
27. Hier etwa der alternierende Rhythmus der letzten acht Vigilien zwischen Anselmus' und Veronikas "Glückssuche".
28. Im letzten Märchen fallen besonders Kompositionsparallelismen in der Struktur einzelner Kapitel, besonders im vierten und fünften Abenteuer, auf.
29. Besonders das Strukturprinzip der kontrastiven Doppeltheit (schon in den jeweils zwei Figuren der Callot-Bilder vorgebildet) fällt auf. Ebenso in vielen Handlungsteilen die Progression von einem starren, statischen Zustand zu einem weiten, gelösten.
30. Siehe zum Beispiel die Bamberger Stichwortgeschichte "Die Folgen eines Sauschwanzes", die Hoffmann als Scherz aus ihm von Freunden zugeworfenen unzusammenhängenden Wörtern produziert hat. Der Text ist enthalten in E. T. A. Hoffmann *Schriften zur Musik. Nachlese*, S. 918–19.
31. Den fast mystischen Moment solchen Einverständnisses zwischen einem produzierenden Künstler und seinem rezipierenden Zuhörer hat Hoffmann selbst oftmals dargestellt; so zum Beispiel am Ende von *Ritter Gluck*: indem der fremde Musiker das imaginäre Gluck-Werk schafft und zu klingendem Leben erweckt, *erkennt* der partizipierende Zuhörer ihn als den Ritter Gluck.
32. *Serapions-Brüder*, S. 599.
33. Selbst Grimms *Deutsches Wörterbuch* führt das Stichwort "Kaleidoskop" nicht an.
34. Heyse, *Fremdwörterbuch*, S. 449.
35. Siehe hierzu insbesondere "Vorwort IV" und Sklovskij, "Die Kunst als Verfahren" (S. 3–35) in Striedter (Hrsg.), *Russischer Formalismus*.

36. Lachmann, "Die 'Verfremdung' und das 'Neue Sehen' bei Viktor Sklovskij", S. 228.
37. Sklovskij, S. 31.
38. Die erotischen Wunschträume des unattraktiven alten Mannes, Droßelmeier.

2. Kapitel

1. Von vorromantischen Märchendichtern wie Wieland oder Musäus wurde hier abgesehen, obgleich deren ironische Einstellung zur literarischen Märchengattung nicht ohne Einfluß auf Hoffmann war.
2. In einem Brief von Hoffmann an Kunz, 4. März, 1814; siehe Schnapp (Hrsg.), *E. T. A. Hoffmann*, S. 95.
3. Wertvolle Dokumente zu Entstehung, Rezeption und Deutung des *Goldnen Topfes* sind gegeben in Wührl (Hrsg.), *Erläuterungen und Dokumente. E. T. A. Hoffmann. Der goldne Topf.*
4. Martini, "Die Märchendichtungen E. T. A. Hoffmanns".
5. Tatar, "Mesmerism, Madness, and Death in E. T. A. Hoffmann's 'Der goldne Topf' ".
6. Jennings, "The Role of Alcohol in Hoffmann's Mythic Tales".
7. Nygaard, "Anselmus as Amanuensis. The Motif of Copying in Hoffmann's *Der goldne Topf*".
8. McGlathery, *Mysticism and Sexuality. E. T. A. Hoffmann*, 2:29–38, 218–22.
9. Just, "Die Blickführung in den Märchennovellen E. T. A. Hoffmanns".
10. Mühlher, "Liebestod und Spiegelmythe in E. T. A. Hoffmanns Märchen 'Der goldne Topf' ".
11. Miller, "E. T. A. Hoffmanns doppelte Wirklichkeit".
12. Reddick, "E. T. A. Hoffmann's 'Der goldne Topf' and its 'durchgehaltene Ironie' ".
13. Nehring, "E. T. A. Hoffmanns Erzählwerk. Ein Modell und seine Variationen".
14. Willenberg, "Die Kollision verschiedener Realitätsebenen als Gattungsproblem in E. T. A. Hoffmanns 'Der goldne Topf' ".
15. Willenberg, S. 104.
16. Mühlher, "Liebestod und Spiegelmythe"; Jaffé, *Bilder und Symbole aus E. T. A. Hoffmanns Märchen 'Der goldne Topf'*; Negus, *E. T. A. Hoffmann's Other World*. Wegen der reichhaltigen Vorarbeiten zum Thema von Einflüssen und Vorbildern zu Hoffmanns Mythen, habe ich diesen Fragenkomplex kaum berücksichtigt.
17. Jaffé, *Bilder und Symbole*.
18. Brief an Kunz, 19. August 1813; siehe Schnapp (Hrsg.), *E. T. A. Hoffmann*, S. 90–91.
19. Harich, *E. T. A. Hoffmann*, 1:218. Neuerdings hat gerade Hoffmanns kriegsbedrohte Dresdener Lebensphase anregend auf zwei neue Hoffmann-

Fiktionen gewirkt. Ingo Zimmermanns (DDR) dokumentarisch-fiktive Erzählung *Hoffmann in Dresden* (1985) konzentriert sich auf Erlebnisse in diesem historischen Zeitraum. Auch in Peter Henischs originell fiktiver Studie
Hoffmanns Erzählungen. Aufzeichnungen eines verwirrten Germanisten (1983)
steht—neben dem Bamberger Julia-Erlebnis—Hoffmanns Dresdener Zeit an
zentraler Stelle.

 20. E. T. A. Hoffmann, *Die Serapions-Brüder* (München: Winkler Verlag,
1963), S. 863–70. Weitere Seitenzahlen zu *Erscheinungen* im Text. Zur Entstehung dieses Prosastücks, siehe Anmerkung, S. 1009. Hoffmann hatte "die
fragmentarischen Erinnerungen des Anselmus aus Dresden" offenbar ursprünglich 1817 einer Publikation des "Vaterländischen Vereins zur Verpfle-
gung hülfloser Krieger von der Berliner Garnison aus den Jahren 1813 bis
1815" überlassen, die in Verbindung mit einer Bücherverlosung als Trost-
preis vergeben werden sollte, so berichtet Friedrich Schnapp in *E. T. A.
Hoffmann in Aufzeichnungen seiner Freunde und Bekannten*, S. 380–81.

 21. Wührl, *Das deutsche Kunstmärchen*, S. 166–67. Sowohl in dieser Studie
(S. 160–74) als auch in den *Erläuterungen und Dokumenten* (Anmerkung 3)
leistet Wührl erschöpfend informative Arbeit, neben der sich eigentlich eine
wiederholte Strukturanalyse erübrigt.

 22. Schubert, *Symbolik des Traumes*, S. 99–103.

 23. Für Werkzitate ist die folgende Ausgabe benutzt: E. T. A. Hoffmann,
Fantasie- und Nachtstücke, S. 179–255. Seitenzahlen sind eingeklammert im
Text angegeben.

 24. Wührl, *Das deutsche Kunstmärchen*, S. 169: "In keinem anderen deutschen Kunstmärchen wird der Leser ähnlich intensiv an der Herstellung der
erzählten Welt beteiligt wie im *Goldnen Topf*."

 25. Der DDR Schriftsteller und Hoffmann-Wahlverwandte Franz Fühmann hat meines Erachtens die provokativste und subjektivste Studie zum
Goldnen Topf in unserer neusten Zeit geliefert: *Fräulein Veronika Paulmann aus
der Pirnaer Vorstadt*, S. 55–115. In echt Hoffmannesker ironischer Verkehrung setzt er den Akzent des Schauerlichen in die allerbürgerlichste Alltagswelt: "Das Schauerliche, so kennt man es aus Hoffmann, das ist der
Mensch des alltäglichsten Alltags, von dem keiner weiß, was er eigentlich
ist, doch am schauerlichsten, so sollte man mit ihm zu erkennen wagen, ist
dieser Alltagsmensch in jener Phase, wo er sein Wesen so offen zur Schau
stellt, daß über seine bezaubernde Pose keiner es als Wesen sieht: in der
Anmut der Jugend, und wo blühte die holder als im Lächeln der Mädchen"
(S. 90). Vor allem die macht- und wertebewußten bürgerlichen Mädchen
Hoffmanns charakterisiert Fühmann als schauerlich, mit ihrem "Charme
des eiskalten Egoismus" (S. 103). "Sie denken bei ihren Heiratsplänen nicht
an den Mann, sondern an dessen Karriere" (S. 103).

 26. Hunter-Lougheed, "Ehrenrettung des Herrn Registrators Heerbrand",
S. 16. Dieser Aufsatz hätte ein interessantes Gegenstück zu Fühmanns Studie über das Bürgertum bei Hoffmann werden können, wenn die Autorin
sich auf den leider nicht genannten Fühmann bezogen hätte.

 27. Vgl. Miller, "E. T. A. Hoffmann und die Musik", S. 191–92: "Seine

Schwäche im Idealischen, das Versagen seiner Imagination vor dem lyrischen Traumflug lassen Hoffmann den Zustand der Unendlichkeit immer nur leer, niemals als dichtes und suggestives Gegenbild zur Erfahrung beschwören."

28. Jaffé, S. 192.

29. Jaffé, S. 299–300

30. Vgl. Heine, *Transzendentalpoesie. Studien zu Friedrich Schlegel, Novalis und E. T. A. Hoffmann*, S. 154–202. Heine charakterisiert die Erzählhaltung in der zwölften Vigilie als "Kapitulation des Erzählers als Erzähler" (S. 176).

31. Man beachte, daß die Benennung dieses "Lieblingsgetränk Ihres Freundes des Kapellmeisters Johannes Kreisler" (S. 252) eine zweite höhere Potenz des Selbstzitats aus einem Werk *außerhalb* des Märchens, wieder eine Form der ironischen Fiktionsbrechung bedeutet!

32. Jaffé, S. 353–54.

33. *Kreisleriana*, siehe "Höchst zerstreute Gedanken", S. 56. Enthalten in *Fantasiestücke in Callots Manier*, in demselben Band wie *Der goldne Topf*.

34. *Kreisleriana*, S. 56.

35. Mühlher, S. 94. Mühlhers Aufsatz erschien zuerst in *Mitteilungen der E. T. A. Hoffmann-Gesellschaft*, 2./3. Heft (März, 1940), S. 65–96.

36. Jaffé, *Bilder und Symbole*.

37. Pikulik, "Anselmus in der Flasche. Kontrast und Illusion in E. T. A. Hoffmanns 'Der goldne Topf' ".

38. Pikulik, S. 345.

39. Der goldene Topf war ursprünglich—in einer derberen Variante—als goldener Nachttopf konzipiert. In einem Brief an Kunz (19. August 1813) erklärt Hoffmann, ". . . er [der Jüngling] wird aufgeboten—getraut—bekommt zur MitGift einen goldnen Nachttopf mit Juwelen besetzt—als er das erstemahl hineinpißt verwandelt er sich in einen MeerKater usw.—"; siehe Schnapp (Hrsg.), *E. T. A. Hoffmann*, S. 91.

40. Heine, *Transzendentalpoesie*.

41. Willenberg, "Die Kollision verschiedener Realitätsebenen als Gattungsproblem in E. T. A. Hoffmanns 'Der goldne Topf'."

42. Zitiert bei Jaffé, S. 345 (Fußnote 162).

3. Kapitel

1. Segebrechts Anmerkung in *E. T. A. Hoffmann, Die Serapions-Brüder*, S. 1054.

2. Von Müller, *Gesammelte Aufsätze über E. T. A. Hoffmann*, S. 112.

3. Peter Ilych Tschaikowski (1840–93) komponierte das *Nußknacker* Ballett im gleichen Jahr wie die *Pathétique*, 1892.

4. Siehe von Müller, *Gesammelte Aufsätze*, S. 103–5, 107.

5. Den Werkzitaten liegt folgende Ausgabe zugrunde: *E. T. A. Hoffmann, Die Serapions-Brüder* (München: Winkler Verlag, 1963), S. 198–255. Seitenzahlen sind eingeklammert im Text angegeben.

6. Ellinger in *E. T. A. Hoffmanns Werke*, 5. Teil, S. 20.

7. Von Müller, *Gesammelte Aufsätze*, S. 102.

8. Von Müller, *Gesammelte Aufsätze*, S. 102.

9. Negus, S. 123.

10. Heintz, "Mechanik und Phantasie. Zu E. T. A. Hoffmanns Märchen 'Nußknacker und Mausekönig' ", S. 9.

11. Elardo, "E. T. A. Hoffmann's *Nußknacker und Mausekönig*: The Mouse-Queen in the Tragedy of the Hero", S. 5.

12. Schumacher, S. 125.

13. McGlathery, S. 95.

14. McGlathery, S. 97.

15. Die Märchengliederung: *Einführende Rahmenteile*: 1. Weihnachtsabend (Exposition), 2. Die Gaben, 3. Der Schützling, 4. Wunderdinge, 5. Die Schlacht, 6. Die Krankheit. *Das Binnenmärchen*: 7. Das Märchen von der harten Nuß, 8. Fortsetzung des Märchens von der harten Nuß, 9. Beschluß des Märchens von der harten Nuß. *Abschließende Rahmenteile*: 10. Onkel und Neffe, 11. Der Sieg, 12. Das Puppenreich, 13. Die Hauptstadt, 14. Beschluß (Epilog).

16. Psychoanalytisch gesehen kann Droßelmeier deshalb Nußknacker nicht helfen, weil er sich in seiner Phantasie mit jenem identifiziert und weil Marie letzten Endes die einzige ist, die "ihn" retten und erlösen kann.

17. Der Begriff "Männerphantasie" ist durch Klaus Theweleits Buch *Männerphantasien* angeregt und wird in meiner Märchenstudie mehrmals, aber nicht direkt in Theweleits Bedeutung verwendet. Jedoch scheint mir klar, daß auch in Hoffmanns Märchen Verdrängungsmechanismen und Sublimationsvorgänge auffallend stark am Werke sind.

18. Zitiert aus Schnapp (Hrsg.), *E. T. A. Hoffmann in Aufzeichnungen seiner Freunde und Bekannten*, S. 236.

19. Ibid.

20. Beardsley (in *E. T. A. Hoffmann. Die Gestalt des Meisters in seinen Märchen*, S. 23) meint, daß der Nußknacker auch ein Erzeugnis Droßelmeiers sei, wofür ich aber im Text keinen Anhalt finden kann; er stammt wohl eher aus den geschickten Händen des *Bruders*, der Puppendrechsler war, oder ist dessen leiblicher Sohn, wie sich aus dem Binnenmärchen schließen läßt (S. 228–29).

21. Beardsleys Studie zu den Märchenmeistern weist deutlich auf dieses hypnotisch lenkende Verhalten Droßelmeiers hin (S. 23–24).

22. Comte Antoine d'Hamilton (1646–1720), *Les quatre facardins*, enstanden 1715, auf Deutsch 1795. Wie Segebrecht anmerkt (S. 1054), erwähnt Hoffmann dieses Werk schon am 24. Januar 1796 in einem Brief an Hippel, zu einer Zeit, übrigens, wo Hoffmann zwischen höchsten erotischen Nöten und Exaltationen hin und her gerissen wurde: "—aber meine Empfindung, meine Fantasie ist stärker als alles—sie wirft alles über den Haufen und blickt stolz auf die Kinder des Sentiments—O süße Vereinigung mit alledem, was mir lieb ist, gegen das gerechnet mir die Welt zu klein ist und ich gern den Himmel dazu erobern möchte—süße Vereinigung, dich erblicke

ich im milden Strahlenglanze!—. . . Verzweifelt ists, daß ohne den magern
Ehrenmann, der keine Hosen trägt und der die tollsten Paradoxa mit einem
Hieb aufzulösen versteht, mein Glück im bauen oder gebaut werden so viel
Lärm macht. Dieser Lärm ist unausstehlicher als das SackpfeifenConcert
des Prinzen Facardin, und nur die Stimme der Freundschaft übertäubt den
widrigen Nachhall und spielt Glockentöne der Harmonika ans Ohr des
Lieblings . . ." (von Müller, [Hrsg.], *Hoffmann und Hippel*, S. 89).

23. Die Nuß ist ein bekanntes, vielbenutztes Motiv in sprichwörtlichen
Redensarten; besonders die "harte Nuß" oder eine "harte Nuß knacken"
hat landläufig entweder die Bedeutung von "eine Schwierigkeit überwinden" oder "ein Rätsel lösen". "In die Nüsse gehen" kann auch die erotische
Bedeutung haben von "sein Liebchen aufsuchen"; der Zusammenhang mit
Sexuellem wird auch in den Versen deutlich ("Eine harte Nuß, ein stumper
Zahn, / Ein junges Weib, ein alter Mann / Zusammen sich nicht reimen wol
. . ." bei Röhrich, *Lexikon der sprichwörtlichen Redensarten*, II:690–91.) Hoffmann verwendet gern mehrdeutig aufgeladene umgangssprachliche Rede-
wendungen, besonders in humoristischen Texten, wo er sie oft im narrativen Verlauf noch weiterhin mit zusätzlichen Bedeutungsschichten bereichert; ein reichhaltiges Beispiel ist das Flohmotiv (z.B. jemand einen Floh ins
Ohr setzen . . . und vieles andere) im *Meister Floh*. Siehe hierzu meinen
Aufsatz "E. T. A. Hoffmanns *Meister Floh*. Überwindung des Inhalts durch
die Sprache".

24. McGlathery übersieht eine wichtige Tatsache, wenn er spekuliert:
"Her [Marie's] fantasies about the nutcracker doll being a nephew of Droßelmeier's, who has been transformed by an evil spell, may be a compensa-
tion dream about beating the older sister to the altar . . ." (S. 96). Es ist *nicht*
Maries Fantasie, daß Nußknacker ein Neffe Droßelmeiers sei, vielmehr *produziert* Pate Droßelmeier selbst durch *seine* Fantasie diese Vorstellung in
Maries Denken und Gemüt!

25. Überhaupt bringt Hoffmann den zensierenden, durch Drohung und
Strafe einschüchternden Einfluß der Elternwelt deutlich zum Ausdruck;
Droßelmeier ist der einzige, der sich von dieser autoritären Welt der Er-
wachsenen absetzt.

26. Zum Beispiel bei Ellinger, S. 19. Auch von Müller, *Gesammelte Aufsätze*, der die satirischen Stellen zwar als Glanzstücke komischer Erzählkunst hochschätzt, merkt doch an, daß sie "sich durchaus nur an die Erwachsenen wenden" (S. 102), und daß "der Dichter bei Gelegenheit ganz
unverhüllt aus der Rolle fällt" (S. 102). Und er beschließt seine kritischen
Bemerkungen mit der amüsanten etwas paternalistischen Feststellung:
"Hoffmann ließ sich eben etwas gehen in diesem Märchen . . ." (S. 103).

27. Safranski, *E. T. A. Hoffmann. Das Leben eines skeptischen Phantasten*,
S. 383 und 389.

28. Zitiert bei von Müller, *Gesammelte Aufsätze*, S. 105.

29. Elardo deutet in die mythische Natur Droßelmeiers wohl etwas zuviel
hinein; besonders die Einäugigkeit als Kastrationsmotiv kann mir selbst im
"subtext" dieses Märchens nicht als sinnvoll einleuchten. Eher in Hoff-

manns Sinne, würde ich sie deuten als Zeichen des geschädigten Künstlertums, der geschädigten Phantasie, bedenkt man, wie wesentlich das "Sehen" und "Schauen" in Hoffmanns poetologischem Denken ist.

30. In Anlehnung an den Titel Gotthilf Heinrich Schuberts *Ansichten von der Nachtseite der Naturwissenschaften* (1808), eine Studie die Hoffmann bestens kannte und schätzte.

4. Kapitel

1. E. T. A. Hoffmann, *Die Serapions-Brüder* (München: Winkler Verlag, 1963), S. 472. Alle Werkzitate sind dieser Ausgabe entnommen und eingeklammert im Text enthalten.

2. *Poetische Werke*, 3:691.

3. Ludwig Tiecks *Die Elfen* ist die zweitletzte Erzählung in *Phantasus, I* (1810). Hoffmann schätzte dieses Werk sehr, und Lothar, der Erzähler des *Fremden Kindes*, nennt Tieck den "herrlichen, tiefen Meister, (den) Schöpfer der anmutigsten Märchen, die es geben mag" (*Die Serapions-Brüder*, S. 254).

4. Zitiert bei von Müller, *Gesammelte Aufsätze*, S. 124–25.

5. von Müller, *Gesammelte Aufsätze*, S. 125.

6. Ellinger, 5:20.

7. von Müller, *Gesammelte Aufsätze*, S. 121. Von den Kindern sagt von Müller, sie "sind beide entsetzlich *gut*, so edel wie nur ein Rousseau'scher Naturmensch."

8. Negus, S. 128.

9. Negus, S. 126.

10. von Planta, *E. T. A. Hoffmanns Märchen "Das fremde Kind"*. Die Studie wurde als Dissertation unter der Leitung Emil Staigers abgefaßt.

11. Jaffé, *Bilder und Symbole aus E. T. A. Hoffmanns Märchen "Der goldene Topf"*; Sdun, *E. T. A. Hoffmanns "Prinzessin Brambilla"*.

12. "Schließlich lehnt Hoffmann das Denken überhaupt ab, das in jedem Fall als lebensfeindliche Macht erscheint, 'an und für sich schon eine gefährliche Operation . . .,' . . . wie er im Meister Floh sagt" (S. 14). Von Planta übersieht hier vollkommen den ironisch-satirischen Ton von Hoffmanns Aussage, die sich auf den verhaßten Gesinnungsschnüffler Knarrpanti bezieht!

13. von Planta, S. 96.

14. von Planta, S. 99.

15. von Planta, S. 72.

16. Thalmann, *Das Märchen und die Moderne*, S. 88.

17. Beardsley, *E. T. A. Hoffmann. Die Gestalt des Meisters in seinen Märchen*, S. 24. Es erstaunt dennoch ein wenig, daß Beardsley die Möglichkeit des fremden Kindes selbst als Meistergestalt nicht in Erwägung zieht.

18. De Loecker, S. 98.

19. De Loecker, S. 115.

20. Beardsley erkennt diesen Zusammenhang, wenn sie feststellt, "Tinte

agiert anfangs durch Fernwirkung, d.h. hinter den Kulissen . . ." (*E. T. A.*
Hoffmann. Die Gestalt des Meisters in seinen Märchen, S 25).

21. Hoffmann an Kunz (8. März 1818); siehe Schnapp (Hrsg.), *E. T. A.*
Hoffmann, S. 170.

22. Im *Goldnen Topf* fungiert Archivarius Lindhorst als das positive, die
Alte Liese als das negative Prinzip.

23. Hofmann (Hrsg.), *Runge in seiner Zeit*, S. 112–16. Siehe darin auch
Werner Hofmann, "Runges Versuch, das verlorene Paradies aus seiner
Notwendigkeit zu konstruieren", S.31–45.

24. Es scheint mir ein bedeutungsvoller Unterschied zu sein, daß Tieck in
Die Elfen das Menschenkind Marie das "fremde Kind" nennt, *nicht* das Kind
aus dem Feenreich. Hoffmanns Perspektive ist die umgekehrte: bei ihm ist
das Feenkind der "Fremdling" im Reich der Menschen!

25. von Planta, S. 52

26. Schumacher, S. 126–28. Der Autor bringt gute Beobachtungen zum
Insekt als Verwesungsprinzip: der tückische Gnom, die böse Seite der Erdgeister, "verdaut die Natur" (S. 127).

27. Auch Tieck in *Die Elfen* (S. 73) bezeichnet die von den Feen verlassene
Natur als "verödet".

5. Kapitel

1. Hoffmann an Kunz (5. Februar 1819) in Schnapp (Hrsg.), *E. T. A. Hoff-*
mann, S. 199.

2. Vorwort zu *Prinzessin Brambilla* in Schnapp (Hrsg.), *E. T. A. Hoffmannn*,
S. 199.

3. Hoffmann an den Grafen von Pückler (24. Januar 1819) in Schnapp
(Hrsg.), *E. T. A. Hoffmann*, S. 198. Neuerdings liegt ein äußerst gründli-
cher und umfangreicher Bericht mit Dokumenten zur Entstehung und Wir-
kungsgeschichte des *Klein Zaches* vor: Kaiser (Hrsg.), *E. T. A. Hoffmann*,
Klein Zaches genannt Zinnober. Erläuterungen und Dokumente, S. 65–126. Auch
das Nachwort Kaisers zu der neuen Reclam-Ausgabe von *Klein Zaches*
(Nummer 306 [2]) ist ergiebig und betont, unter Berücksichtigung vorhan-
dener Interpretationen, Hoffmanns Version der Wissenschaftssatire in diesem Märchen und seinen Standort in einer Diskussion der Ästhetik des
Häßlichen.

4. Feldmann, "Wer war Klein Zaches?"

5. Fühmann, "E. T. A. Hoffmanns 'Klein Zaches' ".

6. Müller-Seidel, in seinem Nachwort zu *E. T. A. Hoffmann Späte Werke*, S.
832, 841, 842.

7. Programmatisch formuliert Hoffmann die Idee vom Verlust der notwendigen Duplizität in der Erzählung vom Einsiedler Serapion.

8. Eine andere Form der allegorischen Deutung führt Ellinger an, wenn er
eine Rezension zitiert, in der Klein Zaches als die Verkörperung des "See-
lenschoßkindes Sünde" verstanden wird (*E. T. A. Hoffmanns Werke*, 4. Teil,

"Einleitung des Herausgebers", S. 14). Besonders problematisch ist hier die moralische Bewertung der Klein Zaches-Figur, die mir nicht in Hoffmanns Sinn zu sein scheint.

9. Walter, "E. T. A. Hoffmanns Märchen 'Klein Zaches genannt Zinnober' ". Das sozialgeschichtliche Analogieverfahren, das in dieser Arbeit zur Anwendung gelangt, indem Märchengeschehnisse identisch mit realistisch politischen Zeitgeschehnissen gedeutet werden, bleibt bei Hoffmann letzten Endes fragwürdig, da er von einer poetischen Arbeitsweise ausgeht, die zwar Elemente des Wirklichen ins Märchen integriert, aber in neuartigen, phantastisch verfremdeten Kombinationen. Dadurch verschieben sich nicht nur die äußeren Erscheinungen sondern auch die Werte jener ursprünglich wirklichen Aspekte. Eben in diesem Punkt scheint mir Walters Deutung problematisch, denn nach seiner Analogiemethode wird schließlich der Ausgang dieser politisch-utopischen Allegorie positiv als Triumph der freien Selbstbestimmung und Selbstverwirklichung gedeutet—wenngleich "ins Ironische zurückgenommen" (S.41–42). Mir scheint das Ende wenig Hoffnung auf Freiheit und Emanzipation zu verkünden.

10. Fühmann, S. 80.

11. Fühmann, S. 82.

12. *Klein Zaches* Textstellen werden zitiert aus *E. T. A. Hoffmann. Späte Werke.* (München: Winkler Verlag, 1965), S. 7–100.

13. Fühmann, S. 80.

14. Ansätze zu einer Behandlung dieses interessanten Fragenkomplexes finden sich bei Vietta, "Romantikparodie und Realitätsbegriff im Erzählwerk E. T. A. Hoffmanns".

15. Es ist verwunderlich, daß Müller-Seidel kategorisch feststellen kann, "in dem, was er [Klein Zaches] als diese Gestalt bedeutet, ist er so deutlich durchschaubar, daß er dadurch fast allegorische Züge enthält" (S. 832).

16. Vietta, "Das Automatenmotiv und die Technik der Motivschichtung im Erzählwerk E. T. A. Hoffmanns". Ähnlich versuchte ich in der *Meister Floh* Studie ("E. T. A. Hoffmanns *Meister Floh*: Überwindung des Inhalts durch die Sprache") die Vielschichtigkeit im Motiv der Flohgestalt aufzuzeigen.

17. Siehe hierzu auch Jennings, "Klein Zaches and his Kin: The Grotesque Revisited". Jennings untersucht die Mechanismen, die zur Produktion des Grotesken (aus Elementen des Lächerlichen und des Dämonischen) führen und kommt zu dem Schluß, daß Vielschichtigkeit und Vieldeutigkeit bewußt das Wesen der Klein Zaches-Figur bestimmen. Er sieht in ihr auch Züge von Hoffmanns Kosmogonie, die im *Klein Zaches* "rock bottom" erreiche: Klein Zaches sei "a thoroughly retrograde shadow figure, the embodiment of everything inert and intractable in the universe" (S. 701).

18. Siehe auch Negus, S. 132–33: "Klein Zaches is not an evil and destructive agent of the underworld, nor is there an underworld influence clearly indicated anywhere in the story . . . It is the society which is the real force behind Klein Zaches . . ."

19. Loeb, "Bedeutungswandel der Metamorphose bei Kafka und E. T. A.

Hoffmann". Hier finden sich anregende Gedanken zum Verwandlungs-
und Doppelgängermotiv im *Klein Zaches*, wobei der Autor besonders die
Passivität und Willenslosigkeit der Titelfigur ihrem magischen Schicksal gegenüber betont. Das scheint mir für die Frage von Zaches moralischer Bewertung von Wichtigkeit.

20. Um ein weiteres Beispiel zu nennen, sei auf den Gebrauch von
"Blicken" als konkrete Waffen im Fernglasduell (*Meister Floh*, viertes Abenteuer) verwiesen. Das Abstraktum "Blick" wird dort simultan als Konkre-
tum "Waffe" verwendet, und durch diese Doppelung bringt Hoffmann den
zerstörerischen *Kampf*geist zweier wissenschaftlicher *Seh*weisen in surrealistischer Verkürzung zum Ausdruck.

21. Johann Georg Ritter von Zimmermann, *Über die Einsamkeit* (1784).

22. Einige der von Zimmermann geborgten Namen sind: Prosper Alpanus, Paphnutius, Ptolomäus Philadelphus, Barsanuph. Die meisten
dieser Gestalten fungieren bei Zimmermann entweder als Beispiele heiliger
Anachoreten oder als Spezialisten in der Behandlung von Melancholie,
Trübsinn oder Wahnsinn. Dieselben Namensträger bei Hoffmann entbehren
zwar dieser Kennzeichen; aber das bei Zimmermann prävalente Thema von
Einsiedlertum und Schwärmerei mit seinen pervers extremen Merkmalen
von gefühllosem Asketentum einerseits und hemmungsloser Wollust andrerseits muß den Leser Hoffmann gereizt haben, denn es schwingt sub-
liminal in der Durchführung der gesamten Märchenthematik mit.

23. Siehe Martini, "Die Märchendichtungen E. T. A. Hoffmanns", S. 177.
Die Bezüge des romantischen literarischen Märchens zum französischen
Feenmärchen des 17. und 18. Jahrhunderts erarbeitet mit besonderer
Gründlichkeit die wertvolle Studie von Fink, *Naissance et Apogée du Conte
Merveilleux en Allemagne. 1740–1800*, besonders S. 687–702.

24. Als Beispiel denke man etwa an Prosper Alpanus' Verzauberung von
Fabian, dessen Rockschöße magisch länger oder kürzer werden, oder an Rosabelverdes inhumanen Zaubertrick, wodurch dem naschenden Küchenjun-
gen das Maul offen stehen bleibt.

25. Fühmann, S. 80.

26. Mit besonderer szenischer und sprachlicher Komik gelingt Hoffmann
diese Darstellung in der Episode von Rosabelverdes Besuch bei Prosper Alpanus, während dessen die beiden Feengestalten einander ganz bürgerlich
bei "Kaffee und Kuchen" unterhalten, nur daß der Kaffee und die Kaffee-
kanne—allen aufgeklärten Naturgesetzen zum Trotz—sich höchst magisch
und unvernünftig verhalten (Kapitel 6, zweiter Erzählteil).

27. Zimmermann, 1:146.

28. Baudelaire, "De l'essence du rire", S. 394.

29. Baudelaire, S. 384–85. In meiner *Meister Floh* Studie habe ich die Bau-
delaireschen Kategorien des Komischen mit Hinblick auf das letzte große
Märchen Hoffmanns methodisch als Grundlage verwendet (vgl. Anmerkung 16).

30. Siehe besonders Zimmermanns Bericht über des Heiligen Hieronymus' "Keuschheits-Recepte für junge Witwen" (1:313).

31. McGlathery, *Mysticism and Sexuality*, I. Eine der Grundthesen des Autors: Hoffmanns Ironisierung der Liebesthematik und des erotischen Verhaltens sei als Schutzmechanismus gegen des Dichters uneingestandene unkontrollierbare Emotionalität zu verstehen.

32. Als Beispiel sei hier paradigmatisch das sechste Kapitel angeführt, das sich besonders klar in seiner Zweigliedrigkeit auszeichnet. Der erste Erzählteil (S. 59–65) handelt von Zinnobers Leben als "Geheimer Spezialrat" und *berichtet* in satirischer Übertreibung von seinen "aufopfernden" Leistungen für den Staat, wofür der Fürst ihn mit dem Orden des grüngefleckten Tigers "mit zwanzig Knöpfen" auszeichnet. Die Schwierigkeiten, welche sich der Anfertigung eines passenden Ordensbandes für Zaches' verkrüppelten Körper entgegenstellen, liefern Stoff für ein grelles Stück Beamtensatire, in der Hoffmann die geistlose Unbeholfenheit der Regierungsvertreter persifliert. Der zweite Erzählteil (S. 65–70) springt übergangslos auf eine andere Orts- und Zeitebene über und *dramatisiert* den Besuch des Stiftsfräuleins Rosenschön auf dem Landgut Prosper Alpanus', in dessen Verlauf die beiden geheimen Vertreter des Märchenreiches einander mit einer wahren Barrage von albernen Zaubertricks unterhalten. Spielerische Metamorphosen der Märchenfiguren von einer Tiergestalt zur anderen sind dabei nicht mehr sprachlich-psychologische Beispiele für doppelte Optik oder perspektivisches Sehen wie früher im *Goldnen Topf* (Archivarius Lindhorsts Verwandlung in einen Geier zum Beispiel) sondern geschehen unmotiviert und fungieren lediglich als narratives Spiel. Die Wirkung ist reine Komik.

33. Siehe hierzu Vitt-Maucher, "Die wunderlich wunderbare Welt E. T. A. Hoffmanns" und besonders die wertvolle Studie von Pikulik, *Romantik als Ungenügen an der Normalität*, S. 410–67.

34. Ich finde mich—indirekt—in dieser Annahme unterstützt durch einen neuen Aufsatz (Arens, "Humboldt and Goethe's 'Märchen': A Generic Interpretation"), der Wilhelm von Humboldts und Goethes Märchenauffassung bespricht und dessen Ergebnis durchaus auf Hoffmanns späte Märchen paßt, daß es nämlich im Wesen des Märchens liegt,—mit Goethes Worten— "zugleich bedeutend und deutungslos zu sein" (Arens, S. 48). Vor diesem Aufsatz hat auch schon Fink darauf aufmerksam gemacht, daß Wilhelm von Humboldt bereits 1796 die Autonomie und Freiheit vom Zwang des Inhalts an der Märchengattung erkannt hatte: "Non content d'affirmer l'autonomie de l'art, il va jusque' à déclarer que dans un oeuvre de ce genre le sens importe peu; . . . où seul la forme compte. Ainsi Humboldt en arrive à prôner avant la lettre une théorie de l'art pour l'art" (S. 688).

6. Kapitel

1. Zur weiteren Information über die Forschungslage verweise ich auf Eilert, *Theater in der Erzählkunst*, S. 87–99.

2. Preisendanz, *Humor als dichterische Einbildungskraft*, S. 47–117; Stroh-

schneider-Kohrs, *Die romantische Ironie in Theorie und Gestaltung*, S. 155–60, 343–424; Grimm, "Die Formbezeichnung 'Capriccio' in der deutschen Literatur des 19. Jahrhunderts"; Beardsley, "Warum Hoffmanns 'Prinzessin Brambilla' manchem 'den Kopf schwindlicht macht'"; Starobinski, "Ironie et Melancholie. I. La 'Princesse de Brambilla' de E. T. A. Hoffmann"; Milner, *La Fantasmagorie*, S. 39–93; Slessarev, "E. T. A. Hoffmann's 'Prinzessin Brambilla'", S. 147–60.

3. Nehring, Nachwort zu *Prinzessin Brambilla*; Eilert, S. 87–99; Magris, *Die andere Vernunft. E. T. A. Hoffmann*, S. 81–108. Tecchi, "E. T. A. Hoffmanns 'Prinzessin Brambilla'"; S. 131–41. De Loecker, S. 149–90.

4. E. T. A. Hoffmann, *Späte Werke*, (München: Winkler Verlag, 1965), S. 211. Alle Werkzitate—wenn nicht anders vermerkt—sind dieser Ausgabe entnommen, und Seitenzahlen sind im Text in Klammern angegeben.

5. Auch Preisendanz (S. 49) und Grimm (S. 110) deuten das Grundprinzip des Märchengehalts in dieser Weise.

6. Siehe zur Gattungsbestimmung von "Capriccio" Grimm, besonders S. 106–11.

7. E. T. A. Hoffmann, *Späte Werke*, S. 869–70. *Balli di Sfessania* ist eine um 1622 entstandene Folge von 24 Radierungen, die Masken der italienischen Stegreifkomödie darstellen.

8. Im fünften Kapitel wird zwar in der Zusammenfassung auf die Callot-Szene verwiesen (S. 276), aber mit dem Hinweis, daß die ausführende Textdarstellung zu dieser Tanzszene erst im nächsten Kapitel folgt; im siebten Kapitel wird die ihm entsprechende Callot-Szene nur im durchgeführten Text, nicht in der Zusammenfassung, dargestellt (S. 316).

9. Dobat, *Musik als romantische Illusion*. In dieser interessanten Studie erarbeitet der Autor ähnliche Verhältnisse für Hoffmanns Musikvorstellung und setzt sie dann in Parallele zu seiner Kunstauffassung: "In dem Maße, in dem die Intuition in Kunst umgesetzt wird, entfernt diese sich gleichsam von ihrem romantischen Ursprung, so daß paradoxerweise die höchste künstlerische Vollendung die Spaltung der Wirklichkeit besiegelt und keinesfalls auf ihre Überwindung deutet" (S. 235.) "Das serapiontische Prinzip ist daher wie die Formel von 'Callots Manier'—nur mit anderer Akzentuierung—die poetische Ausformung des ästhetischen Kernproblems, auf das Hoffmann in der Musik gestoßen ist. Hoffmanns Vorstellung von 'Callots Manier' war noch stark geprägt von der Resignation, daß das Absolute nicht zu erkennen ist und auch die Musik nur artifizielle Phantasiewelten öffnet, so daß aus der Perspektive der inneren Phantasiewelt die Wirklichkeit in sehr verzerrter Form erscheint" (S. 236).

10. Pikulik, *Romantik als Ungenügen an der Normalität*, S. 421: "Dabei ist die Bewegung bei Hoffmann nicht immer nur spielerisch, sondern auch dynamisch. Und statt Spiel herrscht häufig Kampf, Kampf zwischen polaren Kräften."

11. In Giglios Fiebertraum nennt die Traum-Brambilla ihn "so klein, so klein, daß ich glaube, Ihr hättet Platz in meinem Konfektschächtelchen!" (S.

241). Auch im Mythos erscheinen die männliche Parallelgestalt zu Giglio und seine Partnerin als "in der Stellung in tiefen Schlaf Versunkener, zwei kleine seltsame Püppchen mit Königskronen auf dem Haupte" (S. 282).

12. "Ich kann das nicht zusammenreimen" (S. 225).

13. Der Begriff stammt aus Baudelaires Aufsatz "De l'essence du rire", wo der Dichter sich besonders positiv über Hoffmanns *Prinzessin Brambilla* äußert: "Je pourrais tirer de l'admirable Hoffmann bien d'autre exemples du comique absolu. Si l'on veut bien comprendre mon idée, il faut lire avec soin *Daucus Carota, Peregrinus Tyss, le Pot d'or* et surtout, avant tout, *la Princesse Brambilla* qui est comme un catéchisme de haute esthetique" (S. 394).

14. Hoffmann selbst beruft sich im Märchentext auf zwei geistreiche deutsche Schriftsteller, die ihn zur Episode vom doppelten Kronprinz angeregt haben: Georg Christoph Lichtenberg und Jean Paul (S. 798).

15. Magris, S. 88.

16. So ähnlich auch Martini, "Die Märchendichtungen E. T. A. Hoffmanns", S. 180: ". . . wenn nur der Mensch durch Traum und Irren hindurch von seinem kleinen Ich frei und seines höheren, universalen Ich teilhaftig wird, . . ." Nur kann ich Martini nicht zustimmen, daß der Mensch von seinem kleinen Ich *befreit* wird und alle Zwiespälte *überwindet*. Er lebt vielmehr mit dem Wissen um beide Formen des Ich. Auch Tecchi muß ich widersprechen, der meint, "daß wir in der Urdarquelle auch die uns gesetzten Grenzen erkennen lernen" (S. 139). Besser ist es bei Preisendanz formuliert: "Die Polarität eines entzückten und lachenden Erkennens bewältigt die Duplizität unseres irdischen Seins durch die Simultaneität zweier Sehweisen, durch den Humor als angewandte Phantasie" (S. 55).

17. "Stoßt Euch nicht an der Seltsamkeit des Namens! Er entspricht dem Außerordentlichen, dem Unerhörten des Stücks ganz und gar" (S. 264).— Das Theaterstück mit diesem absurden Titel ist reine Erfindung Hoffmanns.

18. Es ist unglaublich, wie total Mühlher die massiven Todesandeutungen in Giglios pathetischer Theatersprache mißverstanden hat, indem er sie ernstgenommen hat (in Prang, Hrsg., *E. T. A. Hoffmann*, S. 193ff.). Da Mühlher seine gesamte Deutung auf die Todesmetaphorik aufbaut, erzielt er eine komplette, fast erheiternde Fehldeutung: "Auch Prinzessin Brambilla ist nichts anderes als ein magisches Zauberbild, das, entzaubert, dem Totenreich angehört" (S. 211); oder die vollkommene Verkennung des Humors: "Aus der Fratze im Spiegel, grinsendes Ebenbild des Ich, aus der Totenlarve ist das Himmelsbild geworden, . . ." (S. 214).

19. Preisendanz übersieht leider diesen geringen aber keineswegs unwichtigen Unterschied (S. 60).

20. Dieses Gefängnismotiv erinnert an ein ähnliches im *Goldnen Topf*, wo Anselmus auch als "Strafe" für eine Fehlleistung in eine Kristallflasche gebannt wird.

21. In mehr als einem Sinne trifft Baudelaires Bezeichnung dieses Märchens als "catéchisme de haute esthetique" den Charakter dieses Kunstwerkes. Es ist ein Kunstprodukt in gesteigerter Potenz, bedenkt man, daß die "Hebel" für Hoffmanns Inspiration nicht einfach in der Alltagswelt an-

gesiedelt sind, sondern selbst schon Kunstgebilde darstellen: nicht nur Callots *Bilder*, auch viele Motive aus Gozzis *Komödien* hat Hoffmann als Vorlagen verwendet. Darüber hinaus ist Rom als Schauplatz nicht von Hoffmann selbst erlebt worden, vielmehr lehnt er sich—bis auf manche genaue Details—an Goethes *Romdarstellung* an (vgl. Nehring, S. 162–63).

22. De Loecker, S. 150: "Die führenden Gedanken des Märchens gelangen erst zur vollen Geltung, indem man die Form der Erzählung als Gestaltung der Idee . . . betrachtet."

23. De Loecker, S. 189: "Die dem Zustand des Humors vorangehende Stufe ist diejenige der Ironie. Die Selbsterkenntnis Giglios vollzieht sich im Humor." Strohschneider-Kohrs setzt sich intensiv mit der Rolle von Ironie—weniger intensiv mit der des Humors—auseinander und untersucht, inwiefern Ironie und Humor sowohl thematisch als auch erzähltechnisch werkbestimmend sind. Ihrer Formulierung des Verhältnisses kann ich mich anschließen: "Es läßt sich wohl das Verhältnis von Humor und Ironie bei Hoffmann dahin deuten, daß zu der umgreifend poetisch-humoristischen Erfassung der Welt die Ironie als ein Modus bewußter Äußerung und als Instrument der Darstellung tritt" (S. 160). Etwas genauer auf die Situation in *Prinzessin Brambilla* gezielt, sehe ich etwa in Giglios Entwicklung den Weg von *ironischer* Ich-Entzweiung—die vom Erleidenden nicht erkannt, nur vom Leser konstatiert wird—zu *humorvoller* Ich-Doppelung—die schließlich auch vom Erleidenden bewußt erlebt und gelebt wird.

24. Preisendanz bedient sich mehrmals für den Mythos der Bezeichnung "Mythos vom Humor" (S. 51, 65).

25. Dieser Gedanke vermag auch auf das seltsame Paradox vom "gebietenden Herrscher" und gleichzeitig "gehorchenden Vasall" (S. 257) ein klärendes Licht zu werfen: "Dieses Paradox bewältigt der Humor, indem er das Gesetz der Spiegelung begreift, das mit der menschlichen Duplizität an die Stelle der unmittelbaren Anschauung getreten ist" (Preisendanz, S. 64).

26. Strohschneider-Kohrs, S. 386–97.

7. Kapitel

1. Ellinger, "Einleitung des Herausgebers", *E. T. A. Hoffmanns Werke. 5. Teil. Die Serapionsbrüder*, 1:21; von Müller, Nachwort zu *Die Märchen der Serapionsbrüder*, in *Gesammelte Aufsätze*, S. 128; Cramer, *Das Groteske bei E. T. A. Hoffmann*, S. 86–90.

2. Harich, 2:206.

3. Ochsner, *E. T. A. Hoffmann als Dichter des Unbewußten*, S. 111.

4. Cramer, S. 89.

5. von Müller, S. 130.

6. Behandelt bei von Müller, S. 137–40.

7. von Maassen in den Vorbemerkungen zu *E. T. A. Hoffmanns Sämtliche Werke* 8:lxxxix–xcix. Auch Thalmann hält *Die Königsbraut* für Hoffmanns Meisterstück unter den Märchen: "Aber in der *Königsbraut*, in der er seinen

Märchentypus zur Perfektion des Grotesken entfaltet und zur Ironie der Ironie kommt, erreicht er sein Meisterstück" (S. 103).

8. Negus, S. 117.

9. Köhn, *Vieldeutige Welt*, S. 174–75.

10. Schumacher, *Narziß an der Quelle*, S. 130.

11. Behrmann, S. 129.

12. Behrmann, S. 134.

13. Petzel, "E. T. A. Hoffmann und Arno Schmidt". Siehe hierzu auch Schmidt, *Fouqué*, S. 338.

14. von Maassen, 8:lxxxix–xc.

15. Alle Zitate zur *Königsbraut* sind der folgenden Ausgabe entnommen: *Die Serapions-Brüder* (München: Winkler Verlag, 1963), S. 945–95. Seitenzahlen im Text.

16. Schnapp (Hrsg.), *E. T. A. Hoffmann*, S. 252.

17. *Späte Werke*, S. 211.

18. "Märchenposse" ist eine Gattungsbezeichnung, die interessanterweise Arno Schmidt als Untertitel für eines seiner letzten Werke *Abend mit Goldrand* (1975) verwendet.

19. De Loecker (S. 22–25) gibt nützliche Hinweise über den Einfluß Schubertscher Ideen auf Hoffmann. Die guten Beobachtungen dieser Studie über Hoffmanns Märchen, die mir erst nach Abschluß meiner Arbeit zugänglich war, führen zur Deutung der *Königsbraut* als "glänzend durchgeführte Parodie" auf die Verwirklichung eines neuen goldenen Zeitalters (S. 207)—was als Teilresultat durchaus nachvollziehbar ist. Jedoch ignoriert De Loecker den wichtigen Untertitel dieses "nach der Natur entworfenen" Märchens, erwähnt wohl deshalb keine Parallelen zu Schuberts Naturauffassung und findet auch keine Erklärung dafür, daß auffälligerweise alle Gegenspieler der Menschen in der *Königsbraut* animierte Geister aus dem Pflanzenreich sind und als solche eine wesentliche Funktion in diesem "Naturgeschehen" haben.

20. Schubert, *Ansichten*, S. 80–82. Nur die vierte Ausgabe war verfügbar.

21. Schubert, *Ansichten*, S. 80.

22. Schubert, *Ansichten*, S. 100ff., S. 112.

23. Schubert, *Ansichten*, S.140.

24. Schubert, *Ansichten*, S. 139. Man vergleiche hierzu etwa die Pflanzenexistenz vieler Figuren (z.B. George Pepusch/Distel Zeherit, Dörtje/Tulpe) in Hoffmanns *Meister Floh*.

25. Schubert, *Ansichten*, S. 226.

26. Schubert, *Symbolik*, S. 25.

27. Schubert, *Symbolik*, S. 26ff.

28. Schubert, *Symbolik*, S. 31.

29. Schubert, *Symbolik*, S. 32.

30. Schubert, *Symbolik*, S. 30.

31. Schubert, *Symbolik*, S. 32.

32. Schubert, *Ansichten*, S. 128–29.

33. Sauder, Nachwort zu Schubert, *Symbolik*, S. xix.

34. Schubert, *Symbolik*, Vorrede, ohne Seitenzahl.

35. Schubert, *Symbolik*, S. 155.
36. Schubert, *Symbolik*, S. 155.
37. Schubert, *Symbolik*, S. 1–2.
38. Schubert, *Symbolik*, S. 2.
39. Diese Art semantischer Vielschichtigkeit, wobei oft eine sexuelle oder skatologische Grundbedeutung mitschwingt, bildet die Basis von Arno Schmidts "Etymverfahren", das er nicht nur selber viel verwendet, sondern auch in seinen idiosynkratischen Studien bei zahlreichen Autoren (James Joyce, Edgar Allen Poe, Karl May, Hoffmann) wiederzufinden glaubt. Mehrfachbedeutung ergibt sich, nach Schmidt, aus Phänomenen der Homonymität und der bildlichen Mehrfachbedeutung. Die mittransportierte Bedeutung ist eine unbewußte, meist aus dem Bereich der verdrängten Erotik. Prosatechnisch werden die "Etyms"—nach Schmidt die *echte* Bedeutung einer Lautfolge—mittels verschobener Orthographie oder Akzentsetzung ins Bewußtsein gehoben (Finke, *"Der Herr ist Autor"*, S. 100–101).
40. "Aber ich war ja verhext . . ." (S. 988), läßt Hoffmann Ännchen ausrufen, als der Moment der Erkenntnis und der Rettung aus dem Gnomenzauber naht.
41. Über Hoffmanns Verwendung dieses Begriffes spekuliert von Müller, Nachwort zu *Die Märchen der Serapionsbrüder*, S. 132–33.
42. Siehe hierzu Kapitel 8, Anmerkungen 56 und 57.
43. Schubert, *Ansichten*, S. 226.
44. Harich, 2:117, 206.
45. Thalmann (S. 130): "Es ist kein vom Verstand beherrschtes Geschehen." Auch Schumacher verweist auf "eine Art automatischer Erzählmechanik" (S. 130), ohne sie jedoch zu beschreiben oder erklären. Behrmann untersucht Beispiele komplexer "Motivüberlagerung" (S. 125)—allerdings eher mit Hinblick auf Hoffmanns adaptierte Übernahme von Aspekten traditioneller Erzählformen—und vergleicht die Wirkung der gesamten Erzählung und viele von Hoffmanns Einzeleinfällen mit Baudelaires Phänomen des *comique absolu* (S. 129–33). Damit ist auf passende Weise die oft rein auf Sprachassoziationen beruhende, leichtschwebende Komik verbaler und szenischer Zusammenhänge gekennzeichnet.
46. Schubert, *Symbolik*, S. 7.
47. Baudelaire, "De l'essence du rire", S. 393.
48. *Fantasie- und Nachtstücke*, S. 148.
49. Es ist bemerkenswert, daß Tecchi diese Szene als ekelhaft, übertrieben und überhaupt vorwiegend negativ bewertet (*Le Fiabe di E. T. A. Hoffmann*, S. 162).
50. Wie ich in meiner Analyse von *Klein Zaches* zu zeigen versuche, nutzt Hoffmann auch dort ein aus dem spezifischen Kontext produziertes und geprägtes Wortspiel mit "Humor": Klein Zaches' Tod wird als "humoristischer" Tod in einem doppelten Sinn bezeichnet, als Untergehen in den eigenen Säften (im Nachttopf) und als komischer Tod im ästhetischen Sinn des Begriffes.
51. Schubert, *Symbolik*, S. 32.

8. Kapitel

1. McClain, "E. T. A. Hoffmann as Psychological Realist: A Study of 'Meister Floh' ".

2. Ellinger (Hrsg.), *E. T. A. Hoffmanns Werke in fünfzehn Teilen*, 10. Teil, "Einleitung des Herausgebers", S. 17. Die rauschartige Wirkung, die Ellinger negativ kritisiert, wird von Baudelaire als besonderes Merkmal der Wirkung in "absolut komischen Werken" hervorgehoben.

3. "Briefe aus Berlin", *Heinrich Heines Sämtliche Werke*, 5:220.

4. Ellinger, "Einleitung des Herausgebers", S. 13–14.

5. von Müller, Nachwort zu *Meister Floh. Ein Märchen in sieben Abentheuern zweier Freunde*, in *Gesammelte Aufsätze*, S. 173–99.

6. von Müller, Nachwort, in *Gesammelte Aufsätze*, S. 182–87.

7. Cramer, S. 110 und 107.

8. Baudelaire, "De l'essence du rire. Et généralement du comique dans les arts plastiques".

9. Preisendanz, *Humor als dichterische Einbildungskraft*.

10. Müller-Seidel, Nachwort zu *Späte Werke* (München: Winkler Verlag, 1965). *Meister Floh* ist in diesem Band enthalten (S. 677–814) und wird aus dieser Ausgabe zitiert mit Seitenzahlen im Text.

11. Beardsley, *E. T. A. Hoffmann: Die Gestalt des Meisters in seinen Märchen*. Auch in ihrer neuen Hoffmann-Studie, *E. T. A. Hoffmanns Tierfiguren im Kontext der Romantik*, führt die Autorin aus, wie Hoffmann in diesem späten Werk seine sprachlich poetische Gestaltungsweise verfeinert und radikalisiert.

12. Schumacher, S. 145–49.

13. Eine ausgezeichnete Darstellung dieser Entstehungsgeschichte ist in den Anmerkungen der oben zitierten Werkausgabe (Anmerkung 10) von Wulf Segebrecht gegeben.

14. Diese Auffassung wird auch vertreten von Peter von Matt, *Die Augen der Automaten*, S. 117: "Deshalb gehen jene Versuche nie auf, die Hoffmann mit intergrierenden Sparten der idealistischen Systeme zur Deckung bringen möchte. Da wird er stets tiefsinniger als er ist, und zugleich harmloser."

15. Als eines von vielen Beispielen sei hier Fritz Martini genannt ("Die Märchendichtungen E. T. A. Hoffmanns"): "Die Märchenerzählungen Hoffmanns seit dem 'Goldenen Topf' haben ein umfassendes, sich in Variationen wiederholendes Thema, das jetzt in dem 'Meister Floh' die endgültige Lösung findet" (S. 182).

16. von Matt, S. 105 und Schnapp (Hrsg.), *E. T. A. Hoffmann*, S. 188 (Anmerkung 3), erkennen in *Meister Floh* eine der großen späten Dichtungen.

17. Hoffmann, "Verteidigungsschrift", zitiert bei Schnapp (Hrsg.), *E. T. A. Hoffmann*, S. 278.

18. Obgleich Peter Bürgers Ausführungen in *Der französische Surrealismus* sich nicht mit "Vorläufern" auseinandersetzen, legen sie doch nahe, daß verschiedene grundsätzliche Aspekte von Hoffmanns Poetik und Poetolo-

gie dem surrealistischen Denken verwandt waren: Auflehnung gegen die "Zwänge einer zweckrational organisierten Gesellschaft" (S. 70); Auffassung von der Aufgabe der Kunst, die Sensibilität der Aufnehmenden, der Gesellschaft, zu verändern (S. 82); Überzeugung von der Verwandtschaft zwischen wacher und Traumrealität (S. 68); Interesse an der Darstellung vorbewußter Bewußtseinsinhalte (S. 152); Einsicht in die Kombination von Absurdität und Sinnstruktur in manchen Vorgängen und/oder Gedankengängen—siehe "Zufall", "Automatik" (S. 164–65).—Alfred Kubins "phantastischer Roman" *Die andere Seite* (1908) ist bewiesenermaßen stark von der visionären Sprachkunst Hoffmanns beeinflußt und steigert dessen phantastische Gestaltungsprinzipien ins Radikale. Zwei neuere Arbeiten über den Roman Kubins, dessen Maler/Dichter Doppelbegabung—er hat viele Hoffmann-Werke illustriert—ihn wohl besonders zu dem verwandten Hoffmann hinzog, heben die weitgehende Affinität des Surrealisten mit Hoffmann hervor: Hewig, *Phantastische Wirklichkeit. Interpretationsstudie zu Alfred Kubins Roman "Die andere Seite"*; Lippuner, *Alfred Kubins Roman "Die andere Seite"*.

19. Negus, S. 149–50.

20. Anmerkungen (= Hoffmanns Erklärung), *Späte Werke*, S. 921.

21. Baudelaires Verständnis dieses "Grotesken" hat wenig gemein mit dem Grotesken, wie Wolfgang Kayser (*Das Groteske in Malerei und Dichtung*) es definiert und diskutiert. Überhaupt trifft Kaysers Kategorie auf unsere Fragestellung nicht zu, da er das Groteske strikt und unvermeidlich mit unnennbarem und undeutbarem Grauen verbindet. Zwar spricht auch Baudelaire von der diabolischen Dimension des Lachens und seines Ursprungs, aber nicht im Hinblick auf Hoffmann. Für den *Meister Floh* schließt sich auch deshalb eine Verwendung des Kayserschen Begriffs aus, weil Hoffmann dieses Werk eindeutig als eine Art von Märchen deklariert, eine Gattung also, in der—sogar nach Kayser (S. 54, 56)—das Groteske "etwas von seinem Wesen verliert", weil Weltverfremdung immerhin ein Wesenszug des märchenhaften Werkes überhaupt ist und somit nicht als "grotesk" in Kaysers Sinne empfunden wird.

22. Baudelaire, S. 384.

23. Baudelaire, S. 384.

24. Baudelaire, S. 394.

25. Anmerkungen, *Späte Werke*, S. 912.

26. Anmerkungen, *Späte Werke*, S. 910.

27. Anmerkungen, *Späte Werke*, S. 909.

28. Baudelaire, S. 392.

29. Apel, *Die Zaubergärten der Phantasie*, S. 209. Über *Die Königsbraut* und *Meister Floh* sagt Apel (in Anlehnung an eine angekündigte Studie von Sabrina Hausdörfer mit dem Manuskripttitel "Die Verwandlungen des Märchens bei E. T. A. Hoffmann", die ich nicht finden konnte), daß die Märchenentwicklung "zur Zerstörung und Aufhebung des Märchens im Märchen, zum 'Märchendesaster' ", führe, "in dem die versprengten Elemente der Konzeption des 'Goldnen Topfes' nur noch als ohnmächtige enthalten sind."—Auch hier also die Auffassung, daß die Märchen sich entwickeln,

aber nicht ändern dürfen. Meine Untersuchung betont, daß der veränderte und nur bedingt gültige Märchencharakter von *Meister Floh* keine Verarmung sondern eine Bereicherung bedeutet.

30. Hoffmann an Friedrich Wilmans (21. Dezember 1821) in Schnapp (Hrsg.), *E. T. A. Hoffmann*, S. 265.

31. Miller, "E. T. A. Hoffmanns doppelte Wirklichkeit. Zum Motiv der Schwellenüberschreitung in seinen Märchen", S. 369. Miller hebt hervor, daß Augengläser oft das Sehen der anderen, der Märchendimension verleihen, erwähnt aber nicht die ironisch-komische Variante des Motivs im *Meister Floh*, wo das Zauberglas—im Gegenteil—dem Helden zur Erlangung praktischer Welterfahrung verhilft, indem es ihm ermöglicht, heuchlerisches von ernstgemeintem Sprechen zu unterscheiden.

32. Es wäre reizvoll, die Surrealität einiger Sprachgestaltungen im *Meister Floh* mit den entsprechenden Bildgestaltungen in illustrierten Ausgaben zu vergleichen. Man wird finden, daß surrealistische Maler—wie etwa Erwin Barta, Otto Nückel oder Alfred Kubin—häufig die phantastischsten Szenen zur Illustrierung wählten. Ein prächtiges Beispiel ist die Pepusch-Distelstengel Darstellung von Erwin Barta (1923), abgebildet in Helmke, *E. T. A. Hoffmann. Lebensbericht mit Bildern und Dokumenten*, S. 163.

33. Künstler kommen überhaupt im *Meister Floh* ziemlich schlecht weg, wenn sie in der zweiten gesellschaftssatirischen Passage (fünftes Abenteuer) als gedankenlose Schwafler auf die Schippe genommen werden (S. 758–59).

34. Dies ist die einzige Begebenheit im *Meister Floh*, die aus mehreren Perspektiven erzählt wird; in anderen Werken bedient sich Hoffmann dieser Technik, um etwa eine objektive Außensicht und eine subjektive Innensicht miteinander zu kontrastieren (vgl. *Rat Krespel*). Die Gamaheh-Verführung wird zuerst von Leuwenhoek berichtet; dann korrigiert Pepusch in seiner Version einige Miskonzeptionen des Mikroskopisten. Später im dritten Abenteuer erzählt Floh dem Peregrinus die Ereignisse nocheinmal und vervollständigt den Bericht: seine Sicht ist die umfassendste.

35. Ja, sie hat gewisse—wenn auch verharmloste—Züge mit einem Vergewaltigungsbericht gemeinsam.

36. Martini, "Die Märchendichtungen E. T. A. Hoffmanns", S. 164.

37. Martini, "Die Märchendichtungen E. T. A. Hoffmanns", S. 163.

38. Auch diese surrealistische Szene hat Erwin Barta in einer Illustration festgehalten (siehe Anmerkung 32).

39. Wir zitieren hier Martinis ziemlich radikal verurteilende Kritik des Kunstmärchens, der diese "Spätform" eigentlich immer in eines von zwei möglichen Extremen ausarten sieht: "Sie [die innere Problematik] liegt in seiner [des Kunstmärchens] Begrenzung auf das fabulierende Phantastische und Allegorische, in seiner Begrenzung auf die Sphäre des subjektiven Erlebens und auf seine erzählerische Künstlichkeit. Denn es darf nicht vergessen werden, das Kunstmärchen ist eine Spätform, es ist der Ausdruck einer Sehnsucht, einer seelischen Ruhelosigkeit—es ist ein Träumen von sehr subjektivem Gepräge, dessen Symbolsprache immer in der Gefahr steht, im nur Fiktiven und Fabulierenden zu entschweben oder in der Allegorie zu

erstarren" ("Die Märchendichtungen E. T. A. Hoffmanns", S. 163). Ich kann keinem Aspekt dieser von Martini—allerdings in sehr universell vager Form—ausgedrückten Auffassung zum Kunstmärchen beistimmen.

40. "Briefe aus Berlin", *Heinrich Heines Sämtliche Werke,* 5:219.

41. Lehane, *The Compleat Flea.* Der Autor widmet ein ganzes Kapitel der Besprechung von "immoral fleas" (S. 44–55) und dem Floh in der erotischen Literatur. Seit Ovid und Aesop, später bei Marlowe, in der Renaissance Lyrik, in John Donnes Gedicht *The Flea*—um nur einige Beispiele zu erwähnen—fungiert der Floh als literarisches Motiv in Verbindung mit der Liebesthematik, von erotischer Dichtung bis zu Pornographie. "Fleas and lust live side by side . . . The itch of a fleabite and that of desire have something in common" (S. 48).

42. Ziolkowski, "Der Karfunkelstein". Die Studie liefert eine sehr gründliche diachronische Untersuchung dieses vielbenutzten Motivs, erwähnt aber von Hoffmann nur den *Goldnen Topf* und die *Bergwerke zu Falun.*

43. Köhn, *Vieldeutige Welt,* S. 178–79. Der Autor erkennt die Komplexität der anscheinend positiven Lösung in Hoffmanns letztem Märchen: "Hier manifestiert sich noch einmal die ganze Komplexität der Thematik" (S. 178). "Der Wertakzent hat sich, darauf deutet die Gesamtstruktur des Märchens hin, zugunsten des häuslichen Lebens verschoben; die ungelöste Ambivalenz ist dennoch unübersehbar" (S. 179). Wir hoffen gezeigt zu haben, durch welche strukturellen Mittel diese Ambivalenz zustande kommt. Auch Preisendanz scheint ähnliche Vorsicht anzuraten, wenn er auf das "Augenzwinkern" in dem anscheinenden "happy-end" der späten Märchen verweist (S. 305–6). Es darf auch angemerkt werden, daß sowohl im *Klein Zaches* wie im *Meister Floh* von einem "fröhlichen" Ende die Rede ist—eine geringfügige aber nicht unbedeutende Abwandlung der geläufigeren Märchenformel "bis an ihr *glückliches* Ende".

44. Man fragt sich, ob der Flohzirkus als Belustigung zu Hoffmanns Zeit noch eine Realität war. Einen Hinweis habe ich bei Lienhard Wawrzyn, *Der Automatenmensch. E. T. A. Hoffmanns Erzählung vom Sandmann,* (S. 13) finden können, obgleich dieser leider seine Quelle nicht angibt: "Und inmitten der flanierenden Modeschönheiten, . . . bieten Flohdompteure ihre Attraktionen dar, laufen einem die Hühner auf der Suche nach Körnern zwischen den Füßen herum." So wird in diesem spannenden provokativen Buch die Berliner Szene zu Hoffmanns Zeiten charakterisiert.

45. Lehane berichtet in seiner Studie, daß die niederländischen Naturwissenschaftler Swammerdam und Leuwenhoek Flohforschung trieben und daß Leuwenhoeks Mikroskop auch als "flea-glas" bekannt war (S. 67).

46. E. T. A. Hoffmann, *Juristische Arbeiten.*

47. Die Verwendung dieses Ausspruchs verursachte dem Dichter ganz besonders Unbill, weil nachzuweisen war, daß er in den Akten eines von Hoffmann geführten Rechtsfalls vorgekommen und tatsächlich von Hoffmanns Vorgesetztem Kamptz—dem Vorbild für Knarrpanti—in der wörtlich genommenen Bedeutung mißverstanden und als Indiz gegen den Angeklagten benutzt worden war (in Wulf Segebrechts Kommentar zum Text, S.

905–6). Jedoch muß auch hier betont werden, daß dieser Fall von wörtlich aufgefaßter Metapher ("mordfaul") und die daraus resultierende Diskrepanz keineswegs allein steht im *Meister Floh*, sondern vielmehr sich einem der Hauptmotive des Märchens und der zentralen komischen Erzählstrategie der Konkretisierung von Abstraktem eingliedert.

48. Es fehlt in der Hoffmann-Kritik nicht an Erwähnungen gewisser surrealistischer Tendenzen in Hoffmanns Werk: Negus (S. 150), Warwrzyn (S. 11), Martini ("Die Märchendichtungen E. T. A. Hoffmanns", S. 160), Thalmann (S. 19, 109). Es ist enttäuschend, daß Thalmann weder ihre Begriffe definiert und erläutert noch die Märchen, von denen sie spricht, spezifisch auf surrealistische Züge untersucht.—In Peter Bürgers Ausführungen zur *écriture automatique* (siehe Anmerkung 18, S. 150–65) klingen Elemente an, die man in ähnlicher Art und Absicht in manchen Textstellen von *Meister Floh*—ja auch in *Die Königsbraut* und in *Prinzessin Brambilla*—finden kann. Bilder und Vorgänge scheinen sich im Laufe der sprachlichen Darstellung zu "verselbständigen".—"Automatische" Texte sind eine Kombination von Spiel und Ernst; sie sind keineswegs ganz ohne Bewußtsein und *raison*.— Jüngeren Datums ist ein Aufsatz von Bernhild Boie, "Die Sprache der Automaten: Zur Autonomie der Kunst", der Korrespondenzen in der Auffassung automatischer Sprachschöpfungen zwischen französischen Surrealisten und deutschen Romantikern beleuchtet. Hier sind sicher noch interessante Untersuchungen zu machen.

49. Siehe Segebrecht, " 'Streiche' oder 'Blicke'? Das Wort nach ". . . mit scharfen mörderischen _____" fehlt in Hoffmanns Original. Hans von Müller führt in seinem Nachwort zu *Meister Floh* an, es müsse "Streiche" heißen (*Gesammelte Aufsätze*, S. 197). Segebrechts Argument, daß das Wort "Blicke" sehr viel passender ist, überzeugt völlig. Im Rahmen der vorliegenden Studie ist es, in der Tat, das einzige einleuchtende Wort, wenn unsere These von der durchgehend verwendeten sprachlichen Technik der konkretisierten Abstraktion stichhaltig sein soll.

50. Preisendanz muß diese Stelle auch für besonders wesentlich gehalten haben, denn er zitiert sie in ihrer Gesamtheit in einem seiner Exkurse (S. 292) als Beispiel für die "Teilhabe des träumenden Menschen an dem schöpferischen Akt, der zwischen Chaos und Kosmos lag." Er erwähnt jedoch mit keinem Wort, was das *Besondere* dieser "Vision von Gedachtem" ausmacht, nämlich die konkrete, verdinglichte Form, in der mit Hilfe des Wunderglases immateriell Abstraktes sich manifestiert.

51. Auf Einzelheiten kann hier nicht eingegangen werden, doch sei als ein Beispiel auf die Stelle im *Ritter Gluck* verwiesen, wo der fremdartige Musiker sich bemüht, der Beschreibung des künstlerischen Schöpfungsprozesses sprachlichen Ausdruck zu verleihen, sich aber genötigt fühlt, plötzlich abrupt abzubrechen und schweigend davonzulaufen: die Sprache versagt.

52. Le Sage, Jean Giraudoux, *Surrealism and the Romantic Ideal*, S. 59. Diese Studie scheint mir unentbehrlich für die Untersuchung von Parallelen, Kon-

trasten und möglicherweise Beeinflussungen zwischen der deutschen romantischen Kunstauffassung und dem französischen literarischen Surrealismus.

53. Vgl. *Prinzessin Brambilla*: ". . . und losgerissen von der Mutter Brust wankt in irrem Wahn, in blinder Betäubtheit der Mensch heimatlos umher . . ." (*Späte Werke*, S. 257).

54. Vgl. *Prinzessin Brambilla*: ". . . bis des Gedankens eignes Spiegelbild dem Gedanken selbst die Erkenntnis schafft, daß er ist . . ."(*Späte Werke*, S. 157).

55. Ähnliche, wenn auch nicht so radikal gestaltete Szenen kommen vor im *Goldnen Topf*, wenn Anselmus im smaragdnen Spiegel des Rings von Lindhorst die Vision der drei einander umschlingenden Schlänglein hat (S. 201); oder in der *Königsbraut*, wo winzige Figürchen auf Ännchens magischem Ring, je länger sie ihn betrachtet, sich zu animieren und zu tanzen scheinen (S. 955).

56. Behrmann, "Zur Poetik des Kunstmärchens".

57. Behrmann, S. 133–34.

58. Novalis, "Monolog", *Werke, Briefe, Dokumente*, 3:204.

9. Kapitel

1. Bernd Spillner zum Beispiel operiert grundsätzlich mit diesen Kategorien in seiner kommunikationsorientierten synthetischen Stiltheorie, *Linguistik und Literaturwissenschaft*, S. 60–72.

2. Das Vorkommen solcher Märchenkonstanten könnte möglicherweise als Kriterium benutzt werden, zu entscheiden, welche Hoffmann-Werke als Märchen zu bezeichnen seien. In der Hoffmann-Forschung kommen immer wieder umstrittene Fälle vor, wie etwa seine Erzählung *Die Brautwahl* oder die beiden Nachtstücke *Der Sandmann* und *Die Bergwerke zu Falun*. Dem hier verwendeten Verfahren nach sind sie zwar phantastische Erzählungen aber keine Märchen.

3. "Logologische Fragmente", No. 105", in Samuel (Hrsg.), *Novalis. Schriften*, 2:545.

4. Die Lektüre von Robert Scholes' *Structuralism in Literature* hat anregend gewirkt, besonders seine Gedanken zu "Romantic and Structuralist Theories of Poetic Language" (S. 170–80).

5. Dieser Fachausdruck und einige andere in der Besprechung von Verfremdungsverfahren sind Jürgen Links Arbeit entnommen, *Literaturwissenschaftliche Grundbegriffe*, S. 98ff.

6. Mukarovski, "Standard Language and Poetic Language".

7. Um nur ein Beispiel zu nennen, sei hier auf eine Stelle verwiesen, wo ich den Text, der Gamehehs Traumgedanken durch das magische Glas gesehen darstellt, analysiere und deute als maximal reduzierte Variante des tria-

dischen Mythos, der in früheren Märchen (besonders im *Goldnen Topf*) die Form langer narrativer Einlagen besaß (am Ende der *Meister Floh* Analyse).

8. Hoffmann an Kunz (4. März 1814), in Schnapp (Hrsg.), *E. T. A. Hoffmann*, S. 95.

9. Reddick, "E. T. A. Hoffmann's *Der goldne Topf* and its 'durchgehaltene Ironie' ", S. 581.

10. Reddick, S. 593.

11. Roland Heine, *Transzendentalpoesie*, untersucht zwar den transzendentalpoetischen Erzählstandpunkt im Schlußteil des *Goldnen Topfes*; aber in *Prinzessin Brambilla* ist die transzendentalpoetische Erzählhaltung viel konsequenter durchgeführt, wengleich sie nicht so deutlich sprachtechnisch markiert erscheint. In *Prinzessin Brambilla* herrscht durchweg der narrative Parallelismus zwischen reiner epischer Handlungsebene einerseits und potenzierter ästhetischer Reflexionsebene andrerseits.

12. Man denke etwa an den Spiegel in *Schneewittchen*, der auch nicht dasselbe Gesicht reflektiert, wenn die böse Stiefmutter hineinblickt.

13. In dieser Forderung klingen wiederum Elemente aus dem Verfremdungskonzept der russischen Formalisten an.

14. Balakian, *The Literary Origins of Surrealism*, S. 19.

15. Balakian, S. 14–16.

16. Magris, *Die andere Vernunft. E. T. A. Hoffmann*, S. 74–76.

17. Hoffmann an Hippel, in Schnapp (Hrsg.), *E. T. A. Hoffmann*, S. 97–98.

18. Helmke, *E. T. A. Hoffmann. Lebensbericht mit Bildern und Dokumenten*, Titelblatt, Rückseite.

19. Lavater, *Physiognomische Fragmente zur Beförderung der Menschenkenntnis und Menschenliebe* (1775–78). Lavaters Studien der menschlichen Physiognomie und seine eingehenden Beobachtungen über das Verhältnis des äußeren Menschen zum inneren haben zu Hoffmanns Zeit unerhörtes Aufsehen und Interesse erregt, sind auf Bewunderung (Zimmermann, Goethe, Herder, Lenz) und bissigen Widerstand (Lessing, Lichtenberg, Nicolai) gestoßen. Hoffmann selbst hat wohl dieser Wissenschaft mit interessierter Skepsis gegenübergestanden; dennoch hat gerade er viele seiner Künstlergestalten durch eine wesenhafte Heterogenität in den Gesichtszügen gekennzeichnet. Bei Kreisler etwa wechselt das Weiche mit dem krampfhaft Bitteren, nicht nur im Gesichtsausdruck sondern in der gesamten Verhaltensweise der Gesichtszüge.—Zu Geschichte und Einfluß der Physiognomie im europäischen Denken siehe Tytler, *Physiognomy in the European Novel*.

20. Hewett-Thayer, *Hoffmann: Author of the Tales*, macht eine ähnliche Beobachtung, wenn er feststellt: "The *Märchen* form Hoffmann's most characteristic achievement; they are a unique product of the creative imagination. He was an observer in two worlds and in the *Märchen* he fused these two worlds with sovereign skill" (S. 376). Hewett-Thayer widmet den Märchen Hoffmanns ein ganzes informationsreiches Kapitel in seiner Studie von Leben und Werk des Dichters (Part II, Chapter 10, S. 214–49).

Literaturverzeichnis

1. Werkausgaben

E. T. A. Hoffmann

E. T. A. Hoffmann. Dichter über ihre Dichtungen, Bd. 13. Hrsg. von Friedrich Schnapp. München: Heimeran, 1974.

E. T. A. Hoffmanns Sämtliche Werke. 8 Bde. Hrsg. von Carl Georg von Maassen. München: Georg Müller, 1912–14 (Bd. 1–7); München: Georg Müller; Berlin: Propyläen-Verlag, 1925 (Bd. 8).

E. T. A. Hoffmanns Werke in fünfzehn Teilen. Hrsg. von Georg Ellinger. Berlin, Leipzig, Wien und Stuttgart: Deutsches Verlagshaus Bong und Co., 1912.

E. T. A. Hoffmann im persönlichen und brieflichen Verkehr. 2 Bde. Hrsg. von Hans von Müller. Berlin: Gebrüder Paetel, 1912.

Fantasie- und Nachtstücke. Hrsg. und mit einem Nachwort von Walter Müller-Seidel und Anmerkungen von Wolfgang Kron. München: Winkler Verlag, 1960.

Juristische Arbeiten. Mit Erläuterungen. Hrsg. von Friedrich Schnapp. München: Winkler Verlag, 1973.

Poetische Werke. 6 Bde. Berlin: Aufbau Verlag, 1958.

Schriften zur Musik. Nachlese. Hrsg. von Friedrich Schnapp. München: Winkler Verlag, 1963.

Die Serapions-Brüder. Mit einem Nachwort von Walter Müller-Seidel und Anmerkungen von Wulf Segebrecht. München: Winkler Verlag, 1963.

Späte Werke. Mit einem Nachwort von Walter Müller-Seidel und Anmerkungen von Wulf Segebrecht. München: Winkler Verlag, 1965.

Sonstige Verfasser

Heine, Heinrich. *Sämtliche Werke*. 12 Bde. Hrsg. von Stephan Born. Stuttgart: J. G. Cotta und Gebrüder Kröner, o.J.

Musäus, Johann Karl August. *Volksmärchen der Deutschen*. Hrsg. von Norbert Miller. München: Winkler Verlag, 1961.

Novalis. *Schriften*. 2 Bde. Hrsg. von Richard Samuel mit Hans-Joachim Mähl und Gerhard Schulz. Stuttgart: W. Kohlhammer Verlag, 1960.

———. *Werke. Briefe. Dokumente*. Hrsg. von Ewald Wasmuth. Heidelberg: Lambert Schneider, 1957.

Tieck, Ludwig. *Der blonde Eckbert. Der Runenberg. Die Elfen*. Hrsg. von Konrad Nußbächer. Stuttgart: Philipp Reclam Jun. (Bd. 7732), 1971.

2. Forschungsliteratur

Apel, Friedmar. *Die Zaubergärten der Phantasie. Zur Theorie und Geschichte des Kunstmärchens.* Heidelberg: Carl Winter Universitätsverlag, 1978.

Arens, Katherine M. "Humboldt and Goethe's 'Märchen': A Generic Interpretation". *German Quarterly* 57 (1984): 42–58.

Balakian, Anna. *The Literary Origins of Surrealism. A New Mysticism in French Poetry.* New York: New York Univerity Press, 1947.

Baudelaire, Charles. "De l'essence du rire. Et généralement du comique dans les arts plastiques". In *Oeuvres Complètes* 2:367–96. Paris: Louis Conard, 1922.

Beardsley, Christa-Maria. *E. T. A. Hoffmann. Die Gestalt des Meisters in seinen Märchen.* Bonn: Bouvier, 1975.

———. *E. T. A. Hoffmanns Tierfiguren im Kontext der Romantik.* Bonn: Bouvier, 1985.

———. "Warum Hoffmanns *Prinzessin Brambilla* manchem 'den Kopf schwindlicht macht' ". *Mitteilungen der E. T. A. Hoffmann-Gesellschaft* 21 (1975): 1–5.

Behrmann, Alfred. "Zur Poetik des Kunstmärchens. Eine Strukturanalyse der *Königsbraut* von E. T. A. Hoffmann". In *Erzählforschung 3*, hrsg. von Wolfgang Haubrichs, S. 107–34. *Zeitschrift für Literaturwissenschaft und Linguistik*, Beiheft 8. Göttingen: Vandenhoeck und Ruprecht, 1978.

Boie, Bernhild. "Die Sprache der Automaten: Zur Autonomie der Kunst". *German Quarterly* 54 (1981): 284–97.

Bürger, Peter. *Der französische Surrealismus.* Frankfurt/Main: Athenäum, 1971.

———. *Theorie der Avantgarde.* Frankfurt/Main: Suhrkamp, 1974.

Cramer, Thomas. *Das Groteske bei E. T. A. Hoffmann.* München: Wilhelm Fink Verlag, 1966.

De Loecker, Armand. *Zwischen Atlantis und Frankfurt. Märchendichtung und Goldenes Zeitalter bei E. T. A. Hoffmann.* Frankfurt/Main und Bern: Peter Lang, 1983.

Dobat, Klaus-Dieter. *Musik als romantische Illusion. Eine Untersuchung zur Bedeutung der Musikvorstellung E. T. A Hoffmanns für sein literarisches Werk.* Tübingen: Max Niemeyer, 1984.

Eilert, Heide. *Theater in der Erzählkunst. Eine Studie zum Werk E. T. A. Hoffmanns.* Tübingen: Max Niemeyer, 1977.

Elardo, Ronald J. "E. T. A. Hoffmann's *Nußknacker und Mausekönig*; the Mouse-Queen in the Tragedy of the Hero". *Germanic Review* 55 (1980): 1–8.

Feldges, Brigitte und Ulrich Stadler. *E. T. A. Hoffmann. Epoche—Werk—Wirkung.* München: C. H. Beck, 1986.

Feldmann, Fritz. "Wer war Klein Zaches?" *Mitteilungen der E. T. A. Hoffmann–Gesellschaft* 23 (1977): 12–21.

Fink, Gonthier-Louis. *Naissance et Apogée du Conte Merveilleux en Allemagne. 1740–1800.* Paris: Les Belles Lettres, 1966.

Finke, Reinhard. *"Der Herr ist Autor." Zusammenhänge zwischen literarischem und empirischem Ich bei Arno Schmidt*. München: Edition Text und Kritik, 1982.

Fühmann, Franz. "E. T. A. Hoffmanns *Klein Zaches*". *Weimarer Beiträge* 24 (1978): 74–86.

———. *Fräulein Veronika Paulmann aus der Pirnaer Vorstadt oder Etwas Schauerliches bei E. T. A. Hoffmann*. Hamburg: Hoffmann und Campe, 1980.

Grimm, Jakob und Wilhelm Grimm. *Deutsches Wörterbuch*. Leipzig: Hirzel, 1854–1960.

Grimm, Reinhold. "Die Formbezeichnung 'Capriccio' in der deutschen Literatur des 19. Jahrhunderts". In *Studien zur Trivialliteratur*, hrsg. von Heinz Otto Burger, 101–16. Frankfurt/Main: Vittorio Klostermann, 1968.

Hamilton, Antoine Comte de. *Les quatre Facardins*. In *Oeuvres*, 2:257–398. Paris: Antoine-Augustin Renouard, 1812.

Harich, Walther. *E. T. A. Hoffmann. Das Leben eines Künstlers*. 2 Bde. Berlin: Erich Reiß, 1920.

Heine, Roland. *Transzendentalpoesie. Studien zu Friedrich Schlegel, Novalis und E. T. A. Hoffmann*. Bonn: Bouvier, 1974.

Heintz, Günter. "Mechanik und Phantasie. Zu E. T. A. Hoffmanns Märchen *Nußknacker und Mausekönig*". *Literatur in Wissenschaft und Unterricht* 7 (1974): 1–15.

Helmke, Ulrich. *E. T. A. Hoffmann. Lebensbericht mit Bildern und Dokumenten*. Kassel: Georg Wenderoth, 1975.

Henisch, Peter. *Hoffmanns Erzählungen. Aufzeichnungen eines verwirrten Germanisten*. München: Nymphenburger Verlagsbuchhandlung, 1983.

Hewett-Thayer, Harvey W. *Hoffmann. Author of the Tales*. Princeton: Princeton University Press, 1948.

Hewig, Anneliese. *Phantastische Wirklichkeit. Interpretationsstudie zu Alfred Kubins Roman "Die andere Seite"*. München: Francke, 1967.

Heyse, Johann Christoph August. *Fremdwörterbuch*. Hannover und Leipzig: Hahn'sche Buchhandlung, 1893.

Hofmann, Werner, Hrsg. *Runge in seiner Zeit*. München: Prestel, 1977.

Hunter-Lougheed, Rosemarie. "Ehrenrettung des Herrn Registrators Heerbrand". *Mitteilungen der E. T. A. Hoffmann-Gesellschaft* 28 (1982): 12–18.

Jaffé, Aniela. *Bilder und Symbole aus E. T. A. Hoffmanns Märchen "Der goldne Topf"*. In Carl Gustav Jung, *Gestaltungen des Unbewußten, mit einem Beitrag von Aniela Jaffé*. Zürich: Rascher, 1950. 2. veränderte Auflage, Hildesheim: Gerstenberg, 1978.

Jennings, Lee B. "Klein Zaches and his Kin: The Grotesque Revisited". *Deutsche Vierteljahresschrift* 44 (1970): 687–703.

———. "The Role of Alcohol in Hoffmann's Mythic Tales". In *Fairy Tales as Ways of Knowing*, hrsg. von Michael M. Metzger und Katharina Mommsen, S. 182–94. Bern: Peter Lang, 1981.

Just, Klaus Günther. "Die Blickführung in den Märchennovellen E. T. A. Hoffmanns". In Scher (Hrsg.), *Zu E. T. A. Hoffmann*, S. 30–39.

Kaiser, Gerhard R., Hrsg. *E. T. A. Hoffmann, Klein Zaches genannt Zinnober*.

Erläuterungen und Dokumente. Stuttgart: Philipp Reclam Jun., 1985.

———. Nachwort. *Klein Zaches genannt Zinnober. Von E. T. A. Hoffmann,* S. 121–50. Stuttgart: Philipp Reclam Jun., 1985.

Kayser, Wolfgang. *Das Groteske in Malerei und Dichtung.* Hamburg: Rowohlt Taschenbuch, 1961.

Klotz, Volker. *Das europäische Kunstmärchen. Fünfundzwanzig Kapitel seiner Geschichte von der Renaissance bis zur Moderne.* Stuttgart: J. B. Metzlersche Verlagsbuchhandlung, 1985.

Köhn, Lothar. *Vieldeutige Welt. Studien zur Struktur der Erzählungen E. T .A. Hoffmanns und zur Entwicklung seines Werkes.* Tübingen: Max Niemeyer, 1966.

Kubin, Alfred. *Die andere Seite. Ein phantastischer Roman.* München und Leipzig: Nymphenburger Verlagshandlung, 1909.

Lachmann, Renate. "Die 'Verfremdung' und das 'Neue Sehen' bei Viktor Sklovskij." *Poetica* 3 (1970): 226–49.

Lämmert, Eberhard. *Bauformen des Erzählens.* Stuttgart: Metzler, 1968.

Lavatar, Johann Kaspar. *Physiognomische Fragmente zur Beförderung der Menschenkenntnis und Menschenliebe.* 4 Bde. Leipzig und Winterthur: Weidmanns, Erben und Reich, 1775–80.

Lehane, Brendan. *The Compleat Flea.* London: John Murray, 1969.

Le Sage, Laurence. *Jean Giraudoux, Surrealism and the Romantic Ideal.* Illinois Studies in Language and Literature, Bd. 36, Nr. 3. Urbana: University of Illinois Press, 1952.

Link, Jürgen. *Literaturwissenschaftliche Grundbegriffe. Eine programmierte Einführung auf strukturalistischer Basis.* München: Wilhelm Fink Verlag, 1974.

Lippuner, Heinz. *Alfred Kubins Roman "Die andere Seite".* Bern und München: Francke, 1977.

Loeb, Ernst. "Bedeutungswandel der Metamorphose bei Kafka und E. T. A. Hoffmann: ein Vergleich." *German Quarterly* 35 (1962): 47–59.

Maassen, Georg von. Vorbemerkung. *E. T. A. Hoffmann Sämtliche Werke,* 8:lxxxix–xcix. München: Georg Müller; Berlin: Propyläen Verlag, 1925.

Magris, Claudio. *Die andere Vernunft. E. T. A. Hoffmann.* Königstein/Taunus: Anton Hain, 1980.

Martini, Fritz. "Die Märchendichtungen E. T. A. Hoffmanns". *Der Deutschunterricht* (1955): 55–78. Wiederabgedruckt in Prang (Hrsg.), *E. T. A. Hoffmann,* S. 155–84.

Matt, Peter von. *Die Augen der Automaten. E. T. A. Hoffmanns Imaginationslehre als Prinzip seiner Erzählkunst.* Tübingen: Max Niemeyer, 1971.

McClain, William H. "E. T. A. Hoffmann as Psychological Realist: A Study of *Meister Floh*". *Monatshefte* 47 (1955): 65–80.

McGlathery, James M. *Mysticism and Sexuality. E. T. A. Hoffmann.* 2 Bde. New York: Peter Lang, 1981, 1985.

Miller, Norbert. "E. T. A. Hoffmanns doppelte Wirklichkeit. Zum Motiv der Schwellenüberschreitung in seinen Märchen". In *Literaturwissenschaft und Geschichtsphilosophie. Festschrift für Wilhelm Emrich,* hrsg. von Helmut Arnzten, Bernd Balzer, Karl Pestalozzi und Rainer Wagner, S. 357–72. Berlin und New York: Walter de Gruyter, 1975.

―――. "E. T. A. Hoffmann und die Musik". In Scher (Hrsg.), *Zu E. T. A. Hoffmann*, S. 182–98.

Milner, Max. *La fantasmagorie*. Paris: Press Univ. de France, 1982.

Mühlher, Robert. "Liebestod und Spiegelmythe in E. T. A. Hoffmanns Märchen *Der goldne Topf*". In *Dichtung der Krise*, S. 41–95. Wien: Herold, 1951.

―――. "*Prinzessin Brambilla*. Ein Beitrag zum Verständnis der Dichtung". *Mitteilungen der E. T. A. Hoffmann-Gesellschaft* 5 (1958): 5–24. Wiederabgedruckt in Prang (Hrsg.), *E. T. A. Hoffmann*, S. 185–214.

Mukarovski, Jan. "Standard Language and Poetic Language". In *A Prague Reader on Esthetic Literary Structure and Style*, hrsg. von Paul L. Garvin, S. 17–30. Washington: Georgetown University Press, 1964.

Müller, Hans von. *Gesammelte Aufsätze über E. T. A. Hoffmann*. Hrsg. von Friedrich Schnapp. Hildesheim: Dr. H. A. Gerstenberg, 1974.

―――. Nachwort. *Die Märchen der Serapionsbrüder. Von E. T. A. Hoffmann.* Berlin: Julius Bard, 1906. Wiederabgedruckt in *Gesammelte Aufsätze über E. T. A. Hoffmann*, S. 91–145.

―――. Nachwort. *E. T. A. Hoffmann. Meister Floh. Ein Märchen in sieben Abentheuern zweier Freunde. Zum ersten Male vollständig herausgegeben von Hans von Müller.* Berlin: Julius Bard, 1908. Wiederabgedruckt in *Gesammelte Aufsätze über E. T. A. Hoffmann*, S. 173–99.

―――, Hrsg. *Hoffmann und Hippel. Das Denkmal einer Freundschaft.* Berlin: Gebrüder Paetel, 1912.

Müller-Seidel, Walter. Nachwort. *E. T. A. Hoffmann. Späte Werke*, S. 817–45. München: Winkler Verlag, 1965.

Negus, Kenneth. *E. T. A. Hoffmann's Other World. The Romantic Author and his 'New Mythology'.* Philadelphia: University of Pennsylvania Press, 1965.

Nehring, Wolfgang. "E. T. A. Hoffmanns Erzählwerk. Ein Modell und seine Variationen". In Scher (Hrsg.), *Zu E. T. A. Hoffmann*, S. 55–73.

―――. Nachwort. *E. T. A. Hoffmann. Prinzessin Brambilla.* S. 161–71. Stuttgart: Philipp Reclam Jun., 1971.

Nygaard, L.C. "Anselmus as Amanuensis. The Motif of Copying in Hoffmann's *Der goldne Topf*". *Seminar* 19 (1983). 79–104.

Ochsner, Karl. *E. T. A. Hoffmann als Dichter des Unbewußten. Ein Beitrag zur Geistesgeschichte der Romantik.* Wege zur Dichtung, 23. Frauenfeld und Leipzig: Huber & Co., 1936.

Petzel, Jörg. "E. T. A. Hoffmann und Arno Schmidt". *Mitteilungen der E. T. A. Hoffmann-Gesellschaft* 26 (1980): 88–98.

Pikulik, Lothar. "Anselmus in der Flasche. Kontrast und Illusion in E. T. A. Hoffmanns *Der goldne Topf*". *Euphorion* 63 (1969): 341–70.

―――. *Romantik als Ungenügen an der Normalität.* Frankfurt/Main: Suhrkamp, 1979.

Pix, Gunther. "Hoffmanns Poetologie im Spiegel seiner Kunstmärchen". *Mitteilungen der E. T. A. Hoffmann-Gesellschaft* 31 (1985): 18–29.

Planta, Urs von. *E. T. A. Hoffmanns Märchen "Das fremde Kind"*. Bern: Francke, 1958.

Prang, Helmut, Hrsg. *E. T. A. Hoffmann*. Darmstadt: Wissenschaftliche Buchgesellschaft, 1976.

Preisendanz, Wolfgang. *Humor als dichterische Einbildungskraft. Studien zur Erzählkunst des poetischen Realismus*. München: Eidos, 1963.

Reddick, John. "E. T. A. Hoffmann's *Der goldne Topf* and its 'durchgehaltene Ironie' ". *Modern Language Review* 71 (1976): 577–94.

Röhrich, Lutz. *Lexikon der sprichwörtlichen Redensarten*. 2 Bde. Freiburg: Herder, 1973.

Safranski, Rüdiger. *E. T. A. Hoffmann. Das Leben eines skeptischen Phantasten*. München, Wien: Carl Hanser, 1985.

Scher, Steven Paul, Hrsg. *Zu E. T. A. Hoffmann*. Stuttgart: Ernst Klett, 1981.

Schmidt, Arno. *Fouqué und einige seiner Zeitgenossen*. Karlsruhe: Stahlberg Verlag, 1958.

Schnapp, Friedrich, Hrsg. *E. T. A. Hoffmann in Aufzeichnungen seiner Freunde und Bekannten*. München: Winkler Verlag, 1974.

Scholes, Robert. *Structuralism in Literature*. New Haven: Yale University Press, 1974.

Schubert, Gotthilf Heinrich von. *Ansichten von der Nachtseite der Naturwissenschaften*. Dresden und Leipzig: Arnoldsche Buchhandlung, 1808. Vierte umgearbeitete und vermehrte Ausgabe, 1840 (nach dieser Aufgabe ist zitiert).

————. *Die Symbolik des Traumes*. Bamberg: C. F. Kunz, 1814. Faksimiledruck nach der Ausgabe von 1814. Nachwort von Gerhard Sauder, S. iii-xxxi. Heidelberg: Lambert Schneider, 1968.

Schumacher, Hans. *Narziß an der Quelle. Das romantische Kunstmärchen: Geschichte und Interpretation*. Wiesbaden: Athenaion, 1977.

Sdun, Winfried. *E. T. A. Hoffmanns "Prinzessin Brambilla". Analyse und Interpretation einer erzählten Komödie*. Dissertation, Universität Freiburg, 1961.

Segebrecht, Wulf. Anmerkungen. *E. T. A. Hoffmann. Späte Werke*. S. 899–913. München: Winkler Verlag, 1965.

————. Nachwort. *E. T. A. Hoffmann. Meister Floh*. S. 217–33. Stuttgart: Philipp Reclam Jun., 1970.

————. " 'Streiche' oder 'Blicke'? Eine Konjektur zu E. T. A. Hoffmanns *Meister Floh*". *Germanisch-Romanische Monatsschrift* (Neue Folge) 19 (1969): 456–58.

Sklovskij, Viktor. "Die Kunst als Verfahren". In Striedter (Hrsg.), *Russischer Formalismus*, S. 3–35.

Slessarev, Helga. "E. T. A. Hoffmann's *Prinzessin Brambilla*". *Studies in Romanticism* 9 (1970): 147–60.

Spillner, Bernd. *Linguistik und Literaturwissenschaft. Stilforschung, Rhetorik, Textlinguistik*. Stuttgart: Verlag W. Kohlhammer, 1974.

Starobinski, Jean. "Ironie et Melancholie. I. La *Princesse de Brambilla* de E. T. A. Hoffmann". *Critique* 228 (1966): 438–57.

Striedter, Jurij, Hrsg. *Russischer Formalismus*. München: Wilhelm Fink, 1969, 2. Auflage 1971.

Strohschneider-Kohrs, Ingrid. *Die romantische Ironie in Theorie und Gestaltung*. Tübingen: Max Niemeyer, 1977.

Tatar, Maria M. "Mesmerism, Madness, and Death in E. T. A. Hoffmann's *Der goldne Topf*". *Studies in Romanticism* 14 (1975): 365–89.

Tecchi, Bonaventura. "E. T. A. Hoffmanns *Prinzessin Brambilla*". In Scher (Hrsg.), *Zu E. T. A. Hoffmann*, S. 131–41.

———. *Le Fiabe di E. T. A. Hoffmann*. Firenze: G. C. Sansoni, 1962.

Thalmann, Marianne. *Das Märchen und die Moderne. Zum Begriff der Surrealität im Märchen der Romantik*. Stuttgart: Kohlhammer, 1961.

Theweleit, Klaus. *Männerphantasien*. 2 Bde. Reinbek: Rowohlt, 1980.

Tismar, Jens. *Das deutsche Kunstmärchen des zwanzigsten Jahrhunderts*. Stuttgart: J. B. Metzlersche Verlagsbuchhandlung, 1981

———. *Kunstmärchen*. Sammlung Metzler, Bd. 155. Stuttgart: J. B. Metzlersche Verlagsbuchhandlung, 1977, 2. Auflage 1983.

Tytler, Graeme. *Physiognomy in the European Novel: Faces and Fortunes*. Princeton: Princeton University Press, 1982.

Vietta, Silvio. "Das Automatenmotiv und die Technik der Motivschichtung im Erzählwerk E. T. A. Hoffmanns". *Mitteilungen der E. T. A. Hoffmann-Gesellschaft* 26 (1980): 25–33.

———. "Romantikparodie und Realitätsbegriff im Erzählwerk E. T. A. Hoffmanns". *Zeitschrift für deutsche Philologie* 100 (1981): 575–91.

Vitt-Maucher, Gisela. "Die wunderlich wunderbare Welt E. T. A. Hoffmanns". *Journal of English and Germanic Philology* 75 (1976): 515–30.

———. "E. T. A. Hoffmanns 'Die Königsbraut': 'ein nach der Natur entworfenes Märchen'". *Mitteilungen der E. T. A. Hoffmann-Gesellschaft* 30 (1984): 42–58.

———. "E. T. A. Hoffmanns 'Klein Zaches genannt Zinnober': Gebrochene Märchenwelt". *Aurora. Jahrbuch der Eichendorff Gesellschaft* 44 (1984): 196–212.

———. "E. T. A. Hoffmanns *Meister Floh*: Überwindung des Inhalts durch die Sprache". *Aurora. Jahrbuch der Eichendorff Gesellschaft* 42 (1982): 188–215.

Walter, Jürgen. "E. T. A. Hoffmanns Märchen *Klein Zaches genannt Zinnober*. Versuch einer sozialgeschichtlichen Interpretation". *Mitteilungen der E. T. A. Hoffmann-Gesellschaft* 19 (1973): 27–45.

Wawrzyn, Lienhard. *Der Automatenmensch. E. T. A. Hoffmanns Erzählung vom Sandmann*. Berlin: Klaus Wagenbach, 1976.

Willenberg, Knud. "Die Kollision verschiedener Realitätsebenen als Gattungsproblem in E. T. A. Hoffmanns *Der goldne Topf*". *Zeitschrift für deutsche Philologie* 95, Sonderheft (1976): 93–113.

Wührl, Paul-Wolfgang. *Das deutsche Kunstmärchen. Geschichte, Botschaft, Erzählstrukturen*. Heidelberg: Quelle & Meyer, 1984.

———, Hrsg. *Erläuterungen und Dokumente. E. T. A. Hoffmann. "Der goldne*

Topf". Stuttgart: Philipp Reclam Jun., 1982.

Zimmermann, Ingo. *Hoffmann in Dresden. Erzählung*. Berlin: Union Verlag, 1985.

Zimmermann, Johann Georg Ritter von. *Über die Einsamkeit*. 4 Bände. Leipzig: Weidmanns Erben und Reich, 1784 (1 und 2), 1785 (3 und 4).

Ziolkowski, Theodore. "Der Karfunkelstein". *Euphorion* 55 (1961): 297–326.

Zipes, Jack. *Breaking the Magic Spell. Radical Theories of Folk and Fairy Tales*. Austin: University of Texas Press, 1979.

―――. *Fairy Tales and the Art of Subversion*. London: Heinemann, 1983.

Register

www.ingramcontent.com/pod-product-compliance
Lightning Source LLC
Chambersburg PA
CBHW030537030726
47495CB00004B/1024